John Grisham

Het eiland

A.W. Bruna Uitgevers

Oorspronkelijke titel
Camino Island

Vertaling
Jolanda te Lindert
Auteursfoto
© Daniel Mayer, Agentur Focus
Omslagbeeld
plainpicture/Jane Yeomans
Omslagontwerp
Studio Jan de Boer

ISBN 978 94 005 0950 4
NUR 332

Zesde druk, juli 2024

Voor Renée
Dank je wel voor het verhaal

1
De diefstal

1

De oplichter leende de naam van Neville Manchin, adjunct-hoogleraar Amerikaanse literatuur aan Portland State, maar binnenkort doctoraalstudent aan Stanford. In zijn brief, op perfect vervalst briefpapier van de universiteit, beweerde 'professor Manchin' dat hij zijn masterscriptie wilde schrijven over F. Scott Fitzgerald en binnenkort tijdens zijn reis naar de Oostkust heel graag de 'manuscripten en essays' van de grote schrijver wilde zien. De brief was geadresseerd aan dr. Jeffrey Brown, directeur Sectie Manuscripten, afdeling Zeldzame boeken en bijzondere verzamelingen, Firestone Library, Princeton University. De brief kwam tegelijk met een paar andere binnen, werd keurig gesorteerd en doorgestuurd, en belandde uiteindelijk op het bureau van Ed Folk, al eeuwen assistent-bibliothecaris. Een van zijn monotone taken was het verifiëren van de referenties van degene die een bepaalde brief had geschreven.

Ed ontving wekelijks verschillende van deze brieven, allemaal in veel opzichten identiek, allemaal van mensen die beweerden een liefhebber en deskundige te zijn op het gebied van Fitzgerald, en zelfs af en toe van een echte wetenschapper. In het vorige kalenderjaar had Ed honderdnegentig van deze mensen goedgekeurd en rondgeleid. Ze waren uit de hele wereld afkomstig en kwamen binnen met grote ogen en nederig, als pelgrims die een heiligdom bezochten. In de vierendertig jaar dat Ed al aan dit bureau zat, had hij al hun aanvragen behandeld. En er kwam geen einde aan. F. Scott Fitzgerald bleef de mensen fascineren, dus was het aantal aanvragen nog even hoog als dertig jaar geleden. Inmiddels vroeg Ed zich echter wel af wat in het leven van de grote auteur in vredesnaam nog niet diepgaand was bestudeerd en beschreven. Niet eens zo lang geleden had een echte wetenschapper Ed verteld dat er nu ten minste honderd boeken en meer dan tienduizend wetenschappelijke artikelen waren geschreven over Fitzgerald: over de man als privépersoon, over de auteur, over zijn werk en over zijn getikte echtgenote.

En hij had zichzelf al op zijn vierenveertigste dood gedronken! Stel je toch eens voor dat hij heel oud was geworden en was blijven schrijven? Dan had Ed een assistent nodig gehad, misschien wel een heleboel. Maar Ed wist ook dat een vroege dood vaak een reden was voor later succes (en meer royalty's).

Een paar dagen later had Ed eindelijk tijd om zich bezig te houden met professor Manchin. Uit een korte inspectie van het bibliotheekregister bleek dat dit een nieuwe aanvrager was, een nieuw verzoek. Enkele oudgedienden waren al zo vaak op Princeton geweest dat ze gewoon zijn doorkiesnummer belden en zeiden: 'Hallo, Ed, ik kom aanstaande dinsdag.' Wat Ed prima vond. Dat gold echter niet voor Manchin. Ed ging naar de website van Portland State en vond zijn man: bachelor in Amerikaanse literatuur aan de University of Oregon; master aan de UCLA; nu al drie jaar adjunct-hoogleraar. Zijn foto onthulde een weinig opvallende jongeman van een jaar of vijfendertig, het begin van een waarschijnlijk tijdelijk baardje, en een smalle montuurloze bril.

In zijn brief vroeg professor Manchin aan degene die zijn brief zou beantwoorden om dat per e-mail te doen, en gaf een privé-Gmail-adres. Hij schreef dat hij zijn universiteitsmail zelden bekeek. Ed dacht: Dat komt doordat je slechts adjunct-hoogleraar bent en waarschijnlijk niet eens een echt kantoor hebt. Dat soort dingen dacht hij vaak, maar hij was natuurlijk veel te professioneel om die gedachten uit te spreken. Voor de zekerheid stuurde hij de volgende dag een reactie via de server van Portland State, waarin hij professor Manchin bedankte voor zijn brief en hem uitnodigde voor een bezoek aan de campus van Princeton. Hij vroeg wanneer Manchin ongeveer dacht te komen en informeerde hem dat er algemene voorschriften van toepassing waren op de Fitzgerald-collectie. Dat waren er een heleboel, en daarom stelde hij voor dat professor Manchin die op de website van de bibliotheek doornam.

Hij ontving een automatisch antwoord, waarin Ed werd verteld dat Manchin een paar dagen afwezig was. Een van Manchins partners had de directory van Portland State gehackt, net diep genoeg om te rotzooien met de e-mailserver van de faculteit Engels; absoluut geen probleem voor een ervaren hacker. Hij en de oplichter wisten meteen dat Ed had gereageerd.

Ja hoor, dacht Ed. De volgende dag stuurde hij dezelfde tekst aan het privé-Gmail-adres van professor Manchin. Nog geen uur later antwoordde Manchin met een enthousiast bedankje, vertelde dat hij niet kon wachten om op bezoek te komen, hing een heel verhaal op en vertelde dat hij de website van de bibliotheek had bekeken, uren in het digitale archief van Fitzgerald had rondgestruind, al jaren in het bezit was van de volledige serie met kopieën van de handgeschreven manuscripten van de grote auteur en vooral belangstelling had voor de kritische recensies van zijn eerste roman, *This Side of Paradise*.

'Geweldig,' zei Ed. Hij had dit allemaal al meegemaakt. Die vent probeerde hem zelfs al voor zijn komst te imponeren; iets wat helemaal niet ongebruikelijk was.

2

F. Scott Fitzgerald schreef zich in het najaar van 1913 in bij Princeton. Op zijn zestiende droomde hij er al van deze geweldige Amerikaanse roman te schrijven en werkte toen inderdaad al aan een eerste versie van *This Side of Paradise*. Vier jaar later stopte hij met zijn studie en ging bij het leger om mee te vechten in de oorlog, maar voordat hij werd ingedeeld was die alweer afgelopen. Zijn klassieker *The Great Gatsby* verscheen in 1925, maar werd pas na zijn dood populair. Tijdens zijn hele carrière had hij moeite om rond te komen en in 1940 werkte hij in Hollywood. Daar schreef hij slechte scenario's, was fysiek niet in orde en helemaal niet creatief. Op 21 december stierf hij aan een hartaanval, veroorzaakt door zijn jarenlange alcoholisme.

In 1950 schonk Scottie, zijn dochter en enige kind, zijn oorspronkelijke manuscripten, aantekeningen en brieven – zijn 'essays' – aan de Firestone Library van Princeton. Zijn vijf romans waren handgeschreven op goedkoop papier dat de tijd niet goed had doorstaan. De bibliotheek begreep algauw dat het onverstandig zou zijn om onderzoekers toe te staan ze aan te raken. Er werden goede kopieën van gemaakt en de originelen verdwenen achter slot en grendel in een beveiligde kluis in de kelder, waar de luchtkwaliteit, het licht en de temperatuur zorgvuldig werden gecontroleerd. In de loop der jaren hebben de manuscripten de kluis slechts een paar keer verlaten.

3

Op een mooie dag begin oktober arriveerde de man die zich voordeed als professor Neville Manchin op Princeton. Hij werd doorverwezen naar de afdeling Zeldzame boeken en bijzondere verzamelingen, waar hij werd ontvangen door Ed Folk die hem weer doorverwees naar een andere assistent-bibliothecaris. Deze controleerde en kopieerde zijn Oregon-rijbewijs; dat was natuurlijk vervalst, maar wel perfect. De vervalser, dezelfde persoon als de hacker, was opgeleid door de CIA en had een lange loopbaan achter de rug in de schimmige wereld van particuliere spionage. Het hacken van de beveiliging van de universiteit was dan ook niet echt een uitdaging.

Daarna werd een foto gemaakt van professor Manchin, waarna hij een bezoekerspasje kreeg dat hij altijd goed zichtbaar moest dragen. Manchin liep met de assistent-bibliothecaris mee naar een grote zaal op de eerste verdieping, waar twee lange tafels stonden en de muren aan het zicht waren onttrokken door stalen laden die allemaal op slot zaten. Manchin zag ten minste vier bewakingscamera's hoog in de hoeken die met opzet goed zichtbaar waren opgehangen. Hij nam aan dat er andere, uitstekend verborgen camera's waren. Hij probeerde de assistent-bibliothecaris te paaien, maar kreeg weinig respons. Hij vroeg grappend of hij het originele manuscript van *This Side of Paradise* mocht zien. De assistent-bibliothecaris keek hem met een hooghartige grijns aan en zei dat dat niet mogelijk was.

'Hebt u de originelen ooit gezien?' vroeg Manchin.

'Eén keer maar.'

Het bleef even stil omdat Manchin afwachtte of de man meer zou zeggen, maar vroeg toen: 'Ter gelegenheid waarvan?'

'Nou, een beroemde wetenschapper wilde ze zien. We gingen met hem mee naar de kluis beneden en lieten hem kijken. Hij heeft de papieren echter niet aangeraakt. Onze hoofdbibliothecaris is de enige die dat mag doen, en alleen met speciale handschoenen aan.'

'Natuurlijk. Maar goed, nu aan het werk.'

De assistent opende twee van de grote laden, beide voorzien van een naambordje met de tekst THIS SIDE OF PARADISE, en haalde er twee dikke, reusachtige aantekenboeken uit. Hij zei: 'Hierin zitten de recensies van het boek van kort nadat het was uitgegeven. We hebben een heleboel andere voorbeelden van latere recensies.'

'Perfect,' zei Manchin grijnzend. Hij opende zijn aktetas, haalde er een schrijfblok uit en leek klaar om zich op alles wat op de tafel lag te storten. Een halfuur later, toen Manchin volkomen in zijn werk was verdiept, verontschuldigde de assistent-bibliothecaris zich en verdween. Ten behoeve van de camera's keek Manchin niet op. Uiteindelijk moest hij naar het toilet en liep weg. Een paar keer nam hij de verkeerde afslag, verdwaalde en liep door de afdeling Verzamelingen, waarbij hij contact met iedereen vermeed. Overal hingen bewakingscamera's. Hij dacht niet dat iemand op dat moment naar de beelden keek, maar de opnamen konden indien nodig vast worden afgespeeld. Hij zag een lift, liep door en nam de trap daar vlakbij. De eerste kelderverdieping was identiek aan de begane grond. Daaronder stopte de trap bij K2 (Kelder 2), waar een grote, dikke deur was waarop in hoofdletters ALLEEN NOODUITGANG stond. Naast de deur hing een codepaneel, en een ander bord waarschuwde dat er een alarm zou afgaan wanneer de deur 'zonder juiste autorisatie' werd geopend. Twee bewakingscamera's hielden de deur en de omgeving ervan in de gaten. Manchin liep terug naar waar hij vandaan kwam en toen hij de grote zaal weer binnenkwam, werd hij al opgewacht door de assistent.

'Is alles in orde, professor Manchin?' vroeg hij.

'Ja hoor. Een beetje buikgriep, vrees ik. Hopelijk is het niet besmettelijk.' De assistent-bibliothecaris vertrok meteen. Manchin bleef de hele dag, verdiepte zich in het materiaal uit de stalen laden en las oude recensies waarvoor hij absoluut geen belangstelling had. Een paar keer liep hij weg, neusde rond, keek om zich heen, nam maten op en onthield alles.

4

Drie weken later kwam Manchin terug, maar nu deed hij niet langer alsof hij een hoogleraar was. Hij was gladgeschoren, had zijn haar blond geverfd, droeg een nepbril met een rood montuur en had een valse studentenkaart met een foto bij zich. Als iemand hem iets vroeg, wat hij niet verwachtte, was zijn verhaal dat hij een postdoctoraal student was uit Iowa. In werkelijkheid heette hij Mark en was zijn werk, als je dat al zo kon noemen, professionele diefstal. Lucratieve, zorgvuldig geplande en snel uitgevoerde diefstallen, vooral van wereldberoemde kunst en zeldzame kunstvoorwerpen die voor losgeld werden terugverkocht aan de wanhopige slachtoffers. De bende waar hij deel van uitmaakte bestond uit vijf man en werd aangevoerd door Denny, een voormalige Army Ranger die, nadat hij uit het leger was ontslagen, de misdaad had opgezocht. Tot dan toe was Denny niet betrapt, zodat hij geen strafblad had. Datzelfde gold ook voor Mark, maar niet voor twee andere bendeleden. Trey was twee keer veroordeeld en twee keer ontsnapt; de laatste keer nog geen jaar geleden uit een federale gevangenis in Ohio. Daar had hij Jerry leren kennen, een kruimeldief die nu voorwaardelijk vrij was. Een andere kunstdief, een voormalige celgenoot die een lange straf uitzat, had Jerry voor het eerst op de manuscripten van Fitzgerald gewezen.

De situatie was perfect: er waren maar vijf manuscripten, allemaal handgeschreven en allemaal op één plek bij elkaar. En volgens Princeton waren ze van onschatbare waarde.

Het vijfde lid van het team werkte bij voorkeur thuis. Ahmed was de hacker, de vervalser, de schepper van alle illusies, maar het ontbrak hem aan de moed om bijvoorbeeld een wapen te dragen. Hij werkte vanuit zijn kelder in Buffalo en was nog geen enkele keer betrapt of gearresteerd. Hij liet nooit sporen na en kreeg vijf procent van de opbrengst. De andere vier deelden de rest in gelijke delen.

Op een dinsdagavond om negen uur waren Denny, Mark en Jerry, die net deden alsof ze postdoctoraal studenten waren, in de Firestone Library en hielden de tijd in de gaten. Hun valse studentenkaarten hadden uitstekend gewerkt, niemand had zelfs maar een wenkbrauw opgetrokken. Denny had een verstopplek gevonden in de damestoiletten op de tweede verdieping. Hij duwde een luik omhoog in het plafond boven het toilet, gooide zijn rugzak naar boven en bereidde zich voor op een paar uur wachten in een warme en kleine ruimte. Mark maakte het slot open van de technische ruimte op de eerste kelderverdieping en wachtte of het alarm afging. Hij hoorde niets, net als Ahmed, die het beveiligingssysteem van de universiteit zonder enige moeite had gehackt. Daarop maakte Mark de brandstoftoevoer van het elektrische noodaggregaat van de bibliotheek onklaar. Jerry vond een plekje in een studiehoekje verborgen tussen rekken vol boeken die al tientallen jaren niet meer waren aangeraakt. Trey dwaalde verkleed als student en met een uitpuilende rugzak over de campus, op zoek naar plaatsen voor zijn bommen.

De bibliotheek sloot om middernacht. De vier bendeleden, plus Ahmed in zijn kelder in Buffalo, hielden via de radio contact met elkaar. Denny, de leider, zei om 00.15 uur dat alles volgens plan verliep. Om 00.20 uur liep Trey met zijn rugzak het McCarren Residential College binnen in het centrum van de campus. Hij zag dezelfde bewakingscamera's die hij de week daarvoor ook had gezien, nam de onbewaakte trap naar de eerste verdieping, stapte de damestoiletten binnen en sloot zichzelf op in een wc-hokje. Om 00.40 uur opende hij zijn rugzak en haalde er een blik uit dat ongeveer even groot was als een halveliterflesje frisdrank. Hij stelde een timer in die hij achter de wc-pot verstopte. Daarna verliet hij de damestoiletten, ging naar de tweede verdieping en plaatste een tweede bom in een leeg douchehokje. Om 00.45 uur zag hij een schemerige gang op de eerste verdieping van een studentenhuis en gooide nonchalant een sliert met tien enorme Black Cat-voetzoekers door de gang. Terwijl hij de trap af rende, hoorde hij de explosies. Een paar seconden later gingen beide rookbommen af, met als gevolg dikke wolken stinkende rook in de gangen. Op het moment dat Trey het gebouw verliet, hoorde hij de eerste golf paniekerige stemmen. Hij verstopte zich achter een paar struiken vlak bij het studentenhuis, haalde een wegwerptelefoon uit zijn zak, belde het noodnummer van Princeton en vertelde het afschuwelijke nieuws: 'Er is een gewapende man op de eerste verdieping van McCarren. Hij is aan het schieten!'

Vanuit een raam op de eerste verdieping dwarrelde rook naar buiten. Jerry, in zijn donkere studiehokje in de bibliotheek, voerde eenzelfde telefoongesprek met zijn prepaidtelefoon. Korte tijd later, toen er paniek op de campus was uitgebroken, volgden steeds meer telefoontjes.

Elke Amerikaanse universiteit heeft uitgebreide plannen voor een situatie waarin sprake is van een 'gewapende persoon', maar niemand wil die in werking zetten. Het duurde een paar seconden voordat de verbijsterde dienstdoende agente op de juiste knoppen drukte. Maar toen ze dat deed, begonnen er sirenes te loeien. Iedere student, hoogleraar, administratieve kracht en medewerker van Princeton ontving een sms en een e-mailalert. Alle deuren gingen dicht en op slot. Alle gebouwen moesten worden gecontroleerd.

Jerry belde weer naar 911 en vertelde dat twee studenten waren neergeschoten. Uit McCarren Hall kwam rook. Trey liet nog drie rookbommen in prullenmanden vallen. Een paar studenten renden door de rook van het ene gebouw naar het andere, niet goed wetend waar het veilig was. De bewakers van de campus en de politie van de stad Princeton scheurden ernaartoe, op de voet gevolgd door een stuk of zes brandweerwagens en ambulances. Daarna arriveerden de eerste van de vele patrouillewagens van de staatspolitie van New Jersey.

Trey liet zijn rugzak achter bij de deur van een kantoorgebouw en belde 911 om te vertellen hoe verdacht die rugzak eruitzag. De timer op de laatste rookbom in de rugzak zou over tien minuten afgaan, precies op het moment waarop de experts van de opruimingsdienst er van een afstandje naar zouden staan kijken.

Om 01.05 uur vertelde Trey de bende via de radio: ‘Hier is enorme paniek uitgebroken. Overal is rook. Een heleboel agenten. Eropaf.’

Denny antwoordde: ‘Doe de lichten uit.’

Ahmed, die in Buffalo zat te wachten met een kop sterke thee, ging meteen naar het beveiligingspaneel van de universiteit, maakte contact met de stroomvoorziening en sloot de elektriciteit af – niet alleen van de Firestone Library, maar ook van een stuk of zes gebouwen vlakbij. Voor de zekerheid haalde Mark, nu met een nachtbril op, de hoofdschakelaar in de mechanische ruimte over. Hij wachtte en hield zijn adem in, maar ademde uit toen het noodaggregaat niet in werking trad.

Door de stroomuitval ging het alarm af in het centrale monitorstation van de beveiliging van de campus, maar niemand besteedde daar aandacht aan. Er liep een schutter rond, dus was er geen tijd om je druk te maken over andere alarmen.

Jerry had de afgelopen week twee nachten in de Firestone Library doorgebracht en wist vrijwel zeker dat er, wanneer het gebouw gesloten was, geen bewakers binnen waren. ’s Nachts liep een geüniformeerde agent een of twee keer om de gebouwen heen, scheen met zijn zaklamp naar binnen en liep weer door. Ook een patrouillewagen van de politie deed zijn rondes, maar de agenten hielden zich voornamelijk bezig met dronken studenten. Over het algemeen was de campus net als elke andere campus stil en verlaten tussen één uur ’s nachts en acht uur ’s ochtends.

Deze nacht was Princeton echter het middelpunt van alle opgewonden aandacht, nu de beste studenten van het land werden doodgeschoten. Trey meldde zijn bende dat het er een complete chaos was: politieagenten renden rond, SWATteams trokken hun spullen aan, sirenes gilden, radio's piepten en honderden rode en blauwe zwaailichten flitsten. Onder de bomen hing een dikke laag rook. Ergens vlakbij was een helikopter te horen. Complete chaos dus.

Denny, Jerry en Mark renden door het donker naar de trap die naar de kelder onder de afdeling Speciale verzamelingen leidde. Ze droegen allemaal een nachtbril en op hun voorhoofd een mijnwerkerslamp. Alle drie hadden ze een zware rugzak bij zich, en Jerry droeg een kleine legerduffel die hij twee nachten eerder in de bibliotheek had verstopt. Op de tweede en laatste kelderverdieping bleven ze staan voor een dikke metalen deur, plakten de bewakingscamera's af en wachtten op Ahmeds magie. Deze zocht zich rustig een weg door de alarminstallatie van de bibliotheek en deactiveerde de vier sensoren op de deur. Ze hoorden een luide klik, waarna Denny de hendel naar beneden haalde en de deur opentrok. Binnen zagen ze een smalle ruimte met alweer twee metalen deuren. Mark scande het plafond in het licht van zijn zaklamp en zag een bewakingscamera. 'Daar,' zei hij. 'Eentje maar.' Jerry, de langste met zijn 1 meter 90, haalde een spuitbusje zwarte verf tevoorschijn en spoot de lens van de camera dicht.

Denny keek naar de twee deuren en vroeg: 'Zullen we tossen?'

'Wat zie je?' vroeg Ahmed vanuit Buffalo.

'Twee identieke metalen deuren,' antwoordde Denny.

'Ik heb hier niets, mannen,' zei Ahmed. 'Achter die eerste deur zie ik niets in het systeem. Begin maar te snijden.'

Jerry haalde twee vijfenveertig centimeter lange blikken uit zijn duffel. De ene was gevuld met zuurstof en de andere met acetyleengas. Denny ging voor de linkerdeur staan, stak een snijbrander aan met een gasaansteker en begon een plek vijftien centimeter boven het sleutelgat te verhitten. Een paar seconden later regende het vonken.

Ondertussen had Trey de chaos rondom McCarren verlaten en zich in het donker tegenover de bibliotheek verstopt. Met gillende sirenes arriveerden nog meer auto's van verschillende hulpdiensten. Helikopters dreunden luidkeels in de lucht boven de campus, ook al kon Trey ze niet zien. Om hem heen was het donker, zelfs de straatlantaarns brandden niet. Er was verder helemaal niemand in de buurt van de bibliotheek; iedereen was elders nodig.

'Voor de bibliotheek is het rustig,' rapporteerde hij. 'Schieten jullie al op?'

'We snijden nu,' was het korte antwoord van Mark. De vijf bendeleden wisten allemaal dat hun gesprekken zo kort mogelijk gehouden moesten worden. Langzaam en geroutineerd sneed Denny een sleuf door het metaal met de punt van de brander die een straal van achthonderd graden Celsius uitbraakte. Er verstreken minuten terwijl er gesmolten metaal op de vloer druppelde en rode en gele vonken van de deur spatten. Op een bepaald moment zei Denny: 'Dat staal is tweeënhalve centimeter dik.' Zodra hij klaar was met het bovenstuk van het vierkant begon hij meteen met de onderkant. Het ging niet snel, de minuten kropen voorbij en de spanning nam toe, maar ze bleven rustig. Jerry en Mark zaten op hun hurken achter Denny en keken aandachtig naar zijn werk. Toen het onderste stuk ook doorgesneden was, trok Denny aan de grendel en die schoot los, maar iets bleef hangen. 'Dat is een grendel,' zei hij. 'Die snij ik ook door.'

Vijf minuten later zwaaide de deur open. Ahmed, die naar zijn laptop zat te kijken, zag niets ongewoons op het beveiligingssysteem van de bibliotheek. 'Niets te zien,' zei hij. Denny, Mark en Jerry liepen de ruimte in die daardoor meteen vol was. Een smalle tafel, hoogstens zestig centimeter breed, was ongeveer even lang als het vertrek zelf, een meter of drie. Tegen beide muren stonden vier grote houten ladekasten. Mark, de *lockpicker*, duwde zijn nachtbril omhoog, verschoof zijn hoofdlamp en bekeek een van de sloten. Hij schudde zijn hoofd en zei: 'Geen verrassing: combinatiesloten, waarschijnlijk met gecomputeriseerde codes die elke dag veranderen. Die kun je niet openbreken, dus moeten we boren.'

'Begin maar,' zei Denny. 'Begin met boren, dan snij ik de andere deur open.'

Jerry haalde een 18mm-accuboor tevoorschijn met aan beide kanten een handgreep. Hij zette hem op het slot, waarna hij en Mark er zo veel mogelijk druk op zetten. De boor gilde en gleed van het koper af, dat eerst ondoordringbaar leek. Maar toen sprong er een splinter af, daarna nog een, en terwijl de mannen uit alle macht duwden ging het boortje toch steeds dieper in het slot. Maar toen het slot het begaf, wilde de lade nog steeds niet open. Mark wrikte een dun breekijzer in het gat boven het slot en rukte hem met kracht naar beneden. De houten omlijsting barstte en de lade ging open. In de la stond een archiefdoos met zwartmetalen hoeken, 45 bij 55 centimeter, en 10 centimeter diep.

'Voorzichtig,' zei Jerry toen Mark de doos openmaakte en er behoedzaam een dun gebonden boek uit haalde. Mark las langzaam voor: '"De gedichtenverzameling van Dolph McKenzie." Precies wat ik altijd al wilde hebben.'

'Wie is dat?'

'Geen idee, maar we zijn hier niet voor gedichten.'

Achter hen kwam Denny het vertrek binnen en zei: 'Oké, mannen, doorwerken. Hier zijn nog zeven laden. Ik ben al bijna in die andere kamer.'

Ze gingen weer aan het werk, terwijl Trey buiten op een parkbankje nonchalant een sigaret zat te roken en steeds weer op zijn horloge keek. De hectiek op de campus nam nog niet af, maar zou niet eeuwig duren.

De tweede en derde lade in de eerste kamer bevatten nog meer zeldzame boeken van auteurs die de bende niet kende. Toen Denny met de snijbrander de tweede ruimte was binnengedrongen, riep hij Jerry en Mark met de boor. Ook in deze ruimte stonden acht grote laden die er precies zo uitzagen als die in de eerste ruimte. Om 02.15 uur meldde Trey zich en vertelde dat de campus nog steeds was afgezet, maar dat nieuwsgierige studenten zich op het gazon voor McCarren verzamelden om naar de show te kijken. Agenten met megafoons hadden hen gesommeerd naar hun kamers te gaan, maar er waren gewoon te veel studenten. Zeker twee nieuwshelikopters hingen boven de campus en maakten alles nog ingewikkelder. Trey keek op zijn smartphone naar CNN, en het Princeton-verhaal was hét verhaal van dat moment. Een opgewonden verslaggever 'ter plaatse' verwees steeds naar 'onbevestigde slachtoffers' en slaagde erin de indruk te wekken dat talloze studenten waren neergeschoten door 'ten minste één schutter'.

'Ten minste één schutter?' mompelde Trey. Bij een schietpartij is toch altijd sprake van ten minste één schutter?

Denny, Mark en Jerry overlegden of ze de laden met de snijbrander zouden openmaken, maar besloten dat niet te doen. Voorlopig niet tenminste. Het risico op brand was te groot, en bovendien hadden ze niets aan die manuscripten als ze beschadigd waren.

Denny pakte een kleinere 6mm-boor en begon te boren. Mark en Jerry boorden met de grotere boor. In de eerste lade in de tweede ruimte zaten stapels kwetsbare papieren, met de hand beschreven door een andere, lang vergeten dichter die ze niet kenden maar toch haatten.

Om 02.30 uur meldde CNN dat er twee studenten dood waren en nog minstens twee gewond. Het woord 'bloedbad' werd geïntroduceerd.

5

Tijdens het doorzoeken van de eerste verdieping van McCarren ontdekten agenten de restanten van wat voetzoekers bleken te zijn. En in het toilet en de douche vonden ze de lege rookbomblikjes. De rugzak die Trey had achtergelaten werd geopend door een team van de Explosieven Opruimingsdienst die de ontplofte rookbom eruit haalde. Om 03.10 uur nam de commandant voor het eerst het woord 'grap' in de mond, maar de adrenaline gierde nog zo door hun lichaam dat niemand aan het woord 'afleiding' dacht.

De rest van McCarren werd ook snel gecontroleerd en alle studenten waren aanwezig. De campus was nog steeds afgesloten en dat zou nog uren zo blijven, tot de nabijgelegen gebouwen ook waren doorzocht.

6

Om 03.30 uur meldde Trey: 'Het lijkt nu rustig te worden. Jullie zijn al drie uur binnen, mannen, hoe gaat het met het boren?'

'Langzaam,' was het enige wat Denny zei.

In de kluis werkten ze inderdaad langzaam, maar volhardend. In de eerste vier laden die ze openmaakten zaten nog meer oude manuscripten, enkele handgeschreven, andere getypt, allemaal door belangrijke auteurs die op dat moment niet van belang waren. Maar ze hadden eindelijk geluk met de vijfde lade. Denny haalde er een archiefdoos uit die er net zo uitzag als de andere en maakte hem behoedzaam open. Op een indexkaart die de bibliotheek erin had gestopt stond: *Origineel Handgeschreven Manuscript van* The Beautiful and Damned *door F. Scott Fitzgerald.*

'Bingo!' zei Denny rustig. Hij haalde nog eens twee identieke dozen uit de vijfde lade, zette ze voorzichtig op de smalle tafel en maakte ze open. In de doos zaten de originele manuscripten van *Tender Is the Night* en *The Last Tycoon.*

Ahmed, nog steeds achter zijn laptop en nu met een energiedrankje vol cafeïne, hoorde de schitterende woorden: 'Oké jongens, we hebben drie van de vijf. *Gatsby* is hier ook ergens, net als *Paradise*.'

Trey vroeg: 'Hoe lang nog?'

'Twintig minuten,' zei Denny. 'Haal de bus maar op.'

Trey liep nonchalant over de campus, voegde zich bij een groep nieuwsgierige studenten en keek even naar het kleine groepje agenten dat rondliep. Ze waren opgehouden om gebukt en met een geladen wapen rond te lopen, dekking te zoeken, te rennen en zich achter auto's te verstoppen. Het gevaar was duidelijk geweken, hoewel er nog steeds een heleboel auto's met zwaailichten stonden. Trey verwijderde zich rustig, liep een meter of achthonderd door, verliet de campus en bleef staan in John Street. Daar stapte hij in een witte bestelbus met op beide voorportieren de tekst DRUKKERIJ PRINCETON UNIVERSITY. Het was nummer 12, wat dat ook betekende, en het zag er bijna precies zo uit als een busje dat Trey een week eerder had gefotografeerd. Hij reed terug naar de campus, vermeed de drukte rondom McCarren en parkeerde naast een laadplatform aan de achterkant van de bibliotheek. 'De bus staat klaar,' meldde hij.

'We maken net de zesde lade open,' antwoordde Denny.

Terwijl Jerry en Mark hun nachtbril omhoogschoven en met hun zaklamp in de hand dichter naar de tafel liepen, maakte Denny voorzichtig de archiefdoos open. Op de indexkaart stond: *Origineel Handgeschreven Manuscript van* The Great Gatsby *van F. Scott Fitzgerald.* 'Bingo!' zei hij rustig. 'We hebben *Gatsby*, die oude klootzak.'

'Jippie,' zei Mark, hoewel ze hun opwinding goed inhielden. Jerry haalde de laatste doos uit de lade. Hierin zat het manuscript van *This Side of Paradise*, Fitzgeralds eerste roman, gepubliceerd in 1920.

'We hebben ze alle vijf,' zei Denny rustig. 'Kom, we gaan.'

Jerry pakte de boren, snijbrander, blikjes met zuurstof en acetyleen en breekijzers weer in. Toen hij zich bukte om de duffel te pakken, schraapte een stukje van het versplinterde hout van de derde lade over de huid boven zijn pols. In de opwinding merkte hij dat amper; hij wreef er alleen heel even overheen toen hij zijn rugzak oppakte. Denny en Mark stopten de vijf manuscripten van onschatbare waarde in hun drie rugzakken. Daarna verlieten de dieven snel de kluis, met hun buit en hun gereedschap, en liepen de trap op naar de begane grond. Ze verlieten de bibliotheek via een dienstingang vlak bij het laadplatform dat verborgen lag achter een dichte, lange haag en klommen achter in het busje.

Trey reed bij het laadplatform vandaan. Daarbij passeerde hij een patrouillewagen van de campusbeveiliging. Hij zwaaide even naar hen, maar ze reageerden niet. Trey keek hoe laat het was: 03.42 uur. Hij meldde: 'Alles veilig, we verlaten de campus nu met meneer Gatsby en zijn vrienden.'

7

Toen de stroom uitviel, werden verschillende alarminstallaties in de betreffende gebouwen geactiveerd. Om 04.00 uur had een elektricien het computernetwerk onderzocht en het probleem gevonden. De elektriciteit in het hele gebouw werd hersteld, behalve in de bibliotheek. Het hoofd Beveiliging stuurde drie man naar de bibliotheek en tien minuten later hadden ze de oorzaak van het activeren van het alarm gevonden.

Toen was de bende al gestopt bij een goedkoop motel aan Interstate 295 in de buurt van Philadelphia. Trey parkeerde het busje naast een grote vrachtwagen en uit het zicht van de enige bewakingscamera die op de parkeerplaats was gericht. Mark spoot met een spuitbus witte verf over de tekst DRUKKERIJ PRINCETON UNIVERSITY op de beide voorportieren. In de kamer waar hij en Trey de vorige nacht hadden geslapen, kleedden de mannen zich snel om. Ze trokken jachtkleding aan en stopten alles wat ze tijdens de klus hadden gedragen – spijkerbroek, sneakers, sweatshirt en zwarte handschoenen – in een andere duffel. In de badkamer bekeek Jerry het sneetje op zijn linkerpols. Tijdens de rit had hij het met zijn duim dichtgedrukt toen hij merkte dat het bloedde. Hij veegde de wond schoon met een washandje en vroeg zich af of hij dit aan de anderen moest vertellen. Niet nu, misschien later.

Heel stil haalden ze al hun spullen uit de kamer, deden het licht uit en vertrokken. Mark en Jerry stapten in een pick-up, een dure Club Cab, gehuurd en bestuurd door Denny, en reden achter Treys bestelbus aan de parkeerplaats af, terug naar de snelweg. Ze reden vlak langs de noordelijke buitenwijken van Philadelphia en verdwenen via de staatssnelwegen in het landelijke gebied van Pennsylvania. Vlak bij Quakertown vonden ze de weg die ze hadden uitgezocht en die één kilometer verderop niet meer verhard was. Er stonden helemaal geen huizen. Trey zette de bestelbus in een ondiep ravijn, verwijderde de gestolen kentekenplaten, goot een paar liter benzine over hun tassen met gereedschap, mobiele telefoons, radioapparatuur en kleding, en stak een lucifer aan. Meteen ontstond er een vuurbal, en terwijl ze er met de pick-up vandoor gingen, waren ze ervan overtuigd dat ze alle mogelijke bewijzen hadden vernietigd. De manuscripten lagen veilig tussen Trey en Mark in op de achterbank van de pick-up.

Terwijl het daglicht zich langzaam over de heuvels verplaatste, reden ze zwijgend door en keken naar alles om hen heen, wat heel weinig was. Af en toe zagen ze een andere auto, een boer die naar zijn schuur ging en niet naar de snelweg keek en een oude vrouw die een poes van haar veranda haalde. Vlak bij Bethlehem reden ze Interstate 78 West op. Denny bleef ruim onder de maximumsnelheid. Sinds ze de campus van Princeton hadden verlaten, hadden ze geen enkele politieauto gezien. Ze stopten bij een drive-thru voor broodjes kip en koffie, waarna ze Interstate 81 Noord op reden in de richting van Scranton.

8

Het eerste koppel FBI-agenten arriveerde even na zeven uur bij de Firestone Library. Ze werden gebriefd door de beveiliging van de campus en de politie van de stad Princeton. Ze namen een kijkje op de plaats delict en zeiden dat de bibliotheek voorlopig gesloten moest blijven. Rechercheurs en forensisch experts van het bureau in Trenton waren al onderweg naar de universiteit.

De bestuursvoorzitter van de universiteit was na een bijzonder lange nacht net weer in zijn huis op de campus toen hij het bericht kreeg dat er een paar waardevolle zaken werden vermist. Hij ging snel naar de bibliotheek, waar hij werd opgevangen door de hoofdbibliothecaris, de FBI en de plaatselijke politie. Samen namen ze het besluit het verhaal zo lang mogelijk onder de pet te houden. Het hoofd van de afdeling Rare Asset Recovery van de FBI in Washington kwam eraan en hij ging ervan uit dat de dieven al snel contact met de school zouden opnemen en een deal zouden voorstellen. Publiciteit, en daar zou geen gebrek aan zijn, zou de zaak alleen maar compliceren.

9

De vier jagers stelden het feestje uit tot ze bij de hut waren, diep in de Pocono Mountains. Denny had de kleine A-vormige hut het hele jachtseizoen gehuurd, met geld dat zou worden terugbetaald zodra ze hun buit hadden ingewisseld, en woonde daar al twee maanden. Jerry was de enige van de vier met een vast adres: hij huurde samen met zijn vriendin een klein appartement in Rochester, New York. Trey, de ontsnapte gevangene, was het grootste deel van zijn volwassen leven al op de vlucht. Mark woonde parttime bij zijn ex-vrouw in de buurt van Baltimore, maar dat stond nergens geregistreerd.

De vier mannen hadden een paar valse identiteitsbewijzen, waaronder een paspoort dat iedere douanier voor echt zou aanzien.

In de koelkast lagen drie flessen goedkope champagne. Denny maakte er een open, schonk de drank in vier niet bij elkaar passende koffiekopjes en riep joviaal: 'Proost, mannen, en gefeliciteerd. We hebben het geflikt!' Een halfuur later waren de drie flessen leeg, vielen de vermoeide jagers in slaap en bleven urenlang onder zeil. De manuscripten, nog steeds in de identieke archiefdozen, stonden als goudstaven op elkaar gestapeld in een geweerkluis in een opslagruimte, waar ze de komende dagen zouden worden bewaakt door Denny en Trey. Morgen zouden Jerry en Mark naar huis gaan, uitgeput na een lange week jagen op herten in de bossen.

10

Terwijl Jerry lag te slapen, was de federale regering fanatiek bewijzen tegen hem aan het verzamelen. Een forensisch expert van de FBI ontdekte een klein vlekje op de eerste trede van de trap naar en van de kluis van de bibliotheek. Ze dacht, terecht, dat het een druppel bloed was die daar nog niet lang genoeg had gelegen om donkerrood of zelfs bijna zwart te worden. Ze verzamelde het bloed en bracht haar leidinggevende op de hoogte, waarna het bloedmonster snel naar een FBI-lab in Philadelphia werd gebracht. Daar voerde men meteen een DNA-test uit, waarvan de uitslag in de landelijke databank werd ingevoerd. Nog geen uur later vond men een match in Massachusetts: ene Gerald A. Steengarden, een misdadiger die voorwaardelijk vrij was en zeven jaar geleden was veroordeeld voor een schilderijendiefstal bij een kunsthandelaar in Boston. Een groep analisten ging koortsachtig op zoek naar meneer Steengarden. Er waren ten minste vijf mannen met die naam in de VS, maar vier daarvan werden algauw geëlimineerd. Er werden bevelschriften verkregen voor een huiszoeking van het appartement en voor het opvragen van de gegevens van mobiele telefoons en creditcards van deze vijfde meneer Steengarden. Toen Jerry diep in de bergen eindelijk wakker werd, hield de FBI zijn appartement in Rochester al in de gaten. Ze besloten niet met een huiszoekingsbevel naar binnen te gaan, maar het huis te bewaken en te wachten.

Misschien, heel misschien, zou meneer Steengarden hen naar de anderen leiden.

In Princeton werd een lijst opgesteld met de namen van alle studenten die in de afgelopen week gebruik hadden gemaakt van de bibliotheek. Hun studentenkaart legde elk bezoek aan de bibliotheken op de campus vast. De vervalsingen vielen op, omdat valse studentenkaarten werden gebruikt voor het illegaal kopen van drank door minderjarigen, niet om bibliotheken binnen te sluipen. De precieze tijdstippen waarop ze waren gebruikt werden vastgesteld en vervolgens vergeleken met de videobeelden van de bewakingscamera's van de bibliotheek. Om twaalf uur 's middags had de FBI duidelijke foto's van Denny, Jerry en Mark, hoewel die op dat moment niet veel waarde hadden omdat ze zich goed hadden vermomd.

Op de afdeling Zeldzame boeken en bijzondere verzamelingen schoot de oude Ed Folk voor het eerst in decennia in een hoge versnelling. Omringd door FBI-agenten controleerde hij zijn inlogregister en de beveiligingsfoto's van zijn recente bezoekers. Elke foto werd geverifieerd, en toen adjunct-hoogleraar Neville Manchin van Portland State met de FBI sprak, verzekerde hij hen ervan dat hij nooit in de buurt van de campus van Princeton was geweest. De FBI had een duidelijke foto van Mark, ook al kenden ze zijn echte naam niet.

Nog geen twaalf uur na de afronding van de geslaagde diefstal, waren er veertig FBI-agenten op de zaak gezet; ze bekeken video's en analyseerden gegevens.

11

Aan het einde van de middag gingen de vier jagers met een biertje aan een kaarttafeltje zitten. Denny ging maar door over allemaal dingen die ze al een keer of tien hadden besproken.

De klus was geklaard, het was een succes geweest, maar bij elke misdaad worden aanwijzingen achtergelaten. Er worden altijd fouten gemaakt en je bent een genie als je zelfs maar de helft kunt bedenken. Het zou niet lang duren voordat de valse studentenkaarten werden ontdekt en nagetrokken. De politie zou weten dat ze de bibliotheek dagen voor de diefstal al hadden verkend. Wie weet hoeveel belastende videobeelden er van hen bestonden? Wie weet waren er weefsels van hun kleren, afdrukken van hun sportschoenen, et cetera. Ze wisten bijna zeker dat ze geen vingerafdrukken hadden achtergelaten, maar toch was die kans altijd aanwezig. De vier mannen waren doorgewinterde dieven, dus wisten ze dat allemaal.

Niemand had de kleine pleister boven Jerry's linkerpols gezien en hij had besloten hem ook te negeren. Hij had zichzelf wijsgemaakt dat het niet belangrijk was.

Mark pakte vier apparaatjes die precies op de iPhone 5 leken, inclusief het logo, maar toch waren het geen telefoons. Ze werden Sat-Traks genoemd, trackingapparaatjes verbonden met een satellietsysteem met wereldwijde dekking. Omdat het geen mobieletelefoonnetwerk was, kon de politie hen op geen enkele manier traceren of afluisteren. Mark vertelde nogmaals dat het noodzakelijk was dat ze de komende weken alle vier, maar ook Ahmed, constant contact met elkaar onderhielden. Ahmed had de apparaatjes gekregen van een van zijn vele bronnen. De Sat-Traks hadden geen aan-uitknop, maar moesten worden geactiveerd met een code van drie cijfers. Zodra het apparaat was ingeschakeld, toetste iedere gebruiker zijn eigen wachtwoord van vijf tekens in om toegang te krijgen. Twee keer per dag, precies om 08.00 en 20.00 uur, zouden de vijf mannen contact met elkaar maken met het eenvoudige bericht *Veilig*. Een vertraging was onacceptabel en misschien zelfs rampzalig. Een vertraging betekende dat de Sat-Trak, maar vooral de gebruiker, op de een of andere manier betrapt was. Na een vertraging van vijftien minuten werd Plan B in gang gezet, wat betekende dat Denny en Trey met de manuscripten naar een tweede safehouse moesten gaan. Wanneer Denny of Trey zich niet meldden moest de hele operatie, of wat ervan over was, worden afgeblazen en Jerry, Mark en Ahmed het land onmiddellijk verlaten.

Slecht nieuws werd gemeld met het eenvoudige bericht *Rood*. Rood betekende, zonder vragen te stellen en zonder tijd voor vertraging: 1) er is iets misgegaan, 2) breng de manuscripten zo mogelijk naar het derde safehouse en 3) verlaat het land zo snel je kunt.

Wanneer iemand door de politie werd opgepakt, werd hij geacht te zwijgen. De vijf hadden de namen en adressen van elkaars familieleden in hun hoofd geprent; ze beloofden de zaak en elkaar trouw te blijven. Wraak was gegarandeerd. Niemand zou praten. Nooit.

Ook al waren deze voorbereidingen cruciaal, toch was de sfeer ontspannen, feestelijk zelfs. Ze hadden een briljante misdaad gepleegd en waren op perfecte wijze ontsnapt.

Trey, de serieontsnapper, deed niets liever dan zijn verhalen vertellen. Hij had succes doordat hij altijd een plan had voor na elke ontsnapping, terwijl de meeste mannen alleen nadachten over hun ontsnapping. Datzelfde gold voor een misdaad. Je bent dagen en weken plannen aan het maken, en nadat die zijn uitgevoerd weet je niet wat je daarna moet doen. Ze hadden een plan nodig.

Maar ze konden het niet eens worden over een plan. Denny en Mark gaven de voorkeur aan snelle actie: binnen een week contact opnemen met Princeton en losgeld eisen. Dan waren ze van de manuscripten af en hoefden ze zich niet bezig te houden met het beschermen en verplaatsen ervan, en konden ze hun geld incasseren.

Jerry en Trey, die meer ervaring hadden, gaven de voorkeur aan een geduldige aanpak. Laat het stof neerdalen; laat de realiteit haar werk doen terwijl het nieuws bekend raakt op de zwarte markt; laat wat tijd verstrijken tot we zeker weten dat wij niet worden verdacht. Princeton was niet de enige mogelijke koper. Dat was waar, er zouden ook andere gegadigden zijn.

De discussie was lang en vaak fel, maar werd ook doorspekt met grapjes en gelach en een heleboel bier. Uiteindelijk werden ze het eens over een tijdelijk plan. Jerry en Mark zouden de volgende ochtend naar huis gaan: Jerry naar Rochester en Mark naar Baltimore via Rochester. Ze zouden zich gedeisd houden, de komende week het nieuws in de gaten houden en zich natuurlijk twee keer per dag melden bij het team. Denny en Trey zouden zorg dragen voor de manuscripten en ze over ongeveer een week naar het tweede safehouse brengen, een goedkoop appartement in een armoedig deel van Allentown, Pennsylvania. Over tien dagen zouden ze Jerry en Mark weer treffen in het safehouse, en dan zouden de vier mannen een definitief plan opstellen.

Ondertussen zou Mark contact opnemen met een mogelijke tussenpersoon die hij al jaren kende, een speler in de schimmige wereld van gestolen kunst en kunstobjecten. Mark zou op de bedekte manier die gebruikelijk was in die wereld bekendmaken dat hij informatie had over de manuscripten van Fitzgerald. Maar verder zou hij niets zeggen tot ze elkaar weer ontmoetten.

12

Carole, de vrouw die in Jerry's appartement woonde, vertrok om 16.30 uur, alleen. Ze werd gevolgd terwijl ze naar een supermarkt ging, een paar straten verderop. Snel werd besloten het appartement niet binnen te gaan, niet op dat moment. Er waren te veel buren in de buurt, en één woord van hen en hun surveillance kon bekend worden. Carole had geen idee dat ze zo nauwlettend in de gaten werd gehouden. Terwijl zij haar boodschappen deed, plaatsten agenten trackers in de bumpers van haar auto. Twee andere agenten, vrouwen in joggingpak, keken wat ze kocht (niets belangrijks). Toen ze haar moeder een sms stuurde, werd die sms gelezen en opgeslagen. Toen ze haar vriendin belde, luisterden agenten naar elk woord dat werd gezegd. Toen ze even een bar binnenliep, bood een agent in spijkerbroek haar een drankje aan. Toen ze even na negen uur 's avonds weer naar huis ging, werd elke stap die ze zette bekeken, gefilmd en opgeslagen.

13

Ondertussen lag haar vriend op de achterveranda in een hangmat bier te drinken en *The Great Gatsby* te lezen, met vlakbij een prachtig meer. Mark en Trey waren in een boot op dat meer rustig aan het vissen op brasem, terwijl Denny op de grill biefstukken bakte. Toen de zon onderging waaide er een kille wind en gingen de vier jagers naar de woonkamer waar een houtvuur brandde. Precies om 20.00 uur pakten ze hun nieuwe Sat-Traks, toetsten hun wachtwoord in en typten *Veilig*; datzelfde deed Ahmed in Buffalo. Alles was dus in orde.

Het leven was inderdaad goed. Nog geen vierentwintig uur geleden waren ze nog op de campus geweest, verscholen ze zich in het donker, ontzettend nerveus, maar ook genietend van de spanning van de jacht. Hun plan was perfect uitgevoerd, ze hadden de waardevolle manuscripten in hun bezit en binnenkort zouden ze het geld in handen hebben. De overdracht van de manuscripten zou niet gemakkelijk zijn, maar dat was van later zorg.

14

De drank hielp wel, maar de vier mannen sliepen niet echt goed. De volgende ochtend vroeg maakte Denny eieren met bacon en sterke koffie en zat Mark met een laptop aan de bar en scande de koppen van de kranten van de hele Oostkust. 'Niets,' zei hij. 'Een heleboel verhalen over de ophef op de campus, nu officieel een grap genoemd, maar geen woord over de manuscripten.'

'Ik denk dat ze het stil willen houden,' zei Denny.

'Ja, maar hoe lang?'

'Echt niet lang. Je kunt zo'n verhaal niet uit de pers houden. Morgen is er een lek, zeker weten.'

'Vraag me af of dat goed of slecht is.'

'Geen van beide.'

Trey kwam de keuken binnen, met een pas geschoren hoofd. Hij wreef er trots overheen en vroeg: 'Wat vinden jullie ervan?'

'Prachtig,' zei Mark.

'Niets helpt,' zei Denny.

Geen van de vier mannen zag er nog net zo uit als vierentwintig uur geleden. Trey en Mark hadden alles afgeschoren, hun baard, hoofdhaar en wenkbrauwen. Denny en Jerry hadden hun baard eraf gehaald en hun haar geverfd. Denny was veranderd van blond naar donkerbruin en Jerry was nu een beetje rossig. Allemaal zouden ze elke dag een ander petje en een andere bril dragen. Ze wisten dat er video-opnamen van hen waren gemaakt en waren op de hoogte van de technologie en de mogelijkheden van de gezichtsherkenningssoftware van de FBI. Ze hadden fouten gemaakt, maar ze deden steeds minder moeite te onthouden welke dat waren. Het werd tijd om met de volgende fase te beginnen.

Er was bij hen ook sprake van enige arrogantie, het natuurlijke gevolg van een perfecte misdaad. Ze hadden elkaar een jaar geleden leren kennen toen Trey en Jerry, de twee criminelen en de meest ervaren bendeleden, waren voorgesteld aan Denny, die Mark kende, die Ahmed weer kende. Ze hadden urenlang plannen gemaakt en complotten gesmeed, gediscussieerd over wie wat zou doen, wat het beste moment was en waar ze daarna naartoe zouden gaan. Honderden details, sommige groot, andere heel klein, maar allemaal cruciaal. Nu de diefstal achter de rug was, was dat allemaal verleden tijd. Nu hoefden ze nog maar één ding te doen: het geld incasseren.

Donderdag om 08.00 uur keken ze elkaar aan, terwijl ze het Sat-Trak-ritueel uitvoerden. Ahmed was oké, iedereen was aanwezig en meldde zich. Daarna namen Jerry en Mark afscheid, reden bij de hut en de Pocono Mountains vandaan en bereikten vier uur later de buitenwijken van Rochester. Ze konden niet weten dat een heleboel FBI-agenten geduldig zaten te wachten en uitkeken naar de Toyota-pick-up uit 2010 die drie maanden eerder was gehuurd. Nadat Jerry de pick-up vlak bij zijn appartement had geparkeerd en hij en Mark nonchalant over de parkeerplaats liepen en de trap naar de tweede verdieping opliepen, zoomden verborgen camera's op hen in.

De digitale foto's werden meteen doorgestuurd naar het FBI-lab in Trenton. Op het moment dat Jerry Carole met een kus begroette, waren de foto's al vergeleken met de stills van de bewakingsvideo's van de bibliotheek van Princeton. De beeldherkenningstechnologie van de FBI ontdekte Jerry, oftewel meneer Gerald A. Steengarden, en verifieerde Mark als de bedrieger die de naam van professor Neville Manchin had geleend. Doordat Mark geen strafblad had, stond er niets over hem in het landelijke opsporingsnetwerk. De FBI wist dus wel dat hij in de bibliotheek was geweest, maar niet hoe hij heette.

Maar dat zou niet lang zo blijven.

Besloten werd te kijken en te wachten. Jerry had hun Mark al gegeven; misschien kon hij hun nog iemand geven. Na de lunch verlieten de twee mannen het appartement en liepen terug naar de Toyota. Mark droeg een goedkope kastanjebruine nylon sporttas, maar Jerry had niets bij zich. Ze gingen naar het centrum. Jerry reed in een rustig tempo, hield zich zorgvuldig aan alle verkeersregels om vooral niet de aandacht van de politie te trekken.

15

Ze keken naar alles, naar elke auto, elk gezicht, iedere oude man die verscholen achter een krant op een parkbankje zat. Ze waren ervan overtuigd dat ze niet werden gevolgd, maar in hun beroep mocht je nooit verslappen. Ze konden de helikopter niet zien of horen die verderop stilletjes in de lucht hing, en hen op een hoogte van driehonderd meter volgde.

Bij het Amtrak-station stapte Mark zwijgend uit, pakte zijn tas van de achterbank en wandelde naar de ingang. Binnen kocht hij een tweedeklaskaartje voor de trein van 14.13 uur naar Penn Station in Manhattan. Terwijl hij wachtte las hij een oude pocketeditie van *The Last Tycoon*. Hij was geen echte lezer, maar toch opeens gefascineerd door Fitzgerald. Hij onderdrukte een grijns toen hij dacht aan het handgeschreven manuscript en aan de plaats waar dat nu was verborgen.

Jerry stopte bij een slijter en kocht een fles wodka. Toen hij de winkel uitkwam, gingen drie vrij grote jonge mannen in een donker pak voor hem staan, begroetten hem, lieten hun badge zien en zeiden dat ze met hem wilden praten. Jerry zei dat hij dat niet wilde. Hij moest iets doen. Zij ook. Een van de mannen haalde handboeien tevoorschijn, een andere pakte de wodkafles van hem af en de derde haalde alles uit zijn zakken: zijn portefeuille, de sleutels en de Sat-Trak. Jerry werd naar een verlengde zwarte Suburban gebracht en naar de stadsgevangenis gebracht nog geen vier straten verderop. Tijdens de korte rit zei niemand iets. Hij werd in een lege cel gezet, nog steeds zonder dat er iets werd gezegd. Hij vroeg niets, zij zeiden niets. Toen een cipier bij zijn cel bleef staan en hem begroette, vroeg Jerry: 'Vertel, man, enig idee wat er aan de hand is?'

De cipier keek de gang in, boog zich dichter naar de tralies toe en zei: 'Geen idee, vriend, maar je hebt de belangrijke jongens pisnijdig gemaakt.'

Jerry ging in de donkere cel op het bed liggen, keek naar het smerige plafond en vroeg zich af of dit echt gebeurde. *Hoe kon dit? Wat was er misgegaan?*

Terwijl de cel om hem heen draaide, deed Carole de voordeur open en werd begroet door zes agenten. Een van hen liet een huiszoekingsbevel zien en een ander zei dat ze het appartement moest verlaten en in haar auto moest gaan zitten, maar zonder de motor te starten.

Mark stapte om 14.00 uur in de trein en ging ergens zitten. De deuren sloten om 14.13 uur, maar de trein kwam niet in beweging. Om 14.30 uur gingen de deuren weer open en stapten twee mannen in een identieke blauwe regenjas in en keken hem strak aan. Op dat afschuwelijke moment wist Mark dat het mis was.

Rustig vertelden ze wie ze waren en vroegen hem de trein te verlaten. De ene man pakte hem bij de elleboog, terwijl de andere zijn tas uit het bagagerek haalde. Ze zeiden niets tijdens de rit naar de gevangenis. Balend van de stilte vroeg Mark: 'Zeg eens, mannen, ben ik gearresteerd?'

Zonder zich om te draaien, antwoordde de chauffeur: 'Het is niet onze gewoonte om willekeurige burgers de handboeien om te doen.'

'Oké. Waarom word ik dan gearresteerd?'

'Ze leggen alles wel uit in de gevangenis.'

'Ik dacht dat jullie de aanklacht moesten noemen wanneer jullie me op mijn rechten wijzen.'

'Je bent geen slimme crimineel, wel? We moeten je je rechten pas voorlezen als we vragen gaan stellen. Op dit moment proberen we alleen van de stilte te genieten.'

Mark hield zijn mond en keek naar het verkeer. Hij ging ervan uit dat ze Jerry hadden opgepakt. Anders konden ze niet weten dat hij, Mark, op het station was. Hadden ze Jerry misschien al opgepakt en zat die nu alles al te vertellen in ruil voor een deal? Nee, vast niet.

Jerry had geen woord gezegd, daar had hij de kans niet voor gekregen. Om 17.15 uur werd hij uit de gevangenis opgehaald en overgebracht naar het FBI-kantoor een paar straten verderop. Hij werd naar een verhoorkamer gebracht en aan een tafel gezet. Zijn handboeien werden afgedaan en hij kreeg een kop koffie.

Een agent die McGregor heette kwam binnen, trok zijn colbertje uit, ging zitten en begon te praten. Het was een vriendelijke vent die Jerry uiteindelijk zijn rechten voorlas. 'Ben je al vaker gearresteerd?' vroeg McGregor.

Dat was inderdaad zo, en dus wist Jerry dat zijn vriend McGregor hier een kopie van zijn strafblad had. 'Ja,' zei hij.

'Hoe vaak?'

'Luister, meneer de agent. U hebt me net verteld dat ik het recht heb te zwijgen. Ik zeg geen woord en ik wil een advocaat, nu meteen. Begrepen?'

McGregor zei: 'Natuurlijk,' en hij verliet de kamer.

Mark werd naar een kamer om de hoek gebracht. McGregor liep naar binnen en herhaalde het ritueel. Ze dronken samen koffie en praatten over Marks rechten. Met een gerechtelijk bevel hadden ze Marks tas doorzocht en allerlei interessante dingen gevonden. McGregor opende een grote envelop, haalde er een paar plastic kaarten uit en legde ze op de tafel. Hij zei: 'Dit komt allemaal uit je portefeuille, Mark Driscoll: een rijbewijs van Maryland, een slechte foto met heel veel haar en zelfs wenkbrauwen, twee geldige creditcards en een tijdelijke jachtakte uitgegeven door de staat Pennsylvania.' Hij legde er nog meer kaarten bij. 'En dit hebben we uit je tas gehaald: een rijbewijs van Kentucky op naam van Arnold Sawyer, alweer met heel veel haar. Een valse creditcard.' Langzaam legde hij nog meer kaarten neer. 'Een vals rijbewijs van Florida, met bril en baard, op naam van Luther Banahan. En dit echt goed vervalste paspoort uitgegeven in Houston aan Clyde D. Mazy, met een rijbewijs en drie valse creditcards.'

De tafel lag vol. De moed zakte Mark in de schoenen, maar hij klemde zijn kaken op elkaar en probeerde zo onverschillig mogelijk zijn schouders op te halen. *Nou en?*

McGregor zei: 'Best indrukwekkend. We hebben ze gecheckt en weten dat je in werkelijkheid Mark Driscoll bent. Je adres kennen we niet, doordat je veel hebt rondgereisd.'

'Is dat een vraag?'

'Nee, nog niet.'

'Goed, want ik zal niets zeggen. Ik heb recht op een advocaat, dus u kunt er maar beter eentje voor me regelen.'

'Oké. Vreemd dat je op al deze foto's heel veel haar hebt, soms zelfs een snor, en altijd wenkbrauwen. Nu is dat allemaal verdwenen. Ben je ergens voor op de loop, Mark?'

'Ik wil een advocaat.'

'Natuurlijk. Luister Mark, we hebben helemaal geen documenten gevonden op naam van professor Neville Manchin van Portland State. Doet die naam een belletje rinkelen?'

Een belletje? Een reusachtige torenklok misschien?

Door het eenzijdige glas was een HR-camera op Mark gericht. In het vertrek ernaast zaten twee ondervragingsexperts, allebei getraind op het ontdekken van liegende verdachten en getuigen. Zij keken naar Marks pupillen, bovenlip, kaakspieren en de positie van zijn hoofd. De verdachte schrok toen de naam Neville Manchin werd genoemd. Toen Mark reageerde met een sullig 'Eh, ik zeg niets en ik wil een advocaat,' knikten beide experts en ze glimlachten. *We hebben hem.*

McGregor verliet de kamer, kletste even met zijn collega's en stapte Jerry's kamer in. Hij ging zitten, glimlachte, wachtte een hele tijd en zei toen: 'Dus, Jerry, je praat nog steeds niet, wel?'

'Ik wil een advocaat.'

'Natuurlijk, prima, we proberen er eentje voor je te vinden. Je bent niet erg praatgraag, wel?'

'Ik wil een advocaat.'

'Je vriendje Mark werkt veel beter mee dan jij.'

Jerry slikte moeizaam. Hij had gehoopt dat Mark de stad met de Amtrak had kunnen verlaten. Niet dus. *Wat was er verdomme gebeurd? Hoe was het mogelijk dat ze zo snel waren opgepakt?* Gisteren om deze tijd zaten ze nog in de hut te kaarten, bier te drinken en na te genieten van hun perfecte misdaad. Natuurlijk had Mark zijn mond niet al opengedaan.

McGregor wees naar Jerry's linkerhand en vroeg: 'Je hebt daar een pleister. Heb je je gesneden?'

'Ik wil een advocaat.'

'Heb je een arts nodig?'

'Een advocaat.'

'Oké, oké. Ik ga een advocaat voor je zoeken.' Hij vertrok en sloeg de deur achter zich dicht.

Jerry keek naar zijn pols. Dit kon gewoon niet waar zijn!

16

Schaduwen vielen op het meer, dus haalde Denny zijn lijn in en peddelde terug naar de hut. Terwijl de koude lucht die van het water opsteeg door zijn dunne jasje heen trok, dacht hij aan Trey en eerlijk gezegd ook aan hoe weinig hij hem vertrouwde. Trey was eenenveertig, was twee keer betrapt met de gestolen waar, had de eerste keer vier jaar gezeten voordat hij was ontsnapt en de tweede keer twee jaar voordat hij over de muur was geklommen. Wat hij zo zorgwekkend vond aan Trey was dat hij in beide gevallen was ingestort, alles had verteld en zijn buddy's had verraden in ruil voor strafvermindering. Voor een professional was dat een doodzonde.

Denny wist zeker dat Trey de zwakste schakel van de bende van vijf was. Denny had als Ranger meegevochten in oorlogen. Hij had de vuurgevechten overleefd, vrienden verloren en veel vijanden gedood. Hij wist wat angst was. Wat hij haatte was zwakheid.

17

Donderdagavond om 20.00 uur speelden Denny en Trey *gin rummy* en dronken bier. Ze hielden er even mee op, pakten hun Sat-Traks, toetsten hun code in en wachtten. Een paar seconden later meldde Ahmed zich met een *Veilig* vanuit Buffalo. Niets van Mark of Jerry. Mark zou in een trein moeten zitten, voor de rit van zes uur van Rochester naar Penn Station, en Jerry zou in zijn appartement moeten zijn.

De volgende vijf minuten verstreken uiterst langzaam, of misschien vlogen ze voorbij; dat was niet duidelijk. De apparaatjes deden het toch? Dat was spul van CIA-kwaliteit en ze hadden een vermogen gekost. Dat twee bendeleden zich tegelijkertijd niet meldden betekende... Ja, wat betekende dat eigenlijk? Om 20.06 uur stond Denny op en zei: 'Laten we alvast beginnen. Jij stopt de belangrijkste spullen in onze tassen en maakt je klaar voor vertrek, oké?'

'Begrepen,' zei Trey, duidelijk ongerust.

Ze renden naar hun kamer en smeten kleren in hun duffels. Een paar minuten later zei Denny: 'Het is elf over acht. Ik stel voor dat we om twintig over vertrekken. Goed?'

'Akkoord,' zei Trey en hij bleef even staan om naar zijn Sat-Trak te kijken.

Niets.

Om 20.20 uur opende Denny de deur van de opslagruimte en deed de wapenkluis van het slot. Ze stopten de vijf manuscripten tussen de kleren in twee groene legertassen en brachten ze naar Denny's pick-up. Daarna liepen ze terug naar de hut om het licht uit te doen en alles nog één keer grondig te controleren.

'Moeten we de fik erin steken?' vroeg Trey.

'Natuurlijk niet!' snauwde Denny, geïrriteerd door zoveel domheid. 'Dat trekt juist de aandacht. Ook al kunnen ze bewijzen dat we hier waren. Nou en? Dan zijn we allang verdwenen en zijn die boeken nergens meer te vinden.'

Ze deden het licht uit en de beide deuren op slot. Terwijl ze van de veranda wilden stappen, bleef Denny even staan en liet Trey voorgaan. Toen dook hij naar voren, sloeg beide handen stevig om Treys hals en drukte zijn duimen in de halsslagaders. Trey – ouder, zwak gebouwd, uit vorm en nietsvermoedend – was geen partij voor de dodelijke greep van de ex-Ranger. Hij kronkelde en zwaaide een paar seconden, maar verslapte toen. Denny gooide hem op de grond en trok zijn riem uit zijn broek.

18

Hij stopte in de buurt van Scranton om te tanken en koffie te drinken, en nam daarna Interstate 80 West. De maximumsnelheid was honderdtien kilometer per uur, dus zette hij zijn cruisecontrol op honderdacht. Eerder die avond had hij een paar biertjes gehad, maar nu was hij helder. Elke paar kilometer keek hij even naar zijn Sat-Trak die op de middenconsole lag. Hij wist nu dat het scherm donker zou blijven, dat niemand zich zou melden. Hij nam aan dat Mark en Jerry samen waren opgepakt en hun Sat-Traks door een paar heel slimme mensen uit elkaar werden gehaald. Treys apparaatje lag op de bodem van het meer, net als Trey zelf, allebei vol water en nu al in staat van ontbinding.

Als hij, Denny, erin slaagde de komende vierentwintig uur te overleven en het land te verlaten, was al het geld alleen voor hem.

Hij stopte bij een pannenkoekenhuis dat dag en nacht open was, zette de pick-up vlak bij de ingang en koos een tafeltje bij het raam zodat hij hem kon zien. Hij opende zijn laptop, bestelde koffie en vroeg of ze wifi hadden. Het meisje zei 'Natuurlijk' en gaf hem het wachtwoord. Hij besloot een tijdje te blijven en bestelde wafels en bacon. Op internet bekeek hij vluchten vanaf Pittsburgh, boekte een vlucht naar Chicago en daarvandaan een rechtstreekse vlucht naar Mexico City. Hij ging op zoek naar een opslagruimte met klimaatbeheersing en stelde een lijst op. Hij at langzaam, bestelde meer koffie en treuzelde zo lang mogelijk. Hij ging naar de website van *The New York Times* en schrok van het hoofdartikel dat ongeveer vier uur eerder was geplaatst met de kop: *Princeton bevestigt diefstal manuscripten Fitzgerald.*

Na een hele dag van 'geen commentaar' en verdachte ontkenningen had het bestuur van de universiteit eindelijk een verklaring uitgegeven waarin ze de geruchten bevestigden. Dinsdagnacht hadden dieven ingebroken in de Firestone Library, terwijl de campus reageerde op berichten dat er een gewapende man rondliep. Dat bleek later een afleidingsmanoeuvre, die bovendien succes had gehad. De universiteit wilde niet bekendmaken hoeveel van de Fitzgerald-verzameling er was gestolen, alleen dat het 'substantieel' was. De FBI was bezig met een onderzoek, et cetera. Er werden weinig bijzonderheden bekendgemaakt.

Geen woord over Mark en Jerry. Opeens werd Denny onrustig en hij wilde doorrijden. Hij betaalde de rekening, verliet het restaurant en gooide zijn Sat-Trak in een afvalbak buiten. Nu was er niets meer wat hem bond met het verleden. Hij was alleen en vrij en opgewonden door de gebeurtenissen, maar ook zenuwachtig nu het nieuws bekend was. Nu móést hij het land wel verlaten. Dat had hij niet gepland, maar de zaak had niet beter kunnen uitpakken. Plannen, niets verloopt ooit volgens plan, en de overlevenden zijn degenen die zich tijdens de vlucht kunnen aanpassen.

Trey was een probleem geweest. Hij zou algauw een plaag zijn geworden, daarna lastig en vervolgens een risico. Denny dacht nu alleen nog maar in de verleden tijd aan hem. Toen het lichter begon te worden en hij de noordelijke buitenwijken van Pittsburgh bereikte, verdrong Denny elke herinnering aan Trey. Alweer een perfecte misdaad.

Om negen uur 's ochtends was hij bij East Mills Beveiligde

Opslagruimtes in Oakmont, een buitenwijk van Pittsburgh. Hij liep naar het kantoor en vertelde de receptionist dat hij een paar maanden een opslagruimte nodig had voor kostbare wijnen en een kleine ruimte zocht waar de temperatuur en luchtvochtigheid stabiel werden gehouden en werden gecontroleerd.

De receptionist liet hem een ruimte op de begane grond zien van vier bij vier meter. Het tarief bedroeg tweehonderdvijftig dollar per maand en de huurperiode was minimaal één jaar.

Denny zei nee bedankt, zo lang had hij die ruimte niet nodig. Ze kwamen driehonderd dollar per maand overeen en een huurtermijn van zes maanden. Hij liet een rijbewijs uit New Jersey zien, ondertekende het contract op naam van Paul Rafferty en betaalde contant. Hij nam de sleutel mee naar de opslagruimte, deed de deur van het slot en stelde de temperatuur in op twaalf graden en de luchtvochtigheid op veertig procent. Daarna deed hij het licht uit, liep door de gangen om de bewakingscamera's te checken en vertrok ten slotte weer zonder dat de receptionist hem zag.

Om tien uur ging de groothandel in goedkope wijnen open. Denny was de eerste klant van die dag. Hij betaalde contant voor vier dozen goedkope chardonnay, kreeg van de medewerker twee lege kartonnen dozen mee en verliet de winkel. Daarna reed hij een halfuur rond op zoek naar een plaats waar niemand hem kon zien, ver bij ander verkeer en bewakingscamera's vandaan. Hij reed met zijn pick-up door een goedkope autowasstraat en stopte bij de stofzuigers. *This Side of Paradise* en *The Beautiful and Damned* pasten prima in een van de lege wijndozen. *Tender Is the Night* en *The Last Tycoon* legde hij in de andere doos. *Gatsby* kreeg een eigen doos, nadat hij daar de twaalf flessen uit had gehaald en op de achterbank had gelegd.

Om elf uur had Denny de zes dozen in de opslag van East Mills gezet. Toen hij wilde vertrekken, kwam hij de receptionist tegen en zei dat hij de volgende dag terug zou komen met nog meer wijn. 'Prima, wat u maar wilt,' het kon de medewerker geen zak schelen. Terwijl Denny wegreed, kwam hij langs eindeloze rijen opslagruimtes en vroeg zich af wat voor andere gestolen goederen achter die deuren verborgen konden zijn. Misschien een heleboel, maar niets kon zo waardevol zijn als die van hem.

Hij reed kriskras door het centrum van Pittsburgh en ontdekte ten slotte een achterstandswijk. Hij stopte voor een apotheek met dikke tralies voor de ramen, draaide de raampjes van de pick-up naar beneden, liet de sleutel in het contact zitten, legde de twaalf flessen slechte wijn op de vloer, pakte zijn tas en liep weg. Het was bijna twaalf uur, het was een heldere en zonnige herfstdag, en hij voelde zich relatief veilig. Hij vond een telefooncel, belde een taxi en wachtte voor een eethuisje met Afro-Amerikaans voedsel tot hij werd opgepikt.

Drie kwartier later zette de taxi hem af voor de vertrekhal van Pittsburgh International Airport. Denny haalde zijn ticket op, kwam zonder enig probleem door de security en liep naar een koffiekraampje vlak bij zijn gate. Bij een boekhandel kocht hij *The New York Times* en *The Washington Post*. Op de voorpagina van *The Washington Post*, onder de vouw, schreeuwde de kop hem tegemoet: *Twee arrestaties voor diefstal Princetonbibliotheek*. Er stonden geen foto's of namen bij, maar het was wel duidelijk dat Princeton en de FBI het verhaal niet wilden aandikken. Volgens het korte artikel waren de vorige dag twee mannen opgepakt in Rochester en was men nu op zoek naar anderen 'betrokken bij deze spectaculaire diefstal'.

19

Terwijl Denny op zijn vlucht naar Chicago wachtte, vloog Ahmed van Buffalo naar Toronto. Daar boekte hij een vlucht naar Amsterdam. Hij moest vier uur wachten, dus ging hij in een lounge aan de bar zitten, verborg zijn gezicht achter een menukaart en begon te drinken.

20

De maandag daarop deden Mark Driscoll en Gerald Steengarden afstand van het recht op uitzetting naar hun staat van herkomst, waarna ze naar Trenton, New Jersey, werden gebracht. Ze werden voorgeleid voor een federale rechter en bevestigden zwart op wit dat ze geen cent te makken hadden, waarop ze een advocaat kregen toegewezen. Doordat ze zoveel valse documenten in bezit hadden gehad, werden ze als vluchtgevaarlijk beschouwd en niet op borgtocht vrijgelaten.

Er verstreek nog een week, toen een maand, en het onderzoek begon vast te lopen. Wat eerst zo veelbelovend had geleken, begon er hopeloos uit te zien. Behalve de druppel bloed, de foto's van de uitstekend vermomde dieven en uiteraard de vermiste manuscripten, waren er geen bewijzen. Het uitgebrande busje waarin ze waren ontsnapt was wel gevonden, maar niemand wist waar het vandaan kwam. Denny's gehuurde pick-up was gestolen, gestript en uit elkaar gehaald door een *chop shop*. Denny reisde van Mexico City naar Panama, waar hij vrienden had die wisten hoe je je moest verbergen.

Er waren bewijzen dat Jerry en Mark verschillende keren valse studentenkaarten hadden gebruikt om de bibliotheek te bezoeken. Mark had zich zelfs voorgedaan als een Fitzgerald-deskundige. Bewezen was ook dat de twee mannen in de nacht van de diefstal de bibliotheek binnen waren gegaan, samen met een derde man. Onbekend was echter wanneer of hoe ze weer waren vertrokken.

Omdat de gestolen goederen er niet waren, stelde de openbaar aanklager hen nog niet in staat van beschuldiging. De advocaten van Jerry en Mark probeerden de beschuldigingen ongeldig te verklaren, maar dat weigerde de rechter. Ze bleven in de gevangenis, zonder borg en zonder ook maar een woord te zeggen. De stilte duurde voort. Drie maanden na de diefstal bood de openbaar aanklager Mark een gouden deal aan: als je alles vertelt kom je er zonder straf vanaf. Omdat Mark geen strafblad had en omdat zijn DNA niet op de plaats delict was gevonden, was hij de beste van de beide mannen om een deal mee te sluiten: doe nou maar gewoon je mond open, dan ben je een vrij man.

Dat weigerde hij om twee redenen. Reden één: zijn advocaat verzekerde hem dat de overheid er moeite mee zou hebben om de zaak tijdens een proces te bewijzen, zodat hij waarschijnlijk ook niet veroordeeld zou worden. Reden twee, nog belangrijker: Denny en Trey liepen nog vrij rond en dat betekende dat de manuscripten goed verstopt waren en ook dat de kans op wraak groot was. Bovendien, zelfs als Mark hun Denny's en Treys naam zou vertellen, zou de FBI er moeite mee hebben hen te vinden. Mark had natuurlijk geen idee waar de manuscripten waren. Hij kende de locatie van het tweede en het derde safehouse, maar wist ook dat die zeer waarschijnlijk niet waren gebruikt.

21

Alle sporen liepen dood. Aanwijzingen die eerst urgent hadden geleken, vervaagden nu. Ze moesten wachten. Degenen die de manuscripten in bezit hadden zouden geld willen, een heleboel zelfs. Zij zouden zich uiteindelijk wel melden, maar waar en wanneer, en hoeveel zouden ze eisen?

2
De handelaar

1

Toen Bruce Cable drieëntwintig was en nog steeds derdejaarsstudent aan Auburn University, overleed zijn vader onverwacht. De twee mannen hadden ruziegemaakt over zijn trage studieresultaten, en het was zo erg geworden dat meneer Cable meer dan eens had gedreigd zijn zoon Bruce uit zijn testament te schrappen. Een voorouder had ooit een vermogen verdiend met grind en op basis van slecht juridisch advies een aantal ondoordachte en gecompliceerde trustfondsen opgezet met als gevolg dat generaties familieleden onverdiend geld toegeworpen hadden gekregen. De familieleden leefden jarenlang alsof ze nog altijd steenrijk waren, hoewel hun vermogen langzaam afnam. De jongere generaties kregen regelmatig het dreigement te horen dat testamenten en trustfondsen zouden worden aangepast, maar dat had nooit effect gehad. Meneer Cable stierf echter voordat hij naar zijn advocaat was geweest, zodat Bruce op een dag hoorde dat hij zomaar driehonderdduizend dollar kreeg. Dat was een geweldige meevaller, maar natuurlijk geen pensioen. Hij overwoog het te investeren en als hij dat behoudend deed, kreeg hij misschien een jaarlijks nettorendement van tussen de vijf en tien procent. Dat was echter amper voldoende voor de manier van leven waar Bruce opeens naar verlangde. Een gedurfdere manier van investeren zou veel riskanter zijn, maar Bruce wilde zijn geld echt niet kwijt. Dat geld deed vreemde dingen met hem. Het vreemdst was misschien wel zijn besluit om Auburn na vijf jaar te verlaten zonder achterom te kijken.

Toen lokte een meisje hem naar een strand op Camino Island, Florida, een vijftien kilometer lange strook zand even ten noorden van Jacksonville. Hij verbleef een maand in een leuk appartement waar zij voor betaalde en waar hij sliep, bier dronk, langs de golven wandelde, urenlang naar de Atlantische Oceaan zat te kijken en *Oorlog en vrede* las. Hij had Engels gestudeerd en interesseerde zich voor de prachtige boeken die hij nooit had gelezen.

Terwijl hij over het strand dwaalde dacht hij na over een aantal opties om zijn geld te beschermen, en hopelijk te zien groeien. Hij was zo verstandig geweest niemand iets over zijn geluk te vertellen. Doordat het geld al tientallen jaren verborgen was gehouden, werd hij niet lastiggevallen door vrienden die hem overlaadden met adviezen of geld te leen vroegen. Het meisje wist sowieso niets van het geld. Na één week samen wist hij al dat hij algauw afscheid van haar zou nemen. In willekeurige volgorde overwoog hij zijn geld te investeren in een franchisebedrijf dat broodjes kip verkocht, in onontgonnen land in Florida, in een appartement in een torenflat vlakbij, in verschillende internetstart-ups in Silicon Valley, in een winkelcentrum in Nashville en in allerlei andere zaken. Hij las tientallen financiële tijdschriften, maar hoe meer hij las hoe beter hij zich realiseerde dat hij niet genoeg geduld had om te investeren. Investeren was een hopeloos doolhof vol getallen en strategieën. Hij had niet voor niets Engels boven economie verkozen.

Om de dag gingen hij en het meisje naar het schilderachtige dorpje Santa Rosa, om te lunchen in een van de cafés of om iets te drinken in een van de bars aan Main Street. Daar was ook een goede boekhandel met een koffiebar, en algauw zaten ze daar elke middag met een latte en *The New York Times*. De barista was tevens de eigenaar, een oudere man die Tim heette. Tim was ook een kletskous. Hij vertelde een keer dat hij overwoog de zaak te verkopen en naar Key West te verhuizen. De volgende dag slaagde Bruce erin het meisje af te schudden zodat hij in zijn eentje een latte kon drinken. Hij ging aan de koffiebar zitten en ondervroeg Tim over zijn plannen voor de boekhandel.

Boeken verkopen was niet eenvoudig, vertelde Tim. De grote ketens verkochten de bestsellers met enorme kortingen, sommige gaven zelfs vijftig procent korting, en dankzij internet en Amazon kochten mensen hun boeken vanuit huis. In de afgelopen vijf jaar hadden meer dan zevenhonderd onafhankelijke boekhandels hun deuren gesloten. Er waren maar een paar boekhandels die echt winst maakten. Hoe meer Tim vertelde, hoe somberder hij werd. 'De kleinhandel is genadeloos,' zei hij zeker drie keer. 'En wat je vandaag ook doet, morgen moet je helemaal opnieuw beginnen.'

Bruce had bewondering voor Tims eerlijkheid, maar vroeg zich af of de man wel slim was. Probeerde hij een koper te verleiden?

Tim zei dat hij goed geld verdiende met de winkel. Het eiland had een vaste literaire gemeenschap, met enkele actieve auteurs, een boekenfestival en goede bibliotheken. Gepensioneerden lazen nog altijd graag en gaven geld uit aan boeken. Het eiland had ongeveer veertigduizend permanente bewoners en er kwamen elk jaar een miljoen toeristen, dus was er meer dan voldoende handel. Uiteindelijk vroeg Bruce wat de vraagprijs was. Tim zei dat hij honderdvijftigduizend dollar contant zou accepteren, zonder verkoperslening, en ervan uitgaande dat de koper de huur van het pand overnam. Een beetje timide vroeg Bruce of hij de boekhouding mocht inzien, alleen de balans en de winst- en verliesrekening, geen ingewikkelde zaken. Daar voelde Tim niet veel voor; hij kende Bruce niet en dacht dat de jongeman zomaar een knul was die zijn tijd op het strand doorbracht en op zijn vaders zak teerde. Tim zei: 'Oké, als jij me inzicht geeft in jouw financiën, laat ik jou de mijne zien.'

'Prima,' zei Bruce. Hij vertrok met de belofte terug te komen, maar hij vergat het doordat hij een uitstapje wilde maken. Drie dagen later nam hij afscheid van het meisje en reed naar Jacksonville om een andere auto te kopen. Hij had zijn zinnen gezet op een splinternieuwe Porsche 911 Carrera, en het feit dat hij daar gewoon een cheque voor kon uitschrijven maakte dat wel heel verleidelijk. Maar hij beheerste zich en na een lange dag marchanderen ruilde hij zijn intensief gebruikte Jeep Cherokee in voor een splinternieuwe. Hij had de ruimte misschien nodig om dingen te vervoeren. De Porsche kon wel wachten, misschien tot hij genoeg geld had verdiend om er een te kopen. Met zijn nieuwe auto en met zijn geld nog op de bank verliet Bruce Florida voor een literair avontuur waar hij met elke kilometer die hij aflegde meer zin in kreeg. Hij had geen reisdoel. Hij reed naar het westen, wilde op een bepaald moment afslaan naar het noorden in de richting van de Stille Oceaan, daarna weer naar het oosten en vervolgens naar het zuiden. Tijd was niet belangrijk, hij had geen deadlines. Hij ging op zoek naar onafhankelijke boekhandels en steeds als hij er eentje vond, bleef hij een paar dagen om rond te neuzen, koffie te drinken, te lezen en misschien zelfs te lunchen als de boekhandel ook een café had. Meestal slaagde hij erin de eigenaar te pakken te krijgen en voorzichtig uit te horen. Dan vertelde hij dat hij overwoog een boekhandel te kopen en wel wat advies kon gebruiken. De reacties verschilden. De meesten leken hun werk leuk te vinden, zelfs degenen die zich zorgen maakten over de toekomst. Er was veel onzekerheid in die wereld, met de ketens die steeds meer uitbreidden en met het internet dat zoveel onzekerheden veroorzaakte. Hij hoorde horrorverhalen over gevestigde boekhandels die failliet gingen doordat een grote, goedkope winkel vlakbij zijn deuren opende. Sommige onafhankelijke boekhandels, vooral in studentensteden die te klein waren voor de ketens, leken te floreren. Andere, zelfs in steden, waren vrijwel verlaten. Een paar boekhandels waren nieuw en gingen enthousiast tegen de trend in. De adviezen waren tegenstrijdig en gevarieerd, van de standaard 'De kleinhandel is genadeloos' tot 'Gewoon doen, je bent nog maar drieëntwintig'. De enige constante was wel dat iedereen die hem advies gaf plezier had in wat hij deed. Ze hielden van boeken, literatuur, auteurs en de hele boekenwereld, en waren bereid lange dagen te maken en tijd in hun klanten te investeren, omdat ze hun werk geweldig vonden.

Twee maanden lang reed Bruce door het land, doelloos rondrijdend op zoek naar de volgende onafhankelijke boekhandel. De eigenaar in de ene stad kende misschien drie anderen elders in de staat, et cetera. Bruce consumeerde liters sterke koffie, ging om met auteurs die op tournee waren, kocht tientallen gesigneerde boeken, sliep in goedkope motels, soms met een andere boekengek die hij net had ontmoet, bracht uren door met boekhandelaren die bereid waren hun kennis te delen en hem advies te geven, dronk een heleboel slechte wijn tijdens signeersessies waar maar een handvol klanten verscheen, maakte honderden foto's van het interieur en de buitenkant van de winkels, schreef pagina's vol met aantekeningen en hield een dagboek bij.

Toen zijn avontuur eindelijk voorbij was en hij geen zin meer had om rond te rijden, had hij in vierenzeventig dagen bijna dertienduizend kilometer gereden en eenenzestig onafhankelijke boekhandels bezocht, waarvan niet één zelfs maar een beetje op een andere had geleken. Hij dacht dat hij nu een plan had.

Hij ging terug naar Camino Island en vond Tim waar hij hem had achtergelaten, in de koffiehoek waar hij een espresso dronk, een krant las en er zelfs nog ellendiger uitzag dan daarvoor. Eerst herkende Tim hem niet, maar toen zei Bruce:

'Een paar maanden geleden overwoog ik de winkel te kopen. Jij vroeg honderdvijftig.'

'Inderdaad,' zei Tim en hij fleurde een beetje op. 'Heb je het geld gevonden?'

'Een deel. Ik zal vandaag een cheque uitschrijven voor honderdduizend, en over een jaar voor vijfentwintig.'

'Leuk hoor, maar volgens mij is dat vijfentwintig te weinig.'

'Dat is alles wat ik heb, Tim. Graag of niet. Ik heb ook een andere winkel gevonden die te koop is.'

Tim dacht even na en stak toen langzaam zijn rechterhand uit. Ze bezegelden de deal met een handdruk. Tim belde zijn advocaat en zei dat hij de boel snel moest afwikkelen. Drie dagen later waren de documenten ondertekend en was het geld overgemaakt. Bruce sloot de winkel een maand voor renovaties en gebruikte deze tijd voor een snelcursus boeken verkopen. Tim wilde best nog even blijven om zijn kennis over elk aspect van deze handel te delen, net als de roddels over de klanten en de meeste andere winkeliers in het centrum. Hij had een mening over van alles en nog wat, en een paar weken later was Bruce er klaar voor en vond hij het prima dat Tim vertrok.

Op 1 augustus 1996 werd de winkel heropend met zoveel publiciteit als Bruce maar voor elkaar kon krijgen. Een leuke menigte dronk champagne en bier, en luisterde naar reggae en jazz. Bruce genoot intens. Zijn grootse avontuur was begonnen en Bay Books – Nieuwe en zeldzame boeken was geopend.

2

Het was toeval dat hij belangstelling kreeg voor zeldzame boeken. Nadat hij het afschuwelijke nieuws had gekregen dat zijn vader aan een hartaanval was overleden, ging Bruce naar huis in Atlanta. Dat was niet echt zijn thuis – hij had daar nooit veel tijd doorgebracht – maar vooral het laatste thuis van zijn vader, een man die vaak verhuisde, meestal met een angstaanjagende vrouw op sleeptouw. Meneer Cable was twee keer getrouwd geweest, met weinig geluk, waarna hij het huwelijk had afgezworen. Toch kon hij kennelijk niet buiten de aanwezigheid van een afschuwelijke vrouw om zijn leven te compliceren. Vrouwen voelden zich tot hem aangetrokken door zijn kennelijke rijkdom, maar na verloop van tijd beseften ze allemaal dat hij hopeloos beschadigd was door twee vechtscheidingen. Gelukkig, in elk geval voor Bruce, had zijn vaders laatste vriendin hem net verlaten, zodat er geen nieuwsgierige ogen en handen in het huis waren.

Tot de komst van Bruce. Op de tweede verdieping van het huis – een verbijsterende, supermoderne stapel staal en glas in een hippe wijk in het centrum – was een grote studio waar meneer Cable graag schilderde als hij zich niet bezighield met zijn investeringen. Hij had nooit echt geprobeerd carrière te maken, en omdat hij van zijn erfenis leefde had hij zichzelf altijd 'investeerder' genoemd. Later was hij gaan schilderen, maar zijn olieverfschilderijen waren zo lelijk dat elke galerie in Atlanta hem had weggestuurd. Eén wand van de studio was bedekt met boeken, honderden boeken, en eerst was de verzameling Bruce amper opgevallen. Hij dacht dat die boeken alleen fungeerden als decor, als onderdeel van de act, als een nieuwe mislukte poging van zijn vader om diepzinnig, gecompliceerd en belezen te lijken. Bij nadere beschouwing realiseerde Bruce zich echter dat op twee planken een paar oudere boeken stonden met een bekende titel. Hij haalde ze een voor een van de bovenste plank en bekeek ze aandachtig. Zijn matige nieuwsgierigheid sloeg algauw om in iets anders, want het waren allemaal eerste drukken, waarvan enkele waren gesigneerd door de auteurs. Joseph Hellers *Catch-22*, uitgegeven in 1961; Norman Mailers *The Naked and the Dead* (1948); John Updike's *Rabbit, Run* (1960); Ralph Ellisons *Invisible Man* (1952); Walker Percy's *The Moviegoer* (1961); Philip Roths

Goodbye, Columbus (1959); William Styrons *The Confessions of Nat Turner* (1967); Dashiell Hammetts *The Maltese Falcon* (1929); Truman Capotes *In Cold Blood* (1965); en J.D. Salingers *The Catcher in the Rye* (1951). Nadat Bruce de eerste tien boeken had bekeken, legde hij ze op een tafel in plaats van ze terug te zetten. Zijn nieuwsgierigheid maakte plaats voor hevige opwinding die vervolgens omsloeg in hebzucht. Op de onderste plank vond hij boeken en auteurs van wie hij nog nooit had gehoord, tot hij een zelfs nog schokkender ontdekking deed. Verborgen achter een dikke driedelige biografie van Churchill stonden vier boeken: William Faulkners *The Sound and the Fury* (1929); Steinbecks *Cup of Gold* (1929); F. Scott Fitzgeralds *This Side of Paradise* (1920) en Ernest Hemingways *A Farewell to Arms* (1929). Deze vier boeken waren allemaal een eerste druk, verkeerden in een uitstekende staat en waren gesigneerd door de auteur. Bruce zocht nog verder, maar deed geen andere interessante ontdekkingen. Hij liet zich in de oude leunstoel van zijn vader vallen en keek naar de wand vol boeken. Terwijl hij daar zo zat, in een huis dat hij nooit echt had gekend, en naar lelijke olieverfschilderijen keek van een kunstenaar met een duidelijk gebrek aan talent, vroeg hij zich af waar die boeken vandaan kwamen en wat hij zou doen wanneer zijn zus Molly arriveerde. Van hen werd verwacht dat ze samen de begrafenis regelden. Bruce realiseerde zich hoe weinig hij eigenlijk wist van zijn overleden vader. Waarom zou hij ook meer weten? Zijn vader had nooit tijd met hem doorgebracht. Meneer Cable had zijn zoon naar een internaat gestuurd toen Bruce veertien was. In de zomervakanties werd de jongen zes weken naar een zeilkamp gestuurd en nog eens zes weken naar een vakantieboerderij; alles om maar te voorkomen dat hij thuis was. Bruce had helemaal niet geweten dat zijn vader plezier had gehad in verzamelen, op al die afschuwelijke vrouwen na dan. Meneer Cable golfde en tenniste en reisde, maar nooit met Bruce en zijn zus; altijd met zijn nieuwste vriendin.

Dus waar kwamen die boeken vandaan? Hoe lang verzamelde hij ze al? Waren er misschien oude facturen, officiële bewijzen van hun bestaan? Zou de executeur van zijn vaders erfenis verplicht zijn ze bij zijn andere bezittingen te voegen en samen met de andere boeken aan Emory University te schenken?

Dat het grootste deel van de nalatenschap naar Emory ging was ook iets wat Bruce mateloos irriteerde. Zijn vader had het er weleens over gehad zonder al te veel in detail te treden. Meneer Cable was de nobele mening toegedaan dat zijn geld moest worden geïnvesteerd in educatie en niet mocht worden nagelaten aan kinderen die het toch maar zouden verspillen. Bruce had verschillende keren op het punt gestaan zijn vader eraan te herinneren dat die zijn hele leven geld had uitgegeven dat door iemand anders was verdiend, maar Bruce zou niets opschieten met een discussie over dergelijke kwesties.

Op dat moment wilde hij die boeken echt hebben. Hij besloot achttien van de beste te houden en de rest achter te laten. Als hij te hebberig werd en open plekken achterliet, zou iemand dat misschien opvallen. Hij stopte ze netjes in een kartonnen doos waar ooit wijn in had gezeten. Zijn vader had jarenlang te veel gedronken, maar had dat uiteindelijk beperkt tot elke avond een paar glazen rode wijn; er stonden nog verschillende lege dozen in de garage. Bruce was uren bezig met het herverdelen van de boeken over de planken om de indruk te wekken dat er niets ontbrak. Wie zou dat ook kunnen weten? Voor zover hij wist las Molly nooit iets en, nog belangrijker, had ze hun vader vermeden omdat ze de pest had aan zijn vriendinnen. Bruce dacht dat Molly nooit zelfs maar één nacht in dit huis had doorgebracht, zodat ze niets kon weten van haar vaders persoonlijke bezittingen. (Toch vroeg ze hem twee maanden later tijdens een telefoongesprek of hij iets wist van 'papa's oude boeken', waarna Bruce zei van niet.)

Hij wachtte tot het donker was en bracht de doos naar zijn Jeep. Er waren minstens drie bewakingscamera's gericht op de patio, de oprit en de garage, en wanneer iemand vragen zou stellen zou hij gewoon zeggen dat hij een paar eigen spullen had meegenomen: video's, cd's, dat soort dingen. Wanneer de executeur van de nalatenschap later naar de ontbrekende eerste drukken vroeg, wist Bruce natuurlijk van niets. Vraag maar aan het dienstmeisje.

Uiteindelijk bleek het de perfecte misdaad, áls het al een misdaad was. Bruce vond van niet. Hij was van mening dat hij veel meer had moeten krijgen. Dankzij dikke testamenten en familieadvocaten werd de nalatenschap van zijn vader efficiënt afgewikkeld en had niemand het ooit over zijn bibliotheek.

Bruce Cable's ongeplande entree in de wereld van zeldzame boeken ging goed van start. Hij verdiepte zich in deze handel en ontdekte dat zijn eerste verzameling, de achttien boeken die hij uit het huis van zijn vader had meegenomen, een waarde had van zo'n tweehonderdduizend dollar. Maar hij durfde de boeken niet te verkopen, bang dat iemand er een zou herkennen en vragen zou stellen. Omdat hij niet wist op welke manier zijn vader de boeken in bezit had gekregen, was het beter om te wachten. Laat er wat tijd overheen gaan, dan kunnen herinneringen vervagen. Zoals hij al snel zou leren, was geduld een vereiste.

3

De boekhandel was gevestigd in een pand in het centrum van Santa Rosa, op de hoek van 3rd en Main Street. Het was honderd jaar oud en oorspronkelijk gebouwd door de voornaamste bank van de stad, die de Grote Depressie echter niet had overleefd. Vervolgens werd het een apotheek, toen weer een bank en daarna een boekhandel. Op de eerste verdieping stonden dozen, kisten en dossierkasten, allemaal onder het stof en geen cent waard. Bruce slaagde erin daar beslag op te leggen; hij maakte wat ruimte vrij, plaatste een paar muren, zette er een bed in en noemde het een appartement. Daar woonde hij de eerste tien jaar van het bestaan van Bay Books. Als hij niet beneden boeken aan het verkopen was, was hij boven bezig met opruimen, schoonmaken, verven, renoveren en uiteindelijk inrichten.

Augustus 1996 was de eerste maand waarin Bay Books open was. Na de officiële opening met wijn en kaas was het een paar dagen druk, maar daarna nam de nieuwsgierigheid af. Het aantal klanten werd beduidend minder. Na drie weken begon Bruce zich af te vragen of hij zich gruwelijk had vergist. De nettowinst van augustus bedroeg slechts tweeduizend dollar, zodat Bruce bijna in paniek raakte. Dit was immers het toeristische hoogseizoen op Camino Island. Hij besloot de boeken af te prijzen, iets wat de meeste onafhankelijke boekhandelaren niet aanraadden. Hij prijsde belangrijke nieuwe uitgaven en bestsellers af met vijfentwintig procent. Hij verschoof de sluitingstijd van zeven naar negen uur 's avonds en werkte vijftien uur per dag. Hij werkte in de winkel als een politicus, onthield de namen van de vaste klanten en wat ze kochten. Algauw was hij een volleerde barista; hij kon een espresso maken terwijl hij ondertussen naar voren liep om een klant te helpen. Hij verplaatste planken vol oude boeken, voornamelijk klassiekers die niet erg populair waren, en maakte daar een klein café. De sluitingstijd ging van negen naar tien uur 's avonds. Hij stuurde tientallen handgeschreven brieven naar klanten, en naar auteurs en boekhandelaren die hij tijdens zijn avontuurlijke reis van kust tot kust had ontmoet. Om middernacht zat hij vaak achter de computer om de Bay Books-nieuwsbrief te schrijven. Hij worstelde met het idee om ook op zondag open te gaan, iets wat de meeste onafhankelijke boekhandels deden. Dat wilde hij niet, omdat hij de rust nodig had en ook bang was voor mogelijk verzet.

Camino Island lag in de Biblebelt; vanaf de boekhandel kon je gemakkelijk naar een stuk of tien kerken lopen. Maar het was ook een toeristisch gebied en bijna geen enkele toerist leek op zondagochtend naar de kerk te willen. Dus dacht hij in september: ze kunnen de pot op! Zondagochtend om negen uur ging hij open, met *The New York Times*, *The Washington Post*, *The Boston Globe* en *Chicago Tribune* vers van de pers en verse broodjes kip van een eethuisje drie deuren verderop. Op de derde zondag was zijn winkel afgeladen vol.

In de maanden september en oktober bedroeg de nettowinst vierduizend dollar, en deze was een halfjaar later verdubbeld. Bruce maakte zich geen zorgen meer. Nog geen jaar later was Bay Books de meest geliefde en drukste winkel in het centrum. Uitgevers en vertegenwoordigers zwichtten voor zijn aanhoudende gezeur en namen Camino Island op in de tournees van hun auteurs. Bruce werd lid van de American Booksellers Association en verdiepte zich in de doelstellingen, speerpunten en comités. In de winter van 1997, tijdens een congres van de ABA, ontmoette hij Stephen King en haalde hem over op bezoek te komen voor een boekenbal. King signeerde negen uur lang, terwijl zijn fans in een lange rij buiten stonden te wachten. De winkel verkocht tweeëntwintighonderd van zijn boeken met een omzet van zeventigduizend dollar. Die geweldige dag zette Bay Books op de kaart. Drie jaar later werd de winkel gekozen tot Beste Onafhankelijke Boekhandel in Florida, en in 2004 doopte *Publishers Weekly* hem tot Boekhandel van het Jaar. In 2005, na negen jaar in de loopgraven, werd Bruce Cable gekozen tot lid van de Raad van Bestuur van de ABA.

4

Toen was Bruce al een bekende figuur in de stad. Hij bezat twaalf seersucker pakken, allemaal met een iets andere tint of kleur. Elke dag droeg hij een van zijn pakken, met een gesteven wit overhemd met een ronde boord en een opvallende vlinderdas, meestal rood of geel. Zijn ensemble werd aangevuld met schoenen van hertenleer zonder sokken. Hij droeg nooit sokken, zelfs niet in januari wanneer het vroor. Hij had dik, golvend haar, bijna tot op zijn schouders. Hij schoor zich één keer per week op zondagochtend. Op zijn dertigste schemerde er wat grijs door in zijn haar, snor en een paar slierten van zijn lange haar, wat hem heel goed stond.

Elke dag, als het wat rustiger was in de winkel, ging Bruce naar buiten. Dan liep hij naar het postkantoor en flirtte met de medewerksters. Hij ging naar de bank en flirtte met de medewerksters. Als er in het centrum een nieuwe winkel werd geopend, woonde Bruce de officiële opening bij en kwam korte tijd later terug om met de verkoopsters te flirten. Lunch was een belangrijke aangelegenheid voor Bruce, en hij at zes dagen per week buitenshuis, altijd met iemand anders, zodat hij de uitgaven kon aftrekken als zakelijke kosten. Zodra er een nieuw café werd geopend, was Bruce een van de eerste klanten, proefde alles wat op het menu stond en flirtte met de serveersters. Tijdens de lunch dronk hij meestal een fles wijn en hield vervolgens een korte siësta in zijn appartement boven de winkel.

Bij Bruce was er vaak maar weinig verschil tussen flirten en stalken. Hij had belangstelling voor de dames, en zij voor hem, en hij speelde het spel prachtig. Hij kreeg pas echt succes toen Bay Books een geliefde pleisterplaats werd tijdens een auteurstournee. De helft van alle auteurs die naar de stad kwamen was vrouw, de meesten onder de veertig, weg van huis, single en alleenreizend, en op zoek naar een pleziertje. Ze waren gemakkelijke en gewillige doelwitten als ze bij de boekhandel arriveerden en zijn wereld binnenstapten. Na de voorlees- en signeersessie die werd afgesloten met een uitgebreid diner trokken ze zich vaak samen met Bruce terug in het appartement boven voor 'een diepere zoektocht naar de menselijke emotie'. Hij had een paar favoriete auteurs, vooral twee jonge vrouwen die het goed deden met erotische thrillers, en zij gaven elk jaar een boek uit!

Ondanks zijn inspanningen om het imago op te bouwen van een belezen playboy was Bruce diep vanbinnen een ambitieuze zakenman. De winkel zorgde voor een goed inkomen, maar dat ging niet vanzelf. Hoe laat hij ook naar bed was gegaan, elke ochtend was hij al voor zeven uur in de winkel in een korte broek en T-shirt. Dan haalde hij boeken uit dozen, legde ze op de planken, maakte de inventaris op en veegde zelfs de vloer. Hij hield van het gevoel en de geur van de nieuwe boeken wanneer hij ze uit de dozen haalde. Hij zocht de perfecte plek voor elke nieuwe uitgave. Hij raakte elk boek aan dat de winkel binnenkwam en ook elk boek dat, helaas, weer in een doos werd gestopt en naar de uitgever werd geretourneerd. Hij had een hekel aan retourzendingen en beschouwde ze stuk voor stuk als een mislukking, een gemiste kans. Hij hield een lijst bij van boeken die niet verkochten en beperkte zich na een paar jaar tot ongeveer twaalfduizend titels. In sommige delen van de winkel hingen doorgezakte oude boekenplanken vol boeken en stonden stapels boeken op de grond, maar Bruce wist precies waar hij alles kon vinden. Hij had ze daar immers zelf neergezet. Elke ochtend om kwart voor negen ging hij snel naar zijn appartement boven, douchte en trok zijn seersucker van die dag aan, en om precies negen uur opende hij de deuren en verwelkomde hij zijn klanten.

Hij nam zelden een vrije dag. Voor Bruce betekende vakantie een reisje naar New England voor een ontmoeting met handelaren in antieke boeken in hun oude, stoffige winkels om over de markt te praten. Hij was gek op zeldzame boeken, vooral van twintigste-eeuwse Amerikaanse auteurs, en hij verzamelde ze hartstochtelijk. Zijn verzameling groeide, vooral doordat hij zoveel wilde kopen, maar ook omdat hij het moeilijk vond om iets te vérkopen. Natuurlijk was hij een handelaar, maar dan eentje die altijd kocht en bijna nooit verkocht. De achttien 'oude boeken van pa' die hij had gejat, vormden een prachtige basis en toen Bruce veertig werd schatte hij de waarde van zijn verzameling zeldzame boeken op twee miljoen dollar.

5

In de periode waarin hij zitting had in de Raad van Bestuur van de ABA stierf de eigenaar van zijn gebouw. Bruce kocht het pand van de boedel en breidde de winkel uit. Hij maakte zijn appartement boven kleiner en verplaatste de koffiebar en het café naar de eerste verdieping. Hij haalde een muur weg en maakte de afdeling Kinderboeken twee keer zo groot. Het was elke zaterdagochtend heel druk in de winkel met kinderen die onder het toeziend oog van de vriendelijke eigenaar boeken kochten en naar verhaaltjes luisterden, terwijl hun jonge moeders boven latte dronken. Zijn afdeling Zeldzame boeken kreeg heel veel aandacht. Op de begane grond haalde hij nog een muur weg en maakte een eerste-drukkenkamer met fraaie eiken boekenplanken, lambrisering en kostbare tapijten. Hij bouwde een kluis in de kelder ter bescherming van zijn meest zeldzame boeken.

Nadat hij tien jaar in het appartement had gewoond, was Bruce toe aan iets chiquers. Hij had zijn oog laten vallen op enkele victoriaanse panden in het historische centrum van Santa Rosa, en zelfs op twee daarvan een bod gedaan. In beide gevallen had hij echter te weinig geboden, zodat de huizen snel aan andere gegadigden werden verkocht. De fraaie huizen, rond de eeuwwisseling gebouwd door spoorwegmagnaten, reders, artsen en politici waren prachtig geconserveerd en stonden in de schaduw van oude eiken met Spaans mos. Toen mevrouw Marchbanks op honderddriejarige leeftijd stierf, nam Bruce contact op met haar dochter van eenentachtig die in Texas woonde. Hij betaalde te veel voor het huis, maar wilde hoe dan ook voorkomen dat hij voor een derde keer misgreep.

Marchbanks House stond twee straten ten noorden en drie straten ten oosten van de winkel. Het huis was in 1890 gebouwd door een arts als cadeau voor zijn knappe nieuwe echtgenote en was altijd in de familie gebleven. Het was een gigantisch pand, zevenhonderdvijftig vierkante meter verdeeld over vier verdiepingen, met een hoge toren aan de zuidkant, een torentje aan de noordkant en een veranda rondom het hele huis. Het had een dakterras, verschillende puntgevels, visgraat dakspanen en erkers, waarvan verschillende met gebrandschilderd glas. Het huis stond op een klein hoekperceel met een wit hek eromheen en in de schaduw van drie oude eiken met Spaans mos.

Bruce vond het interieur deprimerend: de donkere houten vloeren, zelfs nog donkerder geschilderde muren, versleten tapijten, slaphangende en stoffige draperieën en een heleboel open haarden van bruine baksteen. Veel van het meubilair was bij de koop inbegrepen, en hij verkocht het meteen weer. De oude tapijten die niet al te versleten waren, werden naar de boekhandel gebracht en voegden decennia toe aan de ambiance. De oude draperieën en gordijnen waren waardeloos en werden weggegooid. Toen het huis leeg was, huurde hij een groep schilders in die twee maanden bezig was met het opfleuren van alle binnenmuren. Na hun vertrek nam hij een plaatselijke kunstenaar in de arm die nog eens twee maanden bezig was met het opnieuw afwerken van elke vierkante centimeter van de vloeren van eiken en grenen kernhout.

Hij had het huis gekocht omdat alles functioneerde: het sanitair, de elektriciteit, het water, de verwarming en de airco. Hij had geen geduld voor en ook geen zin in een renovatie, iets wat een nieuwe koper vrijwel zeker zou ruïneren. Hij was niet handig en kon wel betere manieren bedenken om zijn tijd te besteden. Hij bleef nog een jaar in zijn appartement boven de winkel wonen, terwijl hij nadacht over de meubels en de aankleding. Het huis was leeg, licht en prachtig geworden, maar hij vond het een intimiderende uitdaging er een echt thuis van te maken. Het pand was een majestueus voorbeeld van victoriaanse architectuur en volkomen ongeschikt voor de moderne en minimalistische sfeer waar hij de voorkeur aan gaf. Hij vond de historische stukken overdreven versierd en te overdadig, en gewoon niet zijn stijl.

Volgens hem was het niet verkeerd om een prachtig oud huis te bezitten dat in oude staat bleef, in elk geval aan de buitenkant, terwijl het vanbinnen werd ingericht met moderne meubels en kunst. Toch was dat ook niet helemaal in orde, zodat hij werd beperkt in zijn ideeën voor de inrichting.

Elke dag weer ging hij naar het huis en bleef, verbijsterd en onzeker, in elke kamer even staan. Werd dit zijn *folly*, een leeg huis dat veel te groot en complex was voor zijn onduidelijke smaak?

6

Hij werd gered door ene Noelle Bonnet, een antiekhandelaar uit New Orleans die op tournee was met haar nieuwste boek, een dik en duur koffietafelboek. Maanden eerder had hij de catalogus van Noelles uitgever gezien en was volkomen gebiologeerd geraakt door haar foto. Zoals altijd deed hij zijn huiswerk: ze was zevenendertig en gescheiden zonder kinderen, ze kwam uit New Orleans ook al was haar moeder Française, en ze werd beschouwd als een expert op het gebied van Provençaals antiek. Haar winkel stond in Royal Street in het French Quarter, en volgens haar biografie bracht ze de helft van het jaar door in het zuiden en zuidwesten van Frankrijk op zoek naar oude meubels. Eerder had ze ook al twee boeken over dat onderwerp geschreven, die Bruce allebei bestudeerde.

Dat was een gewoonte van hem, een roeping misschien zelfs. In zijn winkel vonden wekelijks twee en soms zelfs drie signeersessies plaats, en op het moment dat een auteur arriveerde had Bruce alles gelezen wat hij of zij had gepubliceerd. Bruce was een verwoed lezer en hoewel hij de voorkeur gaf aan romans van levende auteurs, mensen die hij kon ontmoeten, promoten, steunen en volgen, was hij ook gek op biografieën, kookboeken, historische romans, van alles en nog wat. Dat was het minste wat hij kon doen. Hij bewonderde alle auteurs, en wanneer een van hen tijd vrijmaakte om zijn winkel te bezoeken, met hem uit eten te gaan of iets te drinken, dan wilde hij per se zijn of haar werk kunnen bespreken.

Hij las tot diep in de nacht en viel vaak met een opengeslagen boek in zijn bed in slaap. Hij las vroeg in de ochtend, lang voordat de winkel openging en hij alleen in de winkel was met een kop sterke koffie, als hij tenminste geen boeken uit- of inpakte. Hij las de hele dag en op een bepaald moment had hij de vreemde gewoonte ontwikkeld om op dezelfde plek bij de etalage te staan, vlak bij de biografieën, ontspannen tegen een levensgroot houten beeld geleund van het opperhoofd van de Timucuan-indianen, non-stop espresso drinkend en met zijn ene oog op de bladzijde en zijn andere op de ingang gericht. Hij begroette klanten, zocht boeken voor hen op, kletste met iedereen die wilde kletsen, hielp als het druk was af en toe in de koffiebar of achter de kassa, maar liep altijd terug naar zijn plaats bij het opperhoofd waar hij zijn boek weer pakte en doorging met lezen. Hij zei dat hij gemiddeld vier boeken per week las, iets wat niemand in twijfel trok. Wanneer een toekomstige medewerker niet ten minste twee boeken per week las, werd hij niet aangenomen.

Hoe dan ook, het bezoek van Noelle Bonnet was een groot succes, misschien niet voor de omzet die het genereerde, maar zeker wel voor de blijvende impact die het had op Bruce en Bay Books. De aantrekkingskracht was wederzijds, onmiddellijk en intens. Na een snel, zelfs afgebroken etentje gingen ze naar zijn appartement boven en genoten van een heftige vrijpartij. Met de smoes dat ze ziek was annuleerde ze de rest van haar tournee en bleef een week in de stad. Op de derde dag nam Bruce haar mee naar het Marchbanks House en liet haar vol trots zijn trofee zien. Noelle was diep onder de indruk. De ontwerpster/binnenhuisarchitecte/handelaar van wereldklasse vond de rondleiding door de zevenhonderdvijftig vierkante meter lege vloeren en wanden achter de voorgevel van zo'n schitterend victoriaans pand adembenemend. Terwijl ze van de ene kamer naar de andere dwaalden, zag ze al helemaal voor zich hoe elk vertrek moest worden geverfd, behangen en gemeubileerd. Bruce stelde een paar keer zelfs ook heel timide iets voor, zoals een groot tv-scherm hier of een biljarttafel daar, maar die voorstellen werden slecht ontvangen. De kunstenares was aan het werk, opeens aan het schilderen op een grenzeloos doek. De dag daarna was Noelle alleen in het huis; ze nam maten op, maakte foto's of zat gewoon in de enorme leegte te zitten. Bruce zorgde voor de winkel; hij was smoorverliefd op haar, maar ook al bevangen door de vrees van een naderende financiële nachtmerrie.

Ze haalde hem over de winkel een weekend de winkel te laten, en ze vlogen samen naar New Orleans. Ze leidde hem rond in haar stijlvolle, maar overvolle winkel, waar elk hemelbed en elke tafel, lamp, kast, stoel, kist, tapijt, ladekast en grote kledingkast niet alleen een rijk verleden had in het een of andere Provençaalse dorp, maar ook gewoon gemáákt was voor zijn perfecte plekje in Marchbanks House. Ze dwaalden door het French Quarter, dineerden in haar favoriete bistro's, ontmoetten haar vrienden en brachten heel veel tijd door in bed. Drie dagen later vloog Bruce weer naar huis, alleen, uitgeput maar ook, voor het eerst van zijn leven, verliefd. De kosten waren niet belangrijk. Noelle Bonnet was een vrouw zonder wie hij niet kon leven.

7

Een week later arriveerde er een grote vrachtwagen in Santa Rosa en stopte voor Marchbanks House. De volgende dag was Noelle er ook om de verhuizers aanwijzingen te geven. Bruce liep heen en weer tussen de winkel en het huis, en keek naar wat er allemaal gebeurde, met veel belangstelling en een beetje onrust. De kunstenares was verdiept in haar eigen creatieve wereld, danste van kamer naar kamer, verplaatste elk object minstens drie keer en kwam tot de conclusie dat ze nog meer nodig had. Niet lang nadat de eerste vrachtwagen was vertrokken, arriveerde een tweede. Terwijl Bruce terugliep naar de winkel mompelde hij dat er niet veel meer over kon zijn in haar winkel in Royal Street. Tijdens het avondeten gaf ze dat toe en smeekte hem om over een paar dagen mee te gaan naar Frankrijk voor een nieuw inkoopavontuur. Hij weigerde, zei dat er belangrijke auteurs werden verwacht en dat hij op de winkel moest passen. Die nacht sliepen ze voor het eerst in het huis, in een gietijzeren bed dat ze had gevonden in de buurt van Avignon, waar Noelle een klein appartement bezat. Elk meubelstuk, elk accessoire, elk tapijt, elk stuk aardewerk en elk schilderij had een verhaal, en haar liefde voor die dingen was besmettelijk.

De volgende ochtend vroeg zaten ze op de achterveranda. Ze dronken koffie en spraken over de toekomst die op dat moment onzeker was. Zij had haar leven in New Orleans en hij had zijn leven op het eiland, en geen van beiden leek geschikt voor een langdurige, permanente relatie waarvoor ze moesten verhuizen. Het was ongemakkelijk, dus begonnen ze snel over iets anders. Bruce bekende dat hij nog nooit in Frankrijk was geweest, waarop ze plannen maakten voor een vakantie daar.

Niet lang nadat Noelle was vertrokken, ontving hij de eerste factuur. Die ging vergezeld van een briefje, geschreven in haar prachtige handschrift, waarin ze vertelde dat ze afzag van haar gebruikelijke winstmarge en de spullen feitelijk voor de kostprijs verkocht. *Goddank voor kleine wonderen,* mompelde hij. *En nu is ze onderweg naar Frankrijk voor nog meer!*

Drie dagen voor orkaan Katrina begon, verliet ze Avignon en kwam terug in New Orleans. Haar winkel in het French Quarter noch haar appartement in het Garden District raakte beschadigd, maar de stad was zwaargewond. Noelle sloot de winkel en vluchtte naar Camino Island, waar Bruce op haar wachtte om haar te troosten en te kalmeren. Dagenlang keken ze naar de televisie en zagen alle vreselijke dingen: de ondergelopen straten, de drijvende lijken, het water vol olie, de uitzinnige vlucht van de halve bevolking, de paniekerige reddingswerkers, de blunderende politici. Noelle betwijfelde of ze ooit nog kon terugkeren, en wist niet eens zeker of ze dat wel wilde.

Geleidelijk aan begon ze over verhuizen te praten. Ongeveer de helft van haar klanten kwam uit New Orleans, en nu zovelen van hen verbannen waren maakte ze zich zorgen over haar bedrijf. De andere helft woonde verspreid over het land. Ze had een goede naam en was algemeen bekend, en ze stuurde haar antiek overal naartoe. Haar website was een succes, haar boeken waren populair en veel van haar fans waren serieuze verzamelaars. Ze overtuigde zichzelf ervan – mede dankzij de zachte dwang van Bruce – dat ze haar bedrijf naar het eiland kon verplaatsen en daarna niet alleen opnieuw kon opbouwen wat ze was kwijtgeraakt, maar daar zelfs ook een succes van kon maken.

Zes weken na de orkaan ondertekende Noelle het huurcontract voor een kleine winkel in Main Street in Santa Rosa, drie deuren van Bay Books. Ze sloot haar winkel in Royal Street en verhuisde alles wat nog over was van haar inventaris naar haar nieuwe winkel, Noelle's Provence. Toen een nieuwe lading uit Frankrijk arriveerde, opende ze haar winkel met champagne en kaviaar. Bruce hielp haar met alles.

Ze had een geweldig idee voor een nieuw boek: de transformatie van Marchbanks House terwijl daar steeds meer Provençaals antiek in kwam te staan. Ze had een heleboel foto's van het huis gemaakt toen het nog leeg was, en nu wilde ze haar geslaagde renovatie documenteren. Bruce betwijfelde of er genoeg boeken zouden worden verkocht om uit de kosten te komen, maar wat gaf het? Alles wat Noelle wilde.

Op een bepaald moment kreeg hij geen facturen meer. Beschroomd bracht hij dat onderwerp ter sprake, waarop zij heel dramatisch uitlegde dat hij nu de ultieme korting kreeg: haar! Hij was misschien eigenaar van het huis, maar alles erin was van hen samen.

8

In april 2006 brachten ze twee weken door in Zuid-Frankrijk. Ze gebruikten haar appartement in Avignon als thuisbasis en struinden van het ene dorp naar het andere en van de ene markt naar de andere, aten eten dat Bruce tot dan toe alleen op foto's had gezien, dronken verrukkelijke lokale wijnen die thuis niet te koop waren, logeerden in chique hotels, bekeken de bezienswaardigheden, bezochten haar vrienden en kochten natuurlijk nog meer spullen voor haar winkel. Bruce, altijd de onderzoeker, dompelde zich onder in de wereld van rustieke Franse meubels en kunstobjecten, en was algauw in staat koopjes te herkennen.

3
De rekruut

1

Op een prachtige lentedag eind april liep Mercer Mann over de Chapel Hill-campus van de University of North Carolina. Ze was een beetje zenuwachtig, omdat ze een lunchafspraak had gemaakt met een onbekende vrouw. Dat had ze alleen gedaan omdat ze misschien een nieuwe baan kon krijgen. Haar huidige baan, adjunct-hoogleraar Literatuur aan eerstejaars, was over twee weken verleden tijd, dankzij een bezuinigingsronde van de staatsoverheid die werd gedomineerd door mensen die lagere belastingen en uitgaven voorstonden. Ze had fanatiek gelobbyd voor een nieuw contract, maar dat niet gekregen. Binnenkort zou ze dus werkloos zijn, nog steeds schulden hebben, dakloos zijn en waren haar twee boeken bovendien niet meer in de handel. Ze was eenendertig, single en nou ja, haar leven verliep dus niet bepaald volgens plan.

Het eerste mailtje, een van de twee van de onbekende Donna Watson, was de vorige dag binnengekomen en was zo vaag geweest als een mailtje maar kan zijn. Donna Watson beweerde dat ze was ingehuurd door een particuliere onderwijsinstelling om op zoek te gaan naar een nieuwe docent Creatief schrijven voor het examenjaar van de middelbare school. Omdat ze nu toch in de buurt was, kon ze wel even een kop koffie met haar drinken. Het salaris bedroeg ongeveer vijfenzeventigduizend dollar per jaar. Dat was redelijk hoog, maar de directeur van de school hield van literatuur en wilde per se een docent die zelf al een of twee romans had gepubliceerd.

Mercer had één roman geschreven, plus een serie korte verhalen. Het salaris was inderdaad indrukwekkend en hoger dan ze nu verdiende. Verder waren geen bijzonderheden bekendgemaakt. Mercer antwoordde positief en stelde enkele vragen over de school, vooral hoe die heette en waar die stond.

Het tweede mailtje was maar iets minder vaag dan het eerste, maar onthulde dat de school in New England stond. Verder stond er dat de afspraak voor koffie moest worden uitgebreid tot een 'snelle lunch'. Kon Mercer haar om twaalf uur ontmoeten in Spanky's, vlak bij de campus aan Franklin Street?

Mercer moest tot haar schande bekennen dat ze op dat moment het idee van een lekkere lunch aantrekkelijker vond dan lesgeven aan een stelletje bevoorrechte eindejaars op een high school. Ondanks het riante salaris was deze baan toch wel een stapje terug. Ze was drie jaar geleden op Chapel Hill begonnen met de bedoeling zichzelf op lesgeven te storten terwijl ze, en dat was veel belangrijker, de roman afmaakte waar ze mee bezig was. Drie jaar later werd ze ontslagen en was de roman nog even onaf als toen ze op Chapel Hill begon.

Ze liep het restaurant binnen en zag een goedgeklede en perfect uitziende vrouw van een jaar of vijftig die haar wenkte. De vrouw stak haar hand uit en zei: 'Ik ben Donna Watson. Leuk je te ontmoeten.' Mercer ging tegenover haar zitten en bedankte haar voor de uitnodiging, en een ober liet de menukaarten op hun tafel vallen.

Zonder ook maar een seconde te verspillen veranderde Donna Watson volkomen. Ze zei: 'Ik moet je vertellen dat ik hier onder valse voorwendsels ben, oké? Mijn naam is niet Donna Watson, maar Elaine Shelby. En ik werk voor een bedrijf in Bethesda.'

Mercer keek haar met een nietszeggende blik aan, wendde

haar blik af, keek de vrouw weer aan en probeerde wanhopig een gepast antwoord te bedenken.

Elaine zei: 'Ik heb gelogen, mijn excuses, en ik beloof je dat ik niet weer tegen je zal liegen. Ik wil echt met je lunchen en ik betaal, dus ik hoop dat je naar me wilt luisteren.'

'Ik neem aan dat er een goede reden voor is dat je tegen me hebt gelogen,' zei Mercer behoedzaam.

'Een heel goede reden, en ik kan het uitleggen, echt, als je me deze belediging wilt vergeven en naar me wilt luisteren.'

Mercer haalde haar schouders op en zei: 'Ik heb honger, dus ik luister naar je tot ik geen honger meer heb. En als je de zaak dan nog niet hebt uitgelegd, ben ik weg.'

Elaine liet een glimlach zien die iedereen vertrouwenwekkend zou vinden. Ze had donkere ogen en een donkere huid, misschien doordat haar voorouders afkomstig waren uit het Midden-Oosten, of Italië of Griekenland, dacht Mercer, hoewel ze een Upper Midwest-accent had, zeer zeker Amerikaans. Haar korte grijze haar was zo stijlvol geknipt dat een paar mannen al een paar keer naar haar hadden gekeken. Ze was heel knap en onberispelijk gekleed, en viel dus volkomen uit de toon bij de gebruikelijke collegeklanten. Ze zei: 'Maar ik heb niet gelogen over die baan. Daarom ben ik hier, om je over te halen een baan aan te nemen, eentje met betere arbeidsvoorwaarden en voordelen dan ik in die mail had gezet.'

'Wat zou ik dan moeten doen?'

'Schrijven, je roman afmaken.'

'Welke?'

De ober kwam terug, en snel bestelden ze allebei hetzelfde: een salade met gegrilde kip en spuitwater. Hij griste de menukaarten weg en verdween.

Na een korte stilte zei Mercer: 'Ik luister.'

'Het is een lang verhaal.'

'Laten we dan beginnen met de grootste uitdaging: met jou.'

'Prima. Ik werk voor een bedrijf dat gespecialiseerd is in

beveiliging en onderzoek. Een bedrijf met een goede naam, maar waar je nog nooit van hebt gehoord, omdat we geen reclame maken en geen website hebben.'

'Dit schiet niet op.'

'Wacht alsjeblieft nog even; het wordt beter. Zes maanden geleden stal een dievenbende de Fitzgerald-manuscripten uit de Firestone Library van Princeton. Twee van hen zijn opgepakt en zitten nog in de gevangenis, te wachten. De anderen zijn verdwenen. De manuscripten zijn nog altijd niet gevonden.'

Mercer knikte en zei: 'Dat is uitgebreid in het nieuws geweest.'

'Klopt. De manuscripten, alle vijf, waren verzekerd bij onze cliënt, een groot particulier bedrijf dat kunst, schatten en zeldzame objecten verzekert. Volgens mij ken je dat bedrijf ook niet.'

'Ik hou me niet bezig met verzekeringsmaatschappijen.'

'Fijn voor je. Hoe dan ook, we zijn al zes maanden op zoek, in nauwe samenwerking met de FBI en de Rare Asset Recovery Unit van de FBI. De druk wordt opgevoerd, omdat onze cliënt over zes maanden een cheque aan Princeton zal moeten uitschrijven van vijfentwintig miljoen dollar. Maar Princeton wil dat geld helemaal niet, zij willen de manuscripten die, zoals je wel zult begrijpen, van onschatbare waarde zijn. We hebben wel een paar tips gekregen, maar dat heeft tot nu toe vrijwel niets opgeleverd. Gelukkig zijn er niet veel spelers in de schimmige wereld van gestolen boeken en manuscripten, en we denken dat we nu een specifieke handelaar op het spoor zijn.'

De ober zette een grote fles Pellegrino tussen hen in, en twee glazen met ijs en citroen.

Toen hij weer weg was, zei Elaine: 'Die persoon ken je misschien.'

Mercer keek haar aan, met een vage grijns op haar gezicht, haalde haar schouders op en zei: 'Dat zou me verbazen.'

'Jij hebt al heel lang een band met Camino Island. Als kind bracht je daar je zomers door, bij je oma, in haar strandhuis.'

'Hoe weet je dat?'

'Daar heb je over geschreven.'

Mercer zuchtte en pakte de fles. Langzaam schonk ze beide glazen vol en dacht ondertussen snel na. 'Laat me raden: je hebt alles gelezen wat ik heb geschreven.'

'Nee, alleen alles wat je hebt gepubliceerd. Dat hoort bij onze voorbereiding en was heel aangenaam.'

'Bedankt. Sorry dat het niet meer was.'

'Je bent jong, getalenteerd en nog maar net begonnen.'

'Vertel maar, even kijken of je je huiswerk hebt gedaan.'

'Met alle plezier. Je eerste roman, *October Rain*, is in 2008 uitgegeven door Newcombe Press toen je nog maar vierentwintig was. De verkoop was indrukwekkend: achtduizend gebonden boeken, twee keer zoveel pocketuitgaven en een paar e-books – niet bepaald een bestseller, maar de recensenten vonden het een fantastisch boek.'

'De doodsteek.'

'Het werd genomineerd voor de National Book Award en was een van de finalisten voor PEN/Faulkner.'

'En won geen van beide.'

'Nee, maar heel weinig debuutromans krijgen zoveel respect, vooral een debuut van zo'n jonge auteur. *The Times* koos het tot een van zijn tien beste boeken van het jaar. Daarna schreef je een aantal korte verhalen, *The Music of Waves*, waar de recensenten ook enthousiast over waren. Maar, zoals je zelf heel goed weet, verkopen korte verhalen veel minder goed.'

'Ja, dat weet ik.'

'Daarna nam je een andere agent en uitgever en, nou ja, iedereen zit nog steeds op je volgende boek te wachten. Ondertussen heb je drie verhalen geschreven voor literaire tijdschriften, waaronder een over het beschermen van schildpadeieren op het strand bij je oma Tessa.'

'Je weet het dus, van Tessa?'

'Luister, Mercer, we weten alles wat er te weten is, maar alleen uit voor iedereen toegankelijke bronnen. We hebben je inderdaad uitgebreid gescreend, maar weten niet meer over je privéleven dan ieder ander kan weten. Dankzij internet heeft niemand tegenwoordig nog veel privacy.'

De salades werden gebracht en Mercer pakte haar mes en vork. Ze nam een paar happen, terwijl Elaine een paar slokken water nam en naar haar keek. Na een tijdje vroeg Mercer: 'Ga jij nog eten?'

'Ja hoor.'

'Oké, wat weet je over Tessa?'

'Je oma van moeders kant. Zij en haar man hebben dat strandhuis op Camino Island in 1980 gebouwd. Ze kwamen uit Memphis, waar jij bent geboren, en brachten daar hun vakanties door. Hij, je opa, stierf in 1985, en toen verliet Tessa Memphis en ging aan het strand wonen. Jij hebt als klein meisje en als tiener lange zomers bij haar doorgebracht. Nogmaals, dat heb je zelf geschreven.'

'Klopt.'

'Tessa kwam in 2005 om het leven door een zeilongeluk; haar lichaam werd twee dagen na de storm gevonden op het strand. Haar zeilvriend en zijn boot zijn nooit teruggevonden. Dat stond allemaal in de krant, voornamelijk in de *Times-Union* uit Jacksonville. Volgens het rijksarchief heeft Tessa via haar testament alles, ook het strandhuis, nagelaten aan haar drie kinderen, van wie jouw moeder er een is. Het huis is nog altijd in de familie.'

'Inderdaad. De helft van één derde is van mij, en na haar dood heb ik het strandhuis niet meer gezien. Ik wil het graag verkopen, maar de familie kan het nergens over eens worden.'

'Wordt het weleens gebruikt?'

'Jazeker, 's winters woont mijn tante daar.'

'Jane.'

'Klopt. En mijn zus brengt haar zomervakanties daar altijd door. Gewoon uit nieuwsgierigheid: wat weet je over mijn zus?'

'Connie woont in Nashville met haar man en twee tienerdochters. Ze is veertig en werkt in het familiebedrijf. Haar man bezit een aantal *frozen yoghurt*-winkels en boert vrij goed. Connie heeft psychologie gestudeerd aan de Southern Methodist University, waar ze haar man kennelijk heeft leren kennen.'

'En mijn vader?'

'Herbert Mann was ooit een van de grootste Ford-dealers in de Memphis-regio. Zo te zien was er wel wat geld, genoeg om Connies studie aan de particuliere SMU zonder leningen te betalen. Om de een of andere reden is dat bedrijf failliet gegaan. Dus raakte Herbert het kwijt en nu werkt hij al tien jaar als parttimescout voor de Baltimore Orioles. Tegenwoordig woont hij in Texas.'

Mercer legde haar mes en vork neer en ademde diep in. 'Sorry hoor, maar dit is heel onplezierig. Ik heb echt het gevoel dat ik ben gestalkt. Wat wil je?'

'Alsjeblieft, Mercer, onze informatie is samengesteld door ouderwets detectivewerk. Wij hebben niets gezien wat we niet hadden mogen zien.'

'Toch is het griezelig, oké? Professionele spionnen die in mijn verleden spitten. En het heden, hoeveel weten jullie over mijn arbeidssituatie?'

'Je baan wordt geschrapt.'

'Dus heb ik een baan nodig?'

'Lijkt me wel.'

'Dat is geen openbare informatie. Hoe weten jullie wie er worden aangenomen en ontslagen bij de University of North Carolina?'

'Daarvoor hebben we zo onze bronnen.'

Mercer fronste en schoof haar bord iets van zich af, alsof ze klaar was met eten. Ze sloeg haar armen over elkaar en keek

Elaine Shelby kwaad aan. 'Toch voel ik me, nou ja, verkracht.'

'Luister alsjeblieft naar me, Mercer. Het is heel belangrijk dat we zo veel mogelijk informatie hebben.'

'Waarvoor?'

'Voor de baan die we je aanbieden. Als je nee zegt, gaan we gewoon weg en vernietigen we je dossier. We zullen deze informatie over jou nooit bekendmaken.'

'Wat is dat dan voor baan?'

Elaine nam een hapje en zat er een hele tijd op te kauwen. Daarna dronk ze wat water en zei: 'Terug naar de manuscripten van Fitzgerald. Wij denken dat ze verborgen zijn op Camino Island.'

'En wie verbergt ze?'

'Je moet me beloven dat je wat we vanaf nu bespreken strikt geheimhoudt. Er staat heel veel op het spel, en één verkeerd woord zou onherstelbare schade kunnen aanrichten; niet alleen aan onze cliënt, en niet alleen aan Princeton, maar ook aan de manuscripten zelf.'

'Aan wie zou ik dit in vredesnaam moeten vertellen?'

'Beloof het me toch maar.'

'Voor vertrouwelijkheid is vertrouwen nodig. Waarom zou ik jou eigenlijk vertrouwen? Op dit moment vind ik jou en je bedrijf hoogst verdacht.'

'Dat begrijp ik. Maar luister alsjeblieft naar de rest van het verhaal.'

'Oké, ik luister, maar ik heb geen honger meer. Je kunt dus maar beter snel praten.'

'Dat snap ik. Jij bent bij de boekwinkel geweest in het centrum van Santa Rosa, Bay Books. Die is eigendom van ene Bruce Cable.'

Mercer haalde haar schouders op en zei: 'Dat kan, als kind ben ik daar een paar keer geweest samen met Tessa. Nogmaals, sinds haar dood ben ik niet meer geweest en dat is elf jaar geleden.'

'De winkel draait goed, het is een van de beste onafhankelijke boekhandels van het land. Cable is een bekende figuur in dat wereldje en bijzonder ondernemend. Hij heeft veel relaties en krijgt heel veel auteurs op bezoek die op tournee zijn.'

'Ik had daar ook naartoe zullen gaan met *October Rain*, maar dat is een ander verhaal.'

'Juist. Maar goed, Cable is ook een fanatieke verzamelaar van moderne eerste drukken. Hij handelt heel veel, en wij vermoeden dat hij met dat deel van zijn bedrijf bijzonder veel geld verdient. Van hem is ook bekend dat hij in gestolen boeken handelt, als een van de weinigen in die nogal schimmige wereld. Twee maanden geleden kwamen we hem op het spoor na een tip van een bron die nauwe contacten heeft met een andere verzamelaar. Wij denken dat Cable die Fitzgerald-manuscripten in bezit heeft, nadat hij ze heeft gekocht van een tussenpersoon die er snel vanaf wilde.'

'Nu heb ik helemaal geen trek meer.'

'We kunnen niet bij die man in de buurt komen. We hebben de afgelopen maand mensen naar zijn winkel gestuurd. Zij hebben rondgesnuffeld en stiekem foto's en video-opnamen gemaakt, maar we zijn tegen een muur opgelopen. Hij heeft een grote, prachtige ruimte op de begane grond met planken vol zeldzame boeken, vooral van twintigste-eeuwse Amerikaanse auteurs, die hij met alle plezier aan een serieuze koper laat zien. We hebben zelfs geprobeerd hem een zeldzaam boek te verkopen, een gesigneerd en gepersonaliseerd exemplaar van Faulkners eerste roman *Soldiers' Pay*. Cable wist meteen dat er daar maar een paar van bestaan, waaronder drie in een universiteitsbibliotheek in Missouri, één exemplaar dat eigendom is van een Faulkner-deskundige en een exemplaar dat nog in het bezit is van de nakomelingen van Faulkner. De marktprijs lag rond de veertigduizend dollar en we boden het boek aan voor vijfentwintigduizend dollar. Eerst leek hij wel geïnteresseerd, maar toen begon hij vragen te stellen over de herkomst van het boek. Echt goede vragen. Uiteindelijk schrok hij ervoor terug en zei nee. Maar hij was overdreven behoedzaam, en daardoor werden we zelfs nog wantrouwiger. We zijn er niet in geslaagd om zijn wereld binnen te dringen en hebben dus een insider nodig.'

'Mij?'

'Ja, jou. Zoals je weet nemen auteurs vaak een sabbatical en gaan dan weg om te werken. Jij hebt de perfecte dekmantel. Jij bent praktisch opgegroeid op dat eiland. Je bent nog steeds voor een deel eigenaar van dat strandhuis. Je hebt een literaire achtergrond. Jouw verhaal is volkomen geloofwaardig: je gaat voor een halfjaar terug naar het strand om het boek af te maken waar iedereen op zit te wachten.'

'Ik kan hoogstens drie mensen bedenken die daar misschien op zitten te wachten.'

'We betalen je honderdduizend dollar voor die zes maanden.'

Heel even was Mercer sprakeloos. Ze schudde haar hoofd, duwde haar salade nog verder van zich af en nam een slok water. 'Het spijt me, maar ik ben geen spion.'

'We vragen je helemaal niet om te spioneren, maar om te observeren. Je gaat iets doen wat volkomen natuurlijk en geloofwaardig is. Cable is gek op auteurs. Hij gaat graag uitgebreid met hen uit eten en steunt hen. Veel auteurs die op tournee zijn logeren in zijn huis, dat trouwens spectaculair is. Hij en zijn vrouw vinden het heerlijk om hun vrienden en auteurs thuis te ontvangen.'

'En ik word geacht me gewoon aan hem op te dringen, zijn vertrouwen te winnen en hem te vragen waar hij de manuscripten van Fitzgerald heeft verstopt.'

Elaine glimlachte en ging er niet op in. 'We staan enorm onder druk, oké? Ik heb geen idee wat je te weten zult komen, maar op dit moment kan alles nuttig zijn. De kans is heel groot dat Cable en zijn vrouw contact met je zullen zoeken, misschien worden ze zelfs je vrienden. Je zou langzaam een plekje in hun vriendenkring kunnen verwerven. Hij drinkt ook heel veel. Misschien laat hij zich iets ontvallen, misschien zal een van zijn vrienden iets zeggen over de kluis in de kelder onder de winkel.'

'Een kluis?'

'Gewoon een gerucht, meer niet. Maar wij kunnen niet gewoon even binnenlopen en hem ernaar vragen.'

'Hoe weet je dat hij te veel drinkt?'

'Zoals ik al zei krijgt hij een heleboel auteurs op bezoek en auteurs zijn ongelofelijke roddelaars, dus dat is algemeen bekend. Zoals je weet is de uitgeverijwereld een heel klein wereldje.'

Mercer hief haar handen, met haar palmen naar voren, en leunde achterover in haar stoel. 'Sorry hoor, maar dit is niets voor mij. Natuurlijk heb ik zo mijn gebreken, maar ik ben geen bedrieger. Ik heb altijd moeite met liegen en dus zou ik zoiets onmogelijk onder valse voorwendsels kunnen doen. Je hebt de verkeerde persoon voor je.'

'Alsjeblieft.'

Mercer stond op alsof ze wilde vertrekken en zei: 'Bedankt voor de lunch.'

'Alsjeblieft, Mercer.'

Maar ze was al weg.

2

Op een bepaald moment tijdens de afgebroken lunch was de zon verdwenen en was de wind opgestoken. Er zat een lenteregentje aan te komen en Mercer, die nooit een paraplu bij zich had, liep zo snel mogelijk naar huis. Ze woonde een kleine kilometer verderop, in het historische deel van Chapel Hill, vlak bij de campus, in een kleine huurwoning aan een beschaduwd, onverhard pad achter een herenhuis. Haar huisbaas, de eigenaar van het oude huis, verhuurde alleen aan postdoctoraal studenten en onderbetaalde hoogleraren zonder vaste aanstelling.

Perfect getimed stapte ze haar smalle veranda op, precies op het moment dat de eerste regendruppels met veel kabaal op het golfplaten dak vielen. Onbewust keek ze om zich heen, gewoon om zeker te zijn dat niemand haar in de gaten hield. Wie waren die lui? Denk er maar niet meer aan, dacht ze. Binnen schopte ze haar schoenen uit, maakte een kop thee voor zichzelf klaar en zat een hele tijd op de bank. Ze haalde diep adem, luisterde naar het ritme van de regen en herhaalde in gedachten het gesprek dat ze tijdens de lunch had gevoerd.

De eerste schrik over het feit dat ze in de gaten was gehouden ebde weg. Elaine had gelijk: tegenwoordig was niets meer echt privé met internet en sociale media en al die hackers en al dat gepraat over transparantie. Mercer moest toegeven dat het eigenlijk een heel slim plan was. Zij was de perfecte gegadigde: een auteur met een lang verleden op het eiland; zelfs een aandeel in het strandhuis; een onafgemaakte roman met een deadline in de verre toekomst; een eenzame ziel op zoek naar nieuwe vrienden. Bruce Cable zou nooit vermoeden dat ze een spion was.

Ze kon hem zich goed herinneren: een knappe man in een fraai pak met vlinderdas en zonder sokken, lang golvend haar en altijd zongebruind door de zon in Florida. Ze zag hem in gedachten weer bij de ingang staan, altijd met een boek in de hand, terwijl hij koffiedronk en het boek las, maar toch alles zag. Om de een of andere reden had Tessa hem niet gemogen, zodat ze zelden naar de winkel ging. Ze kocht ook geen boeken. Waarom zou je boeken kopen als je die gratis in de bibliotheek kon krijgen?

Boeken signeren en op tournee om je nieuwe boek te promoten. Mercer kon alleen maar wensen dat ze een nieuwe roman had die ze moest promoten.

Toen in 2008 *October Rain* uitkwam had Newcombe Press

geen geld voor publiciteit en reizen; drie jaar later ging de uitgeverij failliet. Maar na een lovende recensie in *The Times* belden een paar boekhandelaren haar met vragen over haar tournee. Snel werd er een georganiseerd, en Mercers negende halte zou Bay Books zijn. De tournee werd echter bijna meteen weer afgeblazen, omdat er voor haar eerste signeersessie, in Washington, maar elf mensen kwamen opdagen en er vijf een boek kochten. En dat was het hoogste aantal! Tijdens haar tweede signeersessie, in Philadelphia, stonden er vier fans in de rij en zat Mercer het laatste uur met het winkelpersoneel te kletsen. Haar derde en naar later bleek laatste signeersessie vond plaats in een grote winkel in Hartford. Ze zat in een bar aan de overkant en dronk twee martini's, terwijl ze keek en wachtte of er mensen kwamen. Dat was niet zo. Ten slotte stak ze de straat over, stapte tien minuten te laat de winkel binnen en zag tot haar grote teleurstelling dat ze alleen werd opgewacht door een medewerker. Er kwam geen enkele fan opdagen, niet één.

Haar vernedering was compleet. Nooit weer zou ze zichzelf in de gênante positie manoeuvreren dat ze aan een tafel zat met een stapel mooie boeken en oogcontact probeerde te vermijden met klanten die probeerden niet te dichtbij te komen. Ze kende andere auteurs, een paar in elk geval, en had de gruwelverhalen gehoord over dat ze naar een boekhandel gingen waar ze hartelijk werden begroet door medewerkers en vrijwilligers, zich afvroegen wie van hen echte klanten of kopers waren, te zien dat ze zenuwachtig rondkeken op zoek naar potentiële fans en hen dan te zien vertrekken zodra duidelijk werd dat de geliefde auteur een flater sloeg, een dikke vette flater.

Hoe dan ook, ze had de rest van haar tournee afgeblazen. Ze had toch al niet veel zin gehad om terug te gaan naar Camino Island, doordat ze een heleboel heerlijke herinneringen aan dat eiland had, die altijd zouden worden overschaduwd door de tragische dood van haar oma.

De regen maakte haar slaperig en ze viel in slaap.

3

Veel later werd ze gewekt door voetstappen. Zoals altijd precies om drie uur 's middags liep de postbode over haar krakende veranda en stopte haar post in de kleine brievenbus naast haar voordeur. Ze wachtte even tot hij weg was en haalde toen de dagelijkse post uit de bus, zoals altijd een troosteloze verzameling reclame en rekeningen. Ze gooide de reclame op een salontafeltje en opende een brief van de UNC. Hij was afkomstig van de voorzitter van de vakgroep Engels die haar, ondanks vriendelijke en vele woorden, officieel vertelde dat haar functie verleden tijd was. Ze was een 'waardevolle medewerkster' geweest, een 'getalenteerde docente' die was 'bewonderd door haar collega's' en 'geliefd bij haar studenten', et cetera. De 'hele vakgroep' wilde dat ze bleef en beschouwde haar als een 'geweldige aanwinst', maar helaas was er domweg geen ruimte in het budget. Hij wenste haar het allerbeste en liet de deur open met de vage hoop op 'een andere baan' wanneer het budget volgend jaar weer 'het normale niveau' had.

Wat in de brief stond was grotendeels waar. De voorzitter was een bondgenoot geweest, soms zelfs een mentor, en Mercer had het mijnenveld van de academische wereld overleefd door haar mond te houden en haar collega's met een vaste aanstelling zo veel mogelijk te ontlopen.

Maar ze was auteur, geen docent, en nu was het tijd om verder te gaan. Waarnaartoe wist ze niet zeker, maar na drie jaar in collegezalen hunkerde ze naar dagen zonder verplichtingen en met de vrijheid haar romans en korte verhalen te kunnen schrijven.

De tweede envelop bevatte haar creditcardoverzicht. Daaruit bleek haar zuinige levensstijl en haar dagelijkse pogingen om haar uitgaven te beperken. Daardoor kon ze elke maand de eindafrekening betalen en de woekerrentes voorkomen die de bank rekende voor niet-afbetaalde schulden. Haar salaris was amper voldoende voor deze afrekeningen, met de huur, de verzekering en reparaties van de auto, en een gestripte ziektekostenverzekering die ze elke maand als ze de premie overmaakte weer overwoog af te zeggen. Ze zou financieel stabiel zijn en wat geld overhouden om betere kleren en misschien zelfs wat leuke dingen te kopen, zonder de inhoud van de derde envelop.

Die was afkomstig van het bedrijf Landelijke Studentenleningen, een afschuwelijk bedrijf dat haar al acht jaar achtervolgde. Haar vader had het eerste jaar van haar studie aan de particuliere universiteit Sewanee kunnen betalen, maar door zijn onverwachte faillissement en emotionele instorting had ze daarna geen cent meer gehad. Mercer had haar laatste drie studiejaren kunnen afronden met behulp van studentenleningen, een beurs en baantjes, en een bescheiden erfenis van haar oma Tessa. De lage voorschotten voor *October Rain* en *The Music of Waves* gebruikte ze om de rente op haar studieleningen te betalen, maar ze kon de hoofdsom niet aflossen.

Steeds als ze werkloos werd, moest ze haar leningen opnieuw afsluiten, en met elke nieuwe regeling werd de gruwelijke hoofdsom steeds hoger, ondanks haar twee of drie baantjes om te kunnen leven. De waarheid, die ze echter met niemand had gedeeld, was dat ze zichzelf onmogelijk creatief kon uiten als ze gebukt ging onder deze enorme schuldenlast. Elke ochtend, elke onbeschreven bladzijde was niet het begin van een nieuw hoofdstuk van een geweldige roman, maar eerder alweer een halfslachtige poging om iets te produceren wat haar crediteuren misschien tevredenstelde.

Ze had zelfs met een bevriende advocaat besproken of ze zichzelf failliet zou laten verklaren. Hij had haar echter verteld dat de banken en de bedrijven die studenten leningen gaven het Congres hadden wijsgemaakt dat dergelijke schulden speciale bescherming behoefden en dus nooit mochten vervallen. Ze wist nog goed dat hij had gezegd: ‘Verdomme, zelfs gokkers kunnen failliet gaan en zijn daarna schuldenvrij!’

Waren haar stalkers op de hoogte van haar studieschuld? Dat was toch privé-informatie? Maar iets vertelde haar dat professionals zo diep konden graven dat ze bijna alles vonden. Ze had griezelverhalen gelezen over dat zelfs de meest gevoelige medische dossiers naar de verkeerde mensen werden gelekt. En van creditcardbedrijven was bekend dat ze informatie over hun klanten doorverkochten. Was er dan nog iets echt begraven en veilig?

Ze pakte de reclame, gooide die in de prullenmand, stopte de brief van de UNC in een ordner en legde de twee rekeningen in een rekje naast het broodrooster. Ze maakte nog een kop thee voor zichzelf klaar en wilde net een boek gaan lezen toen haar mobieltje zoemde.

Het was Elaine.

4

Ze begon met: 'Luister, het spijt me heel erg van onze lunch. Het was echt niet mijn bedoeling je te overvallen, maar ik kon ons gesprek ook niet anders beginnen. Wat had ik dan moeten doen? Je op de campus klemzetten en mijn verhaal doen?'

Mercer sloot haar ogen en leunde tegen het aanrecht. 'Het is wel goed, hoor. Ik voel me nu oké. Het was gewoon erg onverwacht.'

'Ik weet het en het spijt me heel erg. Luister, Mercer, ik ben in de stad tot morgenochtend, dan vlieg ik terug naar Washington. Ik zou ons gesprek heel graag willen afronden tijdens een dinertje.'

'Bedankt, maar nee. Jullie hebben de verkeerde persoon op het oog.'

'Mercer, wij hebben de perfecte persoon op het oog en hebben eerlijk gezegd niemand anders. Geef me alsjeblieft de kans alles uit te leggen. Je hebt nog niet alles gehoord en zoals ik al zei, bevinden we ons op dit moment in een bijzonder lastige positie. We proberen de manuscripten te vinden voordat ze beschadigd raken of, nog erger, stuk voor stuk worden verkocht aan buitenlandse verzamelaars en dan voorgoed verdwenen zijn. Geef me alsjeblieft nog een kans.'

Mercer kon niet ontkennen, in elk geval niet tegenover zichzelf, dat het geld wel een punt was, een heel belangrijk punt zelfs. Ze aarzelde heel even en vroeg: 'Wat is dan de rest van het verhaal?'

'Dat kost wel even tijd. Ik heb een auto met chauffeur en ik haal je om zeven uur op. Ik ken de stad niet, maar ik heb gehoord dat het beste restaurant The Lantern is. Ben je daar weleens geweest?'

Mercer kende dat restaurant wel, maar kon het zich niet veroorloven daar te eten. 'Weet je waar ik woon?' vroeg ze, en ze schaamde zich meteen omdat dat zo naïef klonk.

'Ja hoor. Tot straks, om zeven uur.'

5

De auto was zwart, natuurlijk, en leek uiterst verdacht in haar deel van de stad. Mercer stond al op de oprit te wachten en stapte snel achterin bij Elaine. Mercer zakte onderuit en keek terwijl ze wegreden om zich heen, maar zag niemand kijken. Waarom vond ze dat belangrijk? Haar huurcontract liep nog drie weken door en dan zou ze hier voorgoed vertrekken. Haar vage exitplan bevatte een tijdelijk verblijf in het garage-appartement van een oude vriendin in Charleston.

Elaine, nu informeel gekleed in een spijkerbroek, een marineblauw jasje en dure naaldhakken, keek haar met een hartelijke glimlach aan en zei: 'Een van mijn collega's heeft hier op school gezeten en praat nergens anders over, vooral in het basketbalseizoen.'

'Zij zijn inderdaad fanatiek, maar ik heb er niets mee en dat is niet mijn school.'

'Vond je het hier leuk?'

Ze waren in Franklin Street en reden langzaam door de

historische wijk met zijn prachtige huizen en gladgeschoren gazons. Daarna reden ze de Griekse wijk in waar de huizen waren verbouwd tot grote studentenhuizen. Het was opgehouden met regenen en op de veranda's en in de tuinen zaten een heleboel studenten die bier dronken en naar muziek luisterden.

'Ging wel,' zei Mercer zonder enige nostalgische gevoelens. 'Maar ik ben volkomen ongeschikt voor een leven in de wetenschap. Hoe langer ik lesgaf, hoe meer ik ernaar verlangde te schrijven.'

'Tijdens een interview met de studentenkrant zei je dat je hoopte dat je je roman kon afmaken in Chapel Hill. Ben je een beetje opgeschoten?'

'Hoe heb je dat gevonden? Dat was drie jaar geleden, toen ik hier pas was!'

Elaine glimlachte en keek naar buiten. 'We zien niet veel over het hoofd.' Ze was rustig en ontspannen, en ze praatte met een lage stem die zelfvertrouwen uitstraalde. Zij en haar geheimzinnige bedrijf hadden alle kaarten in handen. Mercer vroeg zich af hoeveel clandestiene missies Elaine al had uitgevoerd tijdens haar loopbaan. Ze had vast en zeker veel opdrachten gehad die ingewikkelder en gevaarlijker waren dan deze met die boekhandelaar uit een klein stadje.

The Lantern stond in Franklin, een paar straten voorbij de drukke studentenwijk. De chauffeur zette hen voor de deur af en ze liepen naar binnen, waar de gezellige eetzaal bijna leeg was. Ze hadden een tafeltje bij het raam, met de stoep en de straat maar een meter van hen vandaan. De afgelopen drie jaar had Mercer in plaatselijke kranten veel lovende recensies gelezen en het restaurant kreeg steeds weer prijzen. Mercer had het menu online al even bekeken en had alweer razende trek.

Een serveerster verwelkomde hen hartelijk en schonk kraanwater uit een karaf voor hen in. 'Wilt u iets drinken?' vroeg ze.

Elaine gebaarde naar Mercer die snel zei: ‘Voor mij graag een dirty martini, met gin.’

‘En ik een Manhattan,’ zei Elaine.

Toen de serveerster weg was, zei Mercer: ‘Je zult wel veel reizen.’

‘Ja, te veel eigenlijk. Ik heb twee kinderen op de middelbare school. Mijn man werkt voor het ministerie van Energie en zit vijf dagen per week in een vliegtuig. Ik had helemaal geen zin meer om in een leeg huis te zitten.’

‘En dit is je werk? Gestolen waren opsporen?’

‘We doen een heleboel dingen, maar ja, dit is mijn voornaamste werkgebied. Ik heb zo ongeveer mijn hele leven al kunst bestudeerd en ben min of meer per ongeluk in dit werk beland. De meeste van onze zaken draaien om gestolen en vervalste schilderijen, en een heel enkele keer een beeld, maar zoiets is moeilijker te stelen. Tegenwoordig worden vooral boeken, manuscripten en oude kaarten gestolen. Maar niets is vergelijkbaar met de zaak-Fitzgerald. We zetten alles op alles bij deze zaak, waarom is wel duidelijk natuurlijk.’

‘Ik heb een heleboel vragen.’

Elaine haalde haar schouders op en zei: ‘Ik heb een heleboel tijd.’

‘En ik zal ze in willekeurige volgorde stellen. Waarom neemt de FBI de leiding over een dergelijke zaak niet op zich?’

‘Zij hebben de leiding. Hun Rare Asset Recovery Unit is fantastisch en zit erbovenop. De FBI had de zaak in de eerste vierentwintig uur al bijna opgelost. Een van de dieven, ene Steengarden, liet een druppel bloed achter op de plaats delict, vlak voor de kluis. De FBI heeft hem opgepakt samen met zijn partner Mark Driscoll, en beide mannen gevangengezet. We vermoeden dat de andere dieven bang zijn geworden en ervandoor zijn gegaan met de manuscripten. Eerlijk gezegd denken we dat de FBI te voortvarend te werk is gegaan. Als ze die eerste twee mannen een paar weken intensief hadden geschaduwd, zouden zij de FBI misschien naar de rest van de bende hebben geleid. Achteraf gezien lijkt dat zelfs nog waarschijnlijker.'

'Weet de FBI dat jullie proberen mij te rekruteren?'

'Nee.'

'Verdenkt de FBI Bruce Cable?'

'Nee, dat denk ik tenminste niet.'

'Er is dus sprake van twee parallelle onderzoeken, dat van jullie en dat van hen.'

'Als je bedoelt dat we niet alle informatie delen, dan klopt dat. Ja, dan bevinden we ons vaak op twee verschillende sporen.'

'Maar waarom?'

De serveerster bracht hun drankjes en vroeg of ze nog wensen hadden. Omdat geen van beide vrouwen de menukaart had bekeken, stuurden ze haar beleefd weg. Het werd snel drukker en Mercer keek of ze iemand kende, maar dat was niet zo.

Elaine nam een slokje, glimlachte, zette haar glas neer en dacht na over haar antwoord. 'Wanneer wij vermoeden dat een dief een gestolen schilderij, boek of kaart in bezit heeft, hebben we manieren om dat te verifiëren. We maken gebruik van de nieuwste technologie, de laatste gadgets en de slimste mensen; een paar van onze technici zijn voormalig geheim agenten. Wanneer we de aanwezigheid van het gestolen object hebben geverifieerd, brengen we de FBI op de hoogte of gaan we er zelf op af. Dat verschilt per zaak, en geen twee zaken lijken zelfs maar een beetje op elkaar.'

'Gaan jullie erop af?'

'Ja. Je moet niet vergeten dat we te maken hebben met een dief die iets waardevols verbergt, iets wat onze cliënt voor heel veel geld heeft verzekerd. Dat is niet van hem, en hij probeert het altijd voor heel veel geld te verkopen. Daardoor is het elke keer weer tricky. De tijd tikt altijd door, maar toch moeten we bijzonder geduldig zijn.' Weer een slokje. Ze koos haar woorden zorgvuldig. 'De politie en de FBI moeten rekening houden met zaken als waarschijnlijke betrokkenheid en huiszoekingsbevelen. Wij worden niet altijd beperkt door dergelijke grondwettelijke formaliteiten.'

'Dus jullie breken in en gaan naar binnen?'

'We breken nooit in, maar gaan soms wel naar binnen, echter alleen om het zeker te weten en het terug te halen. Er zijn maar heel weinig gebouwen waar we niet ongemerkt kunnen binnendringen, en als het erom gaat hun buit te verstoppen zijn een heleboel dieven lang niet zo slim als ze denken.'

'Luisteren jullie telefoons af, hacken jullie computers?'

'Nou, laten we zeggen dat we weleens meeluisteren.'

'Dus jullie overtreden de wet?'

'Wij noemen het "opereren in de grijze gebieden". We luisteren, we gaan naar binnen, we verifiëren en dan, in de meeste gevallen, informeren we de FBI. Dan doen zij wat zij moeten doen met huiszoekingsbevelen, wordt de kunst teruggegeven aan de eigenaar, gaat de dief naar de gevangenis en krijgt de FBI alle lof. Iedereen is blij, behalve de dief misschien, maar over zijn gevoelens maken we ons niet erg druk.'

Na Mercers derde slokje voelde ze het effect van de gin en begon ze zich te ontspannen. 'Als jullie zo goed zijn als je zegt, waarom nemen jullie dan niet stiekem een kijkje in Cable's kluis?'

'Cable is geen dief en hij lijkt slimmer dan de meeste verdachten. Hij lijkt heel behoedzaam, iets wat ons zelfs nog wantrouwiger maakt. Eén verkeerde handeling hier of daar, en de manuscripten kunnen weer verdwijnen.'

'Maar als jullie luisteren en hacken en hem in de gaten houden, waarom kunnen jullie hem dan niet vangen?'

'Ik heb helemaal niet gezegd dat we dat allemaal doen. Misschien gaan we dat wel doen, binnenkort, maar op dit moment hebben we gewoon meer informatie nodig.'

'Is iemand van jullie bedrijf ooit iets illegaals ten laste gelegd?'

'Nee, absoluut niet. Nogmaals, we houden ons op in een grijs gebied, maar wie maakt zich daar druk over nadat de misdaad is opgelost?'

'De dief misschien. Ik ben geen advocaat, maar kan de dief niet aanvoeren dat er een illegale huiszoeking heeft plaatsgevonden?'

'Misschien zou je advocaat moeten worden.'

'Ik kan me niets ergers voorstellen.'

'Het antwoord is nee. Want de dief en zijn advocaat weten helemaal niet dat wij erbij betrokken zijn. Zij hebben nog nooit van ons gehoord, en wij laten geen vingerafdrukken achter.'

Het bleef lang stil, terwijl de vrouwen zich op hun cocktails concentreerden en de menukaart bekeken. De serveerster kwam snel naar hen toe en Elaine vertelde haar beleefd dat ze geen haast hadden.

Na een tijdje zei Mercer: 'Zo te zien vragen jullie me een klus uit te voeren waardoor ik mogelijk een van jullie grijze gebieden betreed, wat een eufemisme is voor de wet overtreden.'

Ze overweegt het tenminste, dacht Elaine. Nadat Mercer tijdens de lunch onverwacht was vertrokken, had ze echt gedacht dat ze geen kans meer maakte. Nu stond ze voor de uitdaging de deal te sluiten. 'Helemaal niet,' stelde Elaine haar gerust. 'Wat voor wet zou je overtreden dan?'

'Dat mag jij me vertellen. Jij hebt daar nóg meer mensen en ik denk niet dat die ergens naartoe gaan. Ik weet wel zeker dat zij me even nauwlettend in de gaten houden als Cable. Dus is het een soort team, een groepsprestatie, en ik heb geen idee wat mijn onzichtbare collega's kunnen doen.'

'Maak je maar geen zorgen over hen. Dat zijn bijzonder ervaren professionals die nog nooit zijn betrapt. Luister, Mercer, niets wat wij jou vragen te doen is zelfs maar een beetje illegaal, dat beloof ik je.'

'Jij en ik kennen elkaar niet goed genoeg om beloftes te doen. Ik ken je helemaal niet.' Ze dronk haar glas leeg en zei: 'Ik heb er nog een nodig.'

Alcohol was altijd belangrijk tijdens dit soort besprekingen, dus dronk Elaine haar glas ook leeg en wenkte de serveerster. Toen de tweede ronde werd gebracht, bestelden ze varkensvlees op Vietnamese wijze bereid en krabloempia's.

'Vertel me eens iets over Noelle Bonnet,' zei Mercer om de spanning te doorbreken. 'Ik weet zeker dat jullie haar hebben nagetrokken.'

Elaine glimlachte en zei: 'Ja, en ik weet zeker dat jij vanmiddag online bent gegaan en haar ook hebt nagetrokken.'

'Klopt.'

'Ze heeft inmiddels vier boeken geschreven, allemaal over antieke meubels en Provençaalse inrichting, dus heeft ze iets van zichzelf laten zien. Ze reist veel, praat veel, schrijft veel en is de helft van het jaar in Frankrijk. Zij en Cable zijn ongeveer tien jaar samen en lijken een prima stel. Geen kinderen. Zij heeft een scheiding achter de rug; hij niet. Hij gaat niet vaak naar Frankrijk, omdat hij de winkel zelden verlaat. Haar winkel is naast de zijne. Hij is eigenaar van het gebouw en heeft de herenmodezaak er drie jaar geleden uitgezet en de ruimte aan haar gegeven. Zo te zien heeft hij niets te maken met haar bedrijf, en zij bemoeit zich niet met zijn bedrijf, behalve als het gaat om mensen ontvangen. Haar vierde boek gaat over hun huis, een victoriaans pand vlak bij het centrum en een kijkje zeker waard. Wil je een paar roddels horen?'

'Vertel! Wie is er nou niet gek op roddels?'

'Al tien jaar lang vertellen ze dat ze getrouwd zijn, op een heuvel ten noorden van Nice. Dat is een romantisch verhaal, maar niet waar. Ze zijn niet getrouwd en lijken een open huwelijk te hebben. Hij doet het met allerlei vrouwen, maar ze komen altijd weer bij elkaar.'

'Hoe weten jullie dat in vredesnaam?'

'Nogmaals, auteurs zijn kletskousen. En sommigen hebben kennelijk vrij veel seksuele relaties.'

'Daar hoor ik niet bij.'

'Ik had het ook niet over jou. Ik had het over auteurs in het algemeen.'

'Vertel verder.'

'We hebben overal gezocht, maar kunnen nergens een bevestiging vinden van een huwelijk, hier of in Frankrijk. Heel veel auteurs komen op bezoek, Bruce speelt zijn spelletje met de vrouwen en Noelle doet datzelfde met de mannen. Hun huis heeft een toren met een slaapkamer op de tweede verdieping, en daar slapen de gasten, en niet altijd alleen.'

'Jullie verwachten dus van mij dat ik alles opgeef voor het team?'

'Wij verwachten van je dat je zo dichtbij komt als maar kan, maar hoe dichtbij is aan jou.'

De loempia's werden gebracht. Mercer bestelde kreeftnoodles in bouillon, Elaine de pittige garnalen en samen bestelden ze een fles Sancerre. Nadat Mercer twee hapjes had genomen, besefte ze dat de eerste martini al haar smaakpapillen had verdoofd.

Elaine raakte haar tweede glas niet aan en zei na een tijdje: 'Mag ik je een persoonlijke vraag stellen?'

Mercer lachte, misschien iets te luid, en zei: 'Waarom niet? Is er wel iets wat jullie niet weten?'

'Een heleboel. Waarom ben je na Tessa's dood nooit meer naar het strandhuis geweest?'

Mercer wendde haar blik af, verdrietig, en vroeg zich af wat ze zou zeggen.

'Omdat ik dat te pijnlijk vind. Van mijn zesde tot mijn negentiende heb ik daar elke zomer doorgebracht, altijd alleen met Tessa. We zwierven over het strand, zwommen in de oceaan en praatten en praatten en praatten. Ze was veel meer dan een oma, ze was mijn rots in de branding, mijn beste vriendin, mijn alles. Ik woonde negen ellendige maanden per jaar bij mijn vader en telde de dagen tot de schoolvakantie begon en ik naar het strand kon ontsnappen en tijd met Tessa kon doorbrengen. Ik heb mijn vader gesmeekt of ik niet het hele jaar bij haar mocht wonen, maar dat vond hij niet goed. Ik neem aan dat je het weet van mijn moeder.'

Elaine haalde haar schouders op en zei: 'Alleen wat in het dossier staat.'

'Ze werd opgesloten toen ik zes was, gek geworden door haar demonen en ik vermoed ook door mijn vader.'

'Kon je vader goed met Tessa opschieten?'

'Doe niet zo gek! Niemand in mijn familie kan goed opschieten met een ander. Hij haatte Tessa, omdat ze een snob was die vond dat mijn moeder een slecht huwelijk had gesloten. Herbert was een arme knul uit een achterstandswijk van Memphis die een vermogen had verdiend door de verkoop van occasions en daarna van nieuwe auto's. Tessa's familie was een oud geslacht uit Memphis met een heleboel verleden en zo, maar zonder echt geld. Je kent dat gezegde wel, te arm om te schilderen en te trots om schoon te maken. Dat is de perfecte beschrijving van Tessa's familie.'

'Ze had drie kinderen.'

'Ja. Mijn moeder, mijn tante Jane en mijn oom Holstead. Wie noemt een kind nou Holstead? Tessa. Dat was een naam uit haar familie.'

'En Holstead woont in Californië?'

'Ja, hij is vijftig jaar geleden het Zuiden ontvlucht en in een commune gaan wonen. Uiteindelijk trouwde hij met een junk en samen hebben ze vier kinderen, allemaal echte losers. Door mijn moeder denken ze dat wij allemaal getikt zijn, maar zij zijn de echte mafketels. Een geweldige familie dus.'

'Dat is nogal cru.'

'Eigenlijk ben ik nog aardig. Niemand van hen heeft de moeite genomen naar Tessa's begrafenis te gaan, dus heb ik hen al sinds ik klein was niet meer gezien. En geloof me, er zijn geen plannen voor een reünie.'

'*October Rain* gaat over een verstoorde familie. Was het autobiografisch?'

'Zij dachten van wel. Holstead schreef me een nare brief die ik bijna had ingelijst. Dat was de druppel...' Ze at een halve loempia op en nam een slok water. 'Laten we het over iets anders hebben.'

'Goed idee. Je zei dat je vragen hebt.'

'Jij vroeg waarom ik niet meer naar het strandhuis was geweest. Het zal nooit meer hetzelfde zijn en de herinneringen zullen me zwaar vallen. Stel je voor: ik ben eenendertig en de gelukkigste tijd van mijn leven ligt al achter me, in dat strandhuis met Tessa. Ik vraag me af óf ik wel terug kan gaan.'

'Dat hoef je niet te doen. We kunnen een halfjaar een leuk huis voor je huren, maar je dekmantel zou beter zijn als je dat strandhuis wel gebruikt.'

'Ervan uitgaande dat ik daar kan zijn. Mijn zus zit er in juli altijd twee weken en misschien is het een paar keer verhuurd. Dat regelt tante Jane, zij verhuurt het huis weleens aan vrienden. Een Canadees gezin zit er elk jaar in november en Jane woont daar 's winters van januari tot en met maart.'

Elaine nam een hap en daarna een slok.

'Weet je, ik ben toch wel nieuwsgierig,' zei Mercer. 'Heb jij het gezien?'

'Ja, twee weken geleden. Als onderdeel van de voorbereidingen.'

'Hoe ziet het eruit?'

'Leuk. Goed onderhouden. Ik had zin er te blijven.'

'Nog altijd een heleboel vakantiewoningen aan het strand?'

'Ja hoor. Ik betwijfel of er in die elf jaar veel is veranderd. Alles straalt een ouderwets soort vakantiegevoel uit, het strand is prachtig en helemaal niet druk.'

'We woonden op dat strand. Tessa haalde me uit bed als de

zon opkwam en dan gingen we naar de schildpadden kijken, de nieuwe die 's nachts een nest hadden gemaakt.'

'Daar heb je over geschreven, een prachtig verhaal.'

'Dank je.'

Ze dronken hun glas leeg toen de voorgerechten werden geserveerd. Nadat Elaine de wijn had gekeurd, schonk de serveerster voor hen allebei een glas in.

Mercer nam een hapje en legde toen haar vork neer. 'Luister, Elaine, ik kan dit gewoon niet. Je hebt de verkeerde persoon, oké? Ik ben een ontzettend slechte leugenaar en ben er gewoon niet goed in om mensen te bedriegen. Ik kan me niet in het leven van Bruce Cable en Noelle Bonnet en hun literaire groep dringen en mogelijk waardevolle informatie achterhalen.'

'Dat zei je al. Jij bent een auteur die een paar maanden in het strandhuis van je familie woont en je werkt hard aan je roman. Dat is het perfecte verhaal omdat het waar is en jij hebt de perfecte persoonlijkheid omdat je eerlijk bent, Mercer. Als we een bedrieger nodig hadden, zouden jij en ik nu niet met elkaar praten. Ben je bang?'

'Nee. Ik weet het niet. Zou ik bang moeten zijn?'

'Nee. Ik heb je beloofd dat we niets van je vragen wat illegaal is en niets zal gevaarlijk zijn. Ik zal je elke week ontmoeten...'

'Ben jij daar ook?'

'Ik kom af en toe. En als je een vriend nodig hebt, een man of een vrouw, kunnen we iemand bij je in de buurt zetten.'

'Ik hoef geen oppas en ben alleen bang dat ik niet slaag. Jullie zouden me heel veel geld betalen om iets te doen wat ik me niet eens kan voorstellen, iets belangrijks, en jullie verwachten uiteraard resultaten. Stel dat Cable even slim en stoer is als jullie denken en niets vertelt? Stel dat ik iets stoms doe en hij argwanend wordt en de manuscripten verplaatst? Ik kan een heleboel manieren verzinnen om dit te laten mislukken, Elaine. Ik heb geen ervaring en geen idee.'

'En ik waardeer je eerlijkheid. Daarom ben je dus perfect, Mercer. Je bent direct, oprecht en doorzichtig. Je bent ook bijzonder aantrekkelijk en Cable zal je meteen aardig vinden.'

'Hebben we het weer over seks? Maakt dat deel uit van de functieomschrijving?'

'Nee. Nogmaals, jij bepaalt zelf wat je doet.'

'Maar ik heb geen idee wat ik moet doen!' zei Mercer met stemverheffing en ze zag dat iemand aan het tafeltje vlakbij naar hen keek. Ze boog haar hoofd en zei: 'Sorry.'

Een paar minuten zaten ze zwijgend te eten.

'Vind je de wijn lekker?' vroeg Elaine.

'Hij is erg goed, dank je.'

'Het is een van mijn favoriete wijnen.'

'Stel dat ik nu weer nee zeg? Wat ga je dan doen?'

Elaine depte haar mond met haar servet en nam een slok water. 'We hebben een heel kort lijstje met andere mogelijke auteurs, maar niemand is zo interessant als jij. Eerlijk gezegd zijn we er zo van overtuigd dat jij de perfecte persoon bent, Mercer, dat we al ons geld op jou hebben gezet. Als jij nee zegt, moeten we het hele plan waarschijnlijk schrappen en met het volgende beginnen.'

'En dat is?'

'Dat kan ik je niet vertellen. We hebben veel middelen en staan onder grote druk, dus zullen we snel een andere richting inslaan.'

'Is Cable de enige verdachte?'

'Alsjeblieft, daar kan ik niet over praten. Ik kan je veel meer vertellen als je daar eenmaal bent, ontspannen en bereid mee te doen en we samen over het strand lopen. Er is heel veel te bespreken, waaronder een paar ideeën over wat je zou kunnen doen. Maar daar ga ik het nu niet over hebben. Dat is immers uiterst vertrouwelijk.'

'Dat begrijp ik. Ik kan wel een geheim bewaren, hoor. Dat is de eerste les die ik in mijn familie heb geleerd.'

Elaine glimlachte alsof ze het begreep, alsof ze Mercer helemaal vertrouwde.

De serveerster schonk hun wijnglazen weer bij en zij aten hun voorgerecht op.

Na de langste stilte tijdens de maaltijd tot dan toe slikte Mercer moeizaam, haalde diep adem en zei: 'Ik heb een studielening van eenenzestigduizend dollar die ik maar niet afbetaald krijg. Dat vreet aan me, elk uur van de dag, en ik word er stapelgek van.'

Weer glimlachte Elaine alsof ze het wist. Mercer vroeg bijna of ze dat al wist, maar wilde het antwoord eigenlijk niet horen.

Elaine legde haar vork neer en leunde naar voren met haar ellebogen op de tafel. Ze tikte haar vingertoppen zacht tegen elkaar en zei: 'Wij betalen die studielening voor je af én je krijgt die honderdduizend dollar; vijftigduizend nu en vijftigduizend over zes maanden. Contant, cheque, goudstaven, wat je maar wilt. Zwart natuurlijk.'

Opeens viel er een loden last van Mercers schouders. Ze hapte bijna naar adem, maar sloeg een hand voor haar mond en knipperde toen ze opeens tranen in haar ogen kreeg. Ze probeerde te praten, maar wist niet wat te zeggen. Ze had een droge mond, dus nam ze een slok water.

Elaine hield haar nauwlettend in de gaten, zoals altijd berekenend.

Mercer voelde zich volkomen overweldigd door het besef dat ze straks helemaal van die studieschuld af zou zijn, een nachtmerrie die haar al acht jaar kwelde. Ze haalde diep adem – was het nu echt gemakkelijker om adem te halen? – en viel aan op de volgende kreeftnoodle. Daarna nam ze een slok wijn, die ze nu past echt proefde. Ze zou binnenkort proberen hier een paar flessen van te krijgen.

Elaine rook de overwinning en maakte zich klaar voor de laatste slag. 'Hoe snel kun je daar zijn?'

‘De examens zijn over twee weken afgelopen. Maar ik wil hier nog een nachtje over slapen.’

‘Natuurlijk.’ De serveerster kwam weer bij hun tafeltje en Elaine zei: ‘Ik wil de panna cotta proberen. Mercer?’

‘Ik ook, met een glas dessertwijn.’

6

Omdat ze weinig spullen had, hoefde ze niet veel in te pakken. Daardoor nam de verhuizing maar een paar uur in beslag. Nadat ze haar Volkswagen Beetle had volgeladen met haar kleren, computer en printer, boeken en een paar potten en pannen en andere spullen, reed Mercer zonder nostalgische gevoelens weg uit Chapel Hill. Ze liet helemaal geen fijne herinneringen achter en maar twee vriendinnen; vrouwen die nog een paar maanden contact zouden houden en dan uit haar leven zouden verdwijnen. Ze was al zo vaak verhuisd en had al zo vaak afscheid genomen dat ze wist welke vriendschappen stand zouden houden en welke niet. Ze betwijfelde of ze die twee ooit terug zou zien.

Over een paar dagen wilde ze naar het zuiden gaan, maar nu nog niet. Daarom nam ze de Interstate West en stopte in het leuke stadje Asheville om te lunchen en even rond te lopen. Daarna volgde ze de bochtige route door de bergen naar Tennessee. Het was al donker toen ze uiteindelijk stopte bij een motel aan de rand van Knoxville. Ze betaalde contant voor een kleine kamer en liep naar het tacohuisje ernaast om te eten. Ze sliep acht hele uren zonder ook maar één keer gestoord te worden en werd bij zonsopkomst wakker voor een nieuwe lange dag.

Hildy Mann woonde al twintig jaar in Eastern State. Mercer ging ten minste één keer per jaar bij haar op bezoek, soms twee keer, maar nooit vaker. Verder kreeg ze geen bezoek. Meteen nadat Herbert zich realiseerde dat zijn echtgenote nooit meer thuiskwam, had hij zonder veel ophef de echtscheiding geregeld, en dat kon niemand hem kwalijk nemen. Hoewel Connie maar drie uur rijden van Eastern State woonde, had ze haar moeder al jaren niet meer gezien. Als oudste kind was zij haar moeders juridische vertegenwoordiger, maar ze had het veel te druk om op bezoek te gaan.

Geduldig onderging Mercer de bureaucratische rompslomp van het inschrijven. Ze sprak een kwartier met een arts en kreeg dezelfde hopeloze prognose te horen: de patiënt leed aan een slopende vorm van paranoïde schizofrenie en was door waandenkbeelden, stemmen en hallucinaties niet in staat rationeel te denken. In de afgelopen vijfentwintig jaar was haar toestand niet verbeterd en er was geen enkele reden om aan te nemen dat dat nog zou gebeuren. Ze zat zwaar onder de medicijnen, en elke keer als Mercer haar moeder bezocht vroeg ze zich af hoeveel schade de medicatie al die jaren had aangericht. Maar er was geen keus. Hildy was een permanente bewoner van het psychiatrische ziekenhuis en zou daar blijven tot haar dood.

Voor de gelegenheid hadden de verpleegkundigen Hildy niet het standaard witte ziekenhuisjasje aangetrokken, maar een zachtblauwe katoenen jurk, waar Mercer er in de loop der jaren verschillende van had meegenomen. Hildy zat blootsvoets op de rand van haar bed naar de grond te staren toen Mercer binnenkwam en een kus op haar voorhoofd drukte. Mercer ging naast haar zitten, gaf een klopje op haar knie en zei dat ze haar moeder heel erg had gemist.

Hildy reageerde alleen met een vriendelijke glimlach. Zoals altijd verbaasde Mercer zich over het feit dat haar moeder zo oud leek: ze was nog maar vierenzestig, maar leek wel tachtig. Ze was broodmager, uitgemergeld bijna, had spierwit haar en een spookachtig bleke huid. Waarom ook niet? Ze zette nooit een voet buiten haar kamer. Jaren geleden hadden de verpleegkundigen haar nog elke dag een uurtje mee naar buiten genomen voor een wandeling in de recreatietuin, maar uiteindelijk wilde Hildy dat niet meer. Iets daarbuiten joeg haar angst aan.

Mercer hield dezelfde monoloog als altijd; ze vertelde over haar leven, haar werk en haar vrienden en dat soort dingen, sommige waar, andere verzonnen, maar niets leek echt binnen te komen. Hildy leek niets te horen. Ze had dezelfde onnozele glimlach en keek nog steeds naar de grond. Mercer zei tegen zichzelf dat Hildy haar stem herkende, maar wist dat niet zeker. Sterker nog, ze wist niet eens waarom ze steeds weer op bezoek ging.

Schuldgevoelens. Connie kon haar moeder wel vergeten, maar Mercer voelde zich schuldig omdat ze niet vaker op bezoek kwam.

Het was al vijf jaar geleden dat Hildy tegen haar had gepraat. Toen had ze Mercer nog herkend, haar naam uitgesproken en haar zelfs bedankt voor haar bezoek. Maanden later was Hildy gaan schreeuwen en kwaad geworden tijdens een bezoek en had een verpleegkundige moeten ingrijpen. Mercer vroeg zich vaak af of ze de medicatie nu iets opvoerden als ze wisten dat ze kwam.

Volgens Tessa had Hildy als tiener de gedichten van Emily Dickinson mooi gevonden. Dus had Tessa, die haar dochter de eerste jaren vaak had bezocht, haar altijd gedichten voorgelezen. In die tijd luisterde Hildy en reageerde ze erop, maar in de loop der jaren was haar toestand verslechterd.

'Zal ik je een gedicht voorlezen, mama?' vroeg Mercer en ze pakte een dik en versleten boek met verzamelde gedichten. Dit was hetzelfde boek dat Tessa jarenlang mee naar Eastern State had genomen. Mercer trok een schommelstoel bij en ging vlak bij het bed zitten.

Hildy glimlachte terwijl Mercer voorlas en zei niets.

7

Mercer had een lunchafspraak met haar vader in een restaurant in het centrum van Memphis. Herbert woonde ergens in Texas, met een nieuwe vrouw die Mercer niet wilde leren kennen en over wie ze ook niet wilde praten. Toen haar vader auto's verkocht praatte hij alleen maar over auto's, en nu hij voor de Orioles scoutte praatte hij alleen nog maar over honkbal. Mercer wist niet welk onderwerp ze het minst interessant vond, maar ze hield dapper vol en probeerde er een gezellige lunch van te maken. Ze zag haar vader één keer per jaar en wist na een halfuur alweer waarom. Hij was zogenaamd voor zaken in de stad, maar dat betwijfelde ze. Zijn bedrijven waren tijdens haar eerste studiejaar op opzienbarende wijze failliet gegaan, waardoor zij studieleningen had moeten afsluiten.

Ze moest zichzelf nog steeds knijpen: haar studieschulden waren verleden tijd!

Herbert begon weer over honkbal en praatte maar door over de ene na de andere veelbelovende middelbare scholier, maar vroeg niets over haar laatste boek of project. Als hij al iets had gelezen van de boeken die ze had geschreven, dan praatte hij daar nooit over.

Na een uur waar geen einde aan leek te komen, begon Mercer de bezoekjes aan Eastern State bijna te missen. Ook al kon haar arme moeder niet praten, toch was ze lang niet zo saai als haar breedvoerige en egocentrische vader. Maar ze namen afscheid met een omhelzing en een kus en de gebruikelijke beloftes om elkaar vaker te zien. Ze zei dat ze de komende maanden aan het strand zou doorbrengen om een roman af te maken, maar hij greep al naar zijn mobiele telefoon.

Na de lunch reed ze naar de Rosewood Cemetery en legde rozen op Tessa's graf. Ze ging met haar rug tegen de grafsteen zitten en barstte in tranen uit. Tessa was vierenzeventig geweest toen ze stierf, maar in allerlei opzichten heel jeugdig. Ze zou nu vijfentachtig geweest zijn en ongetwijfeld even fit en drukdoende, terwijl ze over het strand liep, schelpen verzamelde, de schildpadeieren bewaakte, in haar tuinen werkte en wachtte tot haar geliefde kleindochter op bezoek kwam.

Het was tijd om terug te gaan, Tessa's stem te horen, haar spullen aan te raken en herinneringen op te halen. Eerst zou dat pijn doen, maar Mercer wist al elf jaar dat deze dag zou komen.

Mercer ging uit eten met een oude vriendin van high school, sliep in haar logeerkamer en nam de volgende ochtend alweer vroeg afscheid. Het was nog vijftien uur rijden naar Camino Island.

8

Ze bracht de nacht door in een motel vlak bij Tallahassee en arriveerde volgens plan rond het middaguur bij het strandhuis. Er was niet veel veranderd, ook al was het nu wit geschilderd in plaats van het lichtgeel waar Tessa de voorkeur aan had gegeven. De smalle met oesterschelpen verharde oprit was omzoomd met een keurig gemaaid gazon van Bermuda-gras. Volgens tante Jane werd de tuin nog steeds onderhouden door tuinman Larry die later nog even langs zou komen om dag te zeggen. De voordeur bevond zich niet ver van Fernando Street en om enige privacy te hebben had Tessa haar tuin omheind met dwergpalmen en vlierbesstruiken, die nu zo dicht waren dat het huis van de buren niet meer te zien was. De bloembedden die geen ochtendzon kregen en waar Tessa 's ochtends altijd in werkte, stonden nu vol begonia's, kattenkruid en lavendel. De steunbalken van de veranda waren bedekt met blauweregen, en een amberboom was enorm gegroeid zodat het grootste deel van de kleine voortuin in de schaduw lag. Jane en Larry hadden de tuin prachtig onderhouden. Tessa zou daar blij mee zijn geweest, hoewel ze vast wel dingen anders zou willen.

De sleutel werkte, maar de deur zat klem. Mercer zette haar schouder tegen de deur en duwde, en ten slotte ging de deur open. Ze liep de lange en brede woonkamer in. In een hoek voor de tv stonden een oude bank en een paar stoelen, en er stond een ouderwetse eettafel die Mercer niet herkende. Daarachter was de open keuken met over de hele breedte grote ramen met uitzicht op de oceaan zeventig meter verderop, achter de duinen. Alle meubels waren anders, net als de schilderijen aan de muren en de kleden op de vloeren. Het voelde meer als een huurhuis dan een thuis, maar dat had Mercer wel verwacht. Tessa had hier bijna twintig jaar echt gewoond en het perfect onderhouden, maar nu was het een vakantiewoning die dringend schoongemaakt moest worden. Mercer liep door de keuken en stapte het brede terras op met oude schommelstoelen dat omringd werd door palmbomen en lagerstroemia. Ze veegde vuil en spinnenwebben van een schommelstoel en ging zitten, keek naar de duinen en de Atlantische Oceaan, en luisterde naar de golven die traag op het strand rolden. Mercer had zich voorgenomen niet te huilen en dat deed ze ook niet.

Op het strand waren kinderen aan het lachen en het spelen. Ze kon hen wel horen, maar niet zien, want de duinen lagen ervoor. Zeemeeuwen en viskraaien scheerden krijsend hoog en laag over het water en de duinen.

Overal waren herinneringen, heerlijke en kostbare gedachten aan een ander leven. Tessa had Mercer zo ongeveer geadopteerd nadat het meisje haar moeder was kwijtgeraakt en nam haar mee naar het strand, in elk geval drie maanden per jaar. De resterende negen maanden had Mercer naar deze plek gehunkerd, ernaar verlangd om aan het einde van de middag op een van deze schommelstoelen te zitten terwijl de zon eindelijk onderging. De schemering was hun favoriete moment van de dag. Dan was de zinderende hitte voorbij en het strand verlaten. Dan wandelden ze de anderhalve kilometer naar de South Pier en terug, zochten schelpen, speelden in de golven en kletsten met Tessa's vrienden die laat op de dag naar het strand kwamen.

Die vrienden waren nu ook weg, dood of naar aanleunwoningen gestuurd.

Nadat Mercer een hele tijd op de schommelstoel had gezeten, stond ze op. Ze liep door de rest van het huis en zag niet veel wat haar aan Tessa herinnerde. En dat was goed, besloot ze. Nergens zag ze een foto van haar oma, maar in een van de slaapkamers wel een paar ingelijste foto's van Jane en haar gezin. Na de begrafenis had Jane een doos met foto's, tekeningen en puzzels naar Mercer gestuurd waar zij misschien belangstelling voor had. Mercer had er een paar uitgezocht en in een album geplakt. Dat album pakte ze uit, samen met de rest van haar spullen, en liep naar de kruidenierswinkel voor een paar boodschappen. Ze maakte een lunch klaar, probeerde te lezen maar kon zich niet concentreren en viel toen in slaap in een hangmat op de veranda.

Larry maakte haar wakker toen hij bonkend de zijtrap op liep. Na een korte omhelzing vertelden ze elkaar dat ze geen spat veranderd waren in al die jaren. Hij zei dat ze even knap was als vroeger, nu ze 'een volwassen vrouw' was. Hij zag er nog net zo uit, iets grijzer en met meer rimpels. Zijn huid was nu leerachtig en verweerd door te veel zon. Hij was klein en pezig, en droeg zo te zien dezelfde strooien hoed die zij zich herinnerde van toen ze klein was. Er was iets twijfelachtigs in zijn verleden geweest, Mercer wist even niet meer wat, en hij was vanuit het noorden, uit Canada of zo, naar Florida gevlucht. Hij was freelancetuinier en klusjesman, en hij en Tessa hadden altijd gekibbeld over hoe de bloemen verzorgd moesten worden. 'Je had veel eerder terug moeten komen,' zei hij.

'Misschien wel. Wil je een biertje?'

'Nee. Ik drink al paar jaar niet meer; daar heeft mijn vrouw me toe gedwongen.'

'Zoek dan een andere vrouw.'

'Dat heb ik ook geprobeerd.'

Hij had verschillende vrouwen gehad, meende Mercer zich te herinneren, en volgens Tessa was hij een vreselijke flirt. Ze ging op een schommelstoel zitten en zei: 'Ga zitten. Kunnen we even kletsen.'

'Goed dan.' Zijn sportschoenen zaten onder de groene vlekken en zijn enkels onder stukjes gras. 'Ik lust wel een glas water.'

Mercer glimlachte en haalde wat te drinken. Toen ze terugkwam, draaide ze de dop van een bierflesje en vroeg: 'En, wat heb jij allemaal gedaan?'

'Hetzelfde, altijd hetzelfde. En jij?'

'Ik heb lesgegeven en geschreven.'

'Ik heb je boek gelezen. Vond 't mooi. Keek vaak naar je foto op de achterflap en zei dan: "Wauw, ik ken haar. Ik ken haar al heel lang." Tessa zou heel trots op je zijn geweest, weet je dat?'

'Dat is waar. En, wat zijn de laatste roddels op het eiland?'

Hij lachte en zei: 'Je bent eeuwen weggebleven en nu wil je de roddels horen.'

'Wat is er gebeurd met de Bancrofts van hiernaast?' vroeg ze met een knikje naar achteren.

'Hij is een paar jaar geleden gestorven. Kanker. Zij leeft nog, maar ze hebben haar opgesloten. De kinderen hebben het huis verkocht. De nieuwe eigenaren mochten me niet en ik mocht hen niet.' Ze herinnerde zich zijn onbehouwen gedrag en zijn botheid.

'En de Hendersons hier tegenover?'

'Dood.'

'Zij en ik hebben elkaar een paar jaar na Tessa's dood nog geschreven, maar toen hield het langzaam op. Hier is niet veel veranderd.'

'Het eiland verandert niet. Hier en daar een paar nieuwe huizen. Langs het hele strand is het nu volgebouwd, en bij het Ritz staan een paar chique appartementengebouwen. Het toerisme neemt toe en volgens mij is dat wel goed. Jane zei dat je hier een paar maanden blijft.'

‘Dat is het plan. We zien wel. Ik heb nu geen baan en ik moet een boek afmaken.’

‘Je was altijd al gek op boeken, hè? Ik weet nog dat er altijd stapels boeken in het huis lagen, zelfs toen je nog klein was.’

‘Tessa nam me twee keer per week mee naar de bibliotheek. Toen ik tien was, hadden we op school een zomerleeswedstrijd. Ik las die zomer achtennegentig boeken en won de beker. Michael Quon werd tweede met drieënvijftig. Ik wilde er honderd lezen.’

‘Tessa zei altijd al dat je te competitief was. Met schaken, dammen, monopoly. Je wilde altijd winnen.’

‘Inderdaad. Dat lijkt nu een beetje suf.’

Larry nam een slok water en veegde zijn mond droog met de mouw van zijn trui. Hij keek naar de oceaan en zei: ‘Ik mis die ouwe vrouw echt, weet je. We kibbelden altijd over de bloembedden en de kunstmest, maar ze had alles over voor haar vrienden.’

Mercer knikte, maar zei niets. Na een lange stilte zei hij: ‘Sorry dat ik erover begon. Ik weet dat het nog steeds moeilijk is.’

‘Mag ik je iets vragen, Larry? Ik heb nooit met iemand gepraat over wat er met Tessa is gebeurd. Later, lang na de begrafenis, heb ik de krantenverhalen en zo wel gelezen, maar is er iets wat ik niet weet? Zat er meer achter?’

‘Dat weet niemand.’ Hij knikte naar de oceaan. ‘Zij en Porter waren daar, een kilometer of zes, zeven van de kust, waarschijnlijk konden ze het land al zien, en toen begon het opeens te stormen. Een van die late zomermiddagstormen, maar deze was heel zwaar.’

‘Waar was jij?’

‘Thuis, wat aan het rommelen. Van het ene op het andere moment werd de hemel pikzwart en begon het hard te waaien. De regen viel met bakken uit de hemel, maar werd opzij geblazen. Er zijn een paar bomen omgewaaid. De stroom viel uit. Ze zeiden dat Porter een noodsignaal heeft uitgezonden, maar te laat, denk ik.'

'Ik heb tientallen keren in die boot gezeten, maar ik hield niet van zeilen. Ik vond het altijd te heet en te saai.'

'Porter was een goede zeiler en zoals je weet was hij gek op Tessa. Niet op een romantische manier, hoor, hij was immers twintig jaar jonger.'

'Dat weet ik niet zo zeker, Larry. Ze waren altijd heel erg vriendelijk tegen elkaar en toen ik ouder werd, werd ik wantrouwig. Ik vond een keer een paar oude zeilschoenen in haar kast. Ik snuffelde in haar spullen, zoals kinderen kunnen doen. Ik zei niets, maar luisterde des te meer, en kreeg de indruk dat Porter zodra ik weg was veel tijd bij haar doorbracht.'

Hij schudde zijn hoofd. 'Nee. Dat had ik moeten weten, denk je niet?'

'Misschien wel.'

'Ik kwam hier drie keer per week en hield een oogje in het zeil. Het was me echt niet ontgaan als er een man rondhing.'

'Oké. Maar ze mocht Porter echt heel graag.'

'Iedereen mocht hem. Een goede vent. Ze hebben hem nooit gevonden, en de boot ook niet.'

'Hebben ze wel gezocht?'

'Zeker wel, dat was de grootste zoekactie die ik ooit heb gezien. Elke boot op het eiland deed eraan mee, ik ook. Kustwacht, helikopters. Bij zonsopgang vond een hardloper Tessa bij de North Pier. Als ik het me goed herinner was dat twee of drie dagen later.'

'Ze kon goed zwemmen, maar we gebruikten nooit reddingsvesten.'

'Dat had niets uitgemaakt in die storm. Dus nee, we zullen nooit weten wat er is gebeurd. Sorry.'

'Ik vroeg het je.'

'Ik moet ervandoor. Kan ik iets voor je doen?' Hij stond

langzaam op en strekte zijn armen. 'Je hebt mijn telefoonnummer.'

Mercer stond ook op en omhelsde hem even. 'Bedankt, Larry. Fijn je weer te zien.'

'Welkom terug.'

'Bedankt.'

9

Laat in de middag schopte Mercer haar sandalen uit en liep naar het strand. Het plankenpad begon bij het terras en volgde de duinen, die verboden terrein waren, omhoog en naar beneden. Ze kuierde voort, zoals altijd op zoek naar de gofferschildpadden. Dat was een bedreigde diersoort, en Tessa had hun leefgebied fanatiek beschermd. Ze leefden van zeehaver en slijkgras dat in de duinen groeide. Toen Mercer acht was, kende ze de namen van alle planten, zoals buffelgras en verschillende yucca's. Tessa had haar de namen geleerd en verwachtte ook dat ze die onthield tot de volgende zomer. Elf jaar later wist ze ze nog.

Mercer deed het smalle hek van het plankenpad achter zich dicht, liep naar de vloedlijn en daarna naar het zuiden. Ze liep langs een paar strandjutters die allemaal glimlachend naar haar knikten; de meesten hadden een aangelijnde hond bij zich. Er kwam haar een vrouw tegemoet die recht op haar afliep. In haar perfect gesteven kakikleurige korte broek, chambray overhemdbloes en een katoenen trui over haar schouders geslagen, leek ze wel een model uit een J. Crewcatalogus. Mercer herkende haar al snel. Elaine Shelby glimlachte en begroette haar. Ze gaven elkaar een hand en liepen samen door, blootsvoets door het schuim dat op de vloedlijn lag.

'En, hoe is het strandhuis?' vroeg Elaine.

'Uitstekend onderhouden. Tante Jane zorgt er goed voor.'

'Heeft ze je veel vragen gesteld?'

‘Niet echt. Ze vond het prima dat ik hier wilde zijn.’

‘En je kunt er tot begin juli blijven?’

‘Rond 4 juli komen Connie en haar gezin voor twee weken, dus dan ben ik er niet.’

‘Dan boeken we in de buurt wel een kamer voor je. Is het strandhuis verder nog verhuurd?’

‘Nee, pas in november weer.’

‘Dan ben je al klaar, hoe dan ook.’

‘Als jij het zegt.’

‘Twee eerste ideeën,’ zei Elaine die meteen ter zake kwam. Het leek een onschuldige strandwandeling, maar feitelijk was het een belangrijke bespreking. Een aangelijnde golden retriever wilde hen begroeten; ze aaiden hem over zijn kop en zeiden de gebruikelijke dingen tegen zijn eigenaar. Toen ze doorliepen zei Elaine: ‘Ten eerste, ik zou niet naar de boekhandel gaan. Het is belangrijk dat Cable naar jou toe komt, en niet andersom.’

‘En hoe regel ik dat?’

‘Er woont een vrouw op het eiland, Myra Beckwith, een auteur van wie je misschien weleens hebt gehoord.’

‘Nee.’

‘Verbaast me niet. Ze heeft een heleboel boeken geschreven, behoorlijk expliciete romantische verhalen, en gebruikt een stuk of tien pseudoniemen. Vroeger verkocht ze goed in dat genre, maar nu ze ouder is wordt dat minder. Ze woont samen met haar partner in een van de oude huizen in het centrum. Het is een grote vrouw, 1 meter 82 lang en breed, een beer van een vrouw. Als je haar ziet kun je je niet voorstellen dat ze ooit seks heeft gehad, maar ze heeft een indrukwekkende fantasie. Ze is heel bijzonder, uiterst excentriek, luidruchtig en kleurrijk. Ze is een soort bijenkoningin van de literaire wereld hier. Zij en Cable zijn natuurlijk oude vrienden. Stuur haar een briefje, stel je aan haar voor, vertel haar wat je hier doet, de gebruikelijke dingen. Zeg dat je graag een keer langs wilt komen om iets te drinken en elkaar te ontmoeten. Dan weet Cable dat binnen vierentwintig uur.'

'Wie is haar partner?'

'Leigh Trane, ook een auteur van wie je misschien weleens hebt gehoord.'

'Nee dus.'

'Dacht ik al. Zij probeert literaire fictie te schrijven, vreselijke verhalen waar je niet doorheen komt en die de winkels niet eens cadeau kunnen geven. Van haar laatste boek zijn driehonderd exemplaren verkocht en dat was acht jaar geleden. Het is in elk opzicht een vreemd stel, maar ze zijn waarschijnlijk heel leuk gezelschap. Zodra ze je kennen, zal Cable jou ook algauw kennen.'

'Simpel.'

'Het tweede idee is iets riskanter, maar ik denk dat het wel kan lukken. Er is een jonge auteur, ene Serena Roach.'

'Bingo, daar heb ik van gehoord. Ik heb haar nooit ontmoet, maar we hebben dezelfde uitgever.'

'Juist. Haar nieuwste boek is een paar dagen geleden uitgekomen.'

'Ik zag een recensie. Klinkt afschuwelijk.'

'Dat is niet belangrijk. Wat interessant is, is dat ze op tournee is en hier volgende week woensdag zal zijn. Ik heb haar e-mailadres. Stuur haar een mailtje, vertel haar het verhaal en zeg dat je graag een kop koffie met haar wilt drinken en zo. Ze is ongeveer van jouw leeftijd en single, en misschien is het leuk. Haar signeersessie zal voor jou de perfecte reden zijn om naar de winkel te gaan.'

'En omdat ze jong en single is, mogen we ervan uitgaan dat Cable zich van zijn beste kant laat zien.'

'Omdat jij een tijdje in de stad bent en mevrouw Roach op tournee is, is de kans groot dat Cable en Noelle na de signeersessie een dinertje organiseren. O ja, Noelle is nu in de stad.'

'Ik ga je niet vragen hoe je dat weet.'

‘Heel eenvoudig: we hebben vanmiddag antiekzaken bezocht.’

‘Je zei dat dit riskant zou kunnen zijn.’

‘Ja, als jullie samen iets drinken, wordt misschien duidelijk dat jij en Serena elkaar nu pas hebben leren kennen. Een gunstig toeval misschien, maar misschien ook niet.’

‘Lijkt me niet,’ zei Mercer. ‘Omdat we dezelfde uitgever hebben, is het heel geloofwaardig dat ik iets met haar afspreek.’

‘Goed. Om tien uur morgenochtend wordt er een doos bij je huis afgeleverd. Daar zitten boeken in, alle vier de boeken van Noelle en de drie van Serena.’

‘Huiswerk?’

‘Je leest graag, klopt dat?’

‘Hoort bij mijn werk.’

‘Voor de lol heb ik er ook een paar van Myra bij gedaan, echte rotzooi maar toch verslavend. Ik heb maar een van Leigh Tranes boeken kunnen vinden, en dat boek zit er ook bij. Ik denk dat ze uitverkocht zijn gemaakt, en terecht. Ik kon het eerste hoofdstuk niet eens uitlezen.’

‘Ik kan niet wachten. Hoe lang blijf je hier?’

‘Ik vertrek morgen.’

Ze liepen een tijdje zwijgend door, nog steeds langs de vloedlijn. Vlak bij hen dobberden twee kinderen op *paddleboards*. Elaine zei: ‘Tijdens ons etentje in Chapel Hill had je allerlei vragen over de operatie. Ik kan niet veel zeggen, maar we loven, zonder daar veel bekendheid aan te geven, een beloning uit voor informatie. Een paar maanden geleden ontdekten we een vrouw die in Boston woont. Ze was getrouwd met een verzamelaar die in zeldzame boeken handelt en van wie bekend is dat hij boeken met een dubieuze achtergrond verhandelt. Ze zijn kennelijk vrij recent gescheiden en ze weet veel. Ze heeft ons verteld dat haar ex-man een heleboel weet over de Fitzgerald-manuscripten. Zij denkt dat hij ze van de dieven heeft gekocht en uit angst snel heeft doorverkocht.

Volgens haar heeft hij er een miljoen dollar voor gekregen, maar we hebben het geld nog niet kunnen traceren, en zij ook niet. Als dat inderdaad is gebeurd, was het waarschijnlijk een buitenlandse deal met geheime rekeningen en zo. We zijn er nog steeds mee bezig.'

'Hebben jullie al met haar ex-man gepraat?'

'Nog niet.'

'En hij heeft ze aan Bruce Cable doorverkocht?'

'Zij vertelde ons zijn naam. Zij werkte samen met haar man in het bedrijf tot ze onenigheid kregen, dus ze weet wel iets over de handel.'

'Waarom zou hij ze hiernaartoe brengen?'

'Waarom niet? Dit is zijn thuis en hij voelt zich veilig. We gaan er vanaf nu van uit dat de manuscripten hier zijn, maar dat is slechts een aanname en we zouden ons zomaar kunnen vergissen. Zoals ik al zei is Cable heel slim en weet hij wat hij doet. Hij is waarschijnlijk te slim om ze op een plek te bewaren waar iemand ze kan vinden. Als er echt een kluis onder de winkel zit, dan denk ik niet dat hij ze daar bewaart. Maar wie weet? We zijn gewoon aan het gissen en gaan daarmee door tot we meer en betere informatie hebben.'

'Wat voor informatie dan?'

'We hebben een paar ogen nodig in die winkel, vooral in de eerste-drukkenkamer. Zodra je hem kent, af en toe naar de winkel gaat, boeken koopt en naar auteursevenementen gaat en zo, krijg je langzaam maar zeker belangstelling voor zijn zeldzame boeken. Je hebt een paar oude boeken die Tessa had achtergelaten en daardoor heb je een ingang. Hoeveel zijn ze waard? Wil hij ze kopen? We hebben geen idee waar deze gesprekken toe zullen leiden, maar dan hebben we tenminste iemand binnen, iemand die hij niet wantrouwt. Op een bepaald moment zul je iets horen. Geen idee wat, wanneer en waar. Misschien wordt er tijdens een dinertje wel over de diefstal van de Fitzgerald-manuscripten gepraat. Zoals ik al zei drinkt hij heel veel en alcohol maakt de tong los en dan zeg je dingen die je anders niet zou zeggen.'

'Ik kan me niet voorstellen dat hij daarover zijn mond voorbijpraat.'

'Klopt, maar misschien doet iemand anders dat wel. Wat nu van belang is, is dat we daar ogen en oren hebben.'

Ze bleven staan bij de South Pier, draaiden zich om en liepen naar het noorden. Elaine zei: 'Kom mee,' nam Mercer mee naar een plankenpad en maakte het hek open, waarna ze samen de trap namen naar een klein bordes. Elaine wees naar een klein appartementengebouw van twee verdiepingen en zei: 'Dat appartement rechts is van ons, voorlopig althans. Daar zit ik nu, maar over een paar dagen iemand anders; ik stuur je een sms met het telefoonnummer.'

'Word ik in de gaten gehouden?'

'Nee hoor, je bent alleen, maar je hebt altijd een vriend in de buurt, gewoon voor het geval dat. Ik wil graag dat je me elke avond een mailtje stuurt, wat er ook speelt. Oké?'

'Prima.'

'Ik ga nu weg.' Ze gaf Mercer een hand. 'Succes, Mercer, en probeer dit te zien als een strandvakantie. Zodra je Cable en Noelle hebt leren kennen, vind je hen misschien echt aardig en vermaak je je zelfs.'

Mercer haalde haar schouders op en zei: 'We zullen zien.'

10

De Dumbarton Gallery was gevestigd in een zijstraat van de Wisconsin Avenue in Georgetown. De kleine galerie zat op de benedenverdieping van een oude roodstenen stadsvilla die dringend een schilderbeurt nodig had en misschien ook een nieuw dak. Ondanks de vele voetgangers één blok verderop was de galerie meestal verlaten en waren de muren bijna kaal. De galerie was gespecialiseerd in minimalistische moderne kunst die duidelijk niet erg populair was, in elk geval niet in

Georgetown. Maar dat vond de eigenaar niet echt een probleem. Hij heette Joel Ribikoff, was tweeënvijftig jaar oud en had een strafblad. Hij was twee keer betrapt tijdens handel in gestolen waardevolle artikelen.

Zijn kunstgalerie op de begane grond was een façade, een dekmantel om iemand die hem misschien in de gaten hield – en na twee veroordelingen en acht jaar in de gevangenis dacht Joel dat er altijd wel iemand was die hem in de gaten hield – te laten denken dat hij nu op het rechte pad was en gewoon een van de galerie-eigenaren in Washington was die moeite had rond te komen. Hij speelde zijn rol, organiseerde soms een tentoonstelling, kende een enkele kunstenaar en zelfs nog minder cliënten, en onderhield halfhartig een website, alweer alleen voor mensen die hem misschien in de gaten hielden.

Hij woonde op de tweede verdieping van de stadsvilla. Op de eerste verdieping had hij zijn kantoor waar hij zich bezighield met zijn serieuze zaken: zijn werk als bemiddelaar voor de handel in gestolen schilderijen, prenten, foto's, boeken, manuscripten, kaarten, beelden en zelfs vervalste brieven die zogenaamd waren geschreven door al overleden beroemdheden. Zelfs na de nachtmerries van twee veroordelingen en al die jaren in de gevangenis kon Joel Ribikoff zich gewoon niet aan de regels houden. Hij vond het leven in de onderwereld opwindender, en winstgevender, dan het runnen van een kleine kunstgalerie en de verkoop van kunst die maar weinig mensen wilden. Hij hield van de spanning van dieven in contact brengen met hun slachtoffers, of dieven met tussenpersonen, en het opzetten van gelaagde deals met verschillende partijen, waarbij de waardevolle goederen in het geheim werden verplaatst terwijl het geld naar buitenlandse rekeningen werd overgemaakt. Het kwam zelden voor dat hij de goederen zelf onder zich had, omdat hij de voorkeur gaf aan zijn rol als gewiekste tussenpersoon met schone handen.

De FBI was op bezoek geweest, een maand nadat de Fitzgerald-manuscripten uit Princeton waren gestolen, maar daar wist Joel natuurlijk niets van. Een maand later waren ze terug en wist hij nog altijd niets, maar kwam daarna wel heel veel te weten. Omdat Joel bang was dat de FBI zijn telefoons afluisterde, had Joel Washington verlaten en was ondergedoken. Met prepaid- en wegwerptelefoons had hij contact gelegd met de dief en deze ontmoet in een motel aan een snelweg in de buurt van Aberdeen, Maryland. De dief had zichzelf voorgesteld als Denny en zijn handlanger als Rooker. Een stel stoere mannen. Op een goedkoop bed in een tweepersoonskamer die negenenzeventig dollar per nacht kostte, bekeek Joel de vijf Fitzgerald-manuscripten die meer waard waren dan de drie mannen zich konden voorstellen.

Joel had duidelijk gemerkt dat Denny, zonder twijfel de leider van de bende of wat daarvan over was, er zo snel mogelijk vanaf wilde en het land wilde ontvluchten. 'Ik wil er een miljoen dollar voor hebben,' had hij gezegd.

'Zoveel kan ik niet voor je regelen,' had Joel gezegd. 'Ik heb slechts één contactpersoon die zelfs maar over deze boeken zal willen praten. Alle mannen in dit wereldje zijn nu doodsbang. De FBI is overal. Mijn beste, nee, mijn enige bod is een half miljoen.'

Denny vloekte en beende woedend door de kamer, maar bleef af en toe staan om tussen de gordijnen door naar de parkeerplaats te kijken. Op een bepaald moment had Joel genoeg van zijn dramatische optreden en zei dat hij wegging. Uiteindelijk was Denny gezwicht en konden ze de details bespreken. Joel verliet de kamer met alleen zijn aktetas. Zodra het donker was geworden, vertrok Denny met de manuscripten en de instructie naar Providence te rijden en daar te wachten. Rooker, een oude vriend van het leger die ook het slechte pad op was gegaan, ontmoette hem daar. Drie dagen later, en met behulp van een andere tussenpersoon, was de transfer afgerond.

Nu was Denny weer in Georgetown, samen met Rooker, op zoek naar zijn schat. Ribikoff had hem de eerste keer behoorlijk genaaid; dat zou hem niet weer gebeuren. Toen de galerie op woensdag 25 mei om zeven uur 's avonds de deuren sloot, liep Denny via de voordeur naar binnen, terwijl Rooker een raam van Joels kantoor openwrikte. Toen alle deuren op slot en alle lampen uit waren, droegen ze Joel naar zijn appartement op de tweede verdieping, bonden hem vast, stopten een prop in zijn mond en begonnen aan de smerige klus om informatie uit hem te persen.

4
De strandjutter

1

Bij Tessa begon de dag altijd zodra de zon opkwam. Ze sleurde Mercer uit bed en dan gingen ze snel naar het terras, waar ze koffiedronken en vol spanning wachtten tot ze de eerste oranje stralen aan de horizon zagen. Zodra de zon op was, liepen ze snel over het plankenpad en controleerden ze het strand. In de loop van de ochtend ging Tessa aan de slag in de bloembedden aan de westkant van het huis, terwijl Mercer vaak weer naar bed ging om uit te slapen.

Tessa had het goedgevonden dat Mercer haar eerste kop koffie dronk toen ze een jaar of tien was, en haar eerste martini op haar vijftiende. 'Alles met mate' was een van haar oma's favoriete uitspraken.

Maar nu was Tessa dood en had Mercer de zon vaak genoeg zien opgaan. Mercer sliep uit tot na negen uur en stapte met tegenzin uit bed. Terwijl de koffie doorliep, dwaalde ze door het huis op zoek naar de perfecte schrijfplek, maar vond die niet. Ze had niet het gevoel dat ze onder druk stond en wilde alleen maar schrijven als ze iets te zeggen had. Haar roman was immers toch al drie jaar te laat. Als ze in New York drie jaar konden wachten, konden ze vast ook wel vier jaar wachten. Haar agent nam af en toe contact met haar op, maar steeds minder vaak en hun gesprekken waren kort. Tijdens de lange rit van Chapel Hill via Memphis naar Florida, had Mercer het rustig aan gedaan, gedroomd, plannen gemaakt en af en toe het gevoel gehad alsof haar roman vorm kreeg. Ze wilde de gedeelten die ze al had geschreven weggooien en opnieuw beginnen, maar deze keer met een echt nieuw begin. Nu ze geen schulden meer had en zich niet langer druk hoefde te maken over een nieuwe baan, was haar hoofd heerlijk leeg zonder de irritante ergernissen van het leven van alledag. Zodra ze zich echt had geïnstalleerd en helemaal uitgerust was, zou ze zich op haar werk storten en gemiddeld minstens duizend woorden per dag schrijven.

Maar voor haar huidige baan, waarvoor ze riant werd betaald, had ze geen idee wat ze moest doen en ook geen idee hoeveel tijd het zou kosten om te doen wat ze geacht werd te doen. Daarom besloot ze dat het geen zin had om een dag te verspillen. Ze ging online en checkte haar e-mail. Het was geen verrassing dat de superefficiënte Elaine die nacht een berichtje had gestuurd met een paar nuttige adressen.

Mercer typte een mailtje voor de bijenkoningin: *Beste Myra Beckwith. Mijn naam is Mercer Mann, ik ben auteur en pas een paar maanden op een huis aan het strand terwijl ik een nieuw boek schrijf. Ik ken hier bijna niemand en dus ben ik zo vrij je een mailtje te sturen met de vraag of ik je mag komen bezoeken zodat wij – jij en ik – samen iets kunnen drinken. Ik zal een fles wijn meenemen.*

Precies om tien uur werd er aangebeld. Toen Mercer de voordeur opende stond er een ongemerkte doos op de veranda, maar was de bezorger spoorloos. Ze nam de doos mee naar de keuken, zette hem op de tafel, maakte hem open en haalde hem leeg. Zoals beloofd zaten er vier grote fotoboeken in van Noelle Bonnet, drie romans van Serena Roach, het nogal dunne literaire boek van Leigh Trane en zes romannetjes met vrij expliciete afbeeldingen. Elk stukje blote huid werd betast door beeldschone jonge meiden en hun knappe minnaars, allemaal met een onmogelijk platte buik. Elk boek was van een andere auteur, hoewel ze in werkelijkheid allemaal geschreven waren door Myra Beckwith. Die zou ze voor later bewaren. Ze zag niets wat haar inspireerde om verder te werken aan haar eigen boek.

Ze at wat geroosterde muesli en bladerde ondertussen in Noelles boek over Marchbanks House.

Om 10.37 uur zoemde haar mobiele telefoon, beller onbekend. Ze had amper 'Hallo' kunnen zeggen, toen een opgewonden, hoge stem verklaarde: 'Wij drinken geen wijn. Ik drink bier en Leigh geeft de voorkeur aan rum, en onze drankkast staat vol dus je hoeft je eigen fles niet mee te nemen. Welkom op het eiland. Met Myra.'

Mercer schoot bijna in de lach. 'Aangenaam kennis te maken, Myra. Ik had niet verwacht zo snel iets van je te horen.'

'Ach, we vervelen ons en zijn altijd blij met een nieuw iemand. Kun je het uithouden tot zes uur? Wij drinken nooit voor zessen.'

'Ik zal het proberen. Tot straks dan.'

'Weet je waar we wonen?'

'In Ash Street.'

'Tot straks.'

Mercer legde de telefoon neer en probeerde het accent thuis te brengen; in elk geval uit het Zuiden, misschien uit East Texas. Ze pakte een van de paperbacks, zogenaamd geschreven door ene Runyon O'Shaughnessy, en begon te lezen. De 'ongelofelijk knappe' held liep rond in een kasteel waar hij niet welkom was, en op pagina vier was hij al met twee kamermeisjes naar bed geweest en stalkte hij een derde. Aan het einde van het eerste hoofdstuk was iedereen doodmoe, inclusief Mercer. Ze stopte met lezen toen ze merkte dat haar hart sneller sloeg. Ze kon het niet opbrengen om nog eens vijfhonderd bladzijden door te lezen.

Ze nam Leigh Tranes roman mee naar het terras en koos een schommelstoel onder een parasol. Het was al elf uur geweest en de middagzon brandde. Alles wat zich niet in de schaduw bevond, was gloeiend heet. De roman van Leigh Trane ging over een ongetrouwde jonge vrouw die tot de ontdekking kwam dat ze zwanger was en niet zeker wist wie de vader was. Ze had het afgelopen jaar te veel gedronken en was met heel veel mannen naar bed geweest, en haar herinneringen waren niet erg scherp. Aan de hand van haar agenda probeerde ze te achterhalen wat ze wanneer had gedaan en noteerde uiteindelijk de namen van de drie meest waarschijnlijke kandidaten. Ze nam zich voor om deze mannen stiekem na te trekken, omdat ze na de geboorte van haar kind een vaderschapsactie wilde starten om van de echte vader alimentatie te eisen. Op zich was dat een prima plan, maar het verhaal was zo verwarrend en pretentieus geschreven dat iedere lezer er moeite mee zou hebben zich erdoorheen te worstelen. Geen enkele scène was helder, zodat de lezer nooit precies wist wat er speelde. Verder had Leigh Trane kennelijk een pen in de ene en een woordenboek in de andere hand gehad, want Mercer zag lange woorden die ze nooit eerder had gezien. En, al even frustrerend, de dialogen waren niet met aanhalingstekens aangegeven en vaak was niet duidelijk wie wat zei. Nadat ze twintig minuten moeite had gedaan te lezen, was ze kapot en viel ze in slaap.

Ze werd wakker, zwetend en verveeld, maar verveling was onacceptabel. Ze had altijd alleen gewoond en zichzelf aangewend bezig te blijven. Het strandhuis moest nodig goed schoongemaakt worden, maar dat kon wel wachten. Tessa had misschien een overdreven schone schoonmaakster gehad, maar die luxe had Mercer niet geërfd. Ze woonde alleen, dus wat maakte het uit als haar huis niet superschoon was? Ze trok een zwempak aan, zag in de spiegel dat haar huid nog heel wit was, nam zich voor een kleurtje te kweken en ging naar het strand. Het was vrijdag en de weekendtoeristen arriveerden, hoewel haar stukje van het strand bijna verlaten was. Ze zwom een hele tijd en wandelde maar even. Daarna ging ze terug naar het strandhuis, nam een douche en besloot in de stad te gaan lunchen. Ze trok een dunne zomerjurk aan en besloot zich behalve wat lippenstift niet op te maken.

Fernando Street liep zo'n acht kilometer langs het strand. Aan de kant van de duinen en de oceaan stonden oude en nieuwe vakantiewoningen, goedkope motels, fraaie nieuwe huizen, appartementen en een enkele bed and breakfast. Aan de overkant stonden nog meer huizen en vakantiewoningen, winkels, een paar kantoren, motels en restaurants die eenvoudige maaltijden serveerden. Mercer reed in een rustig tempo en hield zich precies aan de maximumsnelheid van vijfenvijftig kilometer per uur. Ze vond dat er niets was veranderd, alles was nog precies zoals zij het zich herinnerde. Santa Rosa onderhield alles goed, en elke paar honderd meter was er een kleine parkeerplaats en een plankenpad om naar het strand te lopen.

Achter haar, in het zuiden, stonden de grote hotels, het Ritz en het Marriott, en hoge appartementengebouwen en de exclusievere woonenclaves – nieuwbouw die Tessa nooit had kunnen goedkeuren, omdat ze vond dat te veel verlichting slecht was voor de voortplanting van de soep- en karetschildpadden. Tessa was een actief lid geweest van de Schildpadwachters, en van elke andere natuurbeschermings- en milieugroepering op het eiland.

Mercer was geen activist, omdat ze de pest had aan vergaderingen. Dat was nog een reden om zich verre te houden van campussen en faculteiten. Ze reed het centrum in en reed rustig met het andere verkeer door Main Street. Ze kwam langs de boekhandel met ernaast Noelle's Provence, parkeerde in een zijstraat en ontdekte een cafeetje met een terras op de binnenplaats. Na een lange, rustige lunch in de schaduw bekeek ze net als de toeristen de kleding- en T-shirtwinkels, maar kocht niets. Ze liep door naar de haven en keek naar de komende en vertrekkende boten. Zij en Tessa gingen hier vaak naartoe voor Porter, hun zeilvriend, die een tien meter lange sloep bezat en hen altijd graag meenam. Het waren lange dagen geweest, voor Mercer in elk geval. In haar herinnering was er nooit genoeg wind en bakten ze altijd in de brandende zon. Ze had altijd geprobeerd zich in de hut te verstoppen, maar de boot had geen airco. Porters vrouw was aan een gruwelijke ziekte gestorven; Tessa zei dat hij er nooit over praatte en naar Florida was verhuisd om aan de herinneringen te ontsnappen, maar ook dat hij zo intens verdrietig keek.

Mercer had Porter nooit de schuld gegeven van wat er was gebeurd. Tessa vond het heerlijk om met hem te zeilen en ze begreep de risico's ervan. Maar de kust was nooit uit het zicht en niemand dacht aan gevaar.

Om aan de hitte te ontsnappen liep Mercer het havenrestaurant in, ging aan de lege bar zitten en dronk een glas ijsthee. Toen ze naar het water keek, zag ze een charterboot terugkomen met een lading goudmakrelen en vier gelukkige vissers met een rood hoofd. Een groep jetskiërs vertrok, veel te snel in de niet-bewaakte zone. Opeens zag ze een sloep die wegvoer bij de pier, met dezelfde lengte en kleur als die van Porter, en op het dek twee mensen, een oudere heer aan het roer en een vrouw met een strooien hoed op een stoel. Heel even leek dat Tessa: ze had een glas in de hand en gaf de schipper waarschijnlijk ongevraagd adviezen. De jaren waren verdwenen: Tessa leefde weer. Mercer verlangde ernaar haar te zien en vast te houden en samen met haar ergens om te lachen. Ze voelde een doffe pijn in haar maag, maar het moment was al snel voorbij. Ze keek de sloep na tot hij uit het zicht was verdwenen, betaalde voor haar thee en verliet de haven.

Ze liep een koffiebar in, ging aan een tafeltje zitten en keek naar de boekhandel aan de overkant. De grote etalages lagen vol boeken, en op een poster stond dat er binnenkort een auteur kwam signeren. Er liepen steeds mensen in of uit. Mercer kon zich niet voorstellen dat de manuscripten daar waren, achter slot en grendel in een kluis in de kelder, maar ze kon zich nog minder goed voorstellen dat van haar werd verwacht dat zij ze in handen moest krijgen.

Elaine had gezegd dat Mercer maar beter niet naar de winkel kon gaan en moest wachten tot Cable de eerste stap zette. Maar Mercer was nu de spion en kon haar eigen regels bepalen, ook al had ze nog geen idee wat ze moest doen. Het was niet zo dat ze de bevelen van iemand opvolgde. Bevelen? Er was helemaal geen duidelijk aanvalsplan. Ze hadden Mercer in de strijd gegooid en verwachtten dat ze zou improviseren.

Om vijf uur verliet een man in een seersucker pak met vlinderdas de winkel – ongetwijfeld Bruce Cable – en liep in oostelijke richting. Mercer wachtte tot hij weg was, stak de straat over en stapte voor het eerst sinds jaren Bay Books binnen. Ze wist niet meer wanneer ze voor het laatst in de winkel was geweest, maar dacht dat ze toen een jaar of zeventien, achttien was geweest; ze kon al autorijden. Zoals altijd als ze in een boekhandel was, liep ze zomaar een beetje rond tot ze bij de literaire fictie kwam. De boeken stonden op alfabetische volgorde en ze scande de auteursnamen tot ze ongeveer halverwege bij de M kwam om te zien of haar boeken er ook stonden. Ze glimlachte: er stond één exemplaar van de handelseditie van *October Rain. The Music of Waves* kon ze niet vinden, maar dat was ook te verwachten. Sinds de week waarin haar bundel met korte verhalen was verschenen had ze het boek nooit meer in een boekhandel gezien.

Na deze gedeeltelijke zege dwaalde ze langzaam verder door de winkel, snoof de geur op van nieuwe boeken en koffie, en verderop van een pijp. Ze bewonderde de doorzakkende planken, de stapels boeken op de vloer, de oude vloerkleden, de rekken met paperbacks en het kleurige deel met bestsellers met vijfentwintig procent korting. Aan de andere kant van de winkel zag ze de eerste-drukkenkamer, een ruimte met een fraaie lambrisering, grote ramen en honderden duurdere boeken. Boven in het café kocht ze een flesje spuitwater en liep daarmee naar de veranda buiten waar andere bezoekers koffiedronken en van de namiddag genoten. Helemaal achteraan op de veranda zat een mollige heer een pijp te roken. Ze bladerde door een reisgids van het eiland en keek naar de klok.

Om vijf voor zes ging ze naar beneden en zag dat Bruce Cable bij de toonbank met een klant stond te praten. Ze kon zich niet voorstellen dat hij haar zou herkennen. Zijn enige aanwijzing was haar zwart-witfoto op de omslag van *October Rain*, een roman die inmiddels zeven jaar oud was en maar een paar centen winst voor zijn winkel had betekend. Aan de andere kant had ze hier natuurlijk naartoe zullen gaan tijdens haar afgebroken boektournee, scheen hij alles te lezen, was hij misschien op de hoogte van haar band met het eiland en, het allerbelangrijkst, in elk geval vanuit zijn standpunt, zij was een aantrekkelijke jonge vrouwelijke auteur. Dus was de kans toch aanwezig dat hij haar zou zien.

Maar dat gebeurde niet.

2

Ash Street lag één straat ten zuiden van Main Street. Het huis stond op de hoek van de kruising met 5th Street. Het was een oud historisch pand met puntdaken en aan drie kanten een veranda op de eerste verdieping. Het huis was zachtroze geschilderd met donkerblauwe deuren, luiken en veranda's. Op een bordje boven de voordeur stond VICKER HOUSE 1867.

Mercer kon zich niet herinneren dat ze vroeger een roze huis in het centrum van Santa Rosa had gezien. Maar dat zei niets, want huizen worden elk jaar geschilderd.

Ze klopte aan en een groepje honden rende keffend naar de voordeur. Een enorme vrouw trok de deur open, stak een hand uit en zei: 'Ik ben Myra. Kom binnen. Trek je maar niets aan van de honden, hoor, de enige hier die bijt ben ik.'

'Ik ben Mercer,' zei ze en ze gaf de vrouw een hand.

'Natuurlijk ben je dat. Kom mee.'

De honden verspreidden zich toen Mercer achter Myra aan de hal binnenstapte. Myra brulde: 'Leigh! Onze gast is d'r! Leigh!' Toen Leigh niet meteen reageerde, zei Myra: 'Wacht even. Ik ga haar zoeken.' Ze verdween in de woonkamer en liet Mercer alleen achter met een bastaardhondje zo groot als een rat dat angstig onder een naaitafeltje kroop en grommend zijn tanden ontblootte. Mercer probeerde hem of haar te negeren en keek om zich heen. Ze rook de niet erg aangename geur van sigarettenrook en vieze hond. Het oude meubilair leek afkomstig van rommelmarkten, maar het was zowel bizar als uitnodigend. De muren hingen vol met tientallen slechte olieverfschilderijen en aquarellen, maar op geen enkel schilderij stond iets wat zelfs maar in de verte iets met de oceaan te maken had.

Ergens ver weg in het huis schreeuwde Myra weer. Een veel kleinere vrouw kwam uit de eetkamer en zei zacht: 'Hallo, ik ben Leigh Trane,' echter zonder haar hand uit te steken.

'Aangenaam. Ik ben Mercer Mann.'

'Ik vind je boek geweldig,' zei Leigh met een glimlach, waardoor haar twee perfecte rijen tanden vol nicotinevlekken zichtbaar werden. Dat had Mercer al heel lang niet meer gehoord. Ze aarzelde en zei toen ongemakkelijk: 'O, dank je wel.'

'Twee uur geleden heb ik een boek van je gekocht, in de winkel, een echt boek. Myra is verslaafd aan haar apparaatje en leest daar alles op.'

Heel even voelde Mercer zich verplicht iets aardigs over Leighs boek te zeggen, maar ze werd gered door Myra. Die kwam de hal weer in en zei: 'Daar ben je! Oké, nu we allemaal goede vrienden zijn, de bar is open en ik heb behoefte aan een glas. Mercer, wat wil jij?'

Omdat ze geen wijn dronken, zei ze: 'Het is warm. Ik lust wel een biertje.'

Beide vrouwen deinsden achteruit alsof ze zich beledigd voelden. Myra zei: 'Oké dan, maar je moet wel weten dat ik mijn eigen bier brouw, en dat smaakt anders.'

'Het smaakt walgelijk,' zei Leigh. 'Voordat zij met haar eigen brouwerij begon vond ik bier lekker, maar nu lust ik het niet meer.'

'Zuip jij je rum maar, liefje, dan kunnen we het allemaal prima met elkaar vinden.' Myra keek Mercer aan en zei: 'Het is een kruidig licht bier met acht procent alcohol. Je moet er dus mee oppassen.'

'Waarom staan we nog steeds in de hal?' vroeg Leigh.

'Verdomd goeie vraag,' zei Myra en ze wees naar de trap. 'Kom mee.' Ze liep de hal door en zag er van achteren uit als een rugbyspeler. Ze liepen achter haar aan naar een woonkamer met een tv en een open haard en, in een hoek, een goedgevulde bar met een marmeren blad.

'We hebben wijn,' zei Leigh.

'Dan wil ik graag een witte wijn,' zei Mercer. Alles liever dan het zelfgebrouwen bier.

Myra ging aan de slag achter de bar en bestookte Mercer met vragen. 'En, waar logeer je?'

'Ik neem aan dat jullie je mijn oma Tessa Magruder niet herinneren? Zij woonde in een klein strandhuis in Fernando Street.'

Beide vrouwen schudden hun hoofd. 'Naam zegt me niets,' zei Myra.

'Ze is elf jaar geleden gestorven.'

'Wij wonen hier nog maar tien jaar,' zei Leigh.

Mercer zei: 'Het strandhuis is nu van de familie en daar woon ik dus.'

'Hoe lang blijf je?' vroeg Myra.

'Een paar maanden.'

'Je wilt een boek afmaken, hè?'

'Of met een nieuwe beginnen.'

'Willen we dat niet allemaal?' vroeg Leigh.

'Heb je al een contract?' vroeg Myra terwijl ze met een paar flessen rammelde.

'Helaas niet.'

'Daar mag je blij om zijn. Wie is je uitgever?'

'Viking.'

Myra kwam achter de bar vandaan en gaf een glas aan Mercer en Leigh. Zelf pakte ze een enorme jampot vol bier en zei: 'Laten we naar buiten gaan, dan kunnen we roken.' Het was echter overduidelijk dat ze al jaren binnen rookten.

Ze liepen naar een houten terras en gingen aan een mooie gietijzeren tafel zitten naast een fontein waar een paar bronzen kikkers water spuwden. Oude amberbomen wierpen schaduw op de binnenplaats en er waaide een zacht briesje. De deur naar de veranda was niet dicht en de honden liepen in en uit.

'Dit is heerlijk,' zei Mercer toen haar beide gastvrouwen een sigaret opstaken. Die van Leigh was lang en dun, en die van Myra bruin en dik.

'Sorry van de rook,' zei Myra, 'maar we zijn verslaafd, kunnen niet stoppen. Heel lang geleden hebben we dat een keer geprobeerd, maar dat is verleden tijd. Het is zoveel werk, inspanning en ellende, dus ten slotte zeiden we laat maar zitten. Je moet ergens aan doodgaan, weet je.' Ze nam een lange trek van haar sigaret, inhaleerde, blies de rook weer uit en spoelde het toen allemaal weg met een grote slok zelfgemaakt bier. 'Wil je dit ook? Kom op, proef maar.'

'Dat zou ik niet doen,' zei Leigh.

Mercer nam snel een slokje van haar wijn en schudde haar hoofd. 'Nee hoor, dank je wel.'

'Dat strandhuis, zei je dat het van de familie is?' vroeg Myra. 'Dus je komt hier al heel lang?'

'Ja, al vanaf dat ik een klein meisje was. Ik logeerde in de zomer altijd bij mijn oma Tessa.'

'Wat lief. Dat vind ik leuk.' Nog een slok bier. Myra's haar viel steeds een andere kant op als ze dronk, rookte en praatte. Ze was helemaal grijs en ongeveer even oud als Leigh. Maar Leigh had lang donker haar zonder grijs erdoor dat ze strak achterover had gekamd en in een paardenstaart had gebonden.

Beide vrouwen leken haar te willen bestoken met vragen, dus ging Mercer zelf maar in de aanval. 'Hoe zijn jullie op Camino Island terechtgekomen?'

Ze keken elkaar aan alsof het een lang en ingewikkeld verhaal was. Myra zei: 'Wij hebben jaren in de buurt van Fort Lauderdale gewoond, maar hadden het op een bepaald moment helemaal gehad met alle verkeer en alle mensen. Het is hier veel rustiger, de mensen zijn aardiger en de huizen zijn goedkoper. En jij? Waar woon jij?'

'Ik heb de laatste drie jaar in Chapel Hill gewoond, daar gaf ik les. Maar nu zit ik in een soort overgangsperiode.'

'Wat bedoel je daar in vredesnaam mee?' vroeg Myra.

'Dat betekent dat ik feitelijk dakloos en werkloos ben, en per se een boek moet schrijven.'

Leigh giechelde en Myra brulde van het lachen, terwijl de rook uit hun neus kwam. 'We weten hoe dat is,' zei Myra. 'Wij leerden elkaar dertig jaar geleden kennen toen we allebei platzak waren. Ik probeerde een historische roman te schrijven en Leigh probeerde die maffe literaire onzin te schrijven die ze nog steeds probeert te schrijven, maar we verkochten niets. We leefden van een uitkering en voedselbonnen, en werkten voor het minimumloon en, nou ja, de vooruitzichten waren slecht. Toen liepen we een keer door een winkelcentrum waar een lange rij mensen stond, allemaal vrouwen van middelbare leeftijd, die ergens op wachtten. Ze stonden in de rij voor een boekhandel, een van die Walden-boekhandels die je in die tijd in elk winkelcentrum vond, en aan een tafeltje zat Roberta Doley, toen een van de bestverkopende vrouwelijke auteurs. Ik ging in de rij staan – Leigh was daarvoor een veel te erge snob – en kocht het boek, waarna we elkaar dwongen het te lezen. Het verhaal ging over een piraat die in het Caribisch gebied schepen aanviel, veel ophef veroorzaakte en op de vlucht sloeg voor de Britten, en toevallig was er overal waar hij aanlegde een knappe jonge vrouw die dringend ontmaagd moest worden. Waardeloze troep. Dus verzonnen we dat verhaal over een zuidelijke schone die niet van haar slaven af kon blijven en zwanger werd. We hebben er alles in gestopt.'

Leigh zei: 'Daarvoor moesten we wel een paar vieze blaadjes kopen, je weet wel, als referentiemateriaal, een heleboel dingen waar we niets vanaf wisten.'

Myra lachte en zei: 'We schreven het in drie maanden en toen stuurde ik het aarzelend naar mijn agent in New York. Een week later belde ze en zei dat de een of andere gek een voorschot wilde betalen van vijftigduizend dollar. We hebben het boek uitgegeven onder de naam Myra Leigh. Slim, vind je niet? Nog geen jaar later hadden we een heleboel geld, en we hebben nooit ergens spijt van gehad.'

'Dus jullie schrijven samen?' vroeg Mercer.

'Zij schrijft het,' zei Leigh snel, alsof ze zichzelf ervan wilde distantiëren. 'We bedenken het verhaal samen, wat ongeveer tien minuten kost, en zij werkt het uit. Of dat deden we vroeger.'

'Leigh is tegenwoordig een veel te grote snob om dat te willen doen. Maar ze is er niet vies van het geld aan te pakken.'

'Tut-tut, Myra,' zei Leigh glimlachend.

Myra nam een forse trek van haar sigaret en blies een rookwolk naar achteren. 'Een geweldige tijd. We produceerden zo'n honderd boeken onder een stuk of tien namen, en konden ze niet snel genoeg schrijven. Hoe smeriger hoe beter. Lees er maar eens eentje, echte smeerlapperij.'

'Ik kan niet wachten,' zei Mercer.

'Doe het maar niet,' zei Leigh. 'Jij bent veel te slim voor dat soort boeken. Ik hou van jouw manier van schrijven.'

Mercer was ontroerd en zei zacht: 'Dank je wel.'

'Daarna deden we het rustiger aan,' zei Myra. 'We zijn twee keer voor de rechter gesleept door die getikte bitch uit het Noorden die beweerde dat we haar werk hadden gestolen. Was niet waar. Onze shit was veel beter dan haar shit, maar onze advocaten werden zenuwachtig en dwongen ons te schikken. Dat leidde tot een groot gevecht met onze uitgever en vervolgens met onze agent, en daardoor raakten we volkomen van slag. Op de een of andere manier kregen we de naam dieven te zijn, ik tenminste. Leigh slaagde er goed in om zich achter mij te verschuilen en alle troep te ontwijken. Haar literaire reputatie is nog ongeschonden.'

'Tut-tut, Myra.'

'Dus jij schrijft niet meer?' vroeg Mercer.

'Laten we zeggen dat ik veel minder schrijf. Er staat geld op de bank en een paar van onze boeken worden nog altijd verkocht.'

'Ik schrijf nog steeds, elke dag,' zei Leigh. 'Mijn leven zou heel leeg zijn als ik niet schreef.'

'En het zou verdomd veel leger zijn als ze niet verkochten,' snauwde Myra.

'Tut-tut, Myra.'

De grootste van de honden, een langharige bastaard van een kleine twintig kilo, zakte vlak bij het terras door zijn achterpoten en poepte. Myra zag het gebeuren, zei niets en blies, toen de hond klaar was, een dikke rookwolk uit.

Mercer begon over iets anders en vroeg: 'Zijn er nog meer auteurs op het eiland?'

Leigh knikte glimlachend, en Myra zei: 'O, veel te veel.' Ze pakte haar jampot en nam met een smakkend geluid een slok.

'Jay bijvoorbeeld,' zei Leigh. 'Jay Arklerood.'

Mercer begon te begrijpen dat het Leighs taak was de aanzet te geven, zodat Myra kon uitweiden. Ze zei: 'Natuurlijk noem je hem als eerste, hè? Hij is ook zo'n literaire snob die geen boek verkoopt en de pest heeft aan iedere auteur die wel verkoopt. Hij is ook dichter. Hou je van poëzie, Mercer liefje?' Haar toon liet er geen twijfel over bestaan dat zij niets op had met poëzie.

Mercer zei: 'Dat lees ik zelden.'

'Nou, lees zijn gedichten maar niet, als je ze al kunt vinden.'

'Ik heb nog nooit van hem gehoord, vrees ik.'

'Niemand heeft dat, hij verkoopt nog minder dan Leigh.'

'Tut-tut, Myra.'

'En Andy Adam dan?' vroeg Mercer. 'Die woont hier toch ook?'

'Als hij niet in een afkickcentrum zit,' zei Myra. 'Hij had een mooi huis laten bouwen op de zuidpunt van het eiland, maar is dat tijdens een echtscheiding kwijtgeraakt. Hij is een wrak, maar een heel goede auteur. Ik ben gek op zijn Captain Clyde-serie, die boeken behoren tot de beste misdaadromans die er bestaan. Zelfs Leigh verwaardigt het zich ervan te genieten.'

Leigh zei: 'Een heel aardige man, als hij nuchter is, maar een verschrikkelijke dronkaard. Hij raakt nog altijd verzeild in gevechten.'

Myra borduurde er naadloos op voort en zei: 'Vorige maand nog raakte hij verwikkeld in een gevecht in de bar aan Main Street. Hij werd verrot geslagen door een vent die half zo oud was als hij, en werd gearresteerd. Bruce moest zijn borg betalen.'

'Wie is Bruce?' vroeg Mercer snel.

Myra en Leigh zuchtten en namen een slok, alsof een gesprek over Bruce uren in beslag kon nemen. Uiteindelijk zei Leigh: 'Bruce Cable, de eigenaar van de boekhandel. Heb je hem nooit ontmoet?'

'Volgens mij niet. Ik weet nog wel dat ik als kind een paar keer in de boekhandel ben geweest, maar ik kan niet zeggen dat ik hem heb ontmoet.'

Myra zei: 'Alles wat met boeken en auteurs te maken heeft, draait om de winkel en dus draait alles om Bruce. Hij is dé man.'

'En dat is positief?'

'O, we zijn gek op Bruce. Hij heeft de beste boekhandel van het land en houdt van auteurs. Jaren geleden, voordat we hiernaartoe verhuisden en ik nog schreef en boeken publiceerde, nodigde hij me uit om in zijn winkel te komen signeren. Het is een beetje ongebruikelijk dat een serieuze boekhandel de auteur van romannetjes uitnodigt, maar daar trok Bruce zich niets van aan. We hadden een geweldig feest, verkochten een heleboel boeken en werden dronken van goedkope champagne, en hij hield de winkel open tot middernacht. Verdomd, hij organiseerde zelfs een signeersessie voor Leigh.'

'Tut-tut, Myra.'

'Het is waar, en ze verkocht veertien boeken.'

'Vijftien, mijn beste signeersessie ooit.'

'Mijn record is vijf,' zei Mercer. 'En dat was mijn eerste signeersessie. Tijdens de volgende verkocht ik er vier en tijdens de derde nul. Daarna heb ik New York gebeld en de hele tournee geannuleerd.'

'Goed van je,' zei Myra. 'Je hield er gewoon mee op?'

'Inderdaad, en als ik ooit weer een boek uitgeef, ga ik niet op tournee.'

'Waarom kwam je hier niet naartoe, naar Bay Books?'

Mercer zei: 'Dat stond wel gepland, maar ik flipte en heb het afgezegd.'

'Je had hier moeten beginnen. Bruce kan altijd een heleboel mensen optrommelen. Verdomme, hij belt ons altijd en vertelt dat er een auteur op bezoek komt en dat we zijn of haar boek echt geweldig zullen vinden. Dat betekent: kom als de sodemieter naar de winkel voor de signeersessie en koop dat verdomde boek! We missen geen enkele sessie.'

'En we hebben een heleboel boeken, allemaal gesigneerd

door de auteur, waarvan we de meeste niet hebben gelezen,' zei Leigh.

'Ben je al in de winkel geweest?' vroeg Myra.

'Ik ben er even binnengelopen voordat ik hiernaartoe kwam. Het is een prachtige winkel.'

'Het is civilisatie, een oase. Laten we samen lunchen, dan laat ik je kennismaken met Bruce. Je zult hem aardig vinden en ik kan je verzekeren dat hij jou leuk vindt. Hij houdt van alle auteurs, maar de knappe jonge vrouwen krijgen zijn speciale aandacht.'

'Is hij getrouwd?'

'Jazeker, zijn vrouw heet Noelle en zij is er vaak bij. Een heel bijzondere vrouw.'

'Ik vind haar aardig,' zei Leigh, bijna defensief, alsof de meeste mensen daar anders over dachten.

'Wat doet zij?' vroeg Mercer zo onschuldig mogelijk.

'Zij verkoopt Frans antiek, in de winkel naast de boekhandel,' zei Myra. 'Wie wil er nog wat drinken?'

Mercer en Leigh hadden hun glas amper aangeraakt. Myra beende weg om haar jampot bij te vullen; minstens drie honden liepen achter haar aan. Leigh stak weer een sigaret op en vroeg: 'Vertel eens wat meer over je roman, het boek waar je mee bezig bent.'

Mercer nam een slok lauwe chablis en zei: 'Daar kan ik echt niet over praten. Dat is een van mijn regeltjes. Ik heb er de pest aan om auteurs over hun werk te horen praten, jij niet?'

'Misschien wel. Ik vind het heerlijk om mijn werk te bespreken, maar zij wil nooit luisteren. Ik heb het gevoel dat praten over je werk je motiveert om echt te schrijven. Ik heb al acht jaar een writer's block.' Ze grinnikte en nam een trekje. 'Maar zij helpt me niet echt. Door haar ben ik bijna bang om te schrijven.'

Mercer voelde even medelijden met haar en kreeg bijna de neiging om zichzelf aan te bieden als haar meelezer, maar ze dacht algauw weer aan Leighs gekwelde proza. Myra beende terug met een volle jampot, schopte een hond opzij voordat ze ging zitten en zei: 'En vergeet die "vampiervrouw" niet. Amy, wat is haar achternaam?'

'Amy Slater,' zei Leigh behulpzaam.

'Ja, zij. Is hier ongeveer vijf jaar geleden komen wonen, samen met haar man en een paar kinderen. Had succes met een serie over vampiers en geesten en dat soort onzin, echt afschuwelijke troep die waanzinnig goed verkoopt. Op mijn slechtste dagen, en ik heb vreselijke boeken geschreven die vreselijk moesten zijn, kan ik met een vinger in mijn neus beter schrijven dan zij.'

'Tut-tut, Myra. Amy is heel aardig.'

'Dat zeg je steeds.'

'Nog andere auteurs?' vroeg Mercer. Tot nu toe was iedere auteur de grond in geboord, iets wat helemaal niet ongebruikelijk is als auteurs met een glas in de hand over elkaar roddelen, en Mercer genoot van de slachting.

De vrouwen dachten even na en namen een slok. Myra zei: 'Een heleboel die hun boeken in eigen beheer hebben uitgegeven: die schrijven een boek, zetten het op internet en noemen zichzelf auteur. Ze printen een paar exemplaren en hangen bij de boekhandel rond, vallen Bruce lastig met de vraag of hij ze bij de ingang wil leggen en komen vervolgens om de dag langs voor hun royalty's. Enorme lastpakken. Hij heeft een tafel voor boeken die in eigen beheer zijn uitgegeven en is altijd in discussie met een of twee van die lui over de plaatsing. Dankzij internet is iedereen nu auteur, weet je?'

'Ja, dat weet ik,' zei Mercer. 'Toen ik nog lesgaf, legden ze hun boeken en manuscripten op mijn veranda, meestal met een lange brief erbij waarin ze vertelden hoe geweldig hun werk was en hoe blij ze zouden zijn als ik de flaptekst wilde schrijven.'

'Vertel ons eens over dat lesgeven van je,' zei Leigh zacht.

‘O, maar het is veel leuker om over auteurs te praten.’

‘Ik weet er nog een,’ zei Myra. ‘Hij heet Bob, maar schrijft onder het pseudoniem J. Andrew Cobb. Wij noemen hem Bob Cobb. Hij heeft zes jaar in een federale gevangenis gezeten voor de een of andere zakelijke miskleun en heeft geleerd te schrijven, zeg maar. Hij heeft vier of vijf boeken uitgegeven over het onderwerp waar hij het meest vanaf weet, bedrijfsspionage, en die zijn leuk om te lezen. Geen slechte auteur.’

‘Ik dacht dat hij was vertrokken,’ zei Leigh.

‘Hij heeft een appartement in de buurt van het Ritz, en daar neemt hij altijd een jonge meid mee naartoe die hij op het strand heeft ontmoet. Hij is bijna vijftig en die meisjes zijn meestal half zo oud. Maar hij is een charmeur en kan geweldige verhalen over de gevangenis vertellen. Pas maar op als je op het strand bent. Bob Cobb is altijd op jacht.’

‘Dat zal ik onthouden,’ zei Mercer glimlachend.

‘Over wie kunnen we het nog meer hebben?’ zei Myra grinnikend.

‘Zo is het wel even genoeg,’ zei Mercer. ‘Het is al moeilijk genoeg om deze te onthouden.’

‘Je leert ze snel genoeg kennen. Ze komen vaak naar de boekhandel en Bruce nodigt altijd mensen uit om iets te drinken of voor een etentje.’

Leigh glimlachte en zette haar glas neer. ‘Laten we het hier doen, Myra. We organiseren een etentje en nodigen alle geweldige mensen uit die we het afgelopen uur hebben afgekraakt. We hebben al een hele tijd geen mensen meer uitgenodigd; het zijn altijd Bruce en Noelle. We moeten Mercer officieel welkom heten op het eiland. Wat vind je ervan?’

‘Goed idee, geweldig idee. Ik zal Dora opdracht geven voor de catering, en we laten na afloop het huis schoonmaken. Hoe denk jij erover, Mercer?’

Mercer haalde haar schouders op en besefte dat het stom zou zijn om dit aanbod af te wijzen. Leigh liep weg om haar glas te vullen en meer wijn te halen. Een uur lang kletsten ze over het feest en discussieerden over de gastenlijst. Met uitzondering van Bruce Cable en Noelle Bonnet had iedere potentiële genodigde wel een donkere kant, en hoe meer hoe beter. Het beloofde een gedenkwaardige avond te worden.

Het was al donker toen Mercer er eindelijk in slaagde afscheid te nemen. Ze eisten bijna dat ze bleef eten, maar toen Leigh zich liet ontglippen dat er alleen maar restjes in de koelkast zaten, wist Mercer dat het tijd was om te vertrekken. Na drie glazen wijn kon ze niet in de auto stappen, dus liep ze naar het centrum en achter de toeristen aan door Main Street. Ze zag dat de koffiebar nog open was en zat een uur aan de bar met een latte en een glossy tijdschrift dat het eiland, maar vooral de makelaars promootte. De boekhandel aan de overkant had het druk, en uiteindelijk stak ze de straat over en bekeek de fraaie etalage, maar ze ging niet naar binnen. Daarna liep ze naar de rustige haven, waar ze op een bankje ging zitten en naar de zeilboten keek die zachtjes op het water deinden. Haar oren tuitten nog van de golf roddels die ze zojuist had gehoord, en ze grinnikte toen ze zich voorstelde dat Myra en Leigh dronken werden, rookten en steeds meer zin kregen in het etentje.

Dit was nog maar haar tweede avond op het eiland, maar ze begon zich er nu al thuis te voelen. Dat gevoel zou iedereen hebben na een paar glazen met Myra en Leigh. Het warme weer en de zoute lucht hielpen met de overgang, en nu ze geen eigen huis had kon ze ook geen heimwee krijgen. Ze had zichzelf al tientallen keren afgevraagd wat ze hier eigenlijk deed. Die vraag was nog niet beantwoord, maar verdween langzaam uit haar gedachten.

3

Om 15.21 uur was het vloed en toen de hoge golven op het strand sloegen, gleed de karetschildpad het strand op, maar keek eerst nog even in het water om zich heen. Ze was een meter lang, woog zo'n honderdzestig kilo. Ze had ruim twee jaar rondgezworven en kwam nu terug naar een plek nog geen vijftig meter van de plaats waar ze haar laatste nest had gemaakt. Langzaam begon ze te kruipen, een trage, onhandige, onnatuurlijke beweging voor haar. Ze ploeterde vooruit, trekkend met haar flipperachtige voorpoten en met meer kracht duwend met haar achterpoten, en pauzeerde regelmatig om het strand te bestuderen, op zoek naar een droog stuk en mogelijke gevaren, zoals een roofdier of een ongewone beweging. Toen ze niets van dat alles zag kroop ze verder, waarbij ze een opvallend spoor in het zand achterliet dat algauw zou worden gevonden door haar soortgenoten. Dertig meter vanaf de vloedlijn, aan de voet van een duin, vond ze haar plek en begon het losse zand weg te schrapen met haar voorflippers. Met haar gebogen achterpoten als schep maakte ze een ronde, ongeveer tien centimeter diepe kuil waar haar lichaam in paste. Tijdens het graven draaide ze met haar lichaam om de kuil overal even diep te maken. Voor een zeeschildpad was dit vermoeiend werk en ze hield vaak op om even uit te rusten. Toen de kuil eindelijk klaar was, begon ze zelfs nog dieper te graven om de eiholte te maken, een traanvormige ruimte. Toen ze daarmee klaar was, rustte ze nog even, waarna ze de eiholte met haar achterlichaam afdekte en met haar kop naar de duinen ging liggen. Ze liet drie eitjes tegelijk in de holte vallen, elk bedekt met slijm en zo zacht en flexibel dat ze niet braken door de val. Er volgden nog meer eieren, elke keer twee of drie tegelijk. Ze bewoog niet, maar leek wel in trance te zijn. Tegelijkertijd traanden haar ogen, waardoor ze zout uitscheidde dat zich in haar lichaam had verzameld.

Mercer glimlachte toen ze de sporen in het zand zag. Voorzichtig volgde ze ze, tot ze vlak bij het duin de omtrek van de karetschildpad zag. Uit ervaring wist ze dat elk geluid en elke verstoring tijdens het eieren leggen ervoor kon zorgen dat de moeder ermee ophield en zonder haar eieren te bedekken het water weer in ging. Mercer bleef staan en keek naar de schildpad, terwijl een halvemaan tussen de wolken door scheen waardoor ze de karetschildpad beter kon zien.

De trance hield aan; ze ging door met eieren leggen. Toen er ongeveer honderd eieren in de holte lagen, zat het werk voor die nacht erop en bedekte ze de eieren met zand. Zodra de eiholte vol was, klopte ze het zand aan en vulde de kuil met haar voorpoten om het nest onzichtbaar te maken.

Toen ze in beweging kwam, wist Mercer dat het nest klaar was en de eieren veilig waren. Met een wijde boog liep ze om de moeder heen, zocht een donker plekje aan de voet van een ander duin en bleef naar de schildpad kijken die zorgvuldig zand over haar nest verspreidde om mogelijke roofdieren voor de gek te houden.

Zodra de schildpad tevreden was, begon ze aan haar moeizame kruiptocht terug naar het water met achterlating van de eieren waar ze nooit meer aandacht aan zou besteden. In hetzelfde seizoen zou ze dit proces nog één of twee keer herhalen en daarna teruggaan naar haar voedselgebied, honderden kilometers hiervandaan. Over twee jaar, of over drie of vier jaar, zou ze terugkeren naar hetzelfde strand en weer eieren gaan leggen.

Vijf nachten per maand, van mei tot en met augustus, had Tessa over dit deel van het strand gelopen op zoek naar de sporen van nesten van de karetschildpad. Haar kleindochter had haar vergezeld, volkomen in de ban van de jacht. Het was altijd opwindend om de sporen te ontdekken, maar als ze een moeder zagen die eieren legde was dat extra spannend.

Nu trok Mercer zich terug op het duin en wachtte. De vrijwilligers van de Schildpadwachters zouden algauw komen en aan het werk gaan. Tessa was jarenlang voorzitter van die club geweest, had fanatiek gestreden om de nesten te beschermen en regelmatig toeristen uitgefoeterd als ze de beschermde delen van het strand betraden. Mercer herinnerde zich dat haar oma ten minste twee keer de politie had gebeld. De wet steunde haar, en de schildpadden, en ze wilde dat die werd gehandhaafd.

Die sterke en levendige stem zweeg nu, en het strand zou nooit meer hetzelfde zijn, in elk geval niet voor Mercer. Ze keek naar de lichten van de garnalenboten aan de horizon en glimlachte om de herinneringen aan Tessa en haar schildpadden. Het ging harder waaien, dus sloeg ze haar armen voor haar borst om warm te blijven.

Over ongeveer zestig dagen, afhankelijk van de temperatuur van het zand, zouden de pas uitgekomen jongen in beweging komen. Zonder de hulp van hun moeder zouden ze hun eierdop openbreken en zichzelf als groep uitgraven, iets wat een paar dagen kon duren. Wanneer het juiste moment gekomen was, meestal als het nacht was of als het regende en het dus koeler was, zouden ze de gok wagen, samen de holte verlaten, even de tijd nemen om zich te oriënteren en dan naar het water rennen en wegzwemmen. Maar de kans dat ze dat haalden was klein. De oceaan was een mijnenveld met zoveel roofdieren dat slechts één op de duizend babyschildpadden volwassen werd.

Twee mensen liepen naar de vloedlijn, bleven staan toen ze de sporen zagen en liepen daarna langzaam naar het nest. Zodra ze zeker wisten dat de moeder was vertrokken en de eieren waren gelegd, bekeken ze de situatie in het licht van een zaklamp, trokken een cirkel in het zand eromheen en staken een dunne stok in het zand met gele tape eraan. Mercer kon hun zachte stemmen horen – het waren twee vrouwen – maar zij konden haar niet zien. Ze zouden terugkomen als het licht was om het nest af te zetten met een omheining en borden, iets wat zij en Tessa ook heel vaak hadden gedaan. Terwijl de vrouwen wegliepen wisten ze zorgvuldig de sporen van de schildpad.

Een tijdje nadat de vrouwen waren vertrokken, besloot Mercer te wachten tot de zon opkwam. Ze had nooit eerder een nacht op het strand doorgebracht, dus nestelde ze zich in het zand, leunde ontspannen tegen het duin en viel ten slotte in slaap.

4

De literaire kliek van het eiland was kennelijk te bang voor Myra Beckwith om nee te zeggen toen ze op het allerlaatste moment voor een etentje werden uitgenodigd. Niemand wilde haar tegen zich in het harnas jagen. En, dacht Mercer, niemand wilde het risico nemen dat er een bijeenkomst was waar in hun afwezigheid zeker over hen zou worden gepraat. Noodgedwongen, maar ook uit nieuwsgierigheid, druppelden ze aan het einde van de zondagmiddag binnen in Vicker House voor een drankje en een etentje ter ere van hun nieuwste, hoewel tijdelijke lid. Het was Memorial Day-weekend, het begin van de zomer. In de gemailde uitnodiging stond zes uur, maar voor een stel auteurs betekende dat tijdstip niets. Niemand kwam op tijd.

Bob Cobb arriveerde als eerste en zette Mercer meteen klem op de achterveranda, waar hij haar uithoorde over haar werk. Hij had lang grijs haar en de zongebruinde teint van iemand die te veel tijd buiten doorbrengt, en hij droeg een opzichtig overhemd met bloemenprint, met de bovenste knoopjes los zodat zijn bruine borst met al even grijs haar zichtbaar was. Volgens Myra ging het gerucht dat Cobb zojuist zijn nieuwe roman had ingeleverd en dat zijn uitgever daar niet tevreden over was, maar ze wilde niet zeggen hoe ze dat wist. Hij dronk haar zelfgemaakte bier uit een jampot en stond tijdens hun gesprek onprettig dicht bij Mercer.

Amy Slater, de 'vampiervrouw', kwam haar redden en verwelkomde haar op het eiland. Ze vertelde over haar drie kinderen en beweerde dat ze dolblij was dat ze die avond niet thuis hoefde te zijn. Leigh Trane kwam bij hen staan, maar zei weinig. Myra beende door het huis, gekleed in een felroze en veel te wijde jurk, brulde instructies tegen de cateraar, zorgde voor de drankjes en negeerde de honden die overal rondliepen.

Daarna arriveerden Bruce en Noelle, en toen ontmoette Mercer eindelijk de man die verantwoordelijk was voor haar korte sabbatical. Hij droeg een lichtgeel seersucker pak met vlinderdas, hoewel op de uitnodiging duidelijk 'extreem casual' had gestaan. Maar Mercer had allang geleerd dat alles kan in de literaire wereld. Cobb droeg een korte rugbybroek. Noelle zag er prachtig uit in een eenvoudige witkatoenen hemdjurk, die perfect om haar slanke lichaam paste. Verdomde Fransen, dacht Mercer, terwijl ze slokjes van haar chablis nam en probeerde ook een bijdrage aan het gesprek te leveren.

Sommige auteurs zijn ervaren praters met een onuitputtelijke voorraad verhalen, woordspelingen en oneliners. Andere zijn in zichzelf gekeerde, introverte zielen die in hun solitaire wereld werken en er moeite mee hebben zich onder de mensen te begeven. Mercer zat daar ergens tussenin. Haar eenzame jeugd had haar geleerd in haar eigen wereldje te leven, waar weinig werd gezegd. Daardoor dwong ze zichzelf te lachen en te kletsen en om een grapje te lachen.

Andy Adam vroeg meteen na binnenkomst om een dubbele wodka met ijs. Myra gaf hem een glas en keek Bruce met een meewarige blik aan. Ze wisten dat Andy weer aan de drank was en dat was een reden tot zorg. Toen hij zichzelf voorstelde aan Mercer zag ze meteen een littekentje boven zijn linkeroog en dacht aan zijn neiging bij bargevechten betrokken te raken. Hij en Cobb waren ongeveer even oud, allebei gescheiden, veel op het strand te vinden en zware drinkers, die het geluk hadden dat hun boeken goed verkochten en ze een ongeordend leven konden leiden. Ze zochten elkaar algauw op en begonnen over vissen te praten.

Jay Arklerood, de zwaarmoedige dichter en gefrustreerde literaire ster, arriveerde even na zeven uur, wat volgens Myra voor zijn doen vroeg was. Hij nam een glas wijn en begroette Bruce, maar stelde zichzelf niet voor aan Mercer.

Omdat iedereen er nu was, vroeg Myra om stilte en stelde een toost voor: 'Laten we drinken op onze nieuwe vriendin Mercer Mann, die hier is in de hoop dat ze inspiratie vindt in de zon en op het strand, zodat ze die verdomde roman kan afmaken die al drie jaar geleden af had moeten zijn. Proost!'

'Maar drie jaar?' zei Leigh, waarop iedereen in de lach schoot.

'Mercer,' zei Myra, om haar aan te sporen ook iets te zeggen.

Mercer glimlachte en zei: 'Dank je wel. Ik vind het geweldig om hier te zijn. Vanaf mijn zesde logeerde ik hier elke zomer bij mijn oma Tessa Magruder. Sommigen van jullie hebben haar misschien gekend. De gelukkigste dagen van mijn leven, tot nu toe in elk geval, bracht ik samen met haar door op het strand en op het eiland. Dat is al lang geleden, maar ik ben heel blij dat ik terug ben en vind het fantastisch dat ik hier vanavond ben.'

'Welkom,' zei Bob Cobb en hij hief zijn glas. De anderen deden dat ook, riepen welgemeend 'Proost!' en begonnen daarna meteen te praten.

Bruce kwam dichter bij Mercer staan en zei zacht: 'Ik heb Tessa gekend. Zij en Porter zijn omgekomen tijdens een storm.'

'Ja, elf jaar geleden,' zei Mercer.

'Gecondoleerd,' zei Bruce, een beetje onhandig.

'Ach, het is wel goed. Het is alweer lang geleden.'

Myra riep: 'Oké, ik heb honger. Neem jullie glas mee naar de tafel, dan gaan we eten.'

Ze gingen naar binnen en liepen naar de eetkamer. De eettafel was smal en niet lang genoeg voor negen mensen, maar ook als er twintig gasten waren geweest had Myra hun een plekje kunnen geven. Er stonden allemaal niet bij elkaar passende stoelen omheen. Maar de tafel was mooi gedekt, met een rij korte kaarsen in het midden en een heleboel bloemen. Het eet- en glasservies was oud, maar alles paste prachtig bij elkaar. Het oude tafelzilver was perfect gerangschikt. De witte stoffen servetten waren gestreken en opgevouwen. Myra had een vel papier in de hand met de tafelschikking, waarover zij en Leigh kennelijk hadden gediscussieerd, en brulde instructies. Mercer kwam tussen Bruce en Noelle in te zitten en na het gebruikelijke geklaag en gekreun gingen ook de andere gasten zitten. Terwijl Dora, de cateraar, wijn inschonk begonnen er minstens drie verschillende gesprekken. Het was warm, de ramen stonden open en vlak boven hun hoofden ratelde een plafondventilator.

Myra zei: 'Oké, dit zijn de regels. Er wordt niet gepraat over je eigen boeken en niet over politiek. Er zijn een paar republikeinen aanwezig.'

'Wát?' zei Andy. 'Wie heeft hen uitgenodigd?'

'Ik, en als het je niet bevalt kun je nu vertrekken.'

'Wie zijn het?' wilde Andy weten.

'Ik,' zei Amy en ze stak trots haar vinger op. Het was wel duidelijk dat dit vaker was gebeurd.

'Ik ben ook republikein,' zei Cobb. 'Ook al heb ik in de gevangenis gezeten en ben ik mishandeld door de FBI, toch ben ik nog altijd een trouwe republikein.'

'God sta ons bij,' mompelde Andy.

'Dat bedoel ik dus,' zei Myra. 'Geen politiek.'

'En voetbal dan?' vroeg Cobb.

'En geen voetbal,' zei Myra glimlachend. 'Bruce, waar zou jij over willen praten?'

'Politiek en voetbal,' zei Bruce, waarop iedereen lachte.

'Wat gebeurt er deze week in de winkel?'

'Nou, woensdag is Serena Roach er weer. Ik verwacht jullie allemaal te zien tijdens de signeersessie.'

'Ze is vanochtend in *The Times* afgekraakt,' zei Amy, met een enigszins tevreden klank in haar stem. 'Hebben jullie dat gezien?'

'Wie leest in vredesnaam *The Times*?' vroeg Cobb. 'Linkse rotzooi.'

'Ik zou dolgraag worden afgekraakt in *The Times*, of in welke andere krant dan ook,' zei Leigh. 'Waar gaat haar boek over?'

'Dit is haar vierde roman en die gaat over een single vrouw in New York City met relatieproblemen.'

'Wat origineel,' riep Andy. 'Kan niet wachten dat boek te lezen.' Hij dronk zijn tweede dubbele wodka op en vroeg Dora om nog een glas. Myra keek Bruce fronsend aan, maar deze haalde zijn schouders op alsof hij wilde zeggen: Hij is een volwassen man.

'Gazpacho,' zei Myra en ze pakte haar lepel. 'Eet smakelijk.'

Een paar seconden later begonnen ze allemaal tegelijk te praten, waarna er verschillende gesprekken werden gevoerd. Cobb en Andy discussieerden zachtjes over politiek. Leigh en Jay zaten vlak bij elkaar aan het hoofd van de tafel en praatten over iemands roman. Myra en Amy waren nieuwsgierig naar een nieuw restaurant, en Bruce zei zacht tegen Mercer: 'Sorry dat ik over Tessa's dood begon. Dat was heel grof van me.'

'Nee hoor,' zei ze. 'Het is alweer lang geleden.'

'Ik kende Porter goed. Hij was een vaste klant van me, was gek op detectives. Tessa kwam één keer per jaar, maar kocht niet veel boeken. Ik heb een vage herinnering aan een kleindochter jaren geleden.'

'Hoe lang blijf je?' vroeg Noelle.

Mercer wist bijna zeker dat alles wat ze Myra had verteld al was overgebriefd aan Bruce. 'Een paar maanden. Ik heb nu geen baan, of eigenlijk moet ik zeggen dat ik werkloos ben. Ik heb de afgelopen drie jaar lesgegeven, maar ik hoop dat ik dat nooit meer hoef te doen. En jij? Vertel eens wat meer over je winkel.'

'Ik verkoop Frans antiek en heb een winkel naast de boekhandel. Ik kom uit New Orleans, maar nadat ik Bruce leerde kennen ben ik hiernaartoe verhuisd. Kort na Katrina.'

Zachte, heldere stem met een perfecte uitspraak, geen spoortje van een New Orleans-accent. Geen spoor van wat dan ook. En geen trouwring, maar wel een heleboel sieraden.

Mercer zei: 'Dat was in 2005, een maand na Tessa's ongeluk. Dat weet ik nog goed.'

Bruce vroeg: 'Was je hier toen dat gebeurde?'

'Nee, het was de eerste zomer in veertien jaar die ik niet hier doorbracht. Ik moest werken om mijn studie te betalen en was aan het werk in Memphis, mijn geboortestad.'

Dora haalde de kommen weg en schonk meer wijn in. Andy werd steeds luidruchtiger.

'Hebben jullie kinderen?' vroeg Mercer.

Bruce en Noelle glimlachten en schudden hun hoofd. 'Daar hebben we nooit tijd voor gehad,' zei ze. 'Ik ben veel op reis, inkoop en verkoop, voornamelijk in Frankrijk, en Bruce is zeven dagen per week in de winkel.'

'Ga je niet met haar mee?' vroeg Mercer aan Bruce.

'Niet vaak. We zijn daar getrouwd.'

Dat was niet waar. Dat was zo'n gemakkelijke, terloopse leugen; en ze leefden al jaren alsof het geen leugen was. Mercer nam een slok wijn en herinnerde zichzelf eraan dat ze naast een van de meest geslaagde handelaren in gestolen boeken van het land zat. Terwijl ze praatten over het zuiden van Frankrijk en de antiekhandel daar, vroeg Mercer zich af hoeveel Noelle van zijn zaken af wist. Als hij echt een miljoen dollar had betaald voor de Fitzgerald-manuscripten, dan wist ze dat. Ja toch? Hij was geen magnaat met wereldwijde zakelijke belangen met allerlei manieren om geld te verplaatsen en te verbergen. Hij was een boekhandelaar in een klein stadje die praktisch in zijn winkel woonde. Zoveel geld kon hij toch niet voor haar verborgen houden, wel? Noelle moest het gewoon weten.

Bruce sprak zijn bewondering uit voor *October Rain* en was nieuwsgierig naar de reden voor het abrupte einde van Mercers eerste boektournee. Toen Myra dit hoorde riep ze om stilte, waarna ze Mercer aanspoorde om haar verhaal te vertellen. Terwijl Dora gebakken makreel opdiende ging het gesprek over boektournees, en iedereen had wel een verhaal. Leigh, Jay en Cobb bekenden dat ook zij een paar uur achter in winkels hadden gezeten, terwijl ze nul boeken verkochten. Andy had met zijn eerste boek maar weinig mensen aangetrokken en was, niet verrassend, uit een boekhandel geschopt toen hij dronken was geworden en klanten had beledigd die zijn boek niet wilden kopen. Zelfs Amy, de bestsellerauteur, had een paar vervelende dagen gekend voordat zij de vampiers had ontdekt.

Tijdens het eten stapte Andy over op ijswater, waarna iedereen aan tafel zich leek te ontspannen.

Cobb vertelde een verhaal uit de gevangenis over een jongen van achttien die werd misbruikt door zijn celgenoot, een echt roofdier. Jaren later, toen beide mannen op borg vrij waren, spoorde de jongen zijn vroegere celgenoot op, ontdekte dat hij een rustig leventje leidde in een buitenwijk en niet meer aan zijn verleden dacht. Tijd dus voor wraak. Het was een lang, interessant verhaal, en toen Cobb klaar was, zei Andy: 'Wat een onzin. Pure fictie, nietwaar? Dat is gewoon je volgende boek.'

'Nee, ik zweer je dat het waar is!'

'Lulkoek. Dat heb je al eens eerder geflikt, ons een verhaal opgedist om onze reacties te zien en dan, een jaar later, is het een boek.'

'Nou, dat heb ik wel overwogen. Wat denken jullie? Commercieel genoeg?'

'Ik vind het mooi,' zei Bruce. 'Maar hou je een beetje in met die verkrachtingsscènes in de gevangenis. Die heb je een beetje overdreven, volgens mij.'

'Je lijkt mijn agent wel,' mompelde Cobb. Hij haalde een pen uit de zak van zijn overhemd alsof hij aantekeningen moest maken. 'Nog meer opmerkingen? Mercer, wat denk jij?'
'Heb ik een stem dan?'
'Tuurlijk, waarom niet? Jouw stem betekent evenveel als die van de andere broodschrijvers hier aan tafel.'
'Ik zou het verhaal wel gebruiken,' zei Andy, waarop iedereen in de lach schoot.
'Nou, jij hebt zeker een goed verhaal nodig. Heb je je deadline gehaald?'
'Ja. Ik heb het al ingeleverd en zij hebben het al teruggestuurd. Een structureel probleem.'
'Net als bij je vorige boek, maar ze hebben het toch uitgegeven.'
'Dat was een goede zet van hen. Ze konden ze niet snel genoeg bijdrukken.'
'Tut-tut, mannen,' zei Myra. 'Jullie overtreden regel één: geen gepraat over je eigen boeken.'
'Dit kan de hele avond zo doorgaan,' fluisterde Bruce tegen Mercer, maar zo luid dat iedereen het kon horen. Ze genoot van het gekibbel, net als iedereen. Ze was nooit eerder in het gezelschap geweest van een groep auteurs die elkaar zo graag plaagden, maar allemaal onschuldig.
Amy, met rode wangen van de wijn, vroeg: 'Stel dat die knul uit de gevangenis in werkelijkheid een vampier is?' Toen brulde iedereen nog harder van het lachen.
Cobb zei snel: 'Hé, daar had ik nog niet aan gedacht. We zouden een nieuwe serie kunnen beginnen over vampiers in de gevangenis. Ik ben ervoor. Wil je meewerken?'
Amy zei: 'Ik zal zorgen dat mijn agent jouw agent belt, kijken of ze iets kunnen uitwerken.'
Perfect getimed zei Leigh: 'En jullie vragen je af waarom er minder boeken worden verkocht...' Toen iedereen uitgelachen was, zei Cobb: 'Alweer neergehaald door de literaire maffia.'

Een paar minuten zaten ze rustig te eten en was het wat stiller. Toen zei Cobb grinnikend: 'Een structureel probleem, wat betekent dat?'

'Dat betekent dat de plot slecht is, en dat is echt zo. Eerlijk gezegd ben ik er nooit tevreden over geweest.'

'Je kunt hem altijd in eigen beheer uitgeven, weet je. Dan legt Bruce hem op dat oude kaarttafeltje achter in zijn winkel, zijn eigen verzameling slechte boeken.'

Bruce zei: 'Alsjeblieft niet! Die tafel ligt al vol!'

Myra sneed een ander onderwerp aan door te vragen: 'Dus Mercer, je bent hier nu een paar dagen. Mogen we vragen of het goed gaat met het schrijven?'

'Dat is een slechte vraag,' antwoordde Mercer glimlachend.

'Wil je een boek afmaken of een nieuw boek gaan schrijven?'

'Dat weet ik nog niet,' zei ze. 'Ik denk dat ik het begin van dat boek weggooi en daarna met een nieuwe begin. Dat heb ik nog niet besloten.'

'Nou, als je advies nodig hebt over een bepaald aspect van schrijven of uitgeven, over romantiek of relaties, eten, wijn, reizen, politiek, wat ook maar, dan ben je naar de juiste plek gekomen. Kijk maar om je heen, aan deze tafel zitten allemaal experts.'

'Dat begreep ik al.'

5

Om middernacht zat Mercer op de onderste tree van de trap naar het plankenpad, met haar blote voeten in het zand, terwijl de golven kwamen aanrollen. Ze kreeg nooit genoeg van het geluid van de oceaan, als de zee rustig was het zachte breken van de golven, of tijdens een storm het gedreun van de brekende golven. Deze avond waaide het niet en was het eb. Een eenzame figuur in de verte liep naar het zuiden, langs de vloedlijn.

Ze genoot nog na van het etentje en probeerde zich zo veel mogelijk te herinneren. Hoe meer ze nadacht, hoe verbazingwekkender ze het vond. Een kamer vol auteurs, met hun onzekerheden en ego's en jaloezie, en met veel wijn, zonder ook maar één onenigheid, zelfs geen nors woord. De populaire auteurs – Amy, Cobb en Andy – verlangden naar kritische bijval, terwijl de literaire auteurs – Leigh, Jay en Mercer – verlangden naar hogere royalty's. Myra vond het allemaal prima, en Bruce en Noelle waren er tevreden mee om er middenin te zitten en iedereen aan te moedigen.

Mercer wist niet goed wat ze van Bruce moest denken. De eerste indruk was vrij goed, maar door zijn knappe uiterlijk en ontspannen houding was Mercer ervan overtuigd dat iedereen Bruce aardig vond, in elk geval in eerste instantie. Hij praatte genoeg, maar niet te veel en vond het kennelijk prima dat Myra de leiding nam. Het was immers haar feestje en kennelijk wist ze heel goed wat ze deed. Hij was volkomen op zijn gemak in zijn groep en genoot intens van hun verhalen, grappen, streken en beledigingen. Mercer kreeg de indruk dat hij bereid was alles te doen om hun carrière te bevorderen. En zij, op hun beurt, hadden bijna respect voor hem.

Hij beweerde een bewonderaar te zijn van Mercers twee boeken, maar vooral van haar roman, en ze hadden er genoeg over gepraat om haar twijfels weg te nemen over de vraag of hij hem echt had gelezen. Hij zei dat hij dat had gedaan toen het werd uitgegeven en was afgesproken dat zij het boek in Bay Books zou signeren. Dat was zeven jaar geleden, maar toch herinnerde hij het zich nog goed. Hij had het waarschijnlijk nog even doorgebladerd voordat hij naar het etentje ging, maar toch was Mercer onder de indruk. Hij vroeg of ze naar de winkel wilde komen om de twee exemplaren daar te signeren. Ook haar boek met korte verhalen had hij gelezen. Maar het belangrijkste was dat hij heel graag meer wilde zien, haar volgende roman misschien, of nieuwe korte verhalen.

Voor Mercer, ooit een veelbelovende auteur die leed aan een eindeloze periode zonder inspiratie en bevangen door de vrees dat haar carrière afgelopen was, was het een hele geruststelling dat zo'n belezen lezer aardige dingen zei en meer wilde lezen. De afgelopen jaren hadden alleen haar agent en haar redacteur haar op die manier aangemoedigd.

Hij was zeker een charmeur, maar hij zei of deed niets wat niet door de beugel kon. Maar dat had ze ook niet verwacht, want zijn geweldige echtgenote zat immers maar een paar centimeter bij hen vandaan. Als het om verleiding ging, ervan uitgaande dat de geruchten waar waren, vermoedde Mercer dat Bruce Cable heel geduldig kon zijn maar ook snel kon toeslaan.

Een paar keer tijdens het etentje had ze naar de overkant van de tafel gekeken naar Cobb en Amy en zelfs naar Myra, en zich afgevraagd of ze enig vermoeden hadden van zijn duistere kant. Op het oog had hij een van de mooiste boekhandels van het land, terwijl hij tegelijkertijd in het geheim handelde in gestolen goederen. De boekhandel was een succes en daar verdiende hij meer dan genoeg geld mee. Hij had een mooi leven, een knappe vrouw/partner, een geweldige reputatie en een historisch herenhuis in een prachtig stadje. Was hij echt bereid gevangenisstraf te riskeren voor handel in gestolen manuscripten?

Had hij enig idee dat een professioneel securityteam hem op het spoor was? Met de FBI niet ver erachteraan? Een voorgevoel dat hij over slechts enkele maanden misschien voor heel veel jaren naar de gevangenis zou gaan? Nee, dat leek onmogelijk.

Verdacht hij Mercer? Nee, dat deed hij niet. Wat de voor de hand liggende vraag opwierp wat ze nu moest doen. Denk niet verder vooruit dan de volgende dag, had Elaine meer dan eens gezegd. Laat hem naar jou toe komen en dring op een rustige manier zijn leven binnen.

Klinkt simpel, of niet dan?

6

Maandag was het Memorial Day. Mercer sliep uit en miste alweer een zonsopkomst. Ze schonk koffie in en ging naar het strand, waar het drukker was door het lange weekend, maar nog steeds niet overvol. Na een lange wandeling ging ze terug naar het strandhuis, schonk nog een kop koffie in en ging aan een ontbijttafeltje zitten met uitzicht op de oceaan. Ze opende haar laptop, keek naar een leeg scherm en typte: *Hoofdstuk 1*.

Auteurs zijn over het algemeen in twee groepen te verdelen: degenen die hun verhalen zorgvuldig in grote lijnen schrijven en het einde al kennen voordat ze beginnen, en degenen die dat weigeren te doen omdat ze denken dat zodra een personage is gecreëerd hij of zij vanzelf wel iets interessants zal doen. De oude roman, het verhaal dat ze zojuist had weggegooid, het verhaal dat haar al vijf jaar kwelde, viel in de tweede categorie. In die vijf jaar was er niets interessants gebeurd en nu had ze het helemaal gehad met de personages. Laat maar zitten, had ze gedacht. Laat het rusten. Je kunt het altijd weer oppakken. Dus schreef ze een ruwe samenvatting van haar nieuwe hoofdstuk 1 en begon aan hoofdstuk 2.

Om twaalf uur had ze van de eerste vijf hoofdstukken een ruwe opzet gemaakt en was ze uitgeput.

7

Er reed weinig verkeer door Main Street, en de trottoirs waren vol toeristen die het lange weekend in het stadje doorbrachten. Mercer parkeerde in een zijstraat en liep naar de boekhandel. Ze slaagde erin Bruce te ontlopen en ging naar het café boven, waar ze een broodje nam en *The Times* scande.

Bruce liep langs haar heen om een espresso te halen en was verbaasd haar te zien. 'Heb je tijd om die boeken te signeren?' vroeg hij.

'Daarom ben ik hier.' Ze liep achter hem aan naar beneden naar de eerste-drukkenkamer, waar hij de deur achter hen sloot. Door twee grote ramen kon je de eerste verdieping zien waar de klanten niet ver bij hen vandaan de planken vol boeken bekeken. Midden in het vertrek stond een oude tafel met papieren en dossiers erop.

'Is dit je kantoor?' vroeg ze.

'Eén ervan. Als het rustig is in de zaak ga ik hiernaartoe om even te werken.'

'Als het rustig is?'

'Dit is een boekhandel. Vandaag is het druk, maar morgen is er niemand.' Hij verplaatste een catalogus die op twee gebonden exemplaren van *October Rain* lag. Hij gaf haar een pen en pakte de boeken.

Ze zei: 'Ik heb al heel lang geen boek meer gesigneerd.'

Bruce sloeg het eerste boek open op de titelpagina. Zij krabbelde haar naam in beide boeken. Hij liet er een op de tafel liggen en zette de andere op zijn plek op een plank. De eerste drukken stonden alfabetisch gerangschikt op achternaam van de auteur.

'Wat zijn dit voor boeken?' vroeg ze en ze wees naar een muur vol boeken.

'De eerste druk van alle auteurs die hier hun boek hebben gesigneerd. We doen ongeveer honderd signeersessies per jaar, dus na twintig jaar is dat een behoorlijke verzameling. Ik heb het nagekeken in de administratie, maar toen jij langs zou komen heb ik honderdtwintig exemplaren besteld.'

'Honderdtwintig? Waarom zoveel?'

'Ik heb een Eerste Druk-club, zo'n honderd van mijn beste klanten die elk gesigneerd boek kopen. Dat is echt een succes. Wanneer ik honderd boeken kan garanderen, zijn uitgevers en auteurs maar al te graag bereid ons in de tournee op te nemen.'

'En die mensen komen naar elke signeersessie?'

'Dat zou ik wel willen. Meestal ongeveer de helft, wat nog een leuk aantal is. Dertig procent woont buiten de stad en krijgt ze per post.'

'Wat gebeurde er nadat ik had afgezegd?'

'Toen heb ik de boeken teruggestuurd.'

'Sorry daarvoor.'

'Dat hoort erbij.'

Mercer liep langs de muur en scande de rijen boeken, waar ze enkele van herkende. Overal stond er maar één van. Waar waren de andere? Hij had een van haar boeken teruggezet en de andere op de tafel laten liggen. Waar werden die bewaard? 'Zitten hier ook waardevolle exemplaren tussen?' vroeg ze.

'Niet echt. Het is een indrukwekkende verzameling, die veel voor me betekent omdat ik stuk voor stuk aan die boeken gehecht ben, maar ze behouden hun waarde maar zelden.'

'Hoe komt dat?'

'De oplage van een eerste druk is vaak te hoog. De eerste druk van jouw boek had een oplage van vijfduizend exemplaren. Dat is niet heel veel, maar een boek is pas waardevol als het zeldzaam is. Maar soms heb ik geluk.' Hij haalde een boek van een hoge plank en gaf het aan haar. 'Herinner je je *Drunk in Philly* nog? Het meesterwerk van J.P. Walthall.'

'Natuurlijk.'

'Heeft in 1999 de National Book Award en de Pulitzer gewonnen.'

'Die heb ik tijdens mijn studie gelezen.'

'Ik vond een ongecorrigeerd leesexemplaar, vond het een geweldig boek, zag mogelijkheden en bestelde een paar dozen. Dat was voordat hij zei dat hij niet op tournee zou gaan. Zijn uitgever was straatarm en niet zo slim, dus liet hij de eerste druk maken in een oplage van zesduizend exemplaren. Niet slecht voor een eerste roman, maar lang niet genoeg. Nou ja, het drukken werd stopgezet toen de vakbond een staking uitriep. Voordat de drukkerij werd stilgelegd, waren maar twaalfhonderd exemplaren van de persen gerold. Ik had het geluk dat mijn bestelling inderdaad werd bezorgd. De eerste recensies waren idioot goed en de oplage van de tweede druk, bij een andere drukkerij, was twintigduizend. Dat werd verdubbeld bij de derde druk, et cetera. Van dit boek zijn uiteindelijk een miljoen gebonden exemplaren verkocht.'

Mercer sloeg het boek open, bladerde naar de copyrightpagina en zag de woorden 'Eerste druk'. 'Wat is dit nu waard?' vroeg ze.

'Ik heb er een paar verkocht voor vijfduizend dollar, en nu vraag ik acht. Ik heb nog steeds ongeveer vijfentwintig exemplaren, begraven in de kelder.'

Dat prentte ze in haar geheugen, maar ze zei niets. Ze gaf hem het boek terug en liep naar een andere muur die helemaal gevuld was met boeken. Bruce zei: 'Nog een deel van de verzameling, maar die auteurs hebben hier niet allemaal gesigneerd.'

Ze pakte John Irvings *The Cider House Rules* en zei: 'Ik neem aan dat hier meer dan genoeg van op de markt zijn gekomen.'

'Dat is John Irving. Dit boek verscheen zeven jaar na *Garp*, dus was de eerste druk enorm. Nu een paar honderd dollar waard. Ik heb een *Garp*, maar die is niet te koop.'

Ze zette het boek terug op zijn plek en scande snel de boeken die ernaast stonden. *Garp* stond er niet bij. Ze nam aan dat die ook 'begraven in de kelder' was, maar zei niets. Ze wilde naar zijn meest zeldzame boeken vragen, maar besloot haar belangstelling te verliezen.

'Heb je je gisteren vermaakt tijdens het etentje?' vroeg hij.

Ze lachte en liep bij de boekenmuur vandaan. 'Heel erg. Ik heb nooit eerder met zoveel auteurs samen gegeten. Wij zijn vaak erg op onszelf, weet je?'

'Dat weet ik. Maar ter ere van jou heeft iedereen zich keurig gedragen. Geloof me, het gaat er niet altijd zo beschaafd aan toe.'

'Waarom niet?'

'Dat hoort bij het ras. Zodra je een paar broze ego's bij elkaar zet, er misschien wat politiek aan toevoegt, dan wordt het meestal wat wilder.'

'Ik kan niet wachten. Wanneer is het volgende feestje?'

'Dat weet je nooit met die lui. Noelle had het over een dinertje over een paar weken. Ze heeft genoten van je gezelschap.'

'Dat is wederzijds. Ze is heel aardig.'

'Ze is heel leuk en erg goed in wat ze doet. Je zou even een kijkje in haar winkel moeten nemen.'

'Zal ik doen, hoewel ik geen dure spullen wil kopen.'

Hij lachte en zei: 'Nou, wees dan maar voorzichtig. Ze is heel trots op haar spullen.'

'Morgen ga ik voor de signeersessie koffiedrinken met Serena Roach. Heb je haar al eens ontmoet?'

'Zeker. Ze is hier al twee keer geweest. Ze is heel druk, maar erg aardig. Ze is op tournee met haar vriendje en haar uitgever.'

'Een heel gevolg?'

'Ja dus, maar dat is niet ongebruikelijk. Ze is aan de drugs geweest en lijkt een beetje kwetsbaar. Veel auteurs vinden op tournee zijn heel zwaar en hebben dan behoefte aan die zekerheid.'

'Ze kan niet alleen reizen?'

Bruce lachte en scheen niet te willen roddelen. 'Ik zou je een heleboel verhalen kunnen vertellen, oké? Een paar verdrietige, een paar hilarische, maar allemaal heel kleurrijk. Laten we die maar voor een andere keer bewaren, misschien tijdens een uitgebreid diner.'

'Is dit dezelfde vriend? Dat vraag ik omdat ik haar nieuwste boek lees, en haar personage heeft moeite met mannen maar ook met drugs. De auteur schijnt te weten waarover ze schrijft.'

'Geen idee, maar tijdens haar laatste twee tournees had ze hetzelfde vriendje.'

'Die arme vrouw wordt hard aangepakt door de recensenten.'

'Ja, en daar kan ze niet goed mee omgaan. Haar uitgever belde vanochtend om me op het hart te drukken dat ik niet voorstel om na afloop uit eten te gaan. Ze proberen haar bij de wijnfles vandaan te houden.'

'En haar boektournee is net begonnen?'

'Wij zijn de derde stop. Zou weer op een ramp kunnen uitlopen. Ach, ze kan er altijd mee stoppen, net als jij hebt gedaan.'

'Dat kan ik ten zeerste aanbevelen.'

Een medewerkster stak haar hoofd naar binnen en zei: 'Sorry dat ik stoor, maar Scott Turow is aan de telefoon.'

'Dat gesprek moet ik aannemen,' zei hij.

'Dan zie ik je morgen,' zei Mercer en ze liep naar de deur.

'Bedankt voor het signeren van die boeken.'

'Ik wil al mijn boeken die je koopt wel signeren.'

8

Drie dagen later wachtte Mercer tot het donker werd en liep naar het strand. Ze trok haar sandalen uit, stopte ze in een kleine schoudertas en liep in zuidelijke richting langs de vloedlijn. Het was eb, het strand was breed en verlaten, op een enkel stel met een hond na. Twintig minuten later kwam ze langs een rij hoge appartementengebouwen en liep naar het Ritz-Carlton ernaast. Bij het plankenpad spoelde ze haar voeten af, trok haar sandalen weer aan, kuierde langs het lege zwembad en liep naar binnen, waar Elaine aan een tafeltje in de elegante bar zat te wachten.

Tessa had de bar van het Ritz altijd geweldig gevonden. Elke zomer trokken zij en Mercer twee of drie keer hun mooiste kleren aan en reden naar het Ritz, waar ze eerst iets dronken en daarna dineerden in het beroemde restaurant van het hotel. Tessa begon altijd met een martini, eentje maar, en tot haar vijftiende bestelde Mercer altijd een cola light. Maar zodra ze vijftien was, nam ze een vals identiteitsbewijs mee en namen ze allebei een martini.

Elaine zat heel toevallig aan hun favoriete tafeltje, en toen Mercer ging zitten werd ze overvallen door herinneringen aan haar oma; er was niets veranderd. Op de achtergrond zat een man aan de piano zacht te zingen. 'Ik ben vanmiddag aangekomen en dacht dat je wel zin zou hebben in een lekker etentje,' zei Elaine.

'Ik ben hier al heel vaak geweest,' zei Mercer, terwijl ze om zich heen keek en dezelfde geuren van zoute lucht en eiken lambrisering opsnoof. 'Mijn oma was weg van dit hotel. Het is niet voor mensen met weinig geld, maar af en toe liet ze het breed hangen.'

'Tessa had dus niet veel geld?'

'Nee. Ze kon goed rondkomen, maar was ook zuinig. Laten we over iets anders praten.'

Toen een ober naar hen toe kwam, bestelden ze iets te drinken.

Elaine zei: 'Volgens mij heb je een leuke week achter de rug.'

Mercer stuurde Elaine elke avond een mailtje met informatie die van belang kon zijn voor hun zoektocht. 'Ik vraag me af of ik meer weet dan toen ik hier kwam, maar ik heb inmiddels wel contact met de vijand.'

'En?'

'En hij is even charmant als wordt beweerd, heel aardig. Hij bewaart de beste spullen in de kelder, maar heeft het niet over een kluis gehad; ik krijg de indruk dat hij daar een enorme voorraad heeft. Zijn vrouw is in de stad en hij heeft niets gedaan wat erop wijst dat hij belangstelling voor me heeft, buiten zijn gebruikelijke voorliefde voor auteurs.'

'Vertel eens over het etentje bij Myra en Leigh.'

Mercer glimlachte en zei: 'Ik wilde dat daar een verborgen camera bij was geweest.'

5
De tussenpersoon

1

De Old Boston Bookshop was al meer dan zestig jaar gevestigd in hetzelfde rijtjeshuis aan West Street in de centrumwijk Ladder Blocks. Het bedrijf was opgericht door Loyd Stein, een bekende antiekhandelaar, en toen hij in 1990 overleed nam zijn zoon Oscar de winkel over. Oscar was in de winkel opgegroeid en hield van de zaak, maar toch was de lol er in de loop der jaren van afgegaan. Door internet en de algemene achteruitgang in alles wat met boeken te maken had, had hij er steeds meer moeite mee een redelijke winst te behalen. Zijn vader was er tevreden mee geweest om tweedehandsboeken te verkopen in de hoop dat hij een enkele keer forse winst zou boeken met een zeldzaam exemplaar, maar Oscars geduld raakte op. Hij was nu achtenvijftig en onopvallend op zoek naar een uitweg.

Op een donderdagmiddag om vier uur stapte Denny voor de derde dag op rij de winkel binnen en neusde nonchalant door de rijen en stapels tweedehandsboeken. Toen de medewerkster, een oudere dame die daar al tientallen jaren werkte, naar boven ging, koos Denny een oude paperbackeditie van *The Great Gatsby* en liep ermee naar de kassa. Oscar glimlachte en vroeg: ‘Gevonden wat u zocht?’

‘Deze is goed,’ antwoordde Denny.

Oscar nam het boek aan, keek op de binnenkant van het voorplat en zei: ‘Vier dollar en dertig cent.’

Denny legde een biljet van vijf dollar op de toonbank en zei: 'Eigenlijk ben ik op zoek naar het origineel.'

Oscar pakte de vijf dollar en vroeg: 'Bedoelt u een eerste druk? Van *Gatsby*?'

'Nee, ik bedoel het originele manuscript.'

Oscar lachte. Wat een stomkop. 'Ik ben bang dat ik u daar niet mee kan helpen, meneer.'

'O, maar dat denk ik toch wel.'

Oscar verstijfde en keek hem recht aan. Zijn klant keek met een kille, harde blik terug, berekenend, wetend. Oscar slikte en vroeg: 'Wie bent u?'

'Dat zul je nooit weten.'

Oscar wendde zijn blik af, legde het bankbiljet in de kassa en zag dat zijn handen trilden. Hij pakte het wisselgeld en legde de munten op de toonbank. 'Zeventig cent,' zei hij moeizaam. 'U was hier gisteren ook, nietwaar?'

'En eergisteren.'

Oscar keek om zich heen. Ze waren inderdaad alleen. Hij keek naar de kleine bewakingscamera hoog aan de muur die gericht was op de kassa. Zacht zei Denny: 'Die camera kun je wel vergeten, die heb ik vannacht onklaar gemaakt. De camera in je kantoor doet het ook niet.'

Oscar haalde diep adem en liet zijn schouders zakken. Hij was al maanden doodsbang, had slapeloze nachten en zag overal spoken, en nu was het moment dat hij had gevreesd dus eindelijk gekomen. Hij vroeg, met een zachte, trillende stem: 'Ben je van de politie?'

'Nee hoor. Ik vermijd de politie tegenwoordig, net als jij.'

'Wat wil je?'

'De manuscripten. Alle vijf.'

'Ik heb geen idee waar je het over hebt.'

'Kun je niets beters verzinnen? Ik had iets originelers verwacht.'

'Verdwijn!' siste Oscar zo stoer mogelijk.

'Ik ga al. Maar om zes uur, als je de zaak sluit, kom ik terug. Dan doe je de deur op slot en gaan we samen naar je kantoor om even te babbelen. Ik raad je aan verstandig te zijn. Je kunt nergens naartoe en er is niemand die je kan helpen. En wij houden je in de gaten.' Daarop pakte Denny het wisselgeld en het boek, en verliet de winkel.

2

Een uur later stapte een advocaat, Ron Jazik, in een lift in het federale gebouw in Trenton, New Jersey, en drukte op het knopje voor de begane grond. Op het laatste moment stapte een onbekende man ook in en drukte op het knopje voor de tweede verdieping. Zodra de liftdeuren dicht en zij alleen waren, zei de onbekende: 'Jij vertegenwoordigt Jerry Steengarden, nietwaar? Pro Deo.'

Jazik keek hem spottend aan en zei: 'Wie ben jij, verdomme?'

In een flits haalde de onbekende uit naar Jaziks gezicht, sloeg zijn bril af, pakte Jazik met een ijzersterke greep bij de keel en ramde zijn hoofd tegen de achterwand van de lift. 'Zo praat je niet tegen mij. Een boodschap voor je cliënt: één verkeerd woord tegen de FBI en jullie krijgen problemen. We weten waar zijn moeder woont, en ook waar jouw moeder woont.'

Jaziks ogen puilden uit hun kassen en hij liet zijn aktetas vallen. Hij pakte de onbekende bij zijn arm, maar toen werd de ijzeren greep alleen maar nog steviger. Jazik was bijna zestig en uit vorm. De andere man was minstens twintig jaar jonger, leek ongelofelijk sterk en gromde: 'Ben ik duidelijk? Begrepen?'

De lift stopte op de tweede verdieping. Toen de deuren opengingen liet de onbekende hem los en duwde Jazik in een hoek, waar hij op zijn knieën viel. De onbekende liep langs hem heen en vertrok alsof er niets was gebeurd. Niemand stond op de lift te wachten, en Jazik kwam snel overeind, vond zijn bril, raapte zijn aktetas op en vroeg zich af wat hij kon doen. Zijn kaak deed pijn en zijn oren suisden, en in eerste instantie wilde hij de politie bellen om aangifte te doen. Er waren federale *marshals* in de lobby en misschien kon hij bij hen blijven wachten tot zijn aanvaller verscheen. Maar terwijl de lift naar beneden ging, dacht hij dat het misschien beter was om niet te snel te handelen. Tegen de tijd dat hij op de begane grond was, was zijn ademhaling weer normaal. Hij liep naar het toilet, spatte water in zijn gezicht en bekeek zichzelf. De rechterkant van zijn gezicht was rood, maar niet gezwollen. De fysieke gevolgen van zo'n klap waren verbijsterend, en pijnlijk. Hij voelde iets warms in zijn mond en spuugde bloed in de wasbak.

Hij had Jerry Steengarden al ruim een maand niet meer gesproken. Er was weinig te bespreken. Hun ontmoetingen waren altijd kort, want Jerry had niets te zeggen. De onbekende die hem zojuist had geslagen en bedreigd, had dus weinig te vrezen.

3

Een paar minuten voor zes uur was Denny weer bij de boekhandel. Oscar stond zenuwachtig bij de toonbank te wachten. De medewerkster was vertrokken, net als de klanten. Zwijgend draaide Denny het Open/Gesloten-bordje om, deed de deur op slot en het licht uit. Daarna liepen ze de trap op naar het rommelige kantoortje waar Oscar overdag het liefst was, als iemand anders in de winkel hielp. Hij ging aan zijn bureau zitten en gebaarde naar de enige stoel die niet vol lag met tijdschriften.

Denny ging zitten en zei: 'Laten we geen tijd verspillen, Oscar. Ik weet dat jij die manuscripten voor een half miljoen dollar hebt gekocht. Je hebt het geld overgemaakt naar een rekening op de Bahama's. Daarvandaan is het weer overgeboekt naar een rekening in Panama en daar heb ik het weer afgehaald. Minus de commissie voor onze tussenpersoon.'

'Dus jij bent de dief?' vroeg Oscar rustig. Dankzij een paar pillen kon hij zijn zenuwen in bedwang houden.

'Dat zeg ik niet.'

'Hoe weet ik dat je geen agent bent en een microfoontje bij je hebt?' vroeg Oscar.

'Als je me wilt fouilleren, ga je je gang maar. Hoe zou een agent de prijs moeten weten? Hoe zou een agent de details van het geldspoor moeten weten?'

'Ik weet zeker dat de FBI alles kan achterhalen.'

'Als zij wisten wat ik weet, zouden ze je gewoon arresteren, Oscar. Rustig maar, je wordt niet gearresteerd. En ik ook niet. Weet je, Oscar, ik kán niet naar de politie gaan, net zomin als jij. We zijn allebei zo schuldig als maar kan en zouden een heel lange gevangenisstraf krijgen. Maar dat gaat dus niet gebeuren.'

Oscar wilde hem graag geloven en was ook wel een beetje opgelucht. Maar het was wel duidelijk dat er nu een paar problemen boven tafel zouden komen. Hij haalde diep adem en zei: 'Ik heb ze niet.'

'Waar zijn ze dan?'

'Waarom heb je ze verkocht?'

Denny sloeg zijn benen over elkaar en ontspande zich in de oude stoel. 'Ik werd bang. De dag na de diefstal pakte de FBI twee van mijn vrienden op. Ik moest de buit dus verbergen en het land verlaten. Eerst wachtte ik een maand, toen twee. Zodra de rust was teruggekeerd, kwam ik terug en ging naar een handelaar in San Francisco. Hij zei dat hij een koper wist, een Rus die tien miljoen wilde betalen. Hij loog, hij ging naar de FBI. We hadden een afspraak gemaakt en ik zou één manuscript afgeven als bewijs, maar de FBI wachtte me op.'

'Hoe wist je dat?'

'Omdat we voor die tijd zijn telefoon hadden afgetapt. We

zijn heel goed, Oscar. Heel geduldig en heel professioneel. Het was op het nippertje en we verlieten het land weer, zodat de zaak kon betijen. Ik wist dat de FBI een goed signalement van me had, dus bleef ik in het buitenland.'

'Worden mijn telefoons afgeluisterd?'

Denny knikte en glimlachte. 'Je vaste telefoon. Je mobiele telefoon konden we niet hacken.'

'Maar hoe heb je me gevonden?'

'Ik ben naar Georgetown gegaan en nam uiteindelijk contact op met Joel Ribikoff, jouw ouwe vriend. Onze tussenpersoon. Ik vertrouwde hem niet – wie kun je wel vertrouwen in deze wereld? – maar ik wilde toen per se van die manuscripten af.'

'Het is nooit de bedoeling geweest dat jij en ik elkaar zouden zien.'

'Dat was het plan, hè? Jij maakte het geld over, ik leverde de goederen af en toen verdween ik weer. Nu ben ik terug.'

Oscar kraakte zijn knokkels en probeerde rustig te blijven. 'En Ribikoff? Waar is hij nu?'

'Hij is dood, het was een gruwelijke dood, Oscar, verschrikkelijk. Maar voordat hij stierf gaf hij me wat ik wilde: jou.'

'Ik heb ze niet.'

'Prima. Wat heb je ermee gedaan?'

'Verkocht. Ik heb ze zo snel mogelijk geloosd.'

'Waar zijn ze, Oscar? Ik zal ze vinden, en het spoor is al bloederig.'

'Ik weet niet waar ze zijn, dat zweer ik.'

'Wie heeft ze?'

'Luister, ik heb tijd nodig om na te denken. Je zei dat je geduldig bent, dus moet je me wat tijd geven.'

'Uitstekend. Ik kom over vierentwintig uur terug. En doe geen domme dingen zoals proberen te vluchten. Je kunt je nergens verbergen en als je het toch probeert, zul je het bezuren. We zijn professionals, Oscar, daar heb je geen idee van.'

'Ik sla niet op de vlucht.'

'Vierentwintig uur, dan kom ik terug voor de naam van die vent. Als jij me zijn naam vertelt, mag jij het geld houden en blijven leven. Ik zal het nooit doorvertellen, dat beloof ik.' Denny sprong op en verliet het kantoortje.

Oscar keek naar de deur en luisterde naar Denny's voetstappen op de trap. Hij hoorde dat de winkeldeur werd geopend, dat het belletje rinkelde en dat de deur toen zacht werd gesloten. Oscar sloeg zijn handen voor zijn gezicht en probeerde niet te huilen.

4

Twee straten verderop zat Denny in de bar van een hotel pizza te eten toen zijn mobiele telefoon rinkelde. Het was bijna negen uur 's avonds, en het telefoontje was laat. 'Vertel,' zei hij en hij keek om zich heen. De bar was bijna leeg.

Rooker zei: 'Missie volbracht. Ik nam Jazik te grazen in een lift en moest hem een beetje hard aanpakken. Best wel leuk eigenlijk. Heb de boodschap overgebracht en alles verliep uitstekend. Petrocelli was lastiger, doordat hij nog tot laat doorwerkte. Ongeveer een uur geleden ving ik hem op op de parkeerplaats bij zijn kantoor. Heb hem de stuipen op het lijf gejaagd. Wat een doetje, zeg! Eerst ontkende hij dat hij Mark Driscoll vertegenwoordigde, maar hij gaf algauw toe. Hoefde hem niet te slaan, maar wel bijna.'

'Geen getuigen?'

'Niet een. In beide gevallen niet.'

'Goed gedaan. Waar ben je nu?'

'In de auto. Ben over vijf uur bij je.'

'Schiet maar op. Het wordt leuk morgen.'

5

Om vijf voor zes stapte Rooker de boekhandel binnen en deed alsof hij een boek zocht. Er waren geen andere klanten. Oscar hield zichzelf zenuwachtig bezig achter de toonbank, maar hield de man wel in de gaten. Om zes uur zei hij: 'Neem me niet kwalijk, meneer, maar we gaan sluiten.' Op dat moment kwam Denny binnen, deed de deur achter zich dicht en draaide het Open/Gesloten-bordje om. Hij keek naar Oscar, wees naar Rooker en zei: 'Hij hoort bij mij.'

'Is hier verder nog iemand?' vroeg Denny.

'Nee, iedereen is vertrokken.'

'Goed, dan blijven we hier,' zei Denny en hij liep naar Oscar toe. Rooker ging naast hem staan. Beide mannen stonden vlak bij Oscar. Ze keken hem aan en niemand verroerde zich. Denny zei: 'Oké, Oscar, je hebt tijd gehad om na te denken. Wat gaat het worden?'

'Je moet me beloven dat je mijn identiteit geheimhoudt.'

'Ik hoef helemaal niets te beloven!' snauwde Denny. 'Maar ik heb je al gezegd dat niemand het ooit zal weten. Bovendien, wat zou ik ermee opschieten door te vertellen dat jij erbij betrokken bent? Ik wil de manuscripten, Oscar, meer niet. Vertel me aan wie je ze hebt verkocht, dan zie je me nooit meer terug. Maar als je tegen me liegt, weet je dat ik terugkom.'

Dat wist Oscar, dat geloofde Oscar. Op dat afschuwelijke moment wilde hij alleen nog maar dat hij zonder kleerscheuren van die vent afkwam. Hij sloot zijn ogen en zei: 'Ik heb ze verkocht aan een handelaar, Bruce Cable. Hij is eigenaar van een prachtige boekhandel op Camino Island, Florida.'

Denny glimlachte en vroeg: 'Hoeveel heeft hij ervoor betaald?'

'Een miljoen.'

'Goed gedaan, Oscar. Geen slechte deal.'

'Wil je nu alsjeblieft weggaan?'

Denny en Rooker keken hem aan zonder een vin te verroeren. Tien lange seconden dacht Oscar dat hij zou sterven en zijn hart ging als een razende tekeer terwijl hij probeerde adem te halen.

Toen vertrokken ze zonder nog iets te zeggen.

6
De fictie

1

Toen Mercer Noelle's Provence binnenliep, kreeg ze het gevoel dat ze een van haar fraaie koffietafelboeken binnenstapte. De winkel stond vol rustiek landelijk meubilair: grote kledingkasten, ladekasten, buffetkasten en leunstoelen, in een gezellige opstelling op de oude stenen vloer. Op bijzettafeltjes stonden allemaal oude kannen, potten en manden. De gestucte wanden waren zachtroze geschilderd en hingen vol muurkandelaars, spiegels van rookglas en lijstjes met verbleekte portretten van allang overleden baronnen en hun gezin. Geurkaarsen verspreidden de zware geur van vanille. Kroonluchters hingen in groepjes aan het plafond van hout met stucwerk. Via onzichtbare boxen werd zacht een opera afgespeeld. In een zijkamer bewonderde Mercer een lange, smalle wijnproeftafel die was gedekt met felgele en olijfgroene borden en schalen, de basiskleuren van rustiek Provençaals serviesgoed. Tegen de muur vlak bij de etalage stond de schrijftafel, een prachtig met de hand beschilderd meubelstuk dat zij zogenaamd dolgraag wilde hebben. Volgens Elaine stond de schrijftafel te koop voor drieduizend dollar en voldeed hij perfect aan hun behoeften.

Mercer had Noelles vier boeken bestudeerd en herkende probleemloos de meubels en luxe gebruiksartikelen. Ze stond net de schrijftafel te bewonderen toen Noelle binnenkwam en zei: 'Hoi Mercer, wat een leuke verrassing.' Ze begroette haar op de gebruikelijke Franse manier met de onvermijdelijke vluchtige zoen op beide wangen.

'Wat een mooie winkel,' zei Mercer, bijna vol ontzag.

'Welkom in de Provence. Waar ben je naar op zoek?'

'O, nergens naar, hoor. Ik kijk alleen even rond. Maar deze tafel vind ik echt prachtig,' zei ze en ze raakte de schrijftafel aan. In Noelles boeken stonden er minstens drie.

'Die heb ik gevonden op een markt in het dorpje Bonnieux, vlak bij Avignon. Je zou hem moeten kopen, hij is perfect voor het werk dat jij doet!'

'Dan moet ik wel eerst een paar boeken verkopen.'

'Kom, dan laat ik je de rest zien.' Noelle pakte Mercers hand en nam haar mee van de ene kamer naar de andere, allemaal vol meubels die ook in haar boeken stonden. Via een elegante witstenen trap met een gietijzeren leuning liepen ze naar de eerste verdieping, waar Noelle heel bescheiden haar voorraad liet zien: nog meer grote kledingkasten, bedden, ladekasten en tafels, allemaal met een eigen verhaal. Ze praatte zo gepassioneerd over haar meubels dat het leek alsof ze er maar met moeite afscheid van zou kunnen nemen. Mercer zag dat aan geen enkel meubelstuk op de eerste verdieping een prijskaartje hing.

Beneden achter in de winkel had Noelle een klein kantoor, en naast de deur stond een wijnproeftafeltje met een klapblad. Door Noelles beschrijving vroeg Mercer zich af of alle Franse tafels voor wijnproeven werden gebruikt. 'Zin in een kop thee?' vroeg Noelle en ze wees naar een stoel aan de tafel. Mercer ging zitten en terwijl Noelle op een klein fornuis naast een marmeren gootsteen water aan de kook bracht, zei Mercer: 'Ik vind die schrijftafel prachtig, maar ik durf niet eens te vragen hoe duur hij is.'

Noelle glimlachte en zei: 'Voor jou, liefje, heeft hij een speciale prijs. Voor ieder ander kost hij drieduizend dollar, maar jij mag hem voor de helft hebben.'

'Dat is nog altijd veel geld. Daar moet ik over nadenken.'

'Waar schrijf je nu?'

'Aan een ontbijttafeltje in de keuken met uitzicht op de oceaan, maar dat werkt niet. Ik weet niet of het door de tafel komt of door de oceaan, maar de woorden willen maar niet komen.'

'Waar gaat het boek over?'

'Dat weet ik niet zo goed. Ik probeer een begin te maken met een nieuw boek, maar dat lukt ook niet echt.'

'Ik heb *October Rain* net uit en vind het geweldig.'

'Dat is heel lief van je.' Mercer was ontroerd. Sinds ze naar het eiland was gekomen, hadden drie mensen zich al positief uitgelaten over haar eerste roman en dat was meer aanmoediging dan ze de afgelopen vijf jaar had ontvangen.

Noelle zette een porseleinen theeservies op de tafel en schonk behendig kokend water in de bijpassende kopjes. Beide vrouwen deden een suikerklontje in hun kopje, maar geen melk, en terwijl ze roerden vroeg Noelle: 'Wil je wel over je werk praten? Dat vraag ik, omdat de meeste auteurs te veel praten over wat ze hebben geschreven of willen schrijven, maar enkelen daar om de een of andere reden moeite mee hebben.'

'Ik praat er liever niet over, vooral niet over wat ik nu aan het doen ben. Mijn eerste roman voelt oud en gedateerd, doordat het al jaren geleden is dat ik hem schreef. In allerlei opzichten is het een vloek als je werk op zo jonge leeftijd al wordt uitgegeven. Dan zijn de verwachtingen hooggespannen, ligt er druk op en wacht de literaire wereld op nog zo'n geweldig boek. Maar wanneer er een paar jaar zijn verstreken zonder dat er een nieuw boek is verschenen, wordt de veelbelovende auteur snel vergeten. Na *October Rain* adviseerde mijn eerste agent me snel een tweede roman te publiceren. Ze zei dat de recensenten heel positief waren over mijn eerste boek en dus heel negatief zouden zijn over mijn tweede, ongeacht of het goed of slecht was, maar dat ik hoe dan ook moest doorgaan met schrijven zodat de eerste druk eraf was. Waarschijnlijk een goed advies, maar het probleem was dat ik geen tweede roman hád. En ik ben dus nog steeds op zoek.'

'Waarnaar?'

'Een verhaal.'

'De meeste auteurs zeggen dat de personages eerst komen. Zodra ze die hebben, vinden ze op de een of andere manier wel een plot. Jij niet?'

'Nog niet.'

'Wat heeft je geïnspireerd tot *October Rain*?'

'Tijdens mijn studie las ik een keer een verhaal over een kind dat werd vermist en nooit is teruggevonden, en over wat dat met die familie deed. Het was een ongelofelijk verdrietig, angstaanjagend verhaal, maar in allerlei opzichten ook prachtig. Ik bleef er maar aan denken, dus leende ik dat verhaal, maakte er fictie van en had de roman in nog geen jaar al af. Nu lijkt het bijna ongelofelijk dat ik zo snel heb gewerkt. Maar toen kon ik niet wachten op de volgende ochtend, de eerste kop koffie en de volgende bladzijde. Nu gebeurt dat dus niet.'

'Dat komt vast nog wel. Je bent op de perfecte locatie om alleen maar te schrijven.'

'We zullen zien. Eerlijk gezegd, Noelle, móét ik gewoon boeken verkopen. Ik wil niet meer lesgeven en ik wil geen baan zoeken. Ik heb zelfs overwogen om onder een pseudoniem detectives te schrijven over een onderwerp dat verkoopt.'

'Daar is niets mis mee. Nadat je wat boeken hebt verkocht kun je schrijven wat je maar wilt.'

'Dat plan begint langzaam vorm te krijgen.'

'Heb je al overwogen hierover met Bruce te praten?'

'Nee. Waarom zou ik dat doen?'

'Hij kent dat wereldje vanuit elke invalshoek. Hij leest alles, kent honderden auteurs en agenten en redacteuren, en zij wenden zich vaak tot hem voor zijn inzicht, niet noodzakelijkerwijs voor zijn advies. Dat geeft hij namelijk nooit, tenzij hem dat wordt gevraagd. Hij mag je graag en bewondert je werk, en zou waarschijnlijk wel iets zeggen waar je iets aan hebt.'

Mercer haalde haar schouders op alsof dat misschien een goed idee was, maar toen ging de winkeldeur open en zei Noelle: 'Neem me niet kwalijk, maar misschien heb ik een klant.' Ze stond op en verdween. Mercer bleef even zitten, nam slokjes van haar thee en voelde zich een bedriegster. Ze was hier niet om een meubelstuk te kopen of om te praten over schrijven of om net te doen alsof ze zo'n eenzame, wanhopige auteur was die vrienden wilde maken. Nee, ze was hier om op zoek te gaan naar informatie voor Elaine die dat misschien ooit tegen Noelle en Bruce kon gebruiken. Er ging een felle pijnscheut door haar maag en ze voelde zich beroerd. Ze liet het over zich heen komen, wachtte tot het voorbij was, stond op en vermande zich. Ze liep naar de winkel waar Noelle een klant hielp die serieuze belangstelling leek te hebben voor een ladekast. 'Ik moet ervandoor,' zei Mercer.

'Natuurlijk,' zei Noelle bijna fluisterend. 'Bruce en ik zouden het heel fijn vinden als je gauw eens komt eten.'

'Wat leuk. Ik heb de rest van de zomer geen afspraken.'

'Ik bel je.'

2

Later die middag zocht Noelle net een goed plekje voor een aantal aardewerken potjes toen een goedgekleed stel van in de veertig haar winkel binnenkwam. Ze zag meteen dat ze veel rijker waren dan de gemiddelde toeristen die even binnen kwamen lopen, lang genoeg rondneusden om te zien hoe duur alles was en vervolgens met lege handen vertrokken.

Ze stelden zichzelf voor als Luke en Carol Massey uit Houston en vertelden dat ze een paar dagen in het Ritz verbleven en dat dit hun eerste bezoek aan het eiland was. Ze hadden van de winkel gehoord en zelfs de website gezien. Ze vielen meteen op een eettafel met een betegeld blad die honderd jaar oud was en op dat moment het duurste object in de winkel was. Luke vroeg om een meetlint en Noelle gaf hem dat. Ze namen de verschillende maten van de tafel op en mompelden dat hij perfect zou zijn voor de eetkamer in hun gastenhuis. Luke rolde zijn mouwen op en Carol vroeg of ze foto's mocht maken. Natuurlijk, zei Noelle. Ze namen ook de maten op van de ladekasten en twee grote kledingkasten, en stelden ondertussen intelligente vragen over het hout, de afwerking en de geschiedenis. Ze lieten een nieuw huis bouwen in Houston en wilden dat het eruitzag als en de sfeer uitstraalde van een Provençaalse boerderij, net zo'n boerderij als waar ze het vorige jaar vakantie hadden gevierd vlak bij het dorp Roussillon in de Vaucluse. Hoe langer ze bleven, hoe gecharmeerder ze raakten van zo ongeveer alles wat Noelle in de winkel had staan. Ze nam hen mee naar boven naar de duurdere meubels, waar ze nog meer belangstelling voor hadden. Tegen vijven waren ze een uur in de winkel geweest; Noelle maakte een fles champagne open en schonk drie glazen vol. Terwijl Luke de maten opnam van een leren chaise longue en Carol foto's maakte, verontschuldigde Noelle zich om naar de winkel beneden te gaan. Nadat twee kijkers waren vertrokken, deed ze de winkeldeur op slot en liep terug naar de rijke Texanen.

Ze gingen aan een oude toonbank zitten en kwamen tot zaken. Luke stelde vragen over de verzending en opslag. Hun nieuwe huis zou op z'n vroegst over zes maanden klaar zijn, zodat ze nu een pakhuis gebruikten om meubels en andere spullen op te slaan. Noelle verzekerde hun dat ze in het hele land bezorgde, zodat dat dus geen enkel probleem was. Carol somde de dingen op die ze op dat moment wilden kopen, waaronder de schrijftafel. Noelle zei nee en vertelde dat ze die vasthield voor iemand anders, maar dat ze algauw weer naar de Provence ging en dan probleemloos een andere zou vinden. Ze gingen naar haar kantoor beneden, waar Noelle nog meer champagne inschonk en de rekening opmaakte. Het totaalbedrag was honderdzestigduizend dollar, een bedrag waar ze niet van schrokken. Over de prijs onderhandelen was heel gebruikelijk, maar daar hadden de Masseys geen behoefte aan. Luke legde een zwarte creditcard neer, alsof het om een klein bedrag ging, en Carol ondertekende de bestelling.

Bij de deur omhelsden ze haar als oude vrienden en zeiden dat ze de volgende dag misschien terugkwamen. Na hun vertrek probeerde Noelle zich te herinneren of ze ooit eerder zo'n grote verkoop had gedaan, maar dat was niet zo.

De volgende dag om vijf over tien kwamen Luke en Carol terug met een brede glimlach en vol energie. Ze zeiden dat ze de halve nacht de foto's hadden bekeken en de meubels in gedachten al heen en weer schoven in hun in aanbouw zijnde huis en dat ze, nou ja, nog meer meubels wilden kopen. Hun architect had de bouwtekeningen gemaild van de onderste twee verdiepingen en daarop hadden ze geschetst waar ze Noelles meubels wilden plaatsen. Noelle zag meteen dat het huis zo'n 1.750 vierkante meter groot was. Ze gingen naar boven, waren de hele ochtend bezig met het opmeten van bedden, tafels, stoelen en kledingkasten, en kochten zo ongeveer haar hele winkel leeg. De rekening voor de tweede dag bedroeg ruim driehonderdduizend dollar, en alweer haalde Luke de zwarte creditcard tevoorschijn. Tegen lunchtijd sloot Noelle de winkel en nam hen mee naar een populaire bistro om de hoek.

Terwijl zij zaten te lunchen controleerde haar advocaat of de creditcard geldig was en liet Noelle weten dat de Masseys konden kopen wat ze maar wilden. Hij verdiepte zich ook in hun achtergrond, maar vond weinig. Wat gaf het ook? Als de zwarte kaart werkte, maakte het immers niet uit waar het geld vandaan kwam?

Tijdens de lunch vroeg Carol aan Noelle: 'Wanneer krijg je weer nieuwe spullen?'

Noelle zei lachend: 'Nou, eerder dan gepland. Ik was van plan om begin augustus weer naar Frankrijk te gaan, maar nu ik niets meer heb om te verkopen moet ik dat vervroegen.'

Carol keek naar Luke die om onduidelijke redenen een beetje schaapachtig zat te grijnzen. Hij zei: 'We vroegen ons af of we je daar misschien kunnen ontmoeten om daar samen te gaan shoppen.'

Carol zei: 'We zijn gek op de Provence en zouden het geweldig vinden om samen met jou op antiekjacht te gaan.'

Luke zei: 'We hebben geen kinderen en zijn gek op reizen, vooral naar Frankrijk, en we vinden deze antieke meubels echt prachtig. We zijn zelfs op zoek naar een nieuwe binnenhuisarchitect die ons kan helpen met de vloeren en het behang.'

Noelle zei: 'Nou, toevallig ken ik iedereen in die wereld. Wanneer willen jullie gaan?'

De Masseys keken elkaar aan alsof ze zich hun drukke agenda's probeerden te herinneren. Luke zei: 'Over twee weken zijn we voor zaken in Londen. Daarna zouden we met je kunnen afspreken in de Provence.'

'Of is dat te snel?' vroeg Carol.

Noelle dacht even na en zei: 'Dat red ik wel. Ik ga een paar keer per jaar en heb zelfs een appartement in Avignon.'

'Geweldig!' zei Carol opgewonden. 'Dat wordt een heus avontuur. Ik zie het al helemaal voor me dat ons huis straks vol staat met spullen die we zelf in de Provence hebben gevonden.'

Luke hief zijn wijnglas en zei: 'Op de antiekjacht in het zuiden van Frankrijk.'

3

Twee dagen later werd de eerste vrachtwagen volgeladen met het grootste deel van Noelles voorraad. De vrachtwagen reed van Camino Island naar een pakhuis in Houston, waar ongeveer honderd vierkante meter opslagruimte was verhuurd aan Luke en Carol Massey, hoewel de rekening uiteindelijk op het bureau van Elaine Shelby zou belanden.

Over een paar maanden, nadat het project al dan niet met succes was afgerond, zou het fraaie antiek langzaam weer op de markt worden gebracht.

4

Toen het donker begon te worden, ging Mercer naar het strand en liep in zuidelijke richting langs het water. De Nelsons, die vier huizen verder naar het zuiden woonden, maakten even een praatje met haar terwijl hun hondje aan haar enkels snuffelde. Ze waren in de zeventig en liepen hand in hand over het strand. Ze waren heel aardig, nieuwsgierig bijna, en hadden de reden voor Mercers vakantie al ontdekt. 'Succes met schrijven,' zei meneer Nelson toen ze afscheid namen. Een paar minuten later werd Mercer aangehouden door mevrouw Alderman, van acht huizen verder naar het noorden, die haar beide poedels uitliet en altijd wanhopig op zoek leek naar menselijk contact. Mercer zelf was niet wanhopig, maar genoot wel van het buurtje. Toen ze bijna bij de pier was, verliet ze het water en liep ze naar een plankenpad.

Elaine was weer in de stad en wilde haar zien. Ze wachtte op Mercer op het binnenplaatsje voor het appartement dat ze voor de duur van de operatie had gehuurd. Mercer was daar al een keer geweest en had toen alleen Elaine gezien. Als er nog anderen betrokken waren bij de surveillance, of als iemand haar schaduwde, was ze zich daar niet van bewust. Elaine had zich op de vlakte gehouden toen ze haar daarnaar vroeg. Ze liepen naar de keuken en Elaine vroeg: 'Wil je iets drinken?'

'Water graag.'

'Heb je al gegeten?'

'Nee.'

'Nou, dan kunnen we wel een pizza bestellen, of sushi of chinees. Wat wil je?'

'Ik heb niet echt honger.'

'Ik ook niet. Laten we hier gaan zitten,' zei Elaine en ze wees naar een ontbijttafeltje tussen de keuken en de woonkamer. Ze trok de koelkast open en haalde er twee flesjes water uit. Mercer ging zitten en keek om zich heen. 'Logeer je hier?' vroeg ze.

'Ja, twee nachten.' Elaine ging tegenover haar zitten.

'Alleen?'

'Ja. Sinds vandaag is er verder niemand op het eiland. We komen en gaan.'

Mercer vroeg bijna wie 'we' waren, maar liet het rusten.

Elaine zei: 'Je hebt Noelles winkel dus gezien.'

Mercer knikte. Ze had haar avondmail opzettelijk vaag gehouden.

'Vertel me daar eens wat meer over. Beschrijf de indeling.'

Mercer vertelde over elke kamer, boven en beneden, en voegde zo veel mogelijk details toe.

Elaine luisterde aandachtig, maar maakte geen aantekeningen. Het was wel duidelijk dat ze al veel over de winkel wist. 'Is er een kelder?' vroeg Elaine.

'Ja, dat heeft Noelle wel even aangestipt; ze zei dat ze daar een atelier had, maar voelde kennelijk niet de behoefte me dat te laten zien.'

'Ze houdt de schrijftafel voor je vast. We hebben geprobeerd hem te kopen, maar zij zei dat-ie niet te koop was. Op een bepaald moment koop je hem, maar dan wil je misschien dat hij in een andere kleur wordt geschilderd. Het kan zijn dat ze dat in de kelder doet, en dan wil je daar misschien even naartoe om een staaltje van de nieuwe kleur te zien. We willen echt dat je een kijkje in de kelder neemt, omdat die naast de kelder van de boekhandel is.'

'Wie heeft geprobeerd hem te kopen?'

'Wij. De goede kant, Mercer. Je bent niet alleen.'

'Waarom stelt dat me niet gerust?'

'Je wordt niet in de gaten gehouden. We komen en gaan, zoals ik al zei.'

'Oké. Stel dat ik in haar kelder kom. Wat dan?'

'Kijk, observeer, neem alles in je op. Als we geluk hebben is er een deur die naar de boekhandel leidt.'

'Dat betwijfel ik.'

'Ik ook, maar we moeten het zeker weten. Is de tussenmuur van beton, baksteen of hout? Misschien moeten we er op een dag of een nacht doorheen. Hangen er bewakingscamera's in de winkel?'

'Twee, een is gericht op de voordeur en de andere hangt achterin, boven het keukentje. Er zouden er meer kunnen zijn, maar die heb ik niet gezien. Niet een op de eerste verdieping, maar ik weet zeker dat je dat al weet.'

'Ja, maar in dit werk controleren we alles driedubbel en blijven we informatie verzamelen. Hoe wordt de voordeur afgesloten?'

'Nachtslot, met een sleutel. Niets bijzonders.'

'Heb je een achterdeur gezien?'

'Nee, maar ik ben niet helemaal achterin geweest. Ik heb het idee dat daar nog meer kamers zijn.'

'Aan de oostkant is de boekhandel. Aan de westkant is een makelaar. Heb je een tussendeur gezien?'

'Nee.'

'Goed gedaan. Je bent er nu drie weken, Mercer, en je bent er op een fantastische manier in geslaagd hun wereldje binnen te dringen zonder argwaan te wekken, je hebt de juiste mensen leren kennen en iedereen gezien die je kunt zien. We zijn heel blij met je werk, maar nu willen we iets laten gebeuren.'

'Ik weet wel zeker dat je al iets bedacht hebt.'

'Inderdaad.' Elaine liep naar de bank, pakte drie boeken en legde ze op de tafel. 'Dit is het verhaal. Tessa verliet Memphis in 1985 om hier te gaan wonen. Zoals we weten, stond in haar testament dat haar bezittingen evenredig onder haar drie kinderen werden verdeeld. Er stond een bepaling in waardoor je twintigduizend dollar erfde voor je studie. Ze had zes andere kleinkinderen: Connie, die lui van Holstead in Californië en Janes enige kind Sarah. Jij was de enige die een specifiek legaat kreeg.'

'Ik was de enige van wie ze echt hield.'

'Juist. Dit is ons nieuwe verhaal: nadat Tessa was overleden, hebben jij en Connie haar persoonlijke bezittingen bekeken, al die kleine dingen die niet in het testament werden genoemd. Jullie besloten alles te verdelen, een paar kleren, wat oude foto's, misschien een goedkoop kunstwerk, dat soort dingen. Bedenk zelf maar welke fictie je wilt. Toen kreeg jij ook een doos met boeken, voornamelijk de kinderboeken die Tessa in de loop der jaren voor jou had gekocht. Maar onderin lagen deze drie boeken, allemaal eerste drukken van de openbare bibliotheek in Memphis, allemaal in 1985 door Tessa geleend. Toen Tessa naar het strand verhuisde, heeft ze deze drie boeken bewust of onbewust meegenomen. Dertig jaar later heb jij ze.'

'Zijn ze kostbaar?'

'Ja en nee. Kijk maar naar het boek dat bovenop ligt.'

Mercer pakte het boek: *The Convict* van James Lee Burke. Het leek in uitstekende conditie, het stofomslag was onbeschadigd en geplastificeerd. Mercer sloeg het boek open, bladerde naar de copyrightpagina en zag de woorden 'Eerste druk'.

Elaine zei: 'Zoals je misschien wel weet, is dit een verzameling korte verhalen van Burke die in 1985 heel veel aandacht heeft gekregen. De recensenten vonden het geweldig en het boek werd goed verkocht.'

'Hoeveel is het waard?'

'We hebben hem vorige week gekocht voor vijfduizend dollar. De eerste oplage was klein, en er zijn er niet veel meer verkrijgbaar. Op de achterkant van het stofomslag zie je een barcode. Die gebruikte de bibliotheek in Memphis in 1985, dus is het boek vrijwel ongemerkt. Natuurlijk hebben we die barcode er zelf op aangebracht en ik ben ervan overtuigd dat Cable iemand in deze wereld kent die de code ook weer kan verwijderen. Zo moeilijk is dat niet.'

'Vijfduizend dollar,' herhaalde Mercer alsof ze een goudbaar vasthield.

'Ja, en afkomstig van een handelaar van naam. Het plan is dat jij dit boek noemt tegenover Cable. Vertel hem dit verhaal, maar laat hem het boek niet zien. In elk geval niet meteen. Zeg dat je niet weet wat je moet doen, omdat Tessa dit boek kennelijk heeft meegenomen terwijl ze daar feitelijk niet het recht toe had. Daarna nam jij hem mee, buiten de erfenis om, zodat jij er ook geen recht op hebt. Dit boek is eigendom van de bibliotheek in Memphis, maar wie maakt zich daar nog druk over na dertig jaar? En jij hebt dat geld natuurlijk nodig.'

'Dus we doen alsof Tessa een dief was?'

'Dit is fictie, Mercer.'

'Ik weet niet zeker of ik mijn overleden oma wel in diskrediet wil brengen.'

'Overleden, daar gaat het om, Mercer. Tessa is al elf jaar dood en ze heeft niets gestolen. De fictie die jij aan Cable vertelt komt alleen hem ter ore.'

Langzaam pakte Mercer het tweede boek: *Blood Meridian* van Cormac McCarthy, uitgegeven door Random House in 1985, een eerste druk met een glanzend stofomslag. 'Wat is deze waard?' vroeg ze.

'Daar hebben we een paar weken geleden vierduizend dollar voor betaald.'

Mercer legde het boek neer en pakte het derde boek: *Lonesome Dove* van Larry McMurtry, uitgegeven door Simon & Schuster, ook in 1985. Het boek was kennelijk vaak uitgeleend, ook al was het stofomslag onbeschadigd.

'Die is een beetje anders,' zei Elaine. 'Simon & Schuster verwachtte veel exemplaren te verkopen en de eerste druk had een oplage van zo'n veertigduizend stuks. Er zijn dus een heleboel eerste drukken in handen van verzamelaars, wat de waarde natuurlijk vermindert. We hebben vijfhonderd dollar betaald, maar er daarna een nieuw stofomslag omheen gedaan om de waarde te verdubbelen.'

'Het stofomslag is dus een vervalsing?' vroeg Mercer.

'Ja, dat gebeurt heel veel in deze wereld, in elk geval door oplichters. Een perfect vervalst stofomslag kan de waarde enorm verhogen en wij vonden een goede vervalser.'

Weer viel Mercer het woord 'wij' op, en ze had bewondering voor de omvang van deze operatie. Ze legde het boek neer en nam een slok water. 'Dus het plan is dat ik deze uiteindelijk aan Cable verkoop? Zo ja, dan ben ik niet echt weg van het idee vervalsingen te verkopen.'

'Het plan, Mercer, is dat je deze boeken gebruikt als middel om dichter bij Cable te komen. Begin door alleen over de boeken te praten, zeg dat je niet weet wat je ermee moet, dat het moreel onjuist is om ze te verkopen, omdat ze niet echt van jou zijn. Uiteindelijk laat je hem er een of twee zien en wacht je af hoe hij reageert. Misschien laat hij je dan zijn eigen verzameling in de kelder zien of de kluis of wat hij daarbeneden ook maar heeft. Wie weet hoe dat gesprek verloopt. Wat wij willen, Mercer, is dat jij een plaats krijgt in zijn wereld. Misschien grijpt hij meteen de kans om *The Convict* of *Blood Meridian* te kopen, of misschien heeft hij ze al in zijn verzameling. Als we hem goed hebben ingeschat, vindt hij het waarschijnlijk wel leuk dat er een luchtje aan die boeken zit en wil hij ze daarom kopen. We zullen moeten afwachten hoe eerlijk hij tegen je is. We weten wat deze boeken waard zijn. Zal hij je een veel te laag bod doen? Wie weet? Het geld is niet belangrijk, waar het echt om gaat is dat je een klein beetje deel gaat uitmaken van zijn schimmige zaken.'

'Dit bevalt me niets.'

'Het stelt niets voor, Mercer, en het is allemaal fictie. Deze boeken zijn legaal door ons gekocht. Als hij ze koopt, krijgen wij ons geld terug, en als hij ze doorverkoopt, krijgt hij zijn geld terug. Er is niets verkeerds of onethisch aan dat plan.'

'Oké, maar ik vraag me af of ik dat spelletje wel op een geloofwaardige manier kan meespelen.'

'Kom op, Mercer. Je leeft in een wereld vol fictie. Creëer gewoon nog wat meer.'

'Fictie verkoopt niet echt goed tegenwoordig.'

'Het spijt me dat te horen.'

Mercer haalde haar schouders op en nam nog een slok water. Ze keek naar de boeken, terwijl ze in gedachten verschillende scenario's afspeelde. Ten slotte vroeg ze: 'Wat kan er misgaan?'

'Ik neem aan dat Cable contact zou kunnen opnemen met de bibliotheek in Memphis om navraag te doen. Ze hebben echter een enorm bestand en hij zou er niets mee opschieten. Er zijn inmiddels dertig jaar verstreken en alles is veranderd. Ze raken ongeveer duizend boeken per jaar kwijt aan mensen die ze gewoon niet terugbrengen en omdat het een gewone bibliotheek is, vinden ze het niet heel belangrijk om erachteraan te gaan. Bovendien leende Tessa veel boeken.'

'We gingen elke week naar de bibliotheek.'

'Het verhaal zal wel standhouden. Hij kan de waarheid onmogelijk weten.'

Mercer pakte *Lonesome Dove* en vroeg: 'Stel dat hij ziet dat dit stofomslag vervalst is?'

'Daar hebben we over nagedacht en we twijfelden nog of we hem wel wilden gebruiken. Vorige week hebben we het boek aan een paar oude handelaren laten zien, mannen die alles al hebben gezien, en ze zagen geen van allen dat het een vervalsing was. Maar je hebt gelijk, misschien moeten we dat risico niet nemen. Begin met de eerste twee, maar laat hem wachten. Stel het uit, alsof je twijfelt aan wat juist is, omdat het voor jou een moreel dilemma is. En dan wachten we af wat hij je adviseert.'

Mercer vertrok met de boeken in een linnen tas en liep weer naar het strand. De oceaan was vlak en het was nog steeds eb. Het strand werd verlicht door de vollemaan. Mercer hoorde stemmen die steeds luider werden; links van haar, en halverwege de duinen, zag ze een jong stel dat op een badhanddoek lag te vrijen, hun gefluisterde woorden afgewisseld door genietend gezucht en gekreun. Ze bleef bijna staan om te kijken tot het afgelopen was, tot en met de laatste stoot, maar ze dwong zichzelf rustig door te lopen terwijl ze alles zo lang mogelijk volgde. Ze was jaloers. Hoe lang was het al geleden?

5

Na slechts vijfduizend woorden en drie hoofdstukken kwam er abrupt een einde aan Mercers tweede nieuwe roman. Toen had ze het al helemaal gehad met haar personages en kon ze geen enkele belangstelling meer opbrengen voor de plot. Gefrustreerd, gedeprimeerd en zelfs een beetje kwaad op zichzelf en op het hele proces, trok ze een bikini aan, de kleinste in haar steeds groter wordende verzameling, en ging naar het strand. Het was nog maar tien uur, maar ze had geleerd de middagzon te vermijden. Tussen twaalf en vijf was het gewoon te heet om buiten te zijn, en het maakte niet uit of je dan in het water was of niet. Haar huid was al voldoende verkleurd en bovendien durfde ze niet te lang in de hete middagzon te blijven. Tien uur was ook ongeveer het tijdstip waarop er een jogger langskwam, een onbekende man die ongeveer even oud was als zij. Hij rende op blote voeten langs het water, terwijl zijn lange slanke lichaam glinsterde van het zweet. Hij was duidelijk een atleet, met een superplatte buik en perfecte bicepsen en kuiten. Hij liep met een ontspannen, soepele tred en ze dacht echt dat hij iets langzamer leek te rennen wanneer hij haar zag. De vorige week hadden ze minstens twee keer oogcontact gemaakt, en Mercer wist zeker dat ze de volgende keer hallo zouden zeggen.

Ze zette haar parasol en klapstoel neer en smeerde zichzelf in met zonnebrandcrème, terwijl ze naar het zuiden keek of ze iets zag bewegen. Hij kwam altijd uit het zuiden, van de kant van het Ritz en de chique appartementen. Ze vouwde haar strandlaken open en ging in de zon liggen. Ze zette haar zonnebril en strooien hoed op en wachtte. Zoals altijd op doordeweekse dagen was het strand bijna verlaten. Ze hoopte dat ze hem al van een afstand zag aankomen en wilde dan nonchalant naar het water lopen, zo getimed dat ze hem tegenkwam. Ze zou ontspannen goedemorgen tegen hem zeggen, net als ieder ander op dit vriendelijke strand. Ze leunde op haar ellebogen en terwijl ze wachtte probeerde ze zichzelf niet te beschouwen als de zoveelste mislukte auteur. De vijfduizend woorden die ze zojuist had gewist, was de ergste rotzooi die ze ooit had geschreven.

Hij was hier al minstens tien dagen, te lang voor een verblijf in een hotel. Misschien had hij een maand een appartement gehuurd.

Ze had geen idee wat ze nu moest gaan schrijven.

Hij was altijd alleen, maar te ver bij haar vandaan om te kunnen zien of hij een trouwring droeg.

Na vijf jaren van oninteressante personages, suffe teksten en ideeën die zo slecht waren dat zij ze zelfs niet goed vond, was ze ervan overtuigd dat ze nooit meer een roman zou afmaken.

Haar telefoon ging en Bruce begon met: 'Ik hoop dat ik het genie niet stoor tijdens haar werk.'

‘Nee hoor,’ zei ze. Sterker nog, ik lig bijna naakt op het strand met het plan een onbekende te verleiden. ‘Ik pauzeer net even,’ zei ze.

‘Mooi. Luister, we hebben vanmiddag een signeersessie en ik maak me een beetje zorgen over het aantal bezoekers. Het is een onbekende auteur met een debuutroman die niet erg goed is.’

Hoe ziet hij eruit? Hoe oud is hij? Hetero of gay? Maar ze zei: ‘Dus zo verkoop jij boeken, je ronselt je auteurs om je te komen redden.’

‘Zeker weten. En Noelle geeft een lastminutedinertje bij ons thuis, ter ere van hem natuurlijk. Alleen wij, jij, hij en Myra en Leigh. Het wordt vast gezellig. Kom je?’

‘Even in mijn agenda kijken... Ja hoor, ik ben vrij. Hoe laat?’

‘Zes uur, gevolgd door het diner.’

‘Vrijetijdskleding?’

‘Wat denk je zelf? Je bent aan het strand. Alles mag, zelfs schoenen zijn optioneel.’

Om elf uur was het zand gloeiend heet door de zon en het briesje was inmiddels naar elders vertrokken. En kennelijk was het te heet om hard te lopen.

6

De auteur heette Randall Zalinski, en een korte zoektocht op internet onthulde maar weinig. Zijn korte biografie was met opzet vaag gehouden en wekte de indruk dat zijn loopbaan in ‘de duistere wereld van de spionage’ hem een zeldzaam kijkje had gegeven in allerlei vormen van terrorisme en internetcriminaliteit. Zijn roman ging over een toekomstige confrontatie tussen de VS, Rusland en China. Mercer vond de samenvatting van twee paragrafen belachelijk opgeklopt en zelfs saai. Op zijn bewerkte foto stond een blanke man van begin veertig, er werd niets gezegd over een echtgenote of gezin en hij woonde in Michigan waar hij natuurlijk al aan een nieuwe roman werkte.

Dit werd de derde keer dat Mercer naar een signeersessie in Bay Books ging. De eerste twee hadden pijnlijke herinneringen opgeroepen aan haar afgebroken tournee zeven jaar eerder, en ze had zich voorgenomen er niet meer naartoe te gaan of dat in elk geval te proberen. Maar dat kon weleens moeilijk worden. Een signeersessie was een goede reden om naar de boekwinkel te gaan, iets wat ze moest doen en wat Elaine dringend had geadviseerd. Bovendien kon ze moeilijk tegen Bruce zeggen dat ze het te druk had om auteurs die op tournee waren te steunen, vooral als hij haar persoonlijk uitnodigde.

Myra had gelijk gehad: de winkel had een trouwe groep fans en Bruce Cable kon een heleboel mensen bij elkaar krijgen. Toen Mercer binnenkwam, liepen een stuk of veertig getrouwen boven rond, in de buurt van het café. Voor deze gelegenheid waren de tafels en stellingen achteruitgeschoven om een open ruimte te creëren met stoelen die dicht op elkaar rondom een kleine verhoging stonden.

Om zes uur nam iedereen plaats en begon te kletsen. De meesten dronken goedkope wijn uit een plastic bekertje en iedereen leek ontspannen en blij hier te zijn. Myra en Leigh zaten op de eerste rij, een paar centimeter bij het podium vandaan, alsof de beste stoelen altijd voor hen waren gereserveerd. Myra lachte en kakelde en praatte tegen ten minste drie mensen tegelijk, terwijl Leigh stilletjes naast haar zat en grinnikte als dat gepast was. Mercer stond een beetje opzij, tegen een plank geleund, alsof ze hier eigenlijk niet bij hoorde. De meeste aanwezigen waren grijs en gepensioneerd, en ze realiseerde zich nogmaals dat zij de jongste was. De sfeer was hartelijk en behaaglijk nu een groep liefhebbers van boeken bij elkaar kwam om van een nieuwe auteur te genieten.

Mercer moest toegeven dat ze jaloers was. Als zij er verdorie eindelijk eens in slaagde een boek af te maken, kon zij ook op tournee gaan en bewonderaars aantrekken. Maar ze dacht ook meteen weer aan haar tournee, hoe kort die ook was geweest. Daardoor voelde ze grote waardering voor winkels als Bay Books en mensen als Bruce Cable, die zeldzame boekhandelaren die hard werkten om een groep trouwe bezoekers aan zich te binden.

Bruce Cable stapte het podium op, verwelkomde zijn klanten en begon aan een levendige en krachtige introductie van Randy Zalinski. Diens jaren in de 'wereld van de inlichtingendiensten' hadden hem zeldzame inkijkjes gegeven in de onzichtbare gevaren die achter elke hoek scholen, enzovoorts.

Zalinski leek meer op een spion dan op een auteur. In plaats van de gebruikelijke verbleekte spijkerbroek en het gekreukelde colbertje droeg hij een keurig donker pak met wit overhemd, maar zonder stropdas. Zijn zongebruinde en knappe gezicht was gladgeschoren. En hij droeg geen trouwring. Hij praatte een halfuur uit de losse pols en vertelde angstaanjagende verhalen over toekomstige internetoorlogen en zei dat de VS zich in een uiterst nadelige positie bevond ten opzichte van zijn vijanden, de Russen en de Chinezen. Mercer vermoedde dat ze tijdens het dinertje dezelfde verhalen zou horen.

Hij bleek in zijn eentje op tournee te zijn en terwijl Mercer zich afsloot voor zijn verhaal besloot ze dat de man wel iets had, hoewel hij helaas maar één nacht zou blijven. Ze dacht ook aan de roddels over Bruce, dat hij jongere vrouwelijke auteurs verleidde en over Noelle, die datzelfde deed met de mannen. De schrijverskamer in hun toren werd kennelijk gebruikt voor de logees, maar nu Mercer hen had leren kennen, kon ze dat maar moeilijk geloven.

Het publiek applaudisseerde toen Zalinski klaar was en daarna ging iedereen in de rij staan voor een tafel waarop stapels van zijn boeken lagen. Mercer wilde liever geen boek kopen en had ook geen zin het te lezen, maar ze had niet veel keus. Ze herinnerde zich hoe gefrustreerd ze zelf was geweest toen zij aan zo'n tafel zat en wanhopig wenste dat iemand een boek kocht. Bovendien zou ze de komende drie uur met de auteur doorbrengen. Ze voelde zich dus verplicht en wachtte geduldig terwijl de rij opschoof. Toen Myra haar zag, begon ze met haar te praten. Ze stelden zich voor aan Zalinski die zijn handtekening in hun exemplaar zette.

Terwijl ze naar beneden liepen, mompelde Myra, bijna te luid: 'Dertig dollar weggegooid, terwijl ik er geen woord van zal lezen.'

Mercer grinnikte en zei: 'Ik zit in hetzelfde schuitje, maar we hebben onze boekhandelaar blij gemaakt.'

Bruce stond bij de toonbank en fluisterde tegen hen: 'Noelle is thuis. Waarom gaan jullie niet alvast naar haar toe?'

Mercer, Myra en Leigh verlieten de winkel en liepen naar Marchbanks House, vier straten verderop. 'Ben je er al eens geweest?' vroeg Myra.

'Nee, maar ik heb het boek gezien.'

'Nou, dan zul je aangenaam verrast worden, en Noelle is de perfecte gastvrouw.'

7

Het huis leek precies op Noelles winkel. Het stond vol rustieke landelijke meubels en was prachtig afgewerkt. Noelle gaf een korte rondleiding op de benedenverdieping, maar haastte zich toen naar de keuken om iets te checken wat in de oven stond. Myra, Leigh en Mercer namen hun drankje mee naar de achterveranda en vonden een koeler plekje onder een wankele ventilator. Het was een klamme avond en Noelle had hun verteld dat ze binnen zouden eten.

Het diner nam een onverwachte wending toen Bruce thuiskwam, alleen. Hij vertelde dat Zalinski een migraineaanval had. Randy verontschuldigde zich, maar hij moest gaan liggen in zijn donkere hotelkamer. Zodra Bruce zichzelf iets te drinken had ingeschonken, ging Myra in de aanval. 'Ik wil mijn dertig dollar graag terug,' zei ze, terwijl niet duidelijk was of ze een grapje maakte. 'Zelfs als mijn leven ervan afhing, zou ik zijn boek niet lezen.'

'Pas maar op,' zei Bruce. 'Als mijn winkeltje aan restituties deed, was je me een vermogen verschuldigd.'

'Dus elke verkoop is definitief?' vroeg Mercer.

'Als je dat maar weet.'

Myra zei: 'Nou, als je ons dan toch dwingt die boeken te kopen, zorg er dan alsjeblieft voor dat er goede auteurs naar je winkel komen.'

Bruce glimlachte en keek Mercer aan. 'Dit gesprek voeren we ten minste drie keer per jaar. Myra, de koningin van de rotzooi, veroordeelt zo ongeveer iedere andere commerciële auteur.'

'Niet waar!' snauwde Myra. 'Ik heb gewoon niets met spionage en al dat militaire gedoe. Ik zal dat boek nooit lezen en wil die rommel niet in mijn huis. Voor twintig dollar mag je hem terugkopen.'

'Tut-tut, Myra,' zei Leigh. 'Je zegt altijd dat je van rotzooi houdt.'

Noelle kwam met een glas wijn in de hand naar hen toe. Ze maakte zich zorgen om Zalinski en vroeg of ze een bevriende arts moest bellen. Bruce zei van niet, dat Zalinski een stoere vent was die zichzelf heus wel kon redden. 'Bovendien vond ik hem heel erg saai,' zei Bruce.

'Hoe is zijn boek?' vroeg Mercer.

'Ik heb veel overgeslagen. Te veel technisch gedoe, de auteur wil veel te graag laten zien hoeveel hij weet van technologie en gadgets en het slechte internet. Ik heb het boek een paar keer neergelegd.'

'Nou, ik zal dat boek zeker niet oppakken,' zei Myra lachend. 'En eerlijk gezegd had ik helemaal geen zin in dit etentje.'

Leigh keek Mercer aan en zei: 'Liefje, pas maar op dat je deze lui nooit je rug toekeert.'

Noelle zei: ‘Nu je wel zin hebt in het etentje, kunnen we gaan eten.’

In een brede hal achter in het huis, ergens tussen de veranda en de keuken, had Noelle haar tafel gedekt. Het was een ronde tafel van donker hout die er vreemd modern uitzag. Al het andere was oud, van de antieke stoelen tot het prachtige Franse bestek en de grote aardewerken borden. Ook dit alles leek rechtstreeks uit een van haar boeken te komen, een gedekte tafel die bijna te mooi was om te verstoren met een maaltijd.

Terwijl ze gingen zitten en hun glazen bijschonken zei Mercer: ‘Noelle, ik denk dat ik die schrijftafel toch wil kopen.’

‘O, maar hij is voor jou, hoor. Ik moest er een VERKOCHT-bordje op zetten, omdat zoveel mensen hem wilden kopen.’

‘Het kan wel even duren voordat ik het hele bedrag bij elkaar heb, maar ik móét hem gewoon hebben.’

‘Denk je dat die tafel je writer’s block zal opheffen?’ vroeg Myra. ‘Een oude tafel uit Frankrijk?’

‘Wie zegt dat ik een writer’s block heb?’ vroeg Mercer.

‘Hoe wil je het dan noemen als je niets kunt bedenken om over te schrijven?’

‘Een “droogteperiode” misschien?’

‘Bruce? Jij bent de expert.’

Bruce hield een grote slakom vast zodat Leigh zichzelf kon opscheppen en zei: ‘Writer’s block klinkt te dramatisch, ik geef de voorkeur aan droogteperiode. Maar wie ben ik? Jullie zijn degenen die met woorden werken.’

Myra lachte, zomaar, en riep: ‘Leigh, weet je nog dat wij ooit drie boeken per maand schreven? Toen hadden we die slijmbal van een uitgever die ons niet wilde betalen, onze agent zei dat we niet naar een andere uitgeverij konden omdat we die vent drie boeken verschuldigd waren. Dus verzonnen Leigh en ik de drie slechtste plots ooit, echt belachelijk, en daarna heb ik dertig dagen op een rij tien uur per dag op mijn typmachine zitten rammen.’

‘Maar daarna kregen we een geweldig idee voor een boek,’ zei Leigh die de slakom aannam en doorgaf.

Myra zei: ‘Inderdaad. We hadden het beste idee ooit voor een min of meer serieuze roman, maar we hadden geen zin om dat aan die hufter van een uitgever te geven. We moesten eerst onder zijn afschuwelijke contract uitkomen, zodat we een betere uitgever konden zoeken, iemand die inzag dat we een geniaal idee hadden. Dat laatste werkte, maar twee jaar later vlogen die drie afschuwelijke boeken nog steeds als zoete broodjes over de toonbank, terwijl die geweldige roman een flop werd. Moet je nagaan.’

Mercer zei: ‘Maar ik denk wel dat ik hem wil verven, die schrijftafel.’

‘We kunnen wel wat kleuren bekijken,’ zei Noelle, ‘zodat hij perfect in het strandhuis past.’

‘Heb jij het strandhuis gezien?’ vroeg Myra, zogenaamd verbaasd. ‘Wij niet, wanneer mogen wij het zien?’

‘Binnenkort,’ zei Mercer. ‘Dan organiseer ik een etentje.’

‘Vertel hun het goede nieuws, Noelle,’ zei Bruce.

‘Welk goed nieuws?’

‘Doe niet zo bescheiden. Een paar dagen geleden heeft een rijk stel uit Texas Noelles hele voorraad gekocht. De winkel is nu bijna leeg.’

‘Jammer dat ze geen boeken verzamelen,’ zei Leigh.

‘Ik heb de schrijftafel niet verkocht,’ zei Noelle tegen Mercer.

‘En Noelle gaat de winkel een maand sluiten, zodat ze terug kan naar Frankrijk om een nieuwe voorraad in te slaan.’

Noelle zei: ‘Het zijn heel aardige lui, en ze hebben er veel verstand van. Ik heb met hen afgesproken in de Provence om nog meer spullen te kopen.’

‘Dat klinkt echt leuk,’ zei Mercer.

‘Waarom ga je niet met me mee?’ vroeg Noelle.

‘Misschien is dat wel een goed idee,’ zei Myra. ‘Dat zal geen probleem zijn voor je roman.’

'Tut-tut, Myra,' zei Leigh.
'Ben je al eens in de Provence geweest?' vroeg Noelle.
'Nee, maar ik heb het altijd al eens willen zien. Hoe lang blijf je daar?'
Noelle haalde haar schouders op alsof dat niet belangrijk was. 'Een maand of zo.' Ze keek Bruce aan en toen gebeurde er iets tussen hen, alsof ze de uitnodiging aan Mercer niet van tevoren hadden besproken.
Mercer zag dat en zei: 'Ik kan mijn geld maar beter voor die schrijftafel bewaren.'
'Goed idee,' zei Myra. 'Je kunt beter hier blijven en schrijven. Maar je zit natuurlijk niet op mijn goede raad te wachten.'
'Klopt,' zei Leigh zacht.
Ze gaven elkaar een grote schaal met garnalenrisotto en een mandje met brood door.
Nadat Myra een paar happen had genomen, zei ze met haar mond nog vol: 'Ik heb een idee, mag ik? Dit is heel ongebruikelijk en ik heb het nooit eerder gedaan, dus dat is een reden te meer het nu te doen, weet je, onbekend terrein verkennen. We zouden een literaire interventie moeten doen, nu meteen, aan deze tafel. Mercer, je bent hier nu... hoe lang, een maand of zo? En je hebt nog geen woord geschreven dat misschien ooit zal worden verkocht, en eerlijk gezegd heb ik het helemaal gehad met je gezeur en gezanik over dat je niet opschiet met je roman. We begrijpen dus allemaal dat je geen verhaal hebt, en omdat er al, hoe lang, tien jaar geen boek van je is uitgegeven...'
'Eerder vijf jaar.'
'Maakt niet uit. Het is zo duidelijk als wat dat je hulp nodig hebt. Daarom stel ik voor dat wij, jouw nieuwe vrienden, je gaan helpen om een verhaal te vinden. Kijk maar naar alle talent hier aan tafel, ik weet wel zeker dat we je een duwtje in de goede richting kunnen geven.'

Mercer zei: 'Ach, erger kan het niet worden.'

'Dat bedoel ik,' zei Myra. 'Wij willen je dus helpen.' Ze nam een slok bier uit een flesje. 'Goed, ten behoeve van die interventie moeten we een paar dingen van je weten. Het eerste en belangrijkste is dat je moet beslissen of je literaire fictie wilt schrijven, een boek dat je niet eens kunt weggeven, verdomd, een boek dat Bruce niet eens kan verkopen, of iets wilt schrijven wat populairder is. Ik heb je roman en je korte verhalen gelezen, en het verbaast me helemaal niet dat die niet verkochten. Niet boos worden, oké? Dit is immers een interventie, dus moeten we cru zijn. Oké? Kan iedereen zich vinden in cru zijn?'

'Toe maar, hoor,' zei Mercer glimlachend. De rest knikte: we vermaken ons allemaal prima, dus kom maar op.

Myra stak een vork vol sla in haar mond en bleef praten. 'Ik bedoel, je bent een geweldige auteur, meid, ook al schrok ik wel van een paar zinnen - wat een goede zin natuurlijk niet zou mogen doen – maar goed, je kunt verdomd goed schrijven en volgens mij kun je alles schrijven. Dus wat gaat het worden: literaire fictie of populaire fictie?'

'Kan het niet allebei zijn?' vroeg Bruce die intens genoot van dit gesprek.

'Voor een handvol auteurs wel,' antwoordde Myra. 'Maar voor de grote meerderheid is het antwoord nee.' Ze keek Mercer aan en zei: 'Dit is iets waar we al zo'n tien jaar over discussiëren, sinds de dag waarop we elkaar leerden kennen. Maar goed, laten we ervan uitgaan dat je waarschijnlijk niet in staat bent om literaire fictie te schrijven waar de recensenten helemaal enthousiast over zullen zijn en die ook indrukwekkende royalty's zal genereren. En trouwens, niemand hier is jaloers. Ik schrijf niet meer, dus mijn carrière is afgelopen. Ik weet niet zeker wat Leigh tegenwoordig doet, maar zij zal zeker niets uitgeven.'

'Tut-tut, Myra.'

'Dus kunnen we met een gerust hart zeggen dat haar carrière ook voorbij is. En dat vinden we prima. We zijn oud en hebben genoeg geld, dus is er geen competitie. Jij bent jong en getalenteerd, en je hebt een toekomst, áls je maar kunt besluiten wat je wilt schrijven. Vandaar deze interventie. We willen je gewoon helpen. Tussen haakjes, deze risotto is verrukkelijk, Noelle.'

'Moet ik hierop reageren?' vroeg Mercer.

'Nee, het is een interventie. Jij moet hier zitten en naar ons luisteren, terwijl wij je helpen. Bruce, jij eerst: wat zou Mercer moeten schrijven?'

'Ik zou willen beginnen met haar te vragen wat ze leest.'

'Alles van Randy Zalinski,' zei Mercer, waarop iedereen in de lach schoot.

'Die arme man ligt met migraine in bed en wij boren hem de grond in tijdens een dinertje,' zei Myra.

'God sta ons bij,' zei Leigh zacht.

Bruce vroeg: 'Welke drie romans heb je als laatste gelezen?'

Mercer nam een slok wijn en dacht even na. 'Ik vond *The Nightingale* van Kristin Hannah prachtig, en volgens mij is het ook goed verkocht.'

Bruce beaamde dat. 'Inderdaad; hij is nu ook als paperback uitgegeven en verkoopt nog steeds.'

Myra zei: 'Ik vond hem aardig, maar je kunt niet rondkomen als je boeken schrijft over de Holocaust. Bovendien, Mercer, wat weet je over de Holocaust?'

'Ik zei niet dat ik daarover wilde schrijven. Ze heeft twintig boeken geschreven, allemaal anders.'

'Ik vraag me af of je dat literaire fictie kunt noemen,' zei Myra.

'Weet je wel zeker dat je iets als zodanig zou herkennen?' vroeg Leigh grijnzend.

'Was dat een sneer, Leigh?'

'Ja.'

Bruce nam de leiding en vroeg: 'Maar goed, welke andere twee?'

'*A Spool of Blue Thread* van Anne Tyler, een van mijn favorieten, en *LaRose* van Louise Erdrich.'

'Allemaal vrouwen,' zei Bruce.

'Ja, ik lees zelden boeken die door een man zijn geschreven.'

'Interessant, en slim ook, omdat ongeveer zeventig procent van alle romans door vrouwen wordt gekocht.'

'En alle drie verkopen goed?' vroeg Noelle.

'O ja,' zei Bruce. 'Zij schrijven allemaal geweldige boeken die allemaal goed verkopen.'

'Bingo!' zei Mercer. 'Dat is het plan.'

Bruce keek Myra aan en zei: 'Nou, zo zie je maar: een geslaagde interventie.'

'Niet zo snel! Wat vind je van detectives?' vroeg Myra.

'Daar heb ik niets mee,' zei Mercer. 'Zo werken mijn hersenen niet. Ik ben niet slinks genoeg om aanwijzingen te geven en daar later op door te gaan.'

'Spanning? Thrillers?'

'Niet echt. Ik kan geen ingewikkelde plots verzinnen.'

'Spionnen, spionage?'

'Daar ben ik te veel vrouw voor.'

'Horror?'

'Ben je gek? In het donker ben ik al bang voor mijn eigen schaduw.'

'Romantiek?'

'Daar heb ik geen verstand van.'

'Porno?'

'Ik ben nog maagd.'

Bruce zei: 'Porno verkoopt niet meer. Op internet kun je dat allemaal gratis krijgen.'

Myra ademde dramatisch uit en zei: 'Die goeie ouwe tijd. Twintig jaar geleden konden Leigh en ik de bladzijden laten schroeien. Sciencefiction? Fantasy?'

‘Nooit gelezen.’
‘Westerns?’
‘Ik ben bang voor paarden.’
‘Politieke intriges?’
‘Ik ben bang voor politici.’
‘Goed, dat is het dan. Zo te zien moet je historische fictie over getikte families schrijven. Aan het werk dus! Vanaf nu verwachten we dat je vorderingen maakt.’
‘Ik begin morgenochtend meteen,’ zei Mercer. ‘En bedankt.’
‘Graag gedaan,’ zei Myra. ‘En nu we het toch over interventies hebben, heeft iemand Andy Adam gezien? Dat vraag ik omdat ik zijn ex een paar dagen geleden in de supermarkt tegenkwam en ze zei dat het volgens haar niet goed met hem ging.’
‘Je kunt wel zeggen dat hij tegenwoordig niet bepaald nuchter is,’ zei Bruce.
‘Kunnen we hem ergens mee helpen?’
‘Ik zou niet weten waarmee. Op dit moment is Andy alleen maar een zuiplap, en tot hij besluit nuchter te worden blijft hij een zuiplap. Zijn uitgever zal zijn laatste boek waarschijnlijk afwijzen, en dat zal nog meer problemen betekenen. Ik maak me zorgen om hem.’
Mercer keek naar Bruces wijnglas. Elaine had een paar keer gezegd dat hij te veel dronk, maar dat had ze nooit gezien. Tijdens het etentje bij Myra en Leigh, en ook vanavond, nam hij kleine slokjes wijn, schonk hij zichzelf zelden bij en had hij zichzelf uitstekend in de hand.
Nu het onderwerp Andy was afgesloten, besprak Myra het leven van hun andere vrienden. Bob Cobb zat op een zeilboot in de buurt van Aruba. Jay Arklerood zat in zijn eentje in de hut van een vriend in Canada. Amy Slater had het druk met de kinderen, van wie er eentje honkbalde. Bruce werd steeds stiller; hij luisterde aandachtig naar alle roddels, maar vertelde zelf niets.

Noelle leek blij te zijn dat ze een hele maand de hitte in Florida kon ontvluchten. In de Provence was het ook warm, maar niet zo vochtig, vertelde ze. Na het eten vroeg ze Mercer weer of ze mee wilde, misschien niet een hele maand, maar een week of zo? Mercer bedankte haar vriendelijk, maar zei dat ze aan haar roman moest werken en bovendien niet zoveel geld had. En dat ze het geld dat ze had reserveerde voor de schrijftafel.

'Hij is voor jou, liefje,' zei Noelle. 'Ik hou hem voor je vast.'

Myra en Leigh vertrokken om negen uur en gingen te voet naar huis. Mercer hielp Bruce en Noelle in de keuken en slaagde erin voor tien uur afscheid te nemen. Toen ze vertrok, zat Bruce in de woonkamer met een kop koffie een boek te lezen.

8

Twee dagen later liep Mercer naar het centrum en lunchte bij een klein café met een beschaduwde binnenplaats. Daarna kuierde ze door Main Street en zag dat Noelles winkel gesloten was. Op de deur hing een handgeschreven bordje waarop stond dat de eigenaar in Frankrijk op zoek was naar antiek. De schrijftafel stond goed zichtbaar in de etalage, in een verder lege ruimte. Ze ging naar de boekhandel, begroette Bruce en liep naar het café boven, waar ze een latte bestelde die ze meenam naar het balkon met uitzicht op 3rd Street. Zoals ze wel had verwacht, kwam hij haar algauw gezelschap houden.

'Wat brengt je naar het centrum?' vroeg hij.

'Verveling. Alweer een onproductieve dag achter de laptop.'

'Ik dacht dat Myra je writer's block had genezen.'

'Was het maar zo eenvoudig. Heb je een paar minuten, om even te praten?'

Bruce glimlachte en zei natuurlijk. Hij keek om zich heen en zag een stel aan een tafeltje vlakbij, te dichtbij voor een ernstig gesprek. 'Kom mee naar beneden,' zei hij. Ze liep met hem mee naar zijn eerste-drukkenkamer en hij deed de deur achter hen dicht. 'Dit klinkt belangrijk,' zei hij met een hartelijke glimlach.

'Het ligt een beetje gevoelig,' zei ze en ze vertelde hem het verhaal over Tessa's oude boeken, de boeken die ze in 1985 had geleend bij de openbare bibliotheek van Memphis. Mercer had het verhaal wel tien keer geoefend en leek nu oprecht niet te weten wat ze moest doen. Het verbaasde haar niet dat hij genoot van het verhaal en belangstelling had voor de boeken. Volgens hem was er geen enkele reden om contact op te nemen met de bibliotheek in Memphis. Natuurlijk zouden ze die boeken daar graag terugkrijgen, maar hun verlies was al tientallen jaren geleden afgeschreven. Bovendien zou de bibliotheek niet weten wat de werkelijke waarde was. 'Zij zouden ze waarschijnlijk gewoon weer op de plank zetten, zodat een ander ze kan stelen,' zei hij. 'Geloof me, die boeken worden er echt niet beter van; ze zouden beschermd moeten worden.'

'Maar ik heb toch zeker het recht niet om ze te verkopen?'

Hij glimlachte en haalde zijn schouders op alsof het onbelangrijk was. 'Hoe luidt dat oude gezegde ook alweer? Bezit is negen tiende van de wet. Je hebt die boeken al meer dan tien jaar, dus ik zou zeggen dat ze van jou zijn.'

'Ik weet het niet, hoor. Ergens voelt het niet goed.'

'Zijn de boeken in goede conditie?'

'Volgens mij wel. Ik ben natuurlijk geen expert, maar ik ben er voorzichtig mee omgegaan. Sterker nog, ik heb ze amper aangeraakt.'

'Mag ik ze zien?'

'Dat weet ik niet, hoor. Dit is gewoon een eerste stap. Als ik jou die boeken laat zien, zouden we dichter bij een transactie komen.'

'Je kunt ze me toch wel laten zien.'

'Ik weet het niet. Heb jij die titels in je verzameling?'

‘Ja. Ik heb alle boeken van James Lee Burke en van Cormac.’

Mercer keek naar de planken alsof ze ze zocht.

‘Niet hier,’ zei hij, ‘maar beneden, bij de afdeling Zeldzame boeken. Zoute zeelucht en een hoge luchtvochtigheid zijn rampzalig voor boeken, dus bewaar ik de waardevolle boeken in een kluis waar de temperatuur wordt gecontroleerd. Zou je ze willen zien?’

‘Een andere keer misschien,’ zei Mercer, met opzet nonchalant. In werkelijkheid voelde ze zich vreemd onverschillig. ‘Heb je enig idee wat die twee boeken waard kunnen zijn, ik bedoel ongeveer?’

‘Natuurlijk,’ zei hij snel, alsof hij de vraag al had verwacht. Hij draaide een computer naar zich toe, sloeg een paar toetsen aan en keek naar het scherm. ‘De eerste druk van *The Convict* heb ik in 1998 gekocht voor tweeënhalfduizend dollar, dus is de waarde nu waarschijnlijk verdubbeld. Dat hangt allemaal af van de conditie, die ik natuurlijk niet kan bepalen zonder het boek in het echt te hebben zien. In 2003 heb ik er nog eentje gekocht voor drieënhalfduizend dollar.’ Hij bleef scrollen. Mercer kon het scherm niet zien, maar dat leek vol te staan met een uitgebreide verzameling. ‘Ik heb één exemplaar van *Blood Meridian*, een jaar of tien geleden gekocht van een collega-handelaar in San Francisco. Negen jaar om precies te zijn en daar heb ik, even kijken, tweeduizend dollar voor betaald, maar er zat een vlekje op het omslag en het had een paar verouderingsverschijnselen. Niet in beste conditie.’

Nou, dan koop je toch gewoon een vervalst omslag, dacht Mercer; ze wist nu veel meer over die handel. Maar ze slaagde erin blij verheugd te kijken. ‘Meen je dat? Zijn ze zoveel waard?’

‘Geloof me, Mercer, dit is mijn favoriete deel van deze handel. Ik verdien meer geld met de handel in zeldzame boeken dan met de verkoop van nieuwe. Het spijt me als dat een beetje opschepperig klinkt, maar ik ben gek op zeldzame boeken. Als je die boeken wilt verkopen, wil ik je heel graag helpen.'

'Op het omslag staat de barcode van de bibliotheek. Worden ze daardoor niet minder waard?'

'Niet echt. Dat kan wel worden verwijderd, en ik ken iedere restaurateur in dit wereldje.'

En waarschijnlijk iedere vervalser. 'Hoe zal ik ze aan je laten zien?' vroeg ze.

'Stop ze in een tas en neem ze mee hiernaartoe.' Hij zweeg even en draaide zijn stoel naar haar toe. 'Misschien is het nog beter als ik naar jou kom. Ik wil je strandhuis graag zien. Jaren geleden ben ik er een keer langsgereden en ik heb het altijd een van de mooiste huizen aan het strand gevonden.'

'Ik wil ze inderdaad liever niet meeslepen.'

9

De middag sleepte zich voort. Op een bepaald moment kon Mercer de neiging om Elaine te bellen om haar bij te praten niet meer weerstaan. Hun plan ontwikkelde zich sneller dan ze hadden verwacht, en Bruce was er nu rijp voor om zich op de boeken te storten. Dat hij naar het strandhuis zou komen, was bijna te mooi om waar te zijn, in elk geval voor Elaine.

'Waar is Noelle?' vroeg ze.

'Naar Frankrijk vertrokken, volgens mij. Haar winkel is tijdelijk gesloten terwijl zij inkopen doet.'

'Perfect,' zei Elaine. Ze wist al dat Noelle de vorige dag van Jacksonville naar Atlanta was gevlogen, waar ze om 18.10 uur in een vliegtuig van Air France was gestapt voor een rechtstreekse vlucht naar Parijs. Ze was volgens plan om 07.20 uur geland op Orly en daarvandaan om 10.40 uur naar Avignon gevlogen. Hun man ter plaatse was haar gevolgd naar haar appartement aan de rue d'Alger in het oude gedeelte van de stad.

Toen Bruce om een paar minuten over zes bij het strandhuis aankwam, zat Noelle nog laat te dineren met een knappe

Franse heer in La Fourchette, een beroemd restaurantje aan de rue Racine en stond Mercer tussen de luxaflex voor het voorraam te loeren. Bruce was met zijn Porsche-cabriolet, de auto die Mercer bij Marchbanks House had gezien, en hij had zich omgekleed in een beige korte broek en een golfshirt. Hij was drieënveertig, slank, fit en zongebruind, en hoewel ze hem nooit een saai verhaal had horen ophangen over zijn dagelijkse oefeningen, was hij duidelijk goed in vorm. Na twee uitgebreide etentjes wist ze dat hij weinig at en met mate dronk. Datzelfde gold voor Noelle. Goed eten vonden ze belangrijk, maar ze nuttigden het met mate.

Hij had een fles champagne bij zich, wat bewees dat hij geen tijd wilde verspillen. Zijn vrouw/partner was de vorige dag vertrokken en nu al probeerde hij de volgende mogelijke kandidate in te palmen. Dat nam ze tenminste aan.

Mercer opende de voordeur en liet hem het huis zien. Ze had de beide boeken op de ontbijttafel gelegd, waaraan ze haar roman probeerde te schrijven. 'Ik begrijp dat we champagne gaan drinken,' zei ze.

'Dat is gewoon een housewarmingcadeautje, misschien later.'

'Ik leg hem wel in de koelkast.'

Bruce ging aan de tafel zitten en keek als gebiologeerd naar de boeken. 'Mag ik?'

'Natuurlijk. Het zijn immers gewoon oude bibliotheekboeken?' zei ze lachend.

'Niet echt.' Voorzichtig pakte hij *The Convict* op, behoedzaam alsof hij een zeldzaam sieraad in handen had. Zonder het boek open te slaan bekeek hij het omslag: de voorkant, de achterkant en de rug. Hij wreef eroverheen en zei, bijna alsof hij in zichzelf praatte: 'Omslag van de eerste druk, helder van kleur, niet verbleekt, zonder beschadigingen of andere onvolkomenheden.' Langzaam bladerde hij naar de copyrightbladzijde. 'Eerste druk, uitgegeven door LSU Press in januari 1985.'

Hij bladerde verder en sloot het boek weer. 'Een bijzonder fraai exemplaar. Ik ben onder de indruk. Heb je hem gelezen?'

'Nee, maar wel een paar van Burke's mysteries.'

'Ik dacht dat je een voorkeur had voor vrouwelijke auteurs.'

'Dat klopt, maar ik lees niet alleen maar boeken van vrouwelijke auteurs. Ken jij hem?'

'Jazeker, hij is een paar keer in de winkel geweest. Geweldige vent.'

'En jij hebt hier twee van, van de eerste druk?'

'Ja, maar ik ben altijd op zoek naar meer.'

'Wat zou je doen als je hem kocht?'

'Is hij te koop?'

'Misschien. Ik wist niet dat deze twee boeken zoveel geld waard waren.'

'Ik zou hier vijfduizend dollar voor bieden en hem daarna voor twee keer dat bedrag verkopen. Ik heb een paar cliënten, serieuze verzamelaars, en ik ken er twee of drie die dit boek graag aan hun verzameling zouden willen toevoegen. We zouden een paar weken marchanderen: ik zou wat zakken, zij zouden iets meer bieden, maar ik zou de grens trekken bij zevenduizend dollar. Als ik dat niet kan krijgen, leg ik hem vijf jaar in de kelder. Eerste drukken zijn een uitstekende investering, omdat ze daar niet meer van kunnen drukken.'

'Vijfduizend dollar,' herhaalde Mercer, kennelijk verbijsterd.

'Nu meteen.'

'Kan ik proberen meer te krijgen?'

'Natuurlijk, maar hoger dan zes ga ik niet.'

'En niemand zal ooit weten waar hij vandaan komt? Ik bedoel, ze kunnen dat boek niet herleiden naar Tessa en mij?'

Bruce lachte om die vraag. 'Natuurlijk niet. Dit is mijn wereld, Mercer, en ik speel dit spel al twintig jaar. Deze boeken zijn tientallen jaren geleden verdwenen en niemand zal ook maar iets vermoeden. Ik bied ze onderhands aan mijn cliënten aan en dan is iedereen blij.'

'Wordt er niets vastgelegd?'

'Waar dan? Wie zou alle eerste drukken in het land bij moeten houden? Boeken laten geen sporen na, Mercer. Heel veel boeken worden doorverkocht als sieraden, en niet altijd officieel, als je begrijpt wat ik bedoel.'

'Nee, dat begrijp ik niet.'

'Zwart.'

'O, ik snap het. Worden ze weleens gestolen en dan doorverkocht?'

'Dat komt voor. Ik zou een boek afwijzen als de herkomst te dubieus is, maar als je een boek ziet kun je onmogelijk zeggen dat het gestolen is. Neem *The Convict*. De oplage van de eerste druk was laag. In de loop der tijd zijn de meeste boeken verdwenen en daardoor worden de overgebleven exemplaren, als ze in goede conditie zijn, meer waard. Maar er zijn nog altijd een heleboel exemplaren op de markt en die zijn identiek, dat waren ze tenminste toen ze van de pers kwamen. Veel exemplaren gaan van de ene verzamelaar naar de andere. En ik neem aan dat er een paar gestolen worden.'

'Mag ik een heel nieuwsgierige vraag stellen? Wat is je meest waardevolle eerste druk?'

Bruce glimlachte en zweeg even. 'Je bent niet nieuwsgierig, maar laten we discreet zijn. Een paar jaar geleden kocht ik een ongeschonden exemplaar van *The Catcher in the Rye* voor vijftigduizend dollar. Salinger signeerde zijn meesterwerk hoogst zelden, maar deze gaf hij aan zijn redacteur die hem jarenlang in de familie hield, vrijwel onaangeroerd. Perfecte conditie.'

'Hoe kwam je daaraan? Sorry hoor, maar dit is fascinerend.'

'Er deden jarenlang geruchten de ronde over dat boek, waarschijnlijk opgestookt door de familie van de redacteur, omdat ze veel geld roken. Ik vond een neef, vloog naar Cleveland, stalkte de man en viel hem net zo lang lastig tot hij het boek aan mij verkocht. Het is dus nooit op de markt geweest en voor zover ik weet, weet niemand dat ik het heb.'

'Wat ga je ermee doen?'

'Niets. Ik hou hem gewoon.'

'Wie heeft hem gezien?'

'Noelle, een paar vrienden. Ik wil hem je graag laten zien, net als de rest van mijn verzameling.'

'Graag. Maar laten we het nu over Cormac hebben.'

Bruce glimlachte en pakte *Blood Meridian*. 'Heb je hem gelezen?'

'Geprobeerd, maar ik vind het te gewelddadig.'

'Ik vind het wel een beetje vreemd dat iemand als Tessa een liefhebber van Cormac McCarthy was.'

'Ze las altijd, zolang de boeken maar uit de bibliotheek kwamen.'

Hij bekeek het omslag en zei: 'Een paar kleine beschadigingen, waarschijnlijk door veroudering, en iets verbleekt. Alles bij elkaar is het omslag in goede conditie.' Hij opende het boek, bekeek het schutblad, bladerde naar de Franse titel- en de copyrightpagina, en las aandachtig wat daar stond. Hij sloeg nog een paar bladzijden om, zo langzaam dat hij ze bijna kon lezen. Terwijl hij in het boek bladerde zei hij zacht: 'Ik ben gek op dit boek. Dit is McCarthy's vijfde boek, en zijn eerste roman die in het westen speelt.'

'Ik heb het bijna vijftig bladzijden volgehouden,' zei ze. 'Het geweld is expliciet en gruwelijk.'

'Dat is waar,' zei Bruce, nog steeds bladerend alsof hij genoot van het geweld. Behoedzaam sloeg hij het boek dicht en zei: 'Een bijna perfect exemplaar, zoals wij dat noemen. Beter dan het exemplaar dat ik al bezit.'

'Hoeveel heb je daar ook alweer voor betaald?'

'Tweeduizend dollar, negen jaar geleden. Ik bied je hier vierduizend dollar voor, en dan zou ik hem waarschijnlijk zelf houden voor mijn verzameling. Vierduizend dollar is mijn hoogste bod.'

'Dat is tienduizend dollar voor deze twee boeken. Ik had geen idee dat ze zoveel waard konden zijn.'

'Ik heb hier verstand van, Mercer. Tienduizend dollar is een goede prijs voor jou, maar ook voor mij. Wil je ze verkopen?'

'Ik weet het niet, daar moet ik over nadenken.'

'Oké. Ik zal je niet onder druk zetten. Maar laat ik ze in mijn kluis bewaren tot je een besluit hebt genomen. Zoals ik al zei, is de zoute lucht hier rampzalig.'

'Natuurlijk, neem maar mee en geef me een paar dagen de tijd om een besluit te nemen.'

'Neem alle tijd die je nodig hebt. Het heeft helemaal geen haast. Oké, heb je nu zin in champagne?'

'Ja, natuurlijk. Het is al bijna zeven uur.'

'Ik heb een idee,' zei Bruce terwijl hij opstond en de boeken pakte. 'Laten we de champagne op het strand opdrinken en dan een wandeling maken. Door mijn winkel heb ik zelden tijd om naar het strand te gaan, maar ik ben gek op de oceaan en krijg hem de meeste dagen niet eens te zien.'

'Oké,' zei ze na een lichte aarzeling. Niets is leuker dan een romantische wandeling langs de zee met een man die beweert getrouwd te zijn. Mercer pakte een doosje dat op het aanrecht stond en gaf dat aan hem. Hij legde de boeken erin, terwijl zij de champagne uit de koelkast haalde.

10

Het kostte een uur om naar het Ritz te lopen en weer terug. Toen ze weer bij het strandhuis waren vielen er al schaduwen over de duinen. Hun glazen waren leeg en Mercer schonk ze snel weer vol. Op de veranda liet Bruce zich in een rieten schommelstoel vallen en zij ging vlak bij hem zitten.

Ze hadden zijn familie al besproken: de onverwachte dood van zijn vader, de erfenis waarmee hij de boekwinkel had gekocht, zijn moeder die hij al bijna dertig jaar niet had gezien, een afstandelijke zus, ooms en tantes, neven en nichten met wie hij geen contact had, zijn grootouders lang geleden gestorven. Mercer had hem met elk verhaal kunnen evenaren. Daarna spraken ze over de tragedie van haar moeders geestesziekte en opname in de inrichting. Dat was iets wat ze nooit aan wie ook vertelde, maar Bruce was iemand met wie ze gemakkelijk kon praten en die ze vertrouwde. En doordat ze allebei beschadigd waren door hun abnormale families, hadden ze veel gemeen en vonden ze het geen enkel probleem om elkaar hun verhalen te vertellen. Hoe meer ze elkaar vertelden, hoe meer ze erom konden lachen.

Halverwege hun tweede glas champagne zei Bruce: 'Ik ben het niet met Myra eens. Je zou niet over families moeten schrijven; dat heb je al een keer gedaan, op briljante wijze, maar één keer is genoeg.'

'Maak je maar geen zorgen. Myra is misschien wel de laatste van wie ik goede raad zou aannemen.'

'Maar hou je niet van haar, hoe gek ze ook is?'

'Nee, nog niet, maar ik vind haar wel steeds aardiger. Heeft ze echt heel veel geld?'

'Wie weet? Zij en Leigh lijken in goeden doen. Ze hebben samen zo'n honderd boeken geschreven, en trouwens, Leigh heeft veel meer romantische fictie geschreven dan ze ooit zal toegeven. En sommige van hun boeken verkopen nog steeds.'

'Klinkt heerlijk.'

'Het is moeilijk om te schrijven als je geen geld hebt, Mercer, dat weet ik. Ik ken heel veel auteurs en slechts een paar van hen verkopen voldoende om fulltime te kunnen schrijven.'

'Dus gaan ze lesgeven, vinden ergens een campus en ontvangen elke maand hun salaris. Dat heb ik twee keer gedaan en ik zou het waarschijnlijk weer doen. Dat of makelaar worden.'

'Dat lijkt me geen optie voor je.'
'Heb je andere ideeën?'
'Weet je, ik heb een geweldig idee. Schenk mijn glas nog eens vol, dan zal ik je een lang verhaal vertellen.' Mercer haalde de champagne uit de koelkast en schonk de fles leeg. Bruce nam een grote slok, likte zijn lippen en zei: 'Ik zou dit spul wel als ontbijt kunnen drinken.'
'Ik ook, maar koffie is veel goedkoper.'
'Weet je, ooit had ik een vriendin, lang voor Noelle. Ze heette Talia, een lieve meid, heel knap, getalenteerd en behoorlijk getikt. We hebben een jaar of twee een knipperlichtrelatie gehad, het was vaker uit dan aan doordat ze de greep op de realiteit langzaam maar zeker kwijtraakte. Ik kon haar niet helpen en vond het pijnlijk om te zien hoezeer ze achteruitging. Maar ze kon wél schrijven en werkte aan een roman die heel veelbelovend leek. Het was een bijzonder fictief verhaal over Charles Dickens en zijn minnares, een jonge actrice die Ellen Ternan heette. Dickens was twintig jaar getrouwd met Catherine, een bijzonder onbuigzame vrouw – op z'n victoriaans, snap je? Ze kreeg tien kinderen, en ondanks de duidelijk aanwezige fysieke aantrekkingskracht was het een notoir ongelukkig huwelijk. Toen hij vijfenveertig was, en misschien wel de beroemdste man in Engeland, ontmoette hij Ellen, een meisje van achttien dat graag actrice wilde worden. Ze werden smoorverliefd op elkaar en hij verliet zijn vrouw en kinderen, hoewel je in die tijd natuurlijk niet kon scheiden. Het is nooit duidelijk geworden of hij en Ellen echt samenwoonden, en het gerucht ging dat ze zwanger was, maar dat het kindje dood was toen het werd geboren. Hoe het ook was, ze slaagden er uitstekend in alles geheim te houden. Maar in Talia's roman hadden ze een echte relatie die door Ellen werd beschreven, zonder ook maar iets geheim te houden. Het boek werd nog ingewikkelder toen Talia een andere beroemde affaire beschreef, die tussen William Faulkner en Meta Carpen-

ter. Faulkner ontmoette haar toen hij in Hollywood voor een zakcentje scripts in elkaar flanste, en alles wees erop dat ze heel verliefd waren. Ook hiervan maakte ze een fictief verhaal, heel knap. Daarna, om de roman zelfs nog complexer te maken, introduceerde Talia nog een affaire tussen een beroemde auteur en zijn vriendin. Het verhaal ging, iets wat nooit geverifieerd is en waarschijnlijk niet waar, dat Ernest Hemingway een korte affaire heeft gehad met Zelda Fitzgerald toen ze in Parijs woonden. Zoals je weet, zitten feiten een goed verhaal vaak in de weg, dus creëerde Talia haar eigen feiten en schreef een bijzonder onderhoudend verhaal over dat Ernest en Zelda achter F. Scotts rug om doorgingen met hun relatie. De roman bevatte dus drie sensationele literaire liefdesrelaties die met veel verve in verschillende delen werden beschreven, maar dat was domweg te veel voor één boek.'

'Zij heeft het je laten lezen?'

'Het meeste wel. Maar steeds weer veranderde ze verhalen en herschreef soms hele stukken, en hoe meer ze schreef hoe onduidelijker het werd. Ze vroeg om advies, en dat gaf ik haar ook, maar ze deed altijd het tegenovergestelde. Ze werd er volkomen door geobsedeerd en schreef twee jaar lang nonstop. Toen het manuscript de duizend pagina's overschreed, ben ik opgehouden met lezen. Toen maakten we heel vaak ruzie.'

'Wat is ermee gebeurd?'

'Talia zei dat ze het heeft verbrand. Ze belde me een keer, helemaal van slag, en zei dat ze het voorgoed had vernietigd en nooit meer één woord zou schrijven. Twee dagen later nam ze een overdosis in Savannah, waar ze toen woonde.'

'Dat is afschuwelijk.'

'Zevenentwintig en met meer talent dan ik ooit had gezien! Ongeveer een maand na haar begrafenis schreef ik haar moeder en vroeg heel vriendelijk of Talia misschien nog iets had nagelaten. Nooit iets op gehoord, en de roman is nooit genoemd. Ik weet bijna zeker dat ze het heeft verbrand en daarna zelfmoord heeft gepleegd.'

'Wat vreselijk.'

'Een tragedie.'

'Had je geen kopie?'

'Nee hoor. Ze kwam hier soms een paar dagen en liet het me lezen terwijl ze er verder aan werkte. Ze was paranoïde over dat iemand haar meesterwerk zou stelen en bewaakte het goed. De arme meid was paranoïde over een heleboel dingen. Op het laatst nam ze haar medicatie niet meer in en hoorde ze stemmen, maar ik kon haar absoluut niet helpen. Eerlijk gezegd probeerde ik haar toen te ontlopen.'

Ze praatten nog even door over de tragedie en namen kleine slokjes van hun champagne. De zon was al onder en het was donker op de veranda. Geen van beiden had het over het avondeten gehad, maar Mercer had zich voorgenomen nee te zeggen. Voor één dag hadden ze al meer dan genoeg tijd samen doorgebracht. Ze zei: 'Dat is een geweldig verhaal.'

'Welk verhaal? Dat over Dickens, Faulkner, Zelda of Talia? Dat is heel veel materiaal.'

'En dat geef jij aan mij?'

Bruce glimlachte en haalde zijn schouders op. 'Graag of niet.'

'En die verhalen over Dickens en Faulkner zijn waar?'

'Ja. Maar het beste verhaal is dat van Hemingway en Zelda. Dat was Parijs in de jaren 1920, de Verloren Generatie, die kleurrijke achtergrond en geschiedenis. Het is zeker dat ze elkaar kenden. F. Scott en Hemingway waren vrienden en drinkmaatjes, en de Amerikanen feestten altijd samen. Hemingway was altijd op jacht – hij is vier keer getrouwd geweest – en had ook een kinky kant. In de juiste handen zou dat verhaal zo obsceen zijn dat zelfs Myra het zou goedkeuren.'

'Dat kan ik alleen maar hopen.'

'Je klinkt niet erg enthousiast.'

'Ik weet het niet, hoor, historische fictie. Is dat geschiedenis of fantasie? Om de een of andere reden lijkt het niet eerlijk om aan het leven van echte mensen te komen en hen dingen te laten doen die ze niet echt hebben gedaan. Natuurlijk, ze zijn nu dood, maar geeft dat een auteur het recht hun leven een fictieve vorm te geven? Vooral hun privéleven?'

'Dat gebeurt heel vaak, en het verkoopt.'

'Dat geloof ik graag, maar ik vraag me af of het iets voor mij is.'

'Lees je hen? Faulkner, Hemingway, Fitzgerald?'

'Alleen als het moet. Ik probeer dode oude blanke mannen te vermijden.'

'Ik ook. Ik geef de voorkeur aan mensen die ik heb ontmoet.' Hij dronk zijn glas leeg en zette dat op de tafel tussen hen in. Hij zei: 'Ik moet ervandoor. Ik heb genoten van de wandeling.'

'Bedankt voor de champagne,' zei ze. 'Ik zal je even uitlaten.'

'Ik laat mezelf wel uit, hoor,' zei hij en toen hij achter haar langs liep, drukte hij zacht een kus op haar hoofd. 'Tot ziens.'

'Welterusten.'

11

De volgende ochtend om acht uur zat Mercer aan de ontbijttafel. Ze staarde naar de oceaan, negeerde haar laptop en dagdroomde over iets wat ze, als iemand het haar had gevraagd, niet had kunnen beschrijven. Toen ging haar mobiele telefoon.

Noelle belde haar vanuit Frankrijk waar het zes uur later was. Ze begroette Mercer met een hartelijk 'Bonjour' en verontschuldigde zich omdat ze haar stoorde tijdens haar werk. Ze zei dat ze haar moest spreken voordat haar dagelijkse beslommeringen haar zouden opeisen. Ze vertelde dat ene Jake de volgende dag naar haar winkel zou komen en Mercer wel kon ontmoeten. Jake was haar favoriete restaurateur en schilder, die af en toe langskwam. Hij zou een grote kledingkast repareren in de werkplaats in de kelder, en dat was dus een uitstekende gelegenheid voor Mercer om de werkzaamheden aan de schrijftafel met hem te bespreken. De winkel was gesloten, maar Jake had een sleutel et cetera. Mercer bedankte haar, waarna ze nog een paar minuten over haar tijd in Frankrijk praatten.

Meteen nadat ze afscheid hadden genomen, belde Mercer Elaine Shelby, die in Washington was. Mercer had haar de vorige avond een lange e-mail gestuurd met alle bijzonderheden over de gebeurtenissen en de gesprekken van die dag, zodat Elaine helemaal op de hoogte was. Opeens leek het erop dat Mercer beide kelders op dezelfde dag zou kunnen zien.

Om twaalf uur belde ze Bruce en zei dat ze zijn bod op de beide boeken wilde accepteren. Omdat ze de volgende dag toch naar het centrum ging om Jake te zien, zou ze meteen even bij de boekwinkel langswippen om de cheque op te halen. Bovendien wilde ze echt heel graag dat exemplaar van *The Catcher in the Rye* zien.

'Perfect,' zei hij. 'Samen lunchen?'

'Leuk.'

12

Elaine en haar team arriveerden toen het al donker was en te laat voor een bespreking. De volgende ochtend om negen uur liep Mercer over het strand en bleef staan bij het plankenpad dat naar hun appartement leidde. Elaine zat op de trap, met haar blote voeten in het zand en een kop koffie in de hand. Zoals altijd gaf ze Mercer een stevige handdruk en zei: 'Goed gedaan.'

'Afwachten,' zei Mercer.

Ze liepen naar het appartement waar ze werden opgewacht door twee mannen, Graham en Rick. Ze zaten aan de keukentafel met een kop koffie en een grote doos. Daarin zat, zoals Mercer algauw zou zien, het gereedschap van hun beroep:

microfoontjes, afluisterapparatuur, transmitters en camera's die zo klein waren dat ze zich afvroeg hoe die in vredesnaam iets konden vastleggen. Ze haalden alles er stuk voor stuk uit en bespraken de voors en tegens en de mogelijkheden van elk apparaat.

Elaine had Mercer nooit gevraagd of ze wel bereid was een verborgen camera te dragen. Er werd gewoon verondersteld dat ze dat wilde, en heel even stoorde haar dat. Terwijl Graham en Rick doorpraatten, kreeg Mercer een knoop in haar maag. Na een tijdje zei ze: 'Is dit wel legaal? Je weet wel, iemand filmen zonder zijn toestemming?'

'Het is niet illegaal,' antwoordde Elaine met een overtuigende glimlach: doe niet zo raar. 'Het enige wat je doet, is in het openbaar een foto van iemand maken. Daar heb je geen toestemming voor nodig en je hoeft het ook niet te vertellen.'

Rick, de oudste van de twee mannen, zei: 'Je mag geen telefoongesprek opnemen zonder dat te melden, maar de overheid heeft nog geen wet aangenomen waardoor camerabewaking verboden is.'

'Dat mag altijd en overal, behalve bij een privéwoning,' zei Graham. 'Kijk maar eens naar al die bewakingscamera's die onze gebouwen, trottoirs en parkeerplaatsen in de gaten houden. Die hebben geen toestemming nodig om wie dan ook te filmen.'

Elaine, die de leiding had en bovendien de baas was van de twee mannen, zei: 'Ik vind dit sjaaltje met die sjaalring mooi. Laten we dat eens proberen.' Het was een kleurrijk sjaaltje dat er duur uitzag. Mercer vouwde hem drie keer dubbel en deed hem om. Rick gaf haar de sjaalring, een gouden gesp met kleine nepdiamantjes, en Mercer trok de uiteinden van de sjaal erdoor. Rick bekeek de gesp, waarbij hij veel te dicht bij haar kwam, tikte er met een schroevendraaiertje tegenaan en zei: 'Als we de camera daar vastmaken, is hij vrijwel onzichtbaar.'

'Hoe groot is die camera?' vroeg Mercer.

Graham liet hem zien, een belachelijk klein apparaatje, zelfs nog kleiner dan een rozijn. 'Is dat een camera?' vroeg ze.

'High-def. We laten het je zo wel zien. Geef me die sjaalring eens.' Mercer maakte hem los en gaf hem aan Rick. Hij en Graham zetten allebei een medische loepbril op en bogen zich over hun werk.

Elaine vroeg: 'Weet je al waar jullie gaan lunchen?'

'Nee, dat heeft hij niet gezegd. Ik heb om elf uur afgesproken met Jake bij Noelles winkel. Daarna ga ik naar Bruce in de boekhandel en gaan we lunchen, waar weet ik niet. Hoe moet ik dat ding bedienen?'

'Jij hoeft helemaal niets te doen, je moet je net zo gedragen als anders. De camera wordt op afstand geactiveerd door Rick en Graham. Zij zitten in een busje vlak bij de winkel. Er is geen geluid, daar is de camera te klein voor, dus hoef je je niet druk te maken over wat er wordt gezegd. We hebben geen idee wat zich in die kelder bevindt, dus probeer alles te scannen. Kijk of je deuren ziet, ramen of andere camera's.'

Rick zei: 'En kijk of je sensoren ziet op de deuren naar de kelder. We weten bijna zeker dat er geen buitendeuren zijn. Beide kelders lijken helemaal ondergronds te zijn, zonder een buitentrap.'

Elaine zei: 'Dit is de eerste en misschien zelfs de laatste keer dat we een kijkje kunnen nemen. Alles is van belang, maar we zijn natuurlijk op zoek naar de manuscripten, stapels papieren die groter zijn dan een boek.'

'Ik weet hoe een manuscript eruitziet.'

'Ja, natuurlijk. Kijk of je laden, kasten of wat dan ook maar ziet waar ze in kunnen liggen.'

'En als hij die camera ziet?' vroeg Mercer, een beetje zenuwachtig.

De mannen gromden: onmogelijk. 'Dat gebeurt niet, want dat kan niet,' zei Elaine.

Rick gaf de sjaalring terug en Mercer deed de uiteinden van het sjaaltje er weer doorheen. 'Ik activeer hem nu,' zei Graham en hij drukte op een paar toetsen van een laptop.

Rick zei: 'Wil je alsjeblieft opstaan en je langzaam omdraaien?'

'Tuurlijk.' Terwijl ze dat deed, keken Elaine en de mannen naar de laptop. 'Indrukwekkend, hoor,' zei Elaine, bijna in zichzelf. 'Kom eens kijken, Mercer.'

Mercer stond naast de tafel met haar gezicht naar de voordeur en keek naar het scherm. Het verbaasde haar hoe duidelijk de beelden waren. Ze kon de bank, de tv, de leunstoel en zelfs het goedkope vloerkleed voor haar heel duidelijk zien. 'Allemaal door dit cameraatje,' zei ze.

'Een eitje, Mercer,' zei Elaine.

'Dit sjaaltje past eigenlijk niet bij mijn andere kleren.'

'Wat trek je dan aan?' vroeg Elaine en ze pakte een tas waar ze een stuk of zes sjaaltjes uit haalde.

Mercer zei: 'Gewoon een rode zomerjurk, denk ik. Niets bijzonders.'

13

Jake deed de deur van de winkel voor haar open en achter haar weer op slot. Hij stelde zichzelf voor en zei dat hij Noelle al jaren kende. Hij was een vakman met ruwe, eeltige handen en een witte baard, en hij zag eruit als een harde werker die zijn hele leven al met hamers en ander gereedschap werkte. Hij was kortaf, maar vertelde dat de schrijftafel al in de kelder stond. Mercer liep achter hem aan de trap af, langzaam en op een afstandje, en probeerde zichzelf eraan te herinneren dat alles voor haar werd gefilmd en geanalyseerd. Ze liep de tien treden af, met haar hand op de leuning, en kwam in een lange, volgestouwde ruimte even lang als de winkel die, zoals ze heel goed wist, twaalf bij vijftig meter was, net als de boekwinkel ernaast. Het plafond was laag, niet hoger dan tweeënhalve meter, en de vloer van onafgewerkt beton. Langs de muren stonden allerlei meubels - gedemonteerd, kapot, onaf of niet bij elkaar passend - kriskras door elkaar. Mercer keek nonchalant om zich heen, waarbij ze langzaam een rondje draaide. 'Dus hier bewaart ze alle topstukken,' zei ze, maar Jake had helemaal geen gevoel voor humor. De kelder was goed verlicht en had achterin een soort kamer. Het allerbelangrijkst: er zat een deur in de stenen muur tussen de kamer en de kelder ernaast, de kelder waar Bruce volgens Elaine Shelby en haar mysterieuze bedrijf zijn schatten bewaarde. De stenen muur was oud en vele malen geschilderd, nu donkergrijs, maar de deur was veel nieuwer, van metaal en stevig, met boven elke hoek een beveiligingssensor.

Elaines team wist dat de beide winkels vrijwel even breed, lang en hoog waren en bijna op dezelfde manier waren ingedeeld. Ze maakten deel uit van hetzelfde gebouw, een pand dat honderd jaar geleden was gebouwd, en feitelijk in tweeën was gedeeld toen de boekhandel in 1940 zijn deuren opende.

In een busje aan de overkant zaten Rick en Graham naar hun laptops te kijken en werden helemaal blij toen ze de deur tussen de twee kelders zagen. Elaine, op een bank in het appartement, reageerde al net zo. Goed zo, Mercer!

De schrijftafel stond midden in de kelder, op een paar opengevouwen kranten, hoewel er al jaren verf op de vloer werd gespat. Mercer bekeek de schrijftafel aandachtig, alsof het een gekoesterd bezit was en niet gewoon een middel voor hun doel. Jake liet haar een papier zien met verschillende verfkleuren en ze bespraken verschillende kleuren, maar Mercer was niet snel tevreden. Uiteindelijk viel haar keus op een pastelblauwe kleur, die Jake heel licht zou opbrengen, zodat de schrijftafel er wat ouder uit zou zien. Hij vertelde dat hij die kleur niet bij zich had en dat het wel een paar dagen zou kosten om die te vinden.

Geweldig. Ze kon altijd weer even langskomen, om te zien hoe hij vorderde. En wie weet? Met de apparaatjes van Rick en Graham had ze de volgende keer misschien wel camera's in haar oorbellen.

Ze vroeg of hier beneden een toilet was, en Jake knikte naar achteren. Ze nam er alle tijd voor het toilet te zoeken en te gebruiken en daarna weer naar voren te lopen, waar hij al bezig was met het schuren van het blad van de schrijftafel. Omdat hij over zijn werk gebogen stond, ging zij voor de metalen deur staan om nog betere opnamen te maken. Maar misschien was er een verborgen camera die een opname van haar maakte. Dus stapte ze achteruit, onder de indruk van haar alertheid en toenemende ervaring. Misschien werd ze toch nog een keer een goede spion.

Nadat Jake de winkeldeur weer achter haar op slot had gedaan, liep ze om het gebouw heen naar een Cubaans eethuisje waar ze een ijsthee bestelde en aan een tafeltje ging zitten. Nog geen minuut later kwam Rick binnen en kocht een frisdrank. Hij ging tegenover haar zitten en zei met een brede glimlach en heel zacht: 'Perfect gedaan.'

'Ach, ik zal wel een natuurtalent zijn,' zei ze. De knoop in haar maag was nu verdwenen. 'Staat de camera nog aan?'

'Nee, ik heb hem uitgeschakeld. Ik zet hem weer aan als je naar de boekhandel gaat. Doe alles precies zo. De camera werkt perfect en geeft ons voldoende goede beelden. We zijn helemaal blij nu we weten dat er een deur tussen beide kelders is. Nu moet je daar aan de andere kant zo dicht mogelijk bij zien te komen.'

'Geen probleem. Ik denk dat we nadat we de winkel hebben verlaten naar ons lunchadres lopen. Blijft de camera dan aan?'

'Nee.'

'Straks zit ik minstens een uur tegenover Cable aan een tafeltje. Zijn jullie niet bang dat hij iets ziet?'

‘Zodra je de kelder uitkomt, kun je naar het toilet op de begane grond gaan. Daar kun je je sjaaltje en de sjaalring afdoen en in je tasje stoppen. Als hij daar een opmerking over maakt, zeg je maar dat het sjaaltje te warm was.’

‘Dat vind ik fijn. Ik zou er echt moeite mee hebben om ontspannen te lunchen in de wetenschap dat ik een camera op hem richtte.’

‘Inderdaad. Als jij nu weggaat, kom ik zo achter je aan.’

Om tien voor twaalf kwam Mercer de boekhandel binnen en zag Bruce die de tijdschriften in een rek voor in de winkel herschikte. Zijn pak van vandaag had een lichtblauw streepje. Tot dan toe had Mercer minstens zes pakken gezien met een andere kleur, en ze nam aan dat hij er nog meer had. Zijn paisley vlinderdas was felgeel. Zoals altijd droeg hij beige hertenleren schoenen, geen sokken. Nooit. Hij glimlachte, gaf een klopje op haar wang en zei dat ze er geweldig uitzag. Ze liep met hem mee naar de eerste-drukkenkamer, waar hij een envelop van het bureau pakte. ‘Tienduizend voor de twee boeken die Tessa dertig jaar geleden heeft geleend. Wat zou zij hiervan vinden?’

‘Ze zou zeggen: “Waar is mijn aandeel in de winst?”’

Bruce lachte en zei: ‘Wij krijgen de winst. Ik heb twee cliënten die *The Convict* willen. Ik ga ze dus tegen elkaar uitspelen en verdien dan tweeënhalfduizend dollar met een paar telefoontjes.’

‘Zo eenvoudig gaat dat?’

‘Niet altijd, dit is gewoon een mazzeltje. Daarom hou ik zo van dit werk.’

‘Ik heb een vraag: dat perfecte exemplaar van *The Catcher in the Rye* waar je het over had. Als je besloot dat te verkopen, hoeveel zou je er dan voor vragen?’

‘Dus jij begint deze handel ook leuk te vinden, hè?’

‘Nee hoor, helemaal niet. Ik heb geen aanleg voor zaken. Ik ben gewoon nieuwsgierig, dat is alles.’

'Vorig jaar heb ik tachtigduizend dollar afgewezen. Het boek is niet te koop, maar als ik om de een of andere reden gedwongen was hem te verkopen, zou ik beginnen met honderdduizend.'

'Geen slechte deal.'

'Je zei dat je hem wilde zien.'

Mercer haalde haar schouders op alsof het haar niet echt iets kon schelen en zei ontspannen: 'Zeker, als je het niet te druk hebt.' Het was wel duidelijk dat Bruce met zijn boeken wilde pronken.

'Voor jou heb ik het nooit te druk. Kom maar mee.' Ze liepen langs de trap, door de kinderafdeling en helemaal naar achteren. De trap naar beneden bevond zich achter een afgesloten deur die niet opviel en eruitzag alsof hij zelden werd gebruikt. Hoog in een hoek hing een camera die op de deur was gericht. Bruce haalde een sleutel tevoorschijn, deed de deur van het slot en draaide een oude deurknop om die niet op slot zat. Hij trok de deur open en deed een lamp aan. 'Voorzichtig,' zei hij en hij ging haar voor naar beneden. Mercer liep heel langzaam de trap af, voorzichtig zoals hij had gezegd. Onder aan de trap draaide hij nog een schakelaar om.

De kelder was in ten minste twee ruimtes verdeeld. In het voorste en grootste deel bevonden zich de trap en de metalen tussendeur naar Noelles kelder, plus rijen oude houten planken die doorzakten onder het gewicht van duizenden ongewenste boeken, strokenproeven en leesexemplaren. 'Dit noem ik het kerkhof,' zei Bruce met een weids gebaar. 'Elke winkel heeft een rommelkamer.' Ze liepen de kelder verder in en bleven staan voor een muur van lichte bouwsteen die duidelijk lang na de originele bouw was geplaatst. De muur was even hoog en breed als de kelder en er zat een deur in met een cijferpaneeltje ernaast. Terwijl Bruce de code intoetste, zag Mercer aan een oude dakspant een camera die op de deur was gericht. Ze hoorde gezoem en een klikje, waarna ze naar binnen stapten en Bruce het licht aandeed. Hier was het voelbaar killer.

De kamer leek volkomen afgesloten, met rijen planken tegen de muren, een betonnen vloer die met een gladde laag was afgewerkt en een verlaagd plafond van een vezelig materiaal dat Mercer niet kon beschrijven. Maar ze filmde het voor haar experts die nog geen uur later al aan het speculeren waren: de kamer was zo'n twaalf meter breed en lang, het was een ruim vertrek met een fraaie tafel in het midden en dichte voegen. Alles wees erop dat de kamer luchtdicht, beveiligd en brandvrij was.

Bruce zei: 'Boeken beschadigen door licht, warmte en vocht, dus moeten die drie zaken gecontroleerd worden. In deze ruimte is de luchtvochtigheid heel laag en de temperatuur altijd twaalf graden, en hier komt natuurlijk geen zonlicht.'

De boeken stonden op dikke metalen planken met glazen deuren ervoor, zodat de ruggen van de boeken zichtbaar waren. Elke kast had zes planken; de onderste ongeveer zestig centimeter van de vloer en de bovenste iets boven Mercers hoofd, dus op een hoogte van een kleine twee meter. Ze nam aan dat Rick en Graham het met haar eens waren.

'Waar zijn Tessa's eerste drukken?' vroeg ze.

Hij liep naar de achterwand en stak een sleutel in een smalle zijdeur naast de planken. Toen hij de sleutel omdraaide, klikte er iets, waarna de sloten op alle zes glazen deuren opensprongen. Hij opende de tweede plank van boven. 'Die zijn hier,' zei hij en hij haalde *The Convict* en *Blood Meridian* uit de kast. 'Ze staan veilig en wel op hun nieuwe plekje.'

'Heel veilig,' zei ze. 'Wat indrukwekkend allemaal, Bruce. Hoeveel boeken heb je hier?'

'Een paar honderd, maar ze zijn niet allemaal van mij.' Hij wees naar een muur vlak bij de deur en zei: 'Deze bewaar ik voor cliënten en vrienden. En een paar staan hier min of meer in depot. Ik heb een cliënt die nu in scheiding ligt en zijn boeken hier verbergt. Ik zal wel een dagvaarding krijgen en voor de rechter moeten verschijnen, en dat zal niet de eerste keer zijn. Maar ik lieg altijd om mijn cliënt te beschermen.'

'En wat is dat?' vroeg ze en ze wees naar een heel grote, massieve kast die in een hoek stond.

'Dat is een brandkast, daarin bewaar ik alles wat echt goed is.' Hij toetste een code in op het cijferpaneeltje – Mercer keek opzichtig een andere kant op – waarna een dikke deur van het slot sprong en Bruce de deur opentrok. Bovenin en in het midden waren drie planken die allemaal vol stonden met wat ruggen van nepboeken waren, sommige zelfs met de titel in goud gedrukt. Bruce haalde voorzichtig een nepboek van de middelste plank en vroeg: 'Weet je wat een *clamshell* is?'

'Nee.'

'Zo heet deze beschermdoos, op maat gemaakt voor elk boek. Deze boeken hebben natuurlijk allemaal een ander formaat, zodat de clamshells ook allemaal een andere maat hebben. Kom eens hier.'

Ze draaiden zich om en liepen naar de kleine tafel die midden in de kamer stond. Daar legde hij de clamshell op, maakte hem open en haalde het boek er voorzichtig uit. Om het stofomslag zat een doorzichtige plastic hoes. 'Dit is mijn eerste druk van *The Catcher in the Rye*. Twintig jaar geleden gekregen uit mijn vaders nalatenschap.'

'Je hebt er dus twee van?'

'Nee, ik heb er vier.' Hij opende het eerste schutblad en wees naar een lichte verkleuring. 'Een lichte vervaging hier, en een paar kleine beschadigingen op het omslag, maar een bijna perfect exemplaar.' Hij liet het boek en de clamshell op de tafel liggen en liep weer naar de brandkast. Terwijl hij dat deed, draaide Mercer ernaartoe zodat Rick en Graham de brandkastopening goed konden zien. Onderin, onder de drie planken met de meest zeldzame boeken, waren vier laden die op dat moment allemaal goed dichtzaten. Als Bruce inderdaad in het bezit was van de manuscripten, dan waren ze daar. Dat dacht ze tenminste.

Hij legde een andere clamshell op de tafel en zei: 'Dit is mijn meest recente van de vier, en deze is zelfs door Salinger gesigneerd.' Hij opende de clamshell, haalde het boek eruit en bladerde naar de titelpagina. 'Geen opdracht, geen datum, alleen zijn handtekening wat, zoals ik al zei, heel zeldzaam is. Hij weigerde gewoon om zijn boeken te signeren. Hij is gek geworden, denk je ook niet?'

'Dat zeggen ze wel,' antwoordde Mercer. 'Deze zijn prachtig.'

'Inderdaad,' zei hij, terwijl hij het boek nog steeds liefkoosde. 'Soms als ik een baaldag heb, ga ik naar beneden, sluit mezelf hier op en haal de boeken tevoorschijn. Dan probeer ik me voor te stellen hoe het moet zijn geweest om J.D. Salinger te zijn in 1951, toen dit boek werd uitgegeven, zijn eerste roman. Hij had al enkele korte verhalen gepubliceerd, een paar in *The New Yorker*, maar was niet algemeen bekend. Little, Brown & Company hebben eerst tienduizend stuks gedrukt, en nu worden elk jaar een miljoen exemplaren van dit boek verkocht, in vijfenzestig talen. Hij had geen idee wat er zou gaan gebeuren. Hierdoor werd hij rijk en beroemd, maar hij kon alle aandacht niet aan. De meeste wetenschappers denken dat hij toen instortte.'

'Ik heb er twee jaar geleden les over gegeven.'

'Je kent het dus goed?'

'Het is niet mijn favoriete boek. Nogmaals, ik geef de voorkeur aan vrouwelijke auteurs, het liefst als ze nog leven.'

'En jij zou graag de meest zeldzame boeken zien van een vrouwelijke auteur, dood of levend, nietwaar?'

'Heel graag.'

Hij liep weer naar de brandkast, terwijl Mercer elke stap filmde en zelfs iets opzij ging staan zodat ze de brandkast met haar kleine camera weer goed kon filmen. Hij pakte een boek en liep ermee naar de tafel. 'Wat vind je van Virginia Woolf, *A Room of One's Own*?' Hij opende de clamshell en haalde het boek eruit. 'Uitgegeven in 1929. Eerste druk, een bijna perfect exemplaar. Deze vond ik twaalf jaar geleden.'

'Ik ben weg van dit boek. Ik las het op de middelbare school en het heeft me geïnspireerd om auteur te worden, of om dat in elk geval te proberen.'

'Deze is vrij zeldzaam.'

'Ik wil je er tienduizend voor geven.'

Ze lachten allebei, maar hij zei beleefd: 'Sorry, maar het is niet te koop.' Hij gaf het boek aan haar. Ze sloeg het behoedzaam open en zei: 'Het was zo'n moedige vrouw. Een beroemde uitspraak van haar is: "Een vrouw moet geld en een eigen kamer hebben als ze fictie wil schrijven."'

'Ze was een gekwelde ziel.'

'Zeg dat wel. Ze heeft zelfmoord gepleegd. Waarom lijden auteurs zo, Bruce?' Ze sloeg het boek dicht en gaf het terug. 'Zoveel destructief gedrag, zelfs zelfmoord.'

'Die zelfmoord kan ik niet begrijpen, maar het drinken en de slechte gewoontes wel een beetje. Onze vriend Andy heeft een paar jaar geleden geprobeerd dat uit te leggen. Hij zei dat dat komt doordat schrijven zo ongedisciplineerd is: er is geen baas, geen toezichthouder, geen prikklok of vaste werkuren. Je kunt 's ochtends schrijven, of 's avonds. Je kunt drinken wanneer je maar wilt. Andy denkt dat hij beter schrijft als hij een kater heeft, maar dat betwijfel ik.' Bruce legde de boeken weer in hun clamshells en liep ermee naar de brandkast.

Impulsief vroeg ze: 'Wat zit er in die laden?'

Zonder ook maar een seconde te aarzelen, antwoordde hij: 'Oude manuscripten, maar die zijn niet veel waard, niet vergeleken met deze boeken. John D. MacDonald is een van mijn favorieten, vooral zijn Travis McGee-serie, en een paar jaar geleden kon ik van een andere verzamelaar twee van zijn originele manuscripten kopen.' Terwijl hij dit zei, deed hij de deur weer op slot. De laden waren kennelijk verboden gebied. 'Genoeg gezien?' vroeg hij.

'Ja hoor. Dit is bijzonder fascinerend, Bruce. Een totaal andere wereld, waar ik niets vanaf weet.'

'Ik laat deze boeken zelden aan iemand zien. De handel in zeldzame boeken is een stille zaak. Ik weet wel zeker dat niemand weet dat ik vier exemplaren bezit van *Catcher*, en dat wil ik graag zo houden. Dat wordt nergens vastgelegd, niemand houdt het bij en veel transacties vinden in het geheim plaats.'

'Je geheimen zijn veilig bij mij, hoor. Ik kan niemand bedenken aan wie ik het zou willen vertellen.'

'Begrijp me niet verkeerd, Mercer. Dit is allemaal legitiem. Ik geef de winst op en betaal belasting, en als ik doodga maakt dit deel uit van mijn nalatenschap.'

'Dit allemaal?' vroeg ze glimlachend.

Hij glimlachte ook en zei: 'Nou ja, het meeste wel.'

'Natuurlijk.'

'En, heb je nu zin in een zakenlunch?'

'Ik verga van de honger.'

14

's Avonds aten de teamleden afhaalpizza en spoelden dat weg met frisdrank. Eten was nu even niet belangrijk. Rick, Graham en Elaine zaten in het appartement aan de eettafel en bekeken de tientallen stills van Mercers video-opnamen. Er waren gedurende achttien minuten opnamen gemaakt in Noelles winkel en tweeëntwintig minuten in Bruces winkel; in totaal dus veertig minuten kostbaar bewijsmateriaal dat ze tot hun grote vreugde nu in bezit hadden. Ze hadden het allemaal bekeken, maar wat nog belangrijker was, was dat het werd geanalyseerd door hun lab in Bethesda. Er werden feiten vastgesteld: het formaat van zijn kluis, de afmetingen van zijn brandkast, de aanwezigheid van bewakingscamera's en beveiligingssensoren, de nachtsloten op deuren en de cijferpanelen bij deuren. De brandkast woog driehonderdzestig kilo, bestond uit drie millimeter dik staalplaat en was vijftien jaar geleden gemaakt door een fabriek in Ohio, via internet verkocht en geïnstalleerd door een aannemer uit Jacksonville. Als de brandkast op slot zat, was hij beveiligd met vijf metalen bouten en verzegeld met een hydraulisch systeem. Hij kon twee uur lang een temperatuur van achthonderdvijftig graden verdragen. De brandkast openmaken zou geen probleem zijn, wat wel een probleem zou zijn was natuurlijk om dat te doen zonder dat er alarm werd geslagen.

Ze hadden de hele middag aan de tafel gezeten, vaak diep en geconcentreerd in gesprek, vaak met de telefoon op de speaker met hun collega's in Bethesda. Elaine had de leiding, maar was altijd bereid tot samenwerking. Veel slimme mensen uitten heel veel meningen, en zij luisterde. De meeste tijd besteedden ze aan de FBI: was het nu tijd om de *feds* erbij te halen? Om hun te vertellen wie zij verdachten? Om hun alles te vertellen wat ze tot dusver over Bruce Cable te weten waren gekomen? Elaine dacht van niet, nog niet tenminste. En daar had ze een goede reden voor: er was niet genoeg bewijs om een federale rechter ervan te overtuigen dat Cable de manuscripten in zijn kelder bewaarde. Op dat moment hadden ze een tip van een bron in Boston, veertig minuten video-opnamen van de locatie en een paar stills die van de video waren gemaakt. Volgens hun twee advocaten in Washington was dat gewoon niet genoeg om een huiszoekingsbevel te krijgen.

En, zoals altijd het geval was, zou de FBI zodra ze in beeld kwamen de leiding nemen en de regels veranderen. Op dit moment wisten ze niets over Bruce Cable en hadden ze geen idee dat Elaines mol zich daar had binnengedrongen, en dat wilde Elaine graag zo lang mogelijk zo houden.

Eén scenario, dat Rick met weinig enthousiasme had geschetst, was afleiding veroorzaken door brand te stichten:

veroorzaak een brandje na middernacht op de begane grond van de boekwinkel en ga, terwijl de alarmbellen rinkelen en de bewakingscamera's verstoord zijn, de kelder in vanaf Noelles kant en neem mee wat je te pakken kunt krijgen. De risico's waren enorm, waarvan de minst belangrijke niet eens was dat ze dan verschillende misdaden pleegden. En stel dat *Gatsby* daar niet was? Stel dat Gatsby en zijn vrienden elders waren verborgen, op het eiland of op een andere plaats in het land? Cable zou zo bang worden dat hij ze over de hele aarde zou verspreiden, als hij dat niet al had gedaan.

Elaine wees het plan af, niet lang nadat Rick het had geschetst. De klok tikte door, maar ze hadden nog tijd en hun mol deed uitstekend werk. In nog geen vier weken had ze Cable voor zich ingenomen en zich een plekje in zijn kringetje verworven. Ze had zijn vertrouwen gewonnen en hun dit gebracht: veertig minuten kostbare opnamen en honderden stills. Ze kwamen steeds dichterbij, dat dachten ze tenminste, dus moesten ze geduldig blijven en wachten op wat er hierna zou gebeuren.

Eén belangrijke vraag was al beantwoord. Ze hadden besproken waarom een boekhandelaar uit een klein stadje die in een oud pand werkte zo fanatiek was over de beveiliging. En omdat hij hun voornaamste verdachte was, werd alles wat hij deed met zelfs nog meer argwaan bekeken. Het kleine fort in zijn kelder werd gebruikt om de illegaal verkregen buit van zijn handel te beschermen, ja toch? Nee, niet per se. Ze wisten nu dat daar heel veel kostbaar materiaal aanwezig was. Na de lunch had Mercer gerapporteerd dat op de planken in de brandkast naast de vier exemplaren van *The Catcher in the Rye* en het ene exemplaar van *A Room of One's Own* nog een stuk of vijftig andere boeken in een beschermende clamshell stonden. De brandkast zelf bevatte een paar honderd boeken.

Elaine deed dit werk al heel lang en verbaasde zich over Cable's verzameling. Ze had te maken gehad met gerenommeerde handelaren in zeldzame boeken en kende hen goed. Hun werk was kopen en verkopen, en ze gebruikten catalogi en websites en allerlei vormen van marketing om hun handel uit te breiden. Hun verzamelingen waren enorm en er werd uitgebreid mee geadverteerd. Zij en haar team hadden zich vaak afgevraagd of een kleine speler als Cable wel in staat zou zijn om een miljoen dollar voor de Fitzgerald-manuscripten op te hoesten. Maar nu was ook die vraag beantwoord: zoveel geld had hij inderdaad.

7
De weekendminnares

1

Het was een uitnodiging voor een etentje, een 'droog' etentje. Droog omdat Andy Adam ook uitgenodigd was en Bruce absoluut niet wilde dat er alcohol werd geschonken. Ook droog omdat de auteur die op tournee was, ene Sally Aranca, de drank een paar jaar geleden had afgezworen en daar liever niet mee werd geconfronteerd.

Bruce belde Mercer en vertelde haar dat Andy weer naar een afkickkliniek zou gaan en wanhopig probeerde nuchter te blijven tot hij daarnaartoe ging. Mercer wilde graag helpen en ging dus akkoord met deze spelregel.

Tijdens de signeersessie nam Sally Aranca haar publiek van een man of vijftig helemaal voor zich in. Ze besprak haar werk en las een kort stukje voor uit haar nieuwe roman. Ze begon naam te maken in de wereld van de misdaadromans met een serie over een vrouwelijke privédetective in San Francisco, waar ze woonde. Mercer had het boek die middag even doorgebladerd en realiseerde zich, terwijl ze naar de auteur keek, dat Sally's heldin heel erg op Sally zelf leek: begin veertig, ex-alcoholica, gescheiden, geen kinderen, ad rem en grappig, slim en stoer, en natuurlijk heel aantrekkelijk. Ze gaf één boek per jaar uit en maakte veel tournees, waarbij ze altijd Bay Books aandeed, meestal als Noelle niet in de stad was.

Na de signeersessie liepen ze met z'n vieren naar Le Rocher, een Frans restaurantje met een goede reputatie. Bruce bestelde twee flessen spuitwater en gaf de wijnkaart meteen terug aan de serveerster. Andy keek een paar keer naar de andere tafeltjes en leek op het punt te staan iemands wijnglas te pakken, maar deed uiteindelijk een extra schijfje citroen in zijn water en kalmeerde. Hij was in discussie met zijn uitgever over zijn meest recente contract, waarbij hij een lager voorschot zou krijgen dan de vorige keer. Met een uitstekend gevoel voor humor en zelfverachting vertelde hij dat hij de ene uitgever na de andere had bezocht tot New York hem niet meer kon zien; hij had ze allemaal kwaad gemaakt. Tijdens de amuses vertelde Sally over hoe gefrustreerd ze was toen ze haar eerste boek wilde laten uitgeven. Haar eerste roman was door een stuk of tien agenten afgewezen, maar ze ging door met schrijven, en drinken. Haar eerste huwelijk liep op de klippen toen ze ontdekte dat haar man haar bedroog, waarna haar leven een chaos werd. Haar tweede en derde roman werden afgewezen. Gelukkig bemoeiden een paar vrienden zich met haar, waarna ze echt wilde stoppen met drinken. Haar vierde boek was een misdaadroman waarin ze haar vrouwelijke hoofdpersoon introduceerde en waarna de literair agenten haar opeens belden. Er werd een optie genomen op de filmrechten en toen was ze opeens binnen. Nu, acht romans later, was het een gevestigde serie die steeds populairder werd.

Hoewel ze haar verhalen zonder enige arrogantie vertelde, merkte Mercer dat ze toch een beetje jaloers was. Sally schreef fulltime. Weg slechtbetaalde baantjes en leningen van haar ouders, want inmiddels produceerde ze een boek per jaar. Het klonk allemaal zo eenvoudig. Mercer wilde best toegeven dat iedere auteur die ze ooit had ontmoet jaloezie had opgewekt; dat hoorde er nu eenmaal bij.

Tijdens de voorgerechten kwam het gesprek opeens op drinken, en gaf Andy toe dat hij een drankprobleem had. Sally was meelevend maar streng, en bleek bereid advies te geven. Ze dronk nu al zeven jaar niet meer en deze verandering had haar leven gered. Ze was heel inspirerend en Andy bedankte haar voor haar eerlijkheid. Mercer had af en toe het gevoel dat ze op een AA-bijeenkomst was.

Bruce was zichtbaar gecharmeerd van Sally Aranca en Mercer merkte tijdens het etentje dat zij steeds minder aandacht van hem kreeg. Doe niet zo belachelijk, dacht ze, zij kennen elkaar al jaren. Maar nadat het haar was opgevallen kon ze het niet meer negeren en werd het steeds duidelijker, in elk geval voor haar. Bruce raakte Sally een paar keer aan, een hartelijk klopje op haar schouder waarna zijn hand even bleef liggen.

Niemand wilde een nagerecht, en Bruce betaalde de rekening. Toen ze weer door Main Street liepen, zei hij dat hij even langs de boekhandel moest om te kijken of de avondmedewerker het wel redde. Sally ging met hem mee. Ze wensten elkaar allemaal welterusten en Sally beloofde dat ze Mercer een mailtje zou sturen en contact zou houden. Toen Mercer weg wilde lopen, vroeg Andy: 'Hé, heb je nog tijd om iets te drinken?'

Ze bleef staan en keek hem aan. 'Nee, Andy, dat is geen goed idee. Niet na dit etentje.'

'Koffie, geen drank.'

Het was net negen uur geweest en er was niets wat Mercer in het strandhuis moest doen. Misschien was het prettig voor Andy als ze een kop koffie met hem ging drinken. Ze staken de straat over en stapten een verlaten koffiebar binnen. De barista zei dat ze over een halfuur zouden sluiten. Ze bestelden twee koppen decaf en namen ze mee naar een tafeltje buiten. De boekhandel was aan de overkant. Een paar minuten later kwamen Bruce en Sally naar buiten en liepen weg, in de richting van Marchbanks House.

'Ze logeert vannacht bij hem,' zei Andy. 'Dat doen heel veel auteurs.'

Mercer dacht hierover na en vroeg: 'Maakt Noelle deel uit van hun plannen?'

'Helemaal niet. Bruce heeft zijn favorieten, en Noelle haar eigen. Boven in de toren is een ronde kamer die de schrijverskamer wordt genoemd en heel veel actie ziet.'

'Dat snap ik niet,' zei Mercer, hoewel ze het uitstekend begreep.

'Ze hebben een open huwelijk, Mercer. Met anderen slapen mag, wordt waarschijnlijk zelfs aangemoedigd. Ik neem aan dat ze van elkaar houden, maar geen regels hebben.'

'Dat is nogal bizar.'

'Voor hen niet, zij lijken gelukkig.'

Eindelijk werden enkele van Elaines roddels bevestigd.

Andy zei: 'Eén reden waarom Noelle zoveel tijd in Frankrijk doorbrengt, is dat ze daar al heel lang een vriendje heeft. Volgens mij is hij ook getrouwd.'

'Ach, waarom ook niet? Natuurlijk is hij dat.'

'Jij bent nooit getrouwd geweest, wel?'

'Klopt.'

'Nou, ik heb het twee keer geprobeerd en zal het niemand aanraden. Heb je nu een relatie?'

'Nee. Mijn laatste vriend is een jaar geleden vertrokken.'

'Heb je hier interessante mensen ontmoet?'

'Zeker wel, jou, Bruce, Noelle, Myra, Leigh, Bob Cobb. Hier zijn een heleboel interessante mensen.'

'Iemand met wie je zou willen daten?'

Hij was minstens vijftien jaar ouder, een zware drinker, een kroegtijger die in gevechten verzeild raakte, een uiterst brute man die niets interessants te bieden had. 'Probeer je me te versieren, Andy?'

'Nee hoor, ik dacht alleen dat we misschien een keer uit eten kunnen gaan.'

'Je gaat toch binnenkort naar, hoe noemde Myra dat ook alweer, "het drankkamp"?'

'Over drie dagen, en ik doe verdomd hard mijn best om tot die tijd nuchter te blijven. Dat is niet gemakkelijk. Weet je, ik drink deze lauwe koffie zonder cafeïne terwijl ik net doe alsof het een dubbele wodka met ijs is. Ik kan het bijna proeven. En ik probeer de tijd te doden omdat ik niet naar huis wil, ook al heb ik geen druppel drank thuis. Maar onderweg naar huis kom ik langs twee slijterijen, die nog open zijn, en dan moet ik mezelf dwingen door te rijden.' Zijn stem ebde weg.

'Wat erg voor je, Andy.'

'Dat hoeft niet, hoor. Zorg maar gewoon dat het jou niet overkomt. Het is afschuwelijk.'

'Ik wilde dat ik je kon helpen.'

'Dat kun je ook: bid maar voor me, oké? Ik baal er ontzettend van dat ik zo zwak ben.' Alsof hij de koffie en hun gesprek niet meer kon verdragen, stond hij opeens op en liep weg.

Mercer wilde wel iets zeggen, maar wist niet wat. Ze keek hem na tot hij een hoek omsloeg. Ze nam de kopjes mee naar de toonbank. Het was rustig op straat; alleen de boekhandel en de snoepwinkel waren nog open, net als de koffiebar. Haar auto stond in 3rd Street, maar om de een of andere reden liep ze door. Ze bleef doorlopen tot ze langs Marchbanks House kwam. In de schrijverskamer boven in de toren brandde licht. Ze hield even haar pas in, en precies op dat moment ging het licht uit.

Ze moest bekennen dat ze nieuwsgierig was, maar kon ze ook toegeven dat ze een heel klein beetje jaloers was?

2

Na vijf weken in het strandhuis moest ze er twee weken uit. Connie was, samen met haar man en hun twee tienerdochters, onderweg daarnaartoe voor hun jaarlijkse tweewekelijkse strandvakantie. Connie had Mercer beleefd, plichtmatig bijna, uitgenodigd hen gezelschap te houden, maar dat was uitgesloten. Mercer wist dat de meiden de hele dag naar hun telefoon zouden zitten kijken en Connies man over niets anders dan zijn winkels zou praten. Hoewel hij niet prat ging op zijn succes, werkte hij continu. Mercer wist dat hij elke ochtend om vijf uur opstond, eindeloze hoeveelheden koffie dronk, terwijl hij het ene mailtje na het andere verstuurde, leveranties controleerde en dergelijke, en nooit zelfs maar een teen in de oceaan zou steken. Connie had geamuseerd verteld dat hij het nooit de volledige twee weken volhield; er was altijd wel een crisis die bezworen moest worden, zodat hij snel terugging naar Nashville om zijn bedrijf te redden.

Schrijven zou uitgesloten zijn, hoewel ze daardoor – gezien haar huidige tempo – niet echt een achterstand zou oplopen. Bovendien hadden zij en Connie, die negen jaar ouder was, nooit een echte band gehad. De meisjes hadden zichzelf zo ongeveer opgevoed, doordat hun moeder in een inrichting zat en hun vader alleen met zichzelf bezig was. Connie was op haar achttiende het huis ontvlucht voor haar studie aan de SMU en was nooit meer teruggekomen. Ze had één zomer aan het strand doorgebracht bij Tessa en Mercer, maar toen was ze al gek op jongens en vond ze er niets aan om over het strand te wandelen, naar de zeeschildpadden te kijken en de hele tijd te lezen. Ze vertrok nadat Tessa haar had betrapt toen ze hasj rookte.

Nu stuurden de zussen elkaar elke week een mailtje en belden ze elkaar één keer per maand, beleefd en opgewekt. Mercer ging een enkele keer op bezoek als ze in de buurt van Nashville was, maar overnachtte dan elders. Connie en haar gezin verhuisden heel vaak, altijd naar een grotere woning in een leukere buurt. Ze joegen iets na, een vage droom, en Mercer vroeg zich vaak af waar ze zouden zijn als ze dat vonden. Hoe meer geld ze verdienden, hoe meer ze uitgaven, en Mercer, die heel arm was, verbaasde zich over hun uitgavenpatroon.

Er was iets gebeurd waar ze nooit over hadden gepraat, vooral omdat een discussie alleen maar rancune zou veroorzaken. Connie had het geluk gehad dat ze vier jaar had kunnen studeren aan een particuliere universiteit zonder dat ze zelfs maar een cent studieschuld had hoeven opbouwen, dankzij hun vader Herbert en zijn Ford-dealerschap. Maar tegen de tijd dat Mercer naar Sewanee ging, verloor hun vader een heleboel geld en ging hij bijna failliet. Mercer had haar zus jarenlang niet kunnen uitstaan omdat ze zoveel geluk had gehad, en het was zinloos om er iets over te zeggen dat Connie nooit had aangeboden haar financieel te helpen. Nu Mercers studielening echter op miraculeuze wijze was verdwenen, was ze vast van plan haar antipathie naast zich neer te leggen. Hoewel dat misschien lastig zou worden nu Connie met het jaar chiquer woonde en Mercer niet eens wist waar ze over een paar maanden zou slapen.

Maar in werkelijkheid wilde Mercer helemaal niet langere tijd met haar zus doorbrengen. Ze leefden in verschillende werelden en groeiden steeds verder uit elkaar. Dus had ze Connie bedankt voor de uitnodiging om te blijven logeren; ze waren allebei opgelucht geweest doordat Mercer nee had gezegd. Mercer zei dat ze het eiland misschien een paar dagen zou verlaten, er even tussenuit wilde en zo, en een paar vriendinnen wilde opzoeken. Elaine boekte een kleine kamer voor haar in een bed and breakfast aan het strand drie kilometer ten noorden van het strandhuis, omdat Mercer helemaal niet van plan was om ergens naartoe te gaan. Bruce Cable was immers aan zet, zodat ze het zich niet kon permitteren het eiland te verlaten.

Op de vrijdag voor het July 4th-weekend ruimde Mercer het strandhuis op en stopte twee weekendtassen vol met haar kleren, toiletartikelen en een paar boeken. Terwijl ze door het huis liep en alle lampen uitdeed, dacht ze aan Tessa en aan hoeveel zij, Mercer, de afgelopen vijf weken had bereikt. Ze was hier elf jaar niet geweest en was met grote tegenzin teruggekomen, maar toch was ze er in korte tijd in geslaagd het vreselijke feit dat Tessa dood was opzij te zetten en te genieten van de herinneringen die ze koesterde. Nu ging ze weg, en om een goede reden, maar over twee weken kwam ze terug en had ze het huis weer voor zichzelf. Voor hoe lang leek niemand zeker te weten. Dat zou van Bruce Cable afhangen.

Ze reed in vijf minuten door Fernando Street naar de Lighthouse Inn. Op de binnenplaats stond een grote namaakvuurtoren die ze zich nog goed kon herinneren. De bed and breakfast was een grillig Cape Cod-achtig gebouw met twintig kamers met ontbijtbuffet. De toeristen kwamen nu in grote getale naar het eiland en het GEEN KAMERS VRIJ-bordje waarschuwde anderen om weg te blijven.

Met een kamer voor zichzelf en wat geld in haar zak, kon ze misschien tot rust komen en wat schrijven.

3

Aan het einde van de zaterdagochtend, toen het druk was in Main Street door de wekelijkse boerenmarkt en rijen toeristen de trottoirs bevolkten op zoek naar lekkernijen en ijs en misschien een tafeltje voor de lunch, stapte Denny voor de derde keer in een week Bay Books binnen en keek rond op de afdeling Spannende boeken. Met zijn teenslippers, pet en korte broek met camouflagepatroon, en gescheurd T-shirt kon hij gemakkelijk doorgaan voor een gewone slechtgeklede toerist, aan wie niemand echt aandacht zou besteden. Hij en Rooker waren al een week in de stad, bezochten interessante plaatsen en hielden Cable in de gaten; een surveillance die niet echt een uitdaging vormde. Wanneer de boekhandelaar niet in zijn winkel was, was hij ergens in het centrum aan het lunchen, deed hij inkopen of was hij in zijn prachtige huis, meestal alleen. Toch waren ze heel voorzichtig, omdat Cable beveiliging belangrijk vond. Zijn winkel en zijn huis hingen vol camera's en sensoren en wie weet wat nog meer. Eén verkeerde actie kon rampzalig zijn.

Ze wachtten en keken, en dwongen zichzelf geduldig te zijn, ook al vonden ze dat steeds moeilijker. Het martelen van Joel Ribikoff om informatie te krijgen en het bedreigen van Oscar Stein in Boston was een eitje geweest vergeleken met dit. Het geweld dat eerder succes had gehad, zou nu misschien minder opleveren. Van die andere twee mannen hadden ze alleen een paar namen nodig gehad, nu wilden ze de spullen. Een aanval op Cable of zijn vrouw of iemand die belangrijk voor hem was, kon zomaar een reactie ontketenen die alles kon bederven.

4

Op dinsdag 5 juli was de drukte voorbij en waren de stranden weer verlaten. Het eiland ontwaakte langzaam en probeerde onder een felle zon de kater van het lange weekend van zich af te schudden. Mercer zat op de smalle bank een boek te lezen, *The Paris Wife*, toen ze een mailtje kreeg van Bruce. Hij schreef: *Kom even naar de winkel als je weer in de stad bent.*

Ze antwoordde: *Oké. Is er iets aan de hand?*

Altijd. Ik heb iets voor je, een cadeautje.

Ik verveel me, dus ben ik over ongeveer een uur bij je.

Er waren geen klanten in de boekhandel toen ze binnenkwam. De verkoper achter de toonbank knikte, maar leek te slaperig om iets te zeggen. Ze liep naar boven, bestelde een latte en pakte een krant. Een paar minuten later hoorde ze voetstappen op de trap en wist dat dit Bruce was. Vandaag droeg hij een pak met een geel krijtstreepje en een groen met blauw vlinderdasje; zoals altijd goedverzorgd. Nadat hij een kop koffie had gekregen, liepen ze naar het balkon boven 3rd Street. Verder was daar niemand. Ze gingen aan een tafeltje in de schaduw zitten en namen slokjes van hun koffie. Bruce gaf haar zijn cadeau. Het was duidelijk te zien dat het een boek was, ingepakt in het blauw met witte papier van de winkel. Mercer trok het papier eraf en keek ernaar. *The Joy Luck Club* van Amy Tan.

'Dit is een eerste druk, gesigneerd,' zei hij. 'Je vertelde me dat zij een van je favoriete moderne auteurs is, dus ben ik ernaar op zoek gegaan.'

Mercer was sprakeloos. Ze had geen idee wat het boek waard was en wilde dat ook niet vragen, maar het was een kostbare eerste druk. 'Ik weet niet wat ik moet zeggen, Bruce.'

'Dank je wel kan altijd.'

'Het lijkt ongepast. Ik kan dit echt niet aannemen.'

'Te laat. Ik heb hem al gekocht en aan jou gegeven. Noem het maar een "welkom op het eiland"-cadeautje.'

'In dat geval: dank je wel.'

'Graag gedaan. De eerste oplage was dertigduizend exemplaren, dus is het niet heel zeldzaam. Uiteindelijk zijn er een half miljoen gebonden exemplaren van verkocht.'

'Is ze hier geweest, in de winkel?'

'Nee, ze gaat niet vaak op tournee.'

'Dit is ongelofelijk, Bruce. Je had het niet moeten doen.'

'Maar ik heb het wel gedaan, en dit is het begin van je verzameling.'

Mercer lachte en legde het boek op de tafel. 'Het is niet echt mijn droom om eerste drukken te gaan verzamelen. Die zijn me een beetje te duur.'

'Ach, het was ook niet mijn droom om verzamelaar te worden. Dat is gewoon gebeurd.' Hij keek op zijn horloge en vroeg: 'Heb je haast?'

'Ik ben een auteur zonder deadline.'

'Goed. Dit verhaal heb ik al jaren niet meer verteld, maar ik zal je vertellen hoe mijn verzameling is begonnen.' Hij nam een slok, leunde achterover in zijn stoel, legde een enkel op een knie en vertelde hoe hij de zeldzame boeken van zijn vader had gevonden en een paar voor zichzelf had gehouden.

5

Koffie werd een lunchafspraak. Ze liepen naar het restaurant bij de haven en gingen naar binnen, waar het aanmerkelijk koeler was. Zoals gebruikelijk tijdens zijn zakenlunches bestelde Bruce een fles wijn, vandaag een chablis; Mercer vond dat prima. Ze bestelden allebei een salade, meer niet. Hij praatte over Noelle, vertelde dat ze om de dag belde en dat haar zoektocht naar antiek goed verliep.

Mercer had zin te vragen hoe het met haar Franse vriendje ging. Ze kon nog steeds maar moeilijk geloven dat ze zo open met hun affaires omgingen. Misschien was dat in Frankrijk niet ongebruikelijk, maar Mercer had nooit een stel gekend dat zoveel deelde. Natuurlijk kende ze wel mensen die hun partner hadden bedrogen, maar nadat ze betrapt waren was er absoluut geen sprake van acceptatie. Aan de ene kant voelde ze bijna bewondering voor hen omdat ze kennelijk genoeg van elkaar hielden om het goed te vinden dat de ander met iemand anders naar bed ging, maar aan de andere kant wilde haar zuidelijke gevoel voor zedelijkheid hun verdorvenheid veroordelen.

'Ik heb een vraag,' zei ze. 'Hoe begon Talia met haar boek, en dan vooral met het verhaal over Zelda Fitzgerald en Hemingway? Wat was haar openingsscène?'

Bruce veegde zijn mond af met zijn servet en zei met een brede glimlach: 'Aha, eindelijk vooruitgang. Ga je dat verhaal echt schrijven?'

'Misschien wel. Ik heb twee boeken gelezen over de Fitzgeralds en de Hemingways in Parijs en ik heb er nog meer besteld.'

'Besteld?'

'Ja, bij Amazon. Sorry hoor, maar die zijn veel goedkoper, wist je dat?'

'Dat heb ik gehoord, ja. Als je ze via mij bestelt, krijg je dertig procent korting.'

'Maar ik lees ook graag e-books.'

‘De jongere generatie.’ Hij glimlachte, nam een slok wijn en zei: ‘Laat me even nadenken. Het is alweer lang geleden, een jaar of twaalf, dertien misschien. En Talia heeft het boek zo vaak herschreven dat ik soms in de war raakte.’

‘Uit alles wat ik tot nu toe heb gelezen, haatte Zelda Hemingway: ze vond hem een bullebak, wreed en iemand die een slechte invloed had op haar man.’

‘Dat is waarschijnlijk waar. Volgens mij stond ergens in Talia’s boek dat ze met z’n drieën in het zuiden van Frankrijk waren. Hadley, Hemingways vrouw, was om de een of andere reden in de vs, en Ernest en Scott gingen aan de zuip. In werkelijkheid klaagde Hemingway regelmatig dat Scott niet tegen drank kon. Scott was na een halve fles wijn al dronken en Hemingway kon meer drinken dan wie ook. Scott was op zijn twintigste al zwaar alcoholist en is nooit minder gaan drinken. Hij was altijd in voor een glaasje, ’s ochtends, ’s middags en ’s avonds. Zelda en Hemingway flirtten met elkaar en konden na de lunch eindelijk de kans grijpen als Scott laveloos in een hangmat lag. Ze gingen naar een logeerkamer nog geen tien meter bij de snurkende Scott vandaan. Zoiets was het, maar nogmaals, het is fictie, dus je kunt schrijven wat je wilt. Hun relatie werd bijzonder hartstochtelijk toen Ernest nog meer ging drinken en Scott hem probeerde bij te houden. Zodra hij het bewustzijn verloor, verdwenen zijn vriend Ernie en zijn vrouw Zelda naar het dichtstbijzijnde bed voor een vluggertje. Zelda was smoorverliefd op Ernest. Ernest leek ook gek op haar, maar hij verleidde haar alleen om de voor de hand liggende redenen. Toen was hij al een serieverleider. Toen ze teruggingen naar Parijs en Hadley terugkwam uit de vs, wilde Zelda gewoon doorgaan, maar had Ernest alweer genoeg van haar. Hij heeft meer dan eens gezegd dat ze getikt was. Dus hield hij haar op afstand en gaf haar de bons, en vanaf dat moment haatte ze hem. En dat, lieve vriendin, is de roman in een notendop.’

‘En jij denkt dat dit verhaal verkoopt?’

Bruce lachte en zei: ‘Zo, zo, je bent de afgelopen maand behoorlijk geldbelust geworden. Toen je hier kwam had je literaire ambities, maar nu droom je al van royalty’s.’

‘Ik wil niet terug naar de collegezaal, Bruce, en het is niet zo dat ik nu door een heleboel universiteiten word benaderd. Ik heb niets, alleen die tienduizend dollar, dankzij jou en Tessa’s lange vingers. Ik móét een paar boeken verkopen of ophouden met schrijven.’

‘Ja, dat verkoopt. Je had het over *The Paris Wife*, een prachtig verhaal over Hadley en Hemingway in die tijd, en dat verkocht uitstekend. Jij schrijft prachtig, Mercer, en je kunt het.’

Ze glimlachte, nam een slok wijn en zei: ‘Bedankt. Ik kan wel wat aanmoediging gebruiken.’

‘Wie niet?’

Even aten ze zonder iets te zeggen. Toen hield Bruce zijn glas omhoog en keek naar de wijn. ‘Vind je de chablis lekker?’

‘Hij is heerlijk.’

‘Ik ben gek op wijn, te gek bijna. Maar het is een slechte gewoonte om tijdens de lunch te drinken. Daardoor ben je ’s middags veel duffer.’

‘Daarvoor hebben ze de siësta uitgevonden,’ zei ze behulpzaam om hem te troosten.

‘Inderdaad. Ik heb een appartementje op de eerste verdieping, ergens achter de koffiebar, de perfecte plek voor een dutje na de lunch.’

‘Is dat een uitnodiging, Bruce?’

‘Dat zou het kunnen zijn.’

‘Is dat je beste versierzin: “Hé schatje, zin om samen met mij een dutje te doen?”’

‘Dat heeft al eens succes gehad.’

‘Nou, maar nu niet.’ Ze keek om zich heen en depte haar mondhoeken met haar servet. ‘Ik ga niet met getrouwde mannen naar bed, Bruce. Ik bedoel, dat heb ik twee keer gedaan en ik vond het geen van beide keren echt prettig. Getrouwde mannen betekent gedoe waar ik niet op zit te wachten. Bovendien ken ik Noelle en vind ik haar heel aardig.'

'Ik kan je verzekeren dat zij het niet erg vindt.'

'Dat kan ik maar moeilijk geloven.'

Hij glimlachte, grinnikte bijna, alsof ze geen idee had waar ze het over had en hij haar heel graag wilde bijpraten. Hij keek ook om zich heen, om er zeker van te zijn dat niemand hem kon horen. Hij boog zich naar haar toe en zei zacht: 'Noelle is in Frankrijk, in Avignon, in haar appartement, een appartement dat ze al jaren in bezit heeft. Iets verderop in de straat is een veel groter appartement, eigendom van Jean-Luc, haar vriend. Jean-Luc is getrouwd met een oudere vrouw met heel veel geld. Jean-Luc en Noelle hebben al tien jaar een intieme relatie. Sterker nog, ze kende hem al voordat ik haar leerde kennen. Ze houden hun siësta's samen, gaan uit eten, trekken met elkaar op en reizen zelfs samen als zijn oude vrouw zegt dat het goed is.'

'Zijn vrouw vindt het dus goed?'

'Natuurlijk, het zijn Fransen. Het gebeurt allemaal in het geheim, discreet en heel beschaafd.'

'En jij vindt dat niet erg? Dit vind ik echt heel bizar.'

'Nee, ik vind het helemaal niet erg. Zo is het gewoon. Weet je, Mercer, jaren geleden wist ik al dat ik niet geschikt ben voor monogamie. Ik vraag me af of iemand dat wel is, maar daar ga ik niet over. Toen ik ging studeren besefte ik dat er een heleboel knappe vrouwen rondlopen en dat ik onmogelijk gelukkig zou kunnen zijn met één vrouw. Ik heb relaties gehad, een stuk of vijf, zes vriendinnen, maar het werkte nooit omdat ik een nieuwe knappe vrouw niet kan weerstaan, ongeacht haar leeftijd. Gelukkig leerde ik Noelle kennen, want zij denkt precies zo over mannen. Haar huwelijk is jaren geleden mislukt, doordat zij een minnaar had en met haar arts naar bed ging.'

'Dus jullie sloten een deal?'

'We hebben het niet bezegeld met een handdruk, maar toen we besloten te trouwen kenden we de regels: de deur staat wagenwijd open, maar wees wel discreet.'

Mercer schudde haar hoofd en wendde haar blik af. 'Het spijt me, maar ik heb nooit eerder een stel gekend met zo'n regeling.'

'Ik vraag me af of het echt zo ongebruikelijk is.'

'O, geloof me, het is bijzonder ongebruikelijk. Jij denkt alleen dat het normaal is doordat jullie het doen. Luister, ik heb een vriendje betrapt toen hij me een keer bedroog en een jaar nodig gehad om daaroverheen te komen. Ik haat hem nog steeds.'

'Dan hoef ik dus niets meer te zeggen. Je neemt het veel te serieus. Wat is er erg aan een flirt zo af en toe?'

'Een flirt? Je vrouw gaat dus al tien jaar met haar Franse vriendje naar bed. Noem je dat een flirt?'

'Nee, dat is meer dan een flirt, maar Noelle houdt niet van hem. Het is vooral vriendschap.'

'Ja hoor. Dus toen Sally Aranca laatst in de stad was, was dat een flirt of vriendschap?'

'Geen van beide, allebei, wat maakt het uit? Sally komt hier één keer per jaar en dan maken we samen plezier. Noem het zoals je wilt.'

'En als Noelle hier dan was geweest?'

'Zij vindt het niet erg. Mercer, luister naar me. Als je Noelle nu belt en haar vertelt dat we zitten te lunchen en bespreken of we met elkaar naar bed gaan en haar vraagt wat zij daarvan vindt, dan beloof ik je dat Noelle lachend zal zeggen: "Hé, ik ben al twee weken weg. Waarom heeft het zo lang geduurd?" Wil je haar bellen?'

'Nee.'

Bruce lachte en zei: 'Je bent veel te preuts.'

Mercer had zichzelf nooit als een preuts iemand beschouwd.

Sterker nog, ze vond zelf dat ze behoorlijk losjes was en bijna alles accepteerde. Maar op dat moment vond ze zichzelf wel preuts en baalde daarvan. 'Niet waar, dat ben ik niet.'

'Laten we dan met elkaar naar bed gaan.'

'Sorry hoor, maar ik kan daar niet zo relaxt over doen.'

'Prima. Ik wil me niet opdringen, ik bood alleen een dutje aan, dat is alles.'

Ze grinnikten allebei, maar de spanning was voelbaar aanwezig en ze wisten ook dat dit onderwerp nog niet van tafel was.

6

Het was donker toen ze elkaar troffen aan het einde van het plankenpad bij het strandhuis. Het was eb en het strand was breed en verlaten. Het licht van de vollemaan streek glinsterend over het water van de oceaan. Elaine was blootsvoets, en Mercer schopte haar sandalen uit. Ze wandelden naar het water en liepen erlangs, gewoon twee goede vriendinnen die met elkaar kletsten.

Mercer hield zich goed aan haar opdracht om elke avond een uitgebreide mail te sturen waarin ze zelfs gedetailleerd beschreef wat ze las en probeerde te schrijven. Elaine wist bijna alles, hoewel Mercer niets had gezegd over dat Cable had geprobeerd haar in bed te krijgen. Later misschien, afhankelijk van wat er misschien gebeurde.

'Wanneer ben je op het eiland aangekomen?' vroeg Mercer.

'Vanmiddag. We hebben de afgelopen dagen op kantoor gezeten met ons team, met al onze deskundigen: de technische jongens, lui van Operaties, zelfs mijn baas, de eigenaar van het bedrijf.'

'Heb je een baas?'

'Jazeker. Ik heb de leiding van dit project, maar mijn baas neemt de eindbeslissing, als we zover zijn.'

'Waar zijn?'

'Dat weet ik niet zeker. Dit is de zesde week en eerlijk gezegd weten we niet goed wat we nu moeten doen. Je hebt schitterend werk geleverd, Mercer, en je bent de eerste vijf weken verrassend opgeschoten. Daar zijn we heel blij mee. Maar nu we de foto's en video's hebben, en nu je jezelf in Cable's kringetje hebt gemanoeuvreerd, vragen we ons af wat onze volgende stap moet zijn. We hebben veel vertrouwen in de goede afloop, maar we moeten er wel komen.'

'Het lukt ons wel.'

'We hebben bewondering voor je zelfvertrouwen.'

'Bedankt,' zei Mercer op vlakke toon, moe van alle lof. 'Ik heb een vraag. Ik vraag me af of het wel verstandig is echt met die roman over Zelda en Hemingway door te gaan. Dat lijkt gewoon te gemakkelijk, nu Cable die Fitzgerald-manuscripten in bezit heeft. Is dat wel de juiste aanpak?'

'Maar die roman was zijn idee.'

'Misschien is het zijn aas, zijn manier om mij te testen.'

'Heb je redenen om te denken dat hij je misschien verdenkt?'

'Niet echt. Ik heb inmiddels wat tijd met Bruce kunnen doorbrengen en ik denk dat ik hem wel doorzie. Hij is heel slim, snel van begrip en charismatisch, en bovendien een eerlijke vent met wie je gemakkelijk kunt praten. Hij is misschien niet eerlijk met bepaalde onderdelen van zijn zaken, maar wel als hij bij zijn vrienden is. Hij is soms gruwelijk eerlijk en kan slecht tegen domme mensen, maar hij heeft iets aardigs wat oprecht is. Ik mag hem graag, Elaine, en hij mag mij en wil intiemer worden. Ik denk dat ik het wel zou weten als hij argwaan had.'

'Ben je van plan intiem met hem te worden?'

'We zien wel.'

'Hij liegt over zijn huwelijk.'

'Klopt. Hij praat altijd over Noelle als zijn vrouw. Ik neem aan dat je gelijk hebt als je zegt dat ze niet echt getrouwd zijn.'

‘Ik heb je alles verteld wat wij weten. In Frankrijk en hier is nergens vastgelegd dat ze getrouwd zijn. Misschien zijn ze in een ander land getrouwd, maar dat is niet hun verhaal.’

‘Ik weet niet hoe intiem we worden en ik betwijfel of dat te plannen is. Wat ik wil zeggen is dat ik hem volgens mij goed genoeg ken om twijfels van zijn kant te signaleren.’

‘Ga dan toch maar door met zijn roman. Daardoor krijg je de kans over Fitzgerald te praten. Het is zelfs een goed idee om het eerste hoofdstuk te schrijven en hem dat te laten lezen. Kun je dat, denk je?’

‘Zeker wel. Het is immers allemaal fictie? Tegenwoordig is niets in mijn leven echt.’

7

Bruces volgende poging was al even nonchalant als de eerste, maar het had succes. Op donderdagmiddag belde hij Mercer en vertelde dat Mort Gasper, de legendarische uitgever van Ripley Press, in de stad was en samen met zijn vrouw op bezoek kwam. Gasper kwam bijna elke zomer naar het eiland en logeerde dan bij Bruce en Noelle. Het zou een klein dinertje worden, alleen zij vieren, vrijdag laat, gewoon een aangename manier om de week af te sluiten.

Mercer was bijna claustrofobisch nadat ze een paar dagen in de bed and breakfast had doorgebracht en kon niet wachten haar kamer te ontvluchten. Ze wilde wanhopig graag haar strandhuis terug en telde de dagen tot Connie en haar gezin naar huis gingen. Om maar niet te hoeven schrijven wandelde Mercer uren over het strand, waarbij ze heel ver bij het strandhuis vandaan bleef en goed oplette of ze familieleden zag.

Als ze Mort Gasper nu ontmoette, kon dat misschien ooit nuttig zijn voor haar tanende carrière. Dertig jaar geleden had hij Ripley voor een zakcentje gekocht en de niet-winstgevende kleine uitgeverij opgebouwd tot een belangrijke uitgeverij die absoluut onafhankelijk wenste te blijven. Hij had een geweldig oog voor talent en daarmee een aantal auteurs verzameld en gepromoot die nu bekend waren om hun verschillende literaire aspiraties en hun vermogen boeken te verkopen. Zelfs nu de gouden eeuw voor de uitgeverij voorbij was, hield Mort vast aan zijn traditie van drie uur durende lunches en feesten tot in de kleine uurtjes ter gelegenheid van de lancering van een nieuw boek in zijn appartement in de Upper West Side. Er was geen twijfel aan dat hij de meest kleurrijke figuur was in de uitgeefwereld en niets wees erop dat hij het rustiger aan ging doen, zelfs niet nu hij bijna zeventig was.

Op vrijdagmiddag zat Mercer twee uur lang online oude tijdschriftartikelen over Mort te lezen, die geen van alle zelfs maar een klein beetje saai waren. In een artikel van twee jaar geleden stond dat Mort een voorschot van twee miljoen dollar had betaald aan een onbekende ster met een debuutroman waarvan slechts tienduizend exemplaren werden verkocht. Hij had er geen spijt van en noemde het 'een koopje'. Een ander artikel noemde zijn laatste huwelijk, met een vrouw die ongeveer even oud was als Mercer. Ze heette Phoebe en werkte als redacteur bij Ripley.

Om acht uur op vrijdagavond ontving Phoebe haar bij de voordeur van Marchbanks House, en na een hartelijke begroeting waarschuwde ze Mercer dat de 'jongens' al aan de drank waren. Terwijl Mercer achter haar aan liep door de keuken, hoorde ze het gezoem van een blender. Bruce was op de achterveranda en maakte lemon daiquiri's klaar en droeg nu alleen een korte broek en een golfshirt. Hij gaf Mercer een tikje op beide wangen en stelde haar voor aan Mort, die haar begroette met een stevige omhelzing en een aanstekelijke glimlach. Hij was blootsvoets en zijn lange overhemd hing tot op zijn knieën. Bruce gaf Mercer een daiquiri en schonk de anderen bij, waarna ze in rieten stoelen aan een tafeltje gingen zitten dat vol lag met boeken en tijdschriften.

Het werd al snel duidelijk dat het in dit soort situaties, maar waarschijnlijk in elke situatie, de bedoeling was dat Mort het woord deed. Mercer vond dat prima. Na de derde slok voelde ze zich rozig, en ze vroeg zich af hoeveel rum Bruce aan het recept had toegevoegd. Mort ging tekeer over de presidentsverkiezingen en de zorgwekkende toestand van de Amerikaanse politiek, een onderwerp waarvoor Mercer weinig belangstelling kon opbrengen, maar Bruce en Phoebe leken betrokken en reageerden voldoende om hem door te laten gaan.

'Een probleem als ik rook?' vroeg Mort aan niemand in het bijzonder en hij pakte een leren etui van de tafel. Hij en Bruce staken een zwarte sigaar op, waardoor er al snel een blauw waas boven hun hoofden hing. Bruce haalde de kan en schonk iedereen weer bij. Tijdens een van de zeldzame pauzes in Morts monoloog slaagde Phoebe erin ook iets te zeggen: 'Zeg, Mercer, Bruce vertelde dat je hier aan een roman werkt.'

Mercer had geweten dat het die avond een keer aan de orde zou komen. Ze glimlachte en zei: 'Bruce is bijzonder genereus. Op dit moment ben ik meer aan het dromen dan aan het werk.'

Mort blies een rookwolk uit en zei: '*October Rain* was een prima debuut. Heel indrukwekkend. Wie heeft het uitgegeven? Dat kan ik me niet herinneren.'

Met een vergevingsgezinde glimlach zei Mercer: 'Tja, Ripley wees het af.'

'Dat hebben we inderdaad gedaan, een domme actie, maar dat soort dingen gebeuren nu eenmaal in de uitgeefwereld. Je gokt goed bij bepaalde boeken en verkeerd bij andere, dat hoort er allemaal bij.'

'Het is uitgegeven door Newcombe, maar we waren het niet altijd met elkaar eens.'

Hij snoof afkeurend en zei: 'Stelletje mafkezen. Ben je daar vertrokken?'

'Ja. Ik ben nu onder contract bij Viking, als ik nog steeds

een contract heb. De laatste keer dat mijn redacteur me belde, vertelde ze me dat ik drie jaar te laat was.'

Mort brulde van het lachen en zei: 'Maar drie jaar! Wat een mazzel. Ik zat Doug Tannenbaum vorige week uit te foeteren omdat hij acht jaar geleden had moeten inleveren. Auteurs!'

Phoebe vroeg snel: 'Praat je over je werk?'

Mercer glimlachte en schudde haar hoofd. 'Er is niets om over te praten.'

'Wie is je agent?' vroeg Mort.

'Gilda Savitch.'

'Ben gek op die meid. Heb vorige maand nog met haar geluncht.'

Wat fijn dat je het goedkeurt, zei Mercer bijna, dankzij de rum. 'Ze heeft mijn naam zeker niet genoemd?'

'Dat kan ik me niet herinneren. Het was een lange lunch.' Mort brulde weer en dronk toen zijn glas leeg. Phoebe vroeg naar Noelle en dat hield hen een paar minuten bezig. Het viel Mercer op dat er geen activiteit plaatsvond in de keuken, geen enkel teken dat er eten werd bereid. Toen Mort zich verontschuldigde en naar het toilet ging, liep Bruce weer naar de blender om nog meer daiquiri's te maken. De vrouwen praatten over de zomer en vakanties en dergelijke. Phoebe en Mort zouden de volgende dag vertrekken en naar de Keys gaan waar ze een maand zouden blijven. Er gebeurde weinig binnen de uitgeverij in juli en alles lag volkomen stil in augustus, en omdat hij de baas was konden ze de stad zes weken verlaten.

Zodra Mort terug was en met een vol glas en een sigaar in zijn stoel zat, werd er aangebeld en verdween Bruce. Hij kwam terug met een grote doos en zette hem op de tafel. 'De beste vistaco's van dit eiland. Gegrilde baars, vanochtend gevangen.'

'Je serveert ons afhaaltaco's?' vroeg Mort vol ongeloof. 'Dat kan ik gewoon niet geloven! Ik neem je mee naar de beste restaurants in New York en dan krijg ik dit!' Terwijl hij protesteerde, stak hij zijn hand uit naar de taco's.

Bruce zei: 'De laatste keer dat wij in de stad hebben geluncht, nam je me mee naar dat afschuwelijke eethuisje om de hoek bij je kantoor en toen was mijn broodje biefstuk zo slecht dat ik bijna moest kotsen. Bovendien heb ik de rekening toen betaald.'

'Jij bent maar een boekhandelaartje, Bruce,' zei Mort en hij beet een taco doormidden. 'De auteurs krijgen een heerlijke maaltijd. Mercer, de volgende keer dat je in de stad bent gaan we naar een driesterrenrestaurant.'

'Afgesproken,' zei ze, ook al wist ze dat dit nooit zou gebeuren. In het tempo waarin hij dronk zou hij zich de volgende ochtend al niet veel meer herinneren. Bruce liet zich ook gaan; hij dronk veel fanatieker dan ze hem ooit eerder had zien doen. Verdwenen waren de bedachtzame slokjes wijn, heel af en toe een nieuw glas, de praatjes over het jaar en de wijngaard, de volkomen zelfbeheersing. Maar nu, ontspannen en blootsvoets, verdomd, het was een lange week geweest, het was vrijdagavond, dus kon hij zich helemaal laten gaan met een goede vriend.

Mercer nam kleine slokjes van haar ijskoude drankje en probeerde zich te herinneren hoeveel ze er al op had. Doordat Bruce haar glas steeds weer bijschonk was het moeilijk bij te houden. Ze was soezerig en moest het echt rustiger aan doen. Ze at een taco en keek of ze ergens een fles water zag staan, of misschien zelfs wat wijn, maar verder was er niets te drinken op de veranda behalve een nieuwe karaf daiquiri die voor hen klaarstond.

Bruce schonk hun glazen weer vol en begon een verhaal te vertellen over daiquiri, zijn favoriete zomerdrankje. In 1948 ging een Amerikaanse auteur, A.E. Hotchner, naar Cuba op zoek naar Ernest Hemingway, die daar eind 1940 en begin 1950 woonde. Ze raakten al snel bevriend en in 1966, een paar jaar na Hemingways dood, publiceerde Hotchner een beroemd boek, *Papa Hemingway.*

Natuurlijk onderbrak Mort het verhaal met: 'Ik heb Hotchner ontmoet, leeft nog steeds volgens mij. Moet wel tegen de honderd lopen.'

Bruce antwoordde: 'Laten we er maar van uitgaan dat je iedereen hebt ontmoet, Mort.'

Hoe dan ook, volgens het verhaal had Hemingway tijdens Hotchners eerste bezoek, voor een soort interview, niet veel zin in een afspraak. Hotchner bleef aandringen en uiteindelijk spraken ze af in een bar niet ver van Hemingways huis. Aan de telefoon had Hemingway gezegd dat die bar bekendstond om zijn daiquiri's. Hemingway was natuurlijk te laat, dus bestelde Hotchner om de tijd te doden een daiquiri. Die was verrukkelijk en sterk, en omdat hij nooit veel dronk, nam hij er alle tijd voor. Er ging een uur voorbij. Het was warm en klam in de bar, dus bestelde hij er nog een. Maar zodra zijn glas halfleeg was, merkte hij dat hij dubbelzag. Toen Hemingway eindelijk arriveerde, werd hij onthaald als een beroemdheid. Hij kwam daar kennelijk heel vaak. Ze gaven elkaar een hand, gingen aan een tafeltje zitten en Ernest bestelde daiquiri's. Hotchner treuzelde met zijn derde, terwijl Ernest zijn glas bijna meteen leegdronk. Daarna nog een glas. Tijdens zijn derde glas merkte Ernest dat zijn nieuwe drinkmaatje niet dronk, dus zei hij dat Hotchner geen echte man was en wanneer hij met de beroemde Ernest Hemingway wilde optrekken moest leren drinken als een man. Hotchner vermande zich en dronk zijn glas leeg, maar toen begon alles om hem heen te draaien. Later, terwijl Hotchner moedig probeerde zijn hoofd rechtop te houden, had Ernest helemaal geen belangstelling meer voor hun gesprek en begon, met een nieuwe daiquiri, domino te spelen met de locals. Op een bepaald moment – Hotchner was alle besef van tijd kwijt – stond Ernest op en zei dat het tijd was om te eten. Hotchner moest met hem meekomen. Terwijl ze de bar verlieten, vroeg Hotchner: 'Hoeveel daiquiri's hebben we op?'

De barkeeper dacht even na en zei in het Engels: 'U vier, en Papa zeven.'

'Heb je zeven daiquiri's op?' vroeg Hotchner vol ongeloof.

Ernest lachte, net als de locals. 'Zeven is niets, mijn vriend. Het record hier staat op zestien, staat natuurlijk op mijn naam, en daarna liep ik naar huis.'

Mercer begon het gevoel te krijgen dat zij met haar zestiende bezig was.

Mort zei: 'Ik weet nog dat ik *Papa* las toen ik in de postkamer van Random was.' Hij had genoeg taco's gehad en stak een sigaar op. 'Heb jij een eerste druk, Bruce?'

'Ik heb er twee, een in goede staat en een in een minder goede staat. Je ziet ze niet vaak meer tegenwoordig.'

'Heb je de laatste tijd nog interessante aankopen gedaan?' vroeg Phoebe.

Behalve de Fitzgerald-manuscripten die uit Princeton zijn gestolen, dacht Mercer, maar ze zou nooit zoveel drinken dat ze dat er per ongeluk uit zou flappen. Haar oogleden begonnen zwaarder te worden.

'Niet echt,' zei Bruce. 'Vond onlangs wel een exemplaar van *The Convict*.'

Omdat Mort niet overtroefd wilde worden begon hij – en er was waarschijnlijk niemand in de geschiedenis van de New Yorkse uitgeefwereld die zoveel verhalen had meegemaakt of ze uit betrouwbare bron had vernomen – met een wijdlopig verhaal over een uit de hand gelopen feest in zijn appartement om twee uur 's nachts toen Norman Mailer geen rum meer kon vinden en lege flessen naar George Plimpton begon te gooien. Het was een hilarisch verhaal, maar niet echt geloofwaardig, maar Mort was een geboren verteller.

Mercer merkte opeens dat ze in slaap viel. Het laatste geluid dat ze hoorde was dat van de blender die werd aangezet voor een nieuwe ronde.

8

Ze werd wakker in een onbekend bed in een ronde kamer, en de eerste paar seconden durfde ze zich niet te bewegen omdat elke beweging de stekende pijn in haar voorhoofd verergerde. Haar ogen brandden, dus deed ze ze weer dicht. Haar mond en keel waren kurkdroog. Een zacht gerommel in haar maag waarschuwde haar dat alles misschien nog erger zou worden. Oké, een kater; dat had ze al eens meegemaakt en overleefd. Het kon dus best eens een lange dag worden, maar wat gaf dat? Niemand had haar gedwongen te veel te drinken. Eigen schuld, meid. Op de universiteit zeiden ze altijd: 'Als je stom bent geweest moet je flink zijn.'

Ze lag op een wolk, op een dikke, zachte veren matras met allemaal heerlijke lakens om zich heen. Ongetwijfeld uitgekozen door Noelle. Met haar nieuwe vermogen had Mercer geld uitgegeven aan mooiere lingerie en op dat afschuwelijke moment merkte ze tot haar grote opluchting dat ze dat nu ook aanhad. Ze hoopte dat Bruce onder de indruk was geweest. Weer opende ze haar ogen, knipperde een paar keer, slaagde erin haar blik te focussen en zag dat haar korte broek en bloes netjes over een stoel hingen. Dat was zijn manier om duidelijk te maken dat het uitkleden op een rustige manier had plaatsgevonden en niet gehaast om maar snel het bed in te kunnen duiken. Weer vielen haar ogen dicht en ze kroop dieper onder de lakens.

Na het wegstervende geluid van de blender, niets. Hoe lang had ze dus in haar stoel op de veranda zitten slapen terwijl de anderen verhalen vertelden en bleven drinken en knipogend en grinnikend naar haar keken? Had ze zelf weg kunnen lopen, wankel en misschien met een beetje hulp, of had Bruce haar naar de toren op de tweede verdieping moeten dragen? Was ze echt bewusteloos geraakt, zoals in haar studietijd, of was ze gewoon in slaap gevallen en in bed gelegd?

Weer rommelde haar maag. Ze had het feestje op de veranda toch zeker niet verpest door een walgelijke kotspartij waar Bruce en de anderen nooit meer over zouden praten? Door de gedachte aan zo'n afschuwelijke gebeurtenis werd ze zelfs nog beroerder. Weer keek ze naar haar korte broek en bloes. Daar leken geen vlekken op te zitten, geen tekenen van een puinhoop.

Toen een troostende gedachte: Mort was veertig jaar ouder en hij had zijn hele leven problemen veroorzaakt. Hij had meer gedronken en meer katers meegemaakt dan al zijn auteurs bij elkaar, dus zou hij zich nergens aan storen. Hij zou het waarschijnlijk wel grappig vinden. En wat gaf het wat Phoebe dacht? Mercer zou haar nooit meer terugzien. Bovendien had Phoebe door het samenwonen met Mort alles al gezien. En dat gold zeker voor Bruce.

Bruce klopte zacht op de deur en kwam de kamer in. Hij droeg een badjas van witte badstof en had een grote fles water en twee kleine glazen bij zich. 'Goedemorgen!' zei hij zacht en hij ging op de rand van het bed zitten.

'Morgen,' zei ze. 'Ik wil heel graag wat water.'

'Ik ook,' zei hij en hij schonk de glazen vol. Ze dronken ze snel leeg en hij schonk ze weer vol. 'Hoe voel je je?' vroeg hij.

'Niet zo goed. En jij?'

'Het was een lange avond.'

'Hoe ben ik hier boven gekomen?'

'Je was op de veranda in slaap gevallen, en ik heb je naar bed geholpen. Phoebe viel kort na jou in slaap, en toen hebben Mort en ik nog een sigaar opgestoken en wat gedronken.'

'Hebben jullie Hemingways record verbroken?'

'Nee, maar voor mijn gevoel wel bijna.'

'Eerlijk zeggen, Bruce, heb ik mezelf belachelijk gemaakt?'

'Helemaal niet. Je was in slaap gevallen en omdat je niet kon rijden, heb ik je in bed gestopt.'

'Bedankt. Ik kan me niet veel herinneren.'

'Er is niet veel te herinneren. We waren allemaal uitgeteld.'

Ze dronk haar glas leeg en hij schonk het weer vol. Ze knikte naar haar kleren en vroeg: 'Wie heeft die uitgetrokken?'

'Ik. Een bijzonder genoegen.'

'Heb je me betast?'

'Nee, maar dat heb ik wel overwogen.'

'Wat een heer.'

'Altijd. Luister, in de badkamer staat een badkuip op leeuwenpoten. Als jij nu eens een lang heet bad neemt en water blijft drinken, maak ik een ontbijt klaar. Ik heb behoefte aan eieren en bacon, en jij waarschijnlijk ook. Doe alsof je thuis bent. Ik hoor Mort en Phoebe ook al, en zij gaan zo weg. Zodra ze vertrokken zijn, breng ik je ontbijt op bed. Goed plan?'

Ze glimlachte en zei: 'Klinkt geweldig. Bedankt.'

Hij vertrok en deed de deur achter zich dicht. Ze kon twee dingen doen. Eén: ze kon zich aankleden, stilletjes naar beneden lopen, proberen Mort en Phoebe te ontwijken, tegen Bruce zeggen dat ze weg moest en verdwijnen. Maar snel lopen was geen goed idee. Ze had tijd nodig, tijd om zichzelf weer in de hand te krijgen, om te zien of haar maag tot rust kwam, om zich te ontspannen en misschien zelfs haar kater weg te slapen. Bovendien vroeg ze zich af of het wel verstandig was om nu auto te rijden. Het idee dat ze terug moest naar haar kleine kamer in de bed and breakfast trok haar ook niet aan, maar het idee aan een lang heet bad was nu onweerstaanbaar.

De tweede optie was zich aan Bruces plan houden, een plan dat er uiteindelijk toe zou leiden dat hij bij haar in bed zou belanden. Dat, had ze besloten, was zo langzamerhand onvermijdelijk.

Ze schonk nog een glas water in en gleed uit bed. Ze rekte zich uit, ademde diep in en voelde zich al wat beter. Zo te zien werd ze niet misselijk. Ze liep naar de badkamer, draaide de kranen open en vond het badschuim. Het digitale klokje op de kaptafel stond op twintig over acht, dus ondanks haar fysieke ongemak had ze toch bijna tien uur geslapen.

Natuurlijk kwam Bruce kijken hoe het met haar ging en om te vragen of ze genoot van haar bad. Hij kwam binnen, nog steeds in zijn kamerjas, en zette een fles spuitwater naast de badkuip. 'Hoe gaat-ie?' vroeg hij.

'Veel beter,' zei ze. Het schuim bedekte het grootste deel van haar naakte lichaam, maar niet alles. Hij glimlachte, met een lange, goedkeurende blik. 'Heb je nog iets nodig?'

'Nee hoor, helemaal niets.'

'Ik ben in de keuken bezig. Doe maar rustig aan,' zei hij en hij vertrok.

9

Ze bleef een uur in bad liggen, stapte eruit en droogde zich af. Aan de deur hing een kamerjas die ze aantrok en in een la vond ze een paar nieuwe tandenborstels. Ze haalde er een uit de verpakking en voelde zich een stuk beter nadat ze haar tanden had gepoetst. Toen ze haar lingerie pakte, zag ze dat haar tasje vlak bij haar korte broek en bloes lag. Ze haalde haar iPad eruit, stapte in bed en nestelde zich daar met een paar kussens in de rug en doezelde weer weg.

Ze zat te lezen toen ze aan de andere kant van de deur geluiden hoorde. Even later kwam Bruce binnen met een ontbijtblad en zette dat naast haar op bed. 'Bacon, roerei, muffins met jam, sterke koffie en, voor de goede orde, een mimosa.'

'Ik denk niet dat ik nu nog meer drank nodig heb,' zei ze. Maar het eten zag er verrukkelijk uit en rook ook heerlijk.

'Een glaasje tegen de nadorst. Het is goed voor je.' Hij liep even weg en kwam terug met een dienblad voor zichzelf. Toen ze naast elkaar zaten, met hun dienbladen op schoot en in identieke badjassen, hief hij zijn flûte en zei: 'Proost.' Ze namen een slokje en begonnen te eten.

'Dus dit is de beroemde schrijverskamer,' zei ze.

‘Daar heb je over gehoord?’

‘De ondergang van een heleboel arme vrouwen.’

‘Allemaal bijzonder gewillige vrouwen.’

‘Het is dus waar. Jij krijgt de vrouwen, en Noelle de mannen?’

‘Klopt. Wie heeft je dat verteld?’

‘Sinds wanneer kunnen auteurs geheimen bewaren?’

Bruce lachte en stopte een stuk bacon in zijn mond. Na twee slokken van haar mimosa werd Mercer weer soezerig doordat de restanten van de rum van de vorige avond zich vermengden met de nieuwe champagne. Gelukkig was haar maag tot rust gekomen door haar lange bad en was het eten verrukkelijk. Ze knikte naar de lange, gebogen muur die helemaal bedekt was met planken vol boeken en vroeg: ‘Wat zijn dat voor boeken? Ook eerste drukken?’

‘Niets wat echt van waarde is. Van alles en nog wat.’

‘Dit is een prachtige kamer, en je kunt wel zien dat Noelle hem heeft ingericht.’

‘Laten we voorlopig maar even niet aan haar denken. Zij geniet nu waarschijnlijk van een late lunch met Jean-Luc.’

‘En dat vind je niet erg?’

‘Helemaal niet. Kom op, Mercer, daar hebben we het al over gehad.’

Een paar minuten zaten ze zwijgend te eten. Ze negeerden de koffie, maar niet de mimosa’s. Onder de lakens streelde hij zacht haar dij.

Ze zei: ‘Ik kan me niet herinneren wanneer ik voor het laatst met een kater heb gevreeën.’

‘O, ik doe dat heel vaak. Dat is zelfs de beste manier om eroverheen te komen.’

‘Jij zult het wel weten.’

Hij stapte uit bed en zette zijn dienblad op de grond. ‘Drink je glas leeg,’ zei hij, wat ze deed. Hij pakte haar dienblad en zette dat weg, trok zijn badjas uit en gooide hem over het voeteneind van het bed. Hij hielp haar uit haar badjas en zodra ze heerlijk naakt waren, kropen ze diep onder de lakens.

10

Die zaterdagochtend laat was Elaine Shelby in haar kantoor thuis aan het werk toen ze werd gebeld door Graham op Camino Island. 'Bingo!' zei hij. 'Zo te zien heeft onze vrouw de nacht in het grote huis doorgebracht.'

'Vertel,' zei ze.

'Gisteravond om een uur of acht heeft ze haar auto aan de overkant geparkeerd en die staat er nog steeds. Een ander stel is vanochtend vertrokken; geen idee wie dat waren. Mercer en Cable zijn binnen. Het regent hier hard, een perfecte ochtend dus voor een vrijpartij. Prima werk.'

'Dat werd tijd. Hou me op de hoogte.'

'Doe ik.'

'Ik kom maandag.'

Denny en Rooker hielden het huis ook in de gaten. Ze hadden de North Carolina-kentekenplaten op Mercers auto nagetrokken en een achtergrondcheck gedaan. Daardoor kenden ze haar naam, haar recente arbeidsverleden, het feit dat ze nu in de Lighthouse Inn verbleef, welke boeken ze had uitgegeven en dat ze deels eigenaar was van het strandhuis. Ze wisten dat Noelle Bonnet niet in de stad was en dat haar winkel was gesloten. Ze wisten zoveel als ze maar konden weten, behalve eigenlijk wat ze nu moesten doen.

11

De storm hield aan en dat was eigenlijk nog een reden om in bed te blijven. Mercer, die al zes maanden niet meer had gevreeën, kon er maar niet genoeg van krijgen. Bruce, de ervaren professional, had een libido en een uithoudingsvermogen waar ze zich soms over verbaasde. Na een uur, of misschien twee, waren ze eindelijk doodmoe en vielen in slaap. Toen ze wakker werd, was hij weg. Ze trok haar badjas aan, liep naar beneden en vond hem in de keuken. Hij droeg zijn gebruikelijke pak met hertenleren schoenen, hij was helemaal opgefrist en keek helder uit zijn ogen alsof hij helemaal klaar was voor een nieuwe dag van boeken verkopen. Ze kusten elkaar, en zijn handen gleden meteen weer in haar badjas en pakten haar bij haar billen. 'Wat heb je toch een verrukkelijk lichaam,' zei hij.

'Je laat me alleen?'

Weer kusten en streelden ze elkaar. Daarna maakte hij zich van haar los en zei: 'Ik moet naar de winkel. De detailhandel is een gruwel, wist je dat?'

'Wanneer kom je terug?'

'Gauw. Dan neem ik een lunch mee en die eten we op de veranda op.'

'Ik moet weg,' zei ze halfhartig.

'Waarnaartoe? Terug naar het Lighthouse? Toe nou, Mercer, blijf gewoon hier. Voor je het weet ben ik terug. Het regent pijpenstelen en de wind giert om het huis, volgens mij is er kans op een tornado. Verdorie, het is gevaarlijk buiten. Straks kruipen we in bed en gaan de hele middag lezen.'

'Ja hoor, jij denkt alleen aan lezen.'

'Hou die badjas aan, ik ben zo terug.'

Ze kusten elkaar weer, en na een tijdje slaagde hij erin zich los te maken. Hij gaf haar een tikje op de wang, nam afscheid en vertrok. Mercer schonk een kop koffie in en nam die mee naar de achterveranda, waar ze in een rieten schommelstoel ging zitten en naar de regen keek. Even dacht ze aan zichzelf als een hoer, een slechte vrouw die werd betaald om haar lichaam te gebruiken om door te gaan met haar bedrog, maar ze verwierp die gedachte snel weer. Bruce Cable was een hopeloze vrouwengek die met iedereen naar bed ging, ongeacht hun motieven. Nu was zij het en volgende week was het weer een andere vrouw. Trouw en vertrouwen betekenden niets voor hem, dus waarom zou zij dat wel belangrijk vinden? Hij vroeg geen beloftes, verwachtte ze niet en gaf ze zelf ook niet. Voor hem was het allemaal een fysiek genoegen en op dit moment gold dat ook voor haar. Ze negeerde het lichte schuldgevoel en glimlachte zelfs bij de gedachte aan een verrukkelijk wild weekend in zijn bed.

Hij bleef niet lang weg. Als lunch aten ze een salade en gingen kort daarna terug naar de toren voor een nieuwe vrijpartij. Toen ze even pauzeerden, pakte Bruce een fles chardonnay en een dikke roman. Ze besloten naar de achterveranda te gaan om in een rieten schommelstoel te lezen en naar de regen te luisteren. Hij had zijn boek, zij haar iPad.

'Kun je met dat ding echt van een boek genieten?' vroeg hij.

'Natuurlijk. De woorden zijn hetzelfde. Heb jij het ooit geprobeerd?'

'Jaren geleden kreeg ik er een van Amazon, maar ik kon mijn gedachten er gewoon niet bij houden. Maar misschien was ik een beetje bevooroordeeld.'

'Nee toch! Ik vraag me af waarom?'

'Welk boek lees jij?'

'*For Whom the Bell Tolls.* Ik wissel tussen Hemingway en F. Scott, probeer al hun boeken te lezen. Gisteren heb ik *The Last Tycoon* uitgelezen.'

'En?'

'Ik vind het een bijzonder boek, als je nagaat waar hij was toen hij het schreef. In Hollywood, hij probeerde wat geld te verdienen, terwijl het fysiek en mentaal niet goed met hem ging. En zo jong. Een nieuwe tragedie.'

'Dat was toch zijn laatste, het boek dat hij niet heeft afgemaakt?'

'Dat zeggen ze. Wat een verspilling van talent.'

'Is dit je huiswerk voor de roman?'

'Misschien. Ik twijfel nog steeds. Wat lees jij?'

'*My Favorite Tsunami*, de debuutroman van een auteur die niet echt goed kan schrijven.'

'Wat een vreselijke titel.'

'Ja, en het wordt ook niet beter. Ik heb vijftig bladzijden gelezen, met nog zeshonderd te gaan, en het kost me moeite. Er zou een regel moeten zijn voor het uitgeven van boeken dat een debuutroman niet dikker mag zijn dan driehonderd bladzijden, vind je ook niet?'

'Misschien wel. Mijn debuutroman telde maar tweehonderdtachtig bladzijden.'

'Die van jou was perfect.'

'Bedankt. Ga je hem wel uitlezen?'

'Dat betwijfel ik. Ik geef elk boek honderd bladzijden een kans, en als de auteur dan mijn aandacht niet kan vasthouden leg ik het weg. Er zijn te veel goede boeken die ik wil lezen om mijn tijd te verspillen aan een slecht boek.'

'Ik doe hetzelfde, maar mijn limiet ligt bij vijftig bladzijden. Ik heb nooit begrepen waarom sommige mensen zich door een boek worstelen dat ze niet mooi vinden, omdat ze om de een of andere reden vinden dat ze hem helemaal uit moeten lezen. Tessa was ook zo. Soms gooide ze een boek na het eerste hoofdstuk opzij, maar dan pakte ze hem weer en kreunde en gromde vierhonderd bladzijden lang tot het bittere eind. Dat heb ik nooit begrepen.'

'Ik snap het ook niet.' Hij nam een slok wijn, keek naar de achtertuin en pakte zijn boek weer. Ze wachtte tot hij een bladzijde had omgeslagen en vroeg: 'Nog meer regels?'

Hij glimlachte en legde het boek neer. 'Mercer, liefje, ik heb een hele waslijst: "Bruce Cable's Top 10 – regels voor het schrijven van fictie", een briljante handleiding, opgesteld door een expert die meer dan vierduizend boeken heeft gelezen.'

'Vertel je dat weleens aan iemand?'

'Soms. Ik mail hem je wel, maar je hebt hem niet echt nodig.'

'Misschien toch wel. Ik heb iets nodig, dus geef me maar een paar hints.'

'Oké, ik heb de pest aan prologen. Ik heb net een roman

uit van een auteur die op tournee is en volgende week langskomt. Hij begint elk boek met de gebruikelijke proloog, een dramatisch verhaal, bijvoorbeeld over een moordenaar die een vrouw stalkt of over een lijk, waarna hij de lezer in het ongewisse laat. Dan begint hij met hoofdstuk 1 dat uiteraard niets te maken heeft met de proloog; dan komt hoofdstuk 2 dat natuurlijk niets te maken heeft met hoofdstuk 1 of de proloog, en dan, na ongeveer dertig bladzijden, stuurt hij de lezer terug naar de actie uit de proloog die dan allang is vergeten.'

'Dit bevalt me wel. Vertel verder.'

'Een andere beginnersfout is in het eerste hoofdstuk twintig personages introduceren; vijf is meer dan genoeg, want dan raakt de lezer niet in verwarring. De derde tip: als lezer wil je niet het idee hebben dat je een woordenboek moet pakken om een woord met drie of minder lettergrepen op te zoeken. Ik heb een redelijke woordenschat en niets irriteert me meer dan een auteur die moeilijke woorden gebruikt die ik nooit eerder heb gezien. Daarna, gebruik alsjeblieft, alsjeblieft aanhalingstekens bij een dialoog; anders is het verwarrend. Regel nummer vijf: de meeste auteurs zeggen te veel, dus probeer altijd te snijden, zoals onbelangrijke zinnen en onnodige scènes. Zo kan ik nog wel even doorgaan.'

'Doe dat alsjeblieft. Ik zou aantekeningen moeten maken.'

'Nee hoor, niet waar. Jij hebt geen advies nodig. Jij schrijft prachtig, Mercer, het enige wat jij nodig hebt is een verhaal.'

'Dank je wel, Bruce. Die aanmoediging kan ik wel gebruiken.'

'Ik meen het echt en ik vlei je niet alleen omdat we nu een weekendorgie vieren.'

'Heet dit zo? Ik dacht dat het een affaire was.'

Ze lachten en namen een slokje wijn. Het regende niet meer en er kwam een zware nevel opzetten.

Ze vroeg: 'Heb jij ooit zelf iets geschreven?'

Hij haalde zijn schouders op en wendde zijn blik af. 'Dat heb ik geprobeerd, verschillende keren, maar ik heb nooit iets afgemaakt. Dat is mijn ding niet. Daarom heb ik respect voor auteurs, voor de goede dan. Ik verwelkom ze allemaal en ik vind het heel leuk om boeken te promoten, maar er is heel veel rotzooi te koop. En ik raak gefrustreerd door mensen als Andy Adam die wel talent hebben maar dat verkwisten met slechte gewoontes.'

'Heb je iets van hem gehoord?'

'Nog niet. Hij zit ergens opgesloten en mag met niemand contact hebben. Over een week of zo zal hij wel bellen. Dit is de derde of vierde keer dat hij in een afkickkliniek zit, en volgens mij is de kans klein dat het deze keer lukt. Diep vanbinnen wil hij niet echt stoppen.'

'Het is zo triest.'

'Je lijkt slaperig.'

'Zal wel door de wijn komen.'

'Laten we even gaan slapen.'

Met enige moeite klommen ze samen in een hangmat en kropen stevig tegen elkaar aan. De hangmat zwaaide licht heen en weer, maar bleef toen stilhangen.

'Heb je al plannen voor vanavond?' vroeg ze.

'Ik dacht aan meer van hetzelfde.'

'Dat ook, maar ik wil hier eigenlijk niet blijven.'

'Nou, je moet met me dineren.'

'Maar jij bent getrouwd, Bruce, en ik ben gewoon je weekendminnares. Stel dat iemand ons ziet?'

'Mij kan dat niets schelen, Mercer, en Noelle ook niet. Waarom zou het jou dus iets moeten schelen?'

'Dat weet ik niet. Het lijkt gewoon raar om op een zaterdagavond in een mooi restaurant met een getrouwde man te dineren.'

'Wie zegt dat het een mooi restaurant is? Het is een armoedige tent, een eethuisje aan de rivier met geweldig eten, en ik kan je verzekeren dat niemand daar boeken koopt.'

Ze kuste hem en liet haar hoofd op zijn borst rusten.

12

De zondag begon ongeveer net als de zaterdag, maar zonder de kater. Bruce bracht ontbijt op bed, pannenkoeken en worstjes, en twee uur lang lazen ze *The New York Times*. Toen het bijna twaalf uur was, wilde Mercer weg. Ze wilde net zeggen dat ze wegging, toen Bruce zei: 'Luister, ik heb vanmiddag te weinig mensen in de winkel en het wordt heel druk. Ik moet aan het werk.'

'Goed idee. Nu ik de regels ken voor het schrijven van fictie, moet ik een paar dingen opschrijven.'

'Altijd tot je dienst,' zei hij glimlachend en hij gaf een tikje op haar wang. Ze brachten de dienbladen naar de keuken en zetten alles in de vaatwasser. Bruce verdween in de grote slaapkamer op de eerste verdieping en Mercer ging terug naar de toren, kleedde zich snel aan en vertrok zonder nogmaals afscheid te nemen.

Als ze dit weekend al iets had bereikt, dan was dat niet duidelijk. Ze had echt genoten in de slaapkamer en ze kende hem nu veel beter dan eerst, maar ze was hier niet voor de seks en ze was hier niet om zijn boek te schrijven. Ze kreeg een heleboel geld om aanwijzingen te vinden en misschien een misdaad op te lossen. Wat dat betreft vond ze dat ze inderdaad maar heel weinig had bereikt.

In haar kamer trok ze een bikini aan, bewonderde zichzelf in de spiegel en probeerde zich te herinneren wat voor heerlijke dingen hij over haar lichaam had gezegd. Haar lichaam was slank en zongebruind, en ze was er best trots op dat ze haar lichaam eindelijk weer eens had gebruikt. Ze trok een witkatoenen trui aan, pakte haar sandalen en vertrok voor een lange strandwandeling.

13

Zondagavond om zeven uur belde Bruce, zei dat hij haar verschrikkelijk miste en zich de nacht niet zonder haar kon voorstellen. Hij vroeg of ze tegen sluitingstijd naar de winkel kon komen om iets te drinken.

Natuurlijk. Wat moest ze anders doen? De muren van haar afschuwelijke kamer kwamen op haar af, en ze had nog geen honderd woorden geschreven.

Een paar minuten voor negen was ze in de winkel. Bruce stond bij de kassa met de laatste klant en leek alleen te werken. Zodra de klant was vertrokken deed hij snel de deur op slot en het licht uit. 'Kom mee,' zei hij. Hij nam haar mee naar boven, door het café en deed ondertussen alle lampen uit. Hij opende een deur die haar nog niet eerder was opgevallen, waarna ze in zijn appartement kwamen.

'Mijn *man cave*,' zei hij en hij deed het licht aan. 'Hier woonde ik de eerste tien jaar nadat ik de winkel had geopend. Toen besloeg het appartement de hele eerste verdieping, maar later heb ik het café geopend. Ga zitten.' Hij wees naar een grote leren bank die een hele muur in beslag nam en bedekt was met kussens en plaids. Op een laag tafeltje tegenover de bank stond een grote flatscreen-tv, en eromheen hingen natuurlijk planken vol boeken.

'Champagne?' vroeg hij, terwijl hij naar een kleine bar liep waar hij de koelkast opende.

'Zeker wel.'

Hij haalde er een fles uit, maakte die snel open, schonk twee flûtes vol en zei: 'Proost.'

Ze klonken en hij dronk zijn glas bijna helemaal leeg. 'Ik moest echt even iets drinken,' zei hij en hij veegde met de rug van zijn hand over zijn mond.

'Dat blijkt. Gaat het?'

'Zware dag. Een van mijn medewerkers meldde zich ziek, dus heb ik de benedenverdieping gedaan. Het is moeilijk om goede mensen te vinden.' Hij dronk zijn glas leeg en schonk het weer vol. Hij trok zijn colbertje uit, maakte zijn vlinderdas los, trok het achterpand van zijn overhemd uit zijn broek en schopte zijn hertenleren schoenen uit. Daarna liep hij naar de bank en liet zich vallen. 'Hoe was jouw dag?' vroeg hij en hij nam weer een slok.

'Gewoon. Ik heb een strandwandeling gemaakt, even liggen zonnen, geprobeerd nog wat te schrijven en even geslapen.'

'Ach, het leven van een auteur. Ik ben jaloers.'

'Het is me gelukt geen proloog te schrijven, ik heb aanhalingstekens gebruikt bij de dialogen en moeilijke woorden weggelaten en ik had nog wel meer willen schrappen, maar daarvoor is er niet genoeg tekst.'

Bruce lachte en nam nog een slok. 'Je bent aanbiddelijk, wist je dat?'

'En jij bent een bedrieger, Bruce. Gisterochtend heb je me verleid en...'

'Eerlijk gezegd was het 's ochtends, rond het middaguur, en 's avonds.'

'En nu weer. Ben je altijd al zo'n charmeur geweest?'

'Echt wel, altijd al. Dat heb ik je verteld, Mercer, ik heb een vreselijk zwak voor vrouwen. Zodra ik een knappe vrouw zie, kan ik maar aan één ding denken. Dat is al zo sinds mijn studietijd. Toen ik op Auburn zat en opeens werd omringd door duizenden leuke meiden, werd ik gek.'

'Dat is niet gezond. Heb je weleens therapie overwogen?'

'Wat? Wie heeft dat nodig? Dit is een spel voor me, en je zult moeten toegeven dat ik er vrij goed in ben.'

Ze knikte en nam een slokje, haar derde. Zijn glas was leeg, zodat hij het weer volschonk. 'Rustig aan, jongen,' zei ze, maar hij negeerde haar. Toen hij weer op de bank zat, vroeg ze: 'Heb je weleens van iemand gehouden?'

'Ik hou van Noelle. Zij houdt van mij. We zijn allebei gelukkig.'

'Maar liefde gaat over vertrouwen en verbondenheid, en over het delen van elk aspect van je leven.'

'O, maar wij delen een heleboel hoor, geloof me.'

'Je bent hopeloos.'

'Doe niet zo suf, Mercer. We hebben het niet over liefde, maar over seks. Puur fysiek genot. Je krijgt niets met een getrouwde man, en ik doe niet aan relaties. We kunnen met elkaar naar bed wanneer je maar wilt of we kunnen er nu meteen mee ophouden. Dan zijn we vrienden zonder verplichtingen.'

'Vrienden? Hoeveel vrouwelijke vrienden heb je?'

'Niet een; een paar leuke kennissen misschien. Luister, als ik had geweten dat je me wilde analyseren had ik je niet gebeld.'

'Waarom belde je me dan?'

'Ik nam aan dat je me wel zou missen.'

Ze lachten allebei. Opeens zette Bruce zijn flûte neer, pakte die van haar en zette die naast de zijne, pakte haar hand en zei: 'Kom, ik wil je iets laten zien.'

'Wat dan?'

'Een verrassing. Kom mee, het is beneden.'

Nog steeds blootsvoets nam hij haar mee het appartement uit, door het café, de trap af naar de begane grond en naar de kelderdeur. Hij deed de deur van het slot en draaide een lichtschakelaar om, waarna ze via de houten trap naar de kelder liepen. Daar deed hij een andere lamp aan en toetste de code in waarmee de kluis werd geopend.

'Ik hoop dat dit de moeite waard is,' zei ze, heel zacht.

'Dit geloof je niet.' Hij trok de dikke metalen deur van de kluis open en liep naar binnen, waar hij een andere lamp aandeed. Hij liep naar de brandkast, toetste ook daar een code in en wachtte een seconde tot de vijf hydraulische bouten opengingen. Met een luide klik ging de deur van het slot, waarna Bruce hem rustig opentrok. Mercer keek zo aandachtig mogelijk toe, omdat ze wist dat ze elk detail moest opschrijven voor Elaine en het team. De binnenkant van de kluis en van de brandkast zagen er net zo uit als de vorige keer dat zij ze had gezien. Bruce trok een van de vier laden open. Er stonden twee identieke cederhouten kistjes van ongeveer vijfendertig bij vijfendertig centimeter in. Hij haalde een van de kistjes eruit en liep ermee naar een kleine tafel midden in de kluis. Hij keek haar glimlachend aan, alsof hij haar een zeldzame schat wilde laten zien.

De deksel van het kistje was bevestigd met drie kleine scharnieren, en hij lichtte hem behoedzaam op. In het kistje stond een grijze kartonnen doos. Voorzichtig haalde hij de doos eruit en zette hem op de tafel. 'Dit is een archiefdoos; hij is van zuur- en ligninevrij karton en wordt gebruikt door de meeste bibliotheken en serieuze verzamelaars. Deze komt uit Princeton.' Hij opende de doos en zei trots: 'Het originele manuscript van *The Last Tycoon*.'

Mercers mond viel open. Ze keek vol ongeloof naar het manuscript en stapte dichterbij. Ze wilde iets zeggen, maar kon de woorden niet vinden.

In de doos lag een ongeveer tien centimeter dikke stapel verbleekte vellen papier, duidelijk heel oud, iets uit een andere tijd. Er was geen titelpagina; het leek inderdaad alsof Fitzgerald meteen met hoofdstuk 1 was begonnen en van plan was geweest alles later af te werken. Zijn schuine handschrift was niet mooi en moeilijk te lezen, en hij had meteen al in het begin aantekeningen in de marges gemaakt. Bruce raakte de randen van het manuscript aan en zei: 'Toen hij in 1940 onverwacht overleed, was de roman absoluut niet af, maar hij begon altijd met een ruwe opzet en heeft een heleboel aantekeningen en samenvattingen nagelaten. Hij had een goede vriend, Edmund Wilson, die redacteur en recensent was, en Wilson heeft het verhaal afgemaakt, waarna het boek een jaar later werd uitgegeven. Veel recensenten beschouwen het als Fitzgeralds beste boek dat, zoals je al zei, heel bijzonder is gezien zijn gezondheid.'

'Je houdt me voor de gek, hè?' zei ze moeizaam.

'Waarover?'

'Dit manuscript. Is dit het manuscript dat is gestolen?'

'Jazeker, maar niet door mij.'

'Oké. Wat doet dit hier?'

'Dat is een heel lang verhaal en ik zal je niet vervelen met de details, die ik trouwens niet allemaal ken. Alle vijf manuscripten zijn vorig najaar gestolen uit de Firestone Library van Princeton. Enkele dieven werden bang toen de FBI vrijwel meteen na de diefstal twee van hen oppakte, waarna de anderen hun buit loosden en verdwenen. De manuscripten belandden heel stilletjes op de zwarte markt en werden afzonderlijk verkocht. Ik weet niet waar de andere vier zijn, maar ik neem aan dat ze het land hebben verlaten.'

'Waarom ben jij hierbij betrokken, Bruce?'

'Dat ligt ingewikkeld, maar ik ben er niet echt bij betrokken. Wil je de bladzijden aanraken?'

'Nee. Ik vind het niet prettig dat ik hier ben, ik word hier nerveus van.'

'Rustig maar. Ik hou dit verborgen voor een vriend.'

'Zal wel een geweldige vriend zijn.'

'Dat is hij ook. We zitten al heel lang in de handel en ik vertrouw hem volkomen. Hij is een deal aan het sluiten met een verzamelaar in Londen.'

'Wat verdien jij hieraan?'

'Niet veel, een klein bedrag.'

Mercer stapte bij hem vandaan en liep naar de andere kant van de tafel. 'Voor een klein bedrag neem je volgens mij een enorm risico. Je bent in het bezit van belangrijke gestolen goederen. Dat is een misdaad waarvoor je een hele tijd in de gevangenis kunt belanden.'

'Dat is alleen een misdaad als je wordt betrapt.'

'En nu heb je mij medeplichtig gemaakt, Bruce. Ik wil nu graag weg.'

'Kom op, Mercer, je bent veel te gespannen. Geen risico,

geen beloning. En je bent nergens medeplichtig aan, want niemand zal dit ooit weten. Hoe kan iemand in vredesnaam bewijzen dat je dit manuscript ooit hebt gezien?'

'Dat weet ik niet. Wie heeft dit nog meer gezien?'

'Alleen wij tweeën.'

'Noelle weet het niet?'

'Natuurlijk niet. Dit kan haar niets schelen. Zij heeft haar bedrijf en ik het mijne.'

'Een onderdeel van je bedrijf is de handel in gestolen boeken en manuscripten?'

'Een enkele keer.' Hij deed de archiefdoos dicht en zette hem terug in het kistje. Daarna zette hij hem voorzichtig in de la en schoof de la dicht.

'Ik wil nu echt weg,' zei ze.

'Oké, oké. Ik had niet verwacht dat je zo bang zou worden. Je vertelde dat je *The Last Tycoon* net uit had en ik dacht dat je wel onder de indruk zou zijn.'

'Onder de indruk? Ik ben misschien overweldigd, verbijsterd, doodsbang, een heleboel dingen, maar ik ben niet onder de indruk, Bruce. Dit is te gek voor woorden!'

Hij sloot de brandkast af, daarna de kluis, en terwijl ze naar boven liepen, deed hij de lichten uit. Op de begane grond liep Mercer naar de winkeldeur. 'Waar ga je naartoe?' vroeg hij.

'Ik ga weg. Doe de deur alsjeblieft van het slot.'

Bruce pakte haar, draaide haar om, hield haar stevig vast en zei: 'Luister, het spijt me, oké?'

Ze rukte zich los en zei: 'Ik wil weg. Ik blijf niet langer in deze winkel.'

'Kom op, je overdrijft, Mercer. Ga mee naar boven, dan drinken we nog wat champagne.'

'Nee, Bruce, daar ben ik nu niet voor in de stemming. Ik kan dit gewoon niet geloven!'

'Het spijt me.'

'Dat zei je al. Wil je nu alsjeblieft de deur openmaken?'

Hij haalde de sleutel tevoorschijn en deed de deur van het slot.

Ze liep snel naar buiten zonder nog iets te zeggen en liep de hoek om naar haar auto.

14

Het plan was gebaseerd geweest op aannames en speculaties en heel veel hoop, maar nu was het geslaagd. Nu hadden ze het bewijs, het antwoord dat ze zo dringend nodig hadden! Maar kon ze hem wel verraden? Kon ze de volgende cruciale stap zetten en het telefoongesprek voeren waardoor Bruce de komende tien jaar de gevangenis in zou gaan? Ze dacht aan zijn ondergang en vernedering, aan zijn ontsteltenis als hij op heterdaad werd betrapt, gearresteerd, voor de rechter gesleept en dan opgesloten. Wat zou er gebeuren met zijn prachtige en belangrijke boekhandel? Zijn huis? Zijn vrienden? Zijn geliefde verzameling zeldzame boeken? Zijn geld? Haar verraad zou enorme consequenties hebben en meer dan één persoon schaden. Misschien verdiende Bruce alles wat hem te wachten stond, maar dat gold niet voor zijn medewerkers, niet voor zijn vrienden, zelfs niet voor Noelle.

Om middernacht was Mercer nog steeds op het strand. Ze zat met een sjaal om zich heen gewikkeld en haar tenen in het zand. Ze keek naar de oceaan in het licht van de maan en vroeg zich weer af waarom ze ooit ja had gezegd tegen Elaine Shelby. Ze wist het antwoord natuurlijk wel, maar het geld leek nu veel minder belangrijk. De vernietiging die ze nu zou veroorzaken was veel groter dan het geld erachter. Want in werkelijkheid hield ze van Bruce Cable, van zijn prachtige glimlach en ontspannen gedrag, zijn knappe uiterlijk, zijn unieke garderobe, zijn humor en intelligentie, zijn bewondering voor auteurs, zijn bedrevenheid als minnaar, zijn persoonlijkheid in gezelschap van anderen, zijn vrienden, zijn reputatie, zijn charisma dat altijd zo magisch leek. Ze vond het stiekem geweldig dat ze zo'n nauwe band met hem had, dat ze werd beschouwd als een van zijn beste vrienden en ja, dat ze de laatste was in zijn lange rij vrouwen. Dankzij hem had ze de afgelopen zes weken meer plezier gehad dan de afgelopen zes jaar.

Eén optie op dit moment was om gewoon haar mond te houden en af te wachten wat er gebeurde. Elaine en haar teamleden, en misschien ook de FBI, zouden doorgaan met wat ze moesten doen. Mercer kon ook gewoon doorgaan, net doen alsof ze gefrustreerd raakte doordat ze niet meer kon bereiken. Ze was erin geslaagd bij de kluis in de kelder te komen en had een heleboel bewijzen geleverd. Verdomme, ze was zelfs met de man naar bed geweest en zou dat misschien weer doen. Tot nu toe had ze haar best gedaan en ze zou het spel blijven meespelen. Misschien zou Bruce *Tycoon* spoorloos laten verdwijnen in de ondoordringbare weidsheid van de zwarte markt, zoals hij had gezegd, en dan zou zijn kluis leeg zijn als de FBI een inval deed. Nog even en dan waren haar zes maanden om en zou ze het eiland verlaten, maar wel met prettige herinneringen. Misschien kwam ze zelfs terug, voor zomervakanties in haar strandhuis of, nog beter, tijdens een tournee met een mooie nieuwe roman, en daarna nog een.

Hun afspraak was niet afhankelijk van een geslaagde operatie. Ze werd hoe dan ook betaald. Haar studielening was al afgelost. De helft van haar beloning stond al op de bank en ze twijfelde er niet aan dat de andere helft volgens afspraak ook zou worden betaald.

Een hele tijd die avond nam ze zich voor haar mond te houden, de luie zomerdagen te laten verstrijken en geen ophef te veroorzaken. Binnenkort begon het najaar en dan zou ze ergens anders zijn.

Was hier sprake van een moreel goed en kwaad? Ze had toegestemd mee te werken aan een plan met het uiteindelijke doel in Cable's wereld door te dringen en de manuscripten te vinden. Dat had ze uiteindelijk ook gedaan, hoewel alleen door een ongelofelijk stomme actie van hem. De operatie, waarin zij de sleutelrol speelde, was zojuist geslaagd. Welk recht had ze om nu de juistheid van het plan in twijfel te trekken? Bruce had bewust deelgenomen aan de samenzwering om van de manuscripten af te komen, ze met winst te verkopen en bij de rechtmatige eigenaar vandaan te houden. Bruce Cable had geen hoogstaande moraal, van hem was bekend dat hij in gestolen boeken handelde en hij had dat ook tegenover haar toegegeven. Hij kende de risico's en leek bereid die te accepteren. Vroeg of laat zou hij worden betrapt, voor deze misdaad of voor een andere.

Ze begon langs het water te lopen, de kabbelende golven duwden het schuim zachtjes op het zand. Er waren geen wolken, zodat ze het witte zand kilometers voor zich uit kon zien. Aan de horizon op de gladde zee glinsterden de lichtjes van een stuk of tien garnalenschepen. Voor ze het wist was ze bij de North Pier, een lange houten strekdam die heel ver het water in stak. Sinds ze terug was op het eiland had ze dit gedeelte vermeden, omdat Tessa hier aan land was gespoeld. Waarom was haar kleindochter daar nu?

Mercer liep de trap op en liep over de strekdam, helemaal tot het eind, waar ze op een reling geleund naar de horizon keek. Wat zou Tessa doen? Nou ja, ten eerste zou Tessa zichzelf nooit in zo'n lastig parket hebben gemanoeuvreerd. Ze zou zichzelf nooit hebben gecompromitteerd. Ze zou zichzelf nooit hebben laten verleiden door geld. Voor Tessa was goed goed en fout fout, zonder grijze gebieden. Liegen was een zonde, je woord was je woord, een afspraak was een afspraak, ongeacht de ongemakken.

Mercer wist niet wat ze moest doen. Maar uiteindelijk, ergens in de vroege ochtenduren, besloot ze dat ze haar mond alleen kon houden als ze het geld teruggaf en zich van de zaak distantieerde. Maar zelfs dan zou ze een geheim bewaren terwijl anderen er recht op hadden het te kennen, de goede kant. Tessa zou haar minachten als ze zich nu terugtrok.

Tegen drie uur ging ze naar bed, ook al zou ze geen oog dichtdoen.

Precies om vijf uur 's ochtends belde ze.

15

Elaine was wakker en zat stilletjes in het donker met haar eerste kop koffie, terwijl haar man naast haar lag te slapen. Ze moest weer naar Camino Island, voor de tiende of elfde keer inmiddels. Ze wilde dezelfde vlucht nemen van Reagan National naar Jacksonville, waar Rick of Graham op haar zou wachten. Ze zouden naar het safehouse aan het strand gaan en de ontwikkelingen bespreken. Er stond iets te gebeuren, want hun mol had het weekend doorgebracht met hun doelwit. Mercer móést iets hebben ontdekt. Ze zouden haar aan het einde van de middag laten komen om te worden bijgepraat.

Om 05.01 uur werden al haar plannen overhoopgehaald.

Toen haar telefoon trilde en ze zag wie er belde, glipte ze uit bed en liep naar de keuken. 'Het is wel een beetje vroeg voor je.'

Mercer zei: 'Hij is minder slim dan we dachten. Hij heeft het manuscript van *The Last Tycoon* in bezit en heeft me dat gisteravond laten zien. Het ligt in zijn kluis, zoals we al dachten.'

Elaine moest dit nieuws even verwerken en sloot haar ogen. 'Weet je het zeker?'

'Ja. Gebaseerd op de kopieën die jij me hebt laten zien, weet ik het vrij zeker.'

Elaine ging op een kruk aan de ontbijtbar zitten en zei: 'Vertel me alles.'

16

Om 06.00 uur belde Elaine Lamar Bradshaw, hoofd van de Rare Asset Recovery Unit van de FBI, en maakte hem wakker. Zijn plannen voor deze dag werden ook overhoopgehaald.

Twee uur later ontmoetten ze elkaar in zijn kantoor in het Hoover Building aan Pennsylvania Avenue voor een volledige briefing. Zoals ze had verwacht, baalden Bradshaw en zijn team ervan dat Elaine en haar bedrijf in het geheim zo'n ingewikkeld plan hadden opgezet voor het bespioneren van Bruce Cable, een verdachte over wie ze het een maand eerder alleen terloops hadden gehad. Cable stond op de FBI-lijst, net als een stuk of tien anderen, maar alleen vanwege zijn reputatie. Bradshaw had hem niet echt als een verdachte beschouwd. De FBI was tegenstander van private, parallelle onderzoeken, maar het had geen zin om daar op dit moment ruzie over te maken. Bradshaw moest zijn trots ook wel inslikken, want Elaine Shelby had alweer de gestolen goederen gevonden. Snel werd er een wapenstilstand gesloten en werden gezamenlijke plannen gesmeed.

17

Om 06.00 uur werd Bruce Cable wakker in zijn appartement boven de winkel. Hij dronk koffie, zat een uur te lezen en ging naar beneden, naar zijn kantoor in de eerste-drukkenkamer. Hij zette zijn computer aan en bekeek zijn inventaris. Het onplezierigste deel van zijn werk was besluiten welke boeken niet verkocht zouden worden en die hij dus moest retourneren naar de uitgeverijen voor een creditnota. Elk boek dat werd teruggestuurd beschouwde hij als een mislukking, maar na twintig jaar was hij er al wel bijna aan gewend. Een uur lang dwaalde hij door de donkere winkel, pakte boeken van planken en tafels, en legde ze op zielige stapeltjes in de voorraadkamer.

Om 08.45 uur ging hij zoals altijd terug naar het appartement, stapte even onder de douche en trok zijn pak aan, en om 09.00 uur precies deed hij het licht aan en de voordeur van het slot. Twee medewerkers kwamen het eerst en Bruce zette hen aan het werk. Een halfuur later ging hij naar de kelder en opende de metalen deur naar Noelles opslagruimte. Jake was daar al en sloeg spijkers in de achterkant van een antiek meubelstuk. Mercers schrijftafel was al klaar en stond tegen een muur.

Na de gebruikelijke beleefdheden zei Bruce: 'Onze vriendin mevrouw Mann wil deze tafel toch niet kopen. Noelle wil dat hij wordt verstuurd naar een adres in Fort Lauderdale. Haal de poten er maar af en stop hem in een krat.'

'Oké,' zei Jake. 'Vandaag?'

'Ja, het is een haastklus. Begin dus maar meteen.'

'Natuurlijk, meneer.'

18

Om 11.06 uur vertrok een chartervliegtuig van Dulles International. In het toestel zaten Elaine Shelby met twee van haar partners, Lamar Bradshaw en vier *special agents*. Tijdens de vlucht sprak Bradshaw weer met de officier van justitie in Florida. Elaine belde Mercer, die naar een bibliotheek op het eiland was gegaan en probeerde te schrijven. Ze vertelde dat ze onmogelijk creatief kon zijn in de bed and breakfast. Het leek Elaine het beste als Mercer een paar dagen niet naar de boekhandel ging en Mercer zei dat ze absoluut niet van plan was daar zelfs maar in de buurt te komen; ze had voorlopig genoeg van Bruce gezien en had even rust nodig.

Om 11.20 uur stopte een bestelbus zonder opschriften in Main Street in Santa Rosa, tegenover de boekhandel. Achterin zaten drie FBI-agenten van veldkantoor Jacksonville. Ze richtten een videocamera op de voordeur van Bay Books en maakten opnamen van iedereen die kwam en ging. Een andere bestelbus, met nog twee veldagenten erin, stopte in 3rd Street en de agenten begonnen met hun surveillance: zij moesten elke vracht die de winkel in en uit ging filmen en vastleggen.

Om 11.40 uur stapte een agent, gekleed in korte broek en sandalen, de winkel binnen en keek een paar minuten rond; hij zag Cable niet. Hij kocht een audioboek van *Lonesome Dove*, betaalde contant en verliet de winkel. Een technicus in de eerste vrachtauto maakte de hoes open, haalde de acht cd's eruit en stopte er een minuscule videocamera en een batterij in.

Om 12.15 uur verliet Cable de winkel in gezelschap van een onbekende en liep weg om te gaan lunchen. Vijf minuten later stapte een andere agent, een vrouw die ook gekleed was in een korte broek en sandalen, de winkel binnen met het audioboek van *Lonesome Dove*. Ze liep naar boven, kocht koffie, doodde wat tijd, ging terug naar de benedenverdieping en koos twee paperbacks uit. Toen de medewerker naar achteren liep, zette de agent stiekem de audioversie van *Lonesome Dove* terug in het rek en pakte het audioboek ernaast, *The Last Picture Show*. Daarna betaalde ze voor de paperbacks en het audioboek, en vroeg de medewerker waar je lekker kon lunchen. De agenten in de eerste bestelbus zaten nu naar een laptop te kijken, want nu konden ze iedereen van voren zien die de winkel binnenkwam. Ze hoopten wel dat niemand binnenkort naar *Lonesome Dove* zou willen luisteren.

Om 12.31 uur landde het chartertoestel op het kleine vliegveld van Camino Island, tien minuten rijden van het centrum van Santa Rosa. Rick en Graham haalden Elaine en haar twee partners op. Bradshaw en zijn team werden opgehaald door twee SUV's. Omdat het een maandag was, waren er hotelkamers beschikbaar, in elk geval voor een paar dagen, en er waren verschillende kamers geboekt in een hotel vlak bij de haven, nog geen vijf minuten rijden van de boekhandel. Bradshaw nam de grootste suite waar hij zijn commandocentrum inrichtte. Er werden laptops op een tafel gezet, waarop de videobeelden live te zien waren.

Na een snelle lunch ging Mercer naar de suite en werd aan iedereen voorgesteld. Ze schrok van de hoeveelheid mankracht, en werd gewoon misselijk bij de gedachte dat zij al deze mensen op een nietsvermoedende Bruce Cable had losgelaten.

Elaine hield zich op de achtergrond terwijl Mercer werd ondervraagd door Bradshaw en Vanno, een andere special agent. Ze vertelde haar verhaal opnieuw en liet niets weg, alleen de intieme details van haar lange weekend, een vrij romantische affaire die nu al voelde als iets uit een ver verleden. Bradshaw liet haar een serie hd-foto's van de Fitzgerald-manuscripten zien die jaren eerder door Princeton waren gemaakt. Elaine had dezelfde serie, en Mercer had ze allemaal al een keer gezien. Ja, volgens haar had ze de vorige avond in de kluis in de kelder de originele *Tycoon* gezien. Ja, het zou een vervalsing kunnen zijn. Alles kan natuurlijk, maar ze dacht van niet. Waarom zou Bruce zo voorzichtig zijn als het om een vals manuscript ging?

Toen Bradshaw haar voor de derde keer dezelfde vraag stelde, en ook nog eens op een toon waaruit wantrouwen sprak, vroeg Mercer kwaad: 'Ik dacht dat we in hetzelfde team zaten?'

Vanno antwoordde zacht: 'Natuurlijk wel, Mercer, we moeten gewoon zeker weten dat alles klopt.'

'Ik wéét dat het klopt, oké?'

Nadat ze een uur heen en weer hadden gepraat, was Mercer ervan overtuigd dat Elaine Shelby slimmer en handiger was dan Bradshaw en Vanno. Maar Elaine had haar aan de FBI overgedragen en er was geen enkele twijfel aan dat die dienst, tot alles afgerond was, de leiding zou hebben. Toen ze even pauzeerden werd Bradshaw gebeld door een federale hulpofficier van justitie in Jacksonville. De sfeer werd gespannen, want het leek erop dat de federale rechter daar een gesloten hoorzitting wilde in aanwezigheid van 'de getuige' en weigerde 'de getuige' toestemming te geven per video te getuigen.

Daar wonden Bradshaw en Vanno zich hevig over op, maar ze kregen hun zin niet.

Om 14.15 uur werd Mercer in een auto gezet, met Rick achter het stuur en Graham voorin naast hem, terwijl Elaine achterin zat naast Mercer. Ze reden achter een SUV vol FBI-agenten aan, verlieten het eiland en reden richting Jacksonville. Op de brug over de Camino River verbrak Mercer de stilte en vroeg chagrijnig: 'Vertel maar, wat is er aan de hand?'

Rick en Graham bleven strak voor zich uit kijken en zeiden niets. Elaine schraapte haar keel en zei: 'Dit is allemaal federaal gedoe, je belastingcenten aan het werk. Federaal agent Bradshaw is woedend op de officier van justitie van dit district, ook een federale ambtenaar, en iedereen lijkt woedend op de federale rechter die de huiszoekingsbevelen doet. Ze dachten dat ze een afspraak hadden, waarbij jij op het eiland kon blijven en je getuigenverklaring per video kon geven. Bradshaw zegt dat ze dat heel vaak doen, maar om de een of andere reden wil deze federale rechter jou persoonlijk zien. Dus rijden we nu naar de rechtbank.'

'Naar de rechtbank? Je hebt nooit gezegd dat we naar een rechtbank moeten.'

'De federale rechtbank. We spreken de rechter waarschijnlijk in zijn kantoor of zo. Maak je maar geen zorgen.'

'Dat kun jíj gemakkelijk zeggen! Ik heb een vraag: als Cable gearresteerd wordt, kan hij dan een proces eisen, zelfs als hij op heterdaad is betrapt met dat gestolen manuscript?'

Elaine keek voor zich uit en zei: 'Graham, jij bent de advocaat.'

Graham snoof alsof dat een grapje was. 'Ik ben inderdaad meester in de rechten, maar daar heb ik nooit iets mee gedaan. Maar nee, een verdachte kan niet worden gedwongen schuld te bekennen. Daarom kan iedereen die van een misdaad wordt beschuldigd eisen dat er een proces plaatsvindt. Maar dat gaat niet gebeuren, niet in deze zaak.'

'Waarom dan niet?'

'Als Cable dat manuscript heeft, zullen ze hem zwaar onder druk zetten om zijn mond open te doen. Het terughalen van alle vijf manuscripten is veel belangrijker dan het straffen van de dieven en boeven. Ze zullen Cable allerlei leuke deals aanbieden zodat hij hen naar de anderen leidt. We hebben geen idee hoeveel hij weet, maar je mag ervan uitgaan dat hij zal praten om zijn eigen hachje te redden.'

'Maar als er wel een proces plaatsvindt, dan word ik toch niet opgeroepen als getuige, of wel soms?'

Geen van drieën zei iets terwijl Mercer op antwoord wachtte. Na een lange, ongemakkelijke stilte zei ze: 'Luister, Elaine, je hebt nooit iets gezegd over een proces, en je hebt me verdomme nooit verteld dat ik misschien zou moeten getuigen tegen Cable. Dat ga ik dus echt niet doen.'

Elaine probeerde haar te kalmeren. 'Je hoeft niet te getuigen, Mercer, geloof me. Je hebt geweldig werk verricht en we zijn heel trots op je.'

'Doe alsjeblieft niet zo neerbuigend, Elaine!' snauwde Mercer, feller dan ze bedoeld had. Heel lang zei niemand iets, maar de spanning werd niet minder. Inmiddels reden ze op de Interstate 95 Zuid de buitenwijken van Jacksonville binnen.

De rechtbank was een groot modern gebouw met veel verdiepingen en een heleboel glas. Ze werden naar een zijingang gestuurd en stopten op een kleine gereserveerde parkeerplaats. De FBI-agenten omsingelden Mercer zo ongeveer alsof ze bescherming nodig had. De lift was bomvol dankzij al haar begeleiders. Een paar minuten later liepen ze de kantoren binnen van de officier van justitie van het Middle District of Florida, en werden naar een vergaderzaal gebracht. Daar moesten ze wachten. Bradshaw en Vanno haalden hun mobiele telefoons tevoorschijn en begonnen te bellen, Elaine praatte met Bethesda, Rick en Graham hadden belangrijke telefoontjes en Mercer zat in haar eentje aan de enorme tafel zonder iemand om mee te praten.

Na een minuut of twintig kwam een drukdoenerige jongeman in een donker pak – verdomd, ze droegen allemaal een donker pak – met een doelbewuste uitstraling de vergaderzaal binnen. Hij vertelde dat hij Janeway heette en een van de hulpofficieren van justitie was. Hij zei ook dat rechter Philby bezig was met een belangrijke hoorzitting die, nou ja, nog wel even kon duren en dat hij Mercers getuigenverklaring daarom graag op zich wilde nemen, als dat goed was.

Mercer haalde haar schouders op. Had ze echt een keus?

Janeway vertrok en kwam terug met twee andere mannen in donker pak die zich aan hen voorstelden. Mercer gaf hen een hand; heel aangenaam. Daarna haalden ze een schrijfblok tevoorschijn en gingen tegenover haar aan de tafel zitten. Janeway begon vragen te stellen en het was meteen duidelijk dat hij bijna niets van de zaak af wist. Langzaam, moeizaam, vulde Mercer alle hiaten op.

19

Om 16.50 uur liepen Mercer, Bradshaw en Vanno met Janeway mee naar de kamer van rechter Arthur Philby, die hen begroette alsof ze zich op verboden terrein bevonden. Hij had een zware dag achter de rug en leek behoorlijk geïrriteerd. Mercer zat aan het hoofd van alweer een lange tafel naast een griffier die haar vroeg haar rechterhand op te steken en te zweren de waarheid te vertellen. Een videocamera op een driepoot werd op de getuige gericht. Rechter Philby, die zijn zwarte toga had uitgetrokken, zat aan het andere hoofd als een koning op zijn troon.

Een uur lang stelden Janeway en Bradshaw haar vragen, en ze vertelde hetzelfde verhaal voor ten minste de derde keer die dag. Bradshaw liet grote foto's zien van de kelder, de kluis en de brandkast. Philby interrumpeerde regelmatig met zijn eigen vragen en grote delen van haar verklaring werden vaker dan twee keer herhaald. Maar ze bleef rustig en dacht een paar keer geamuseerd dat ze Bruce Cable veel aardiger vond dan deze mannen, de goede kant.

Toen ze klaar was, werd de zaak afgesloten en bedankten ze haar voor haar tijd en moeite. Graag gedaan, zei ze bijna, ik word ervoor betaald om hier te zijn. Ze mocht gaan en verliet het gebouw snel, samen met Elaine, Rick en Graham. Toen ze de federale rechtbank eindelijk hadden verlaten, vroeg Mercer: 'En, wat gaat er nu gebeuren?'

Elaine zei: 'Op dit moment zijn ze het huiszoekingsbevel aan het voorbereiden. Je getuigenverklaring was perfect en de rechter is overtuigd.'

'En, wanneer doen ze een inval in de boekhandel?'

'Al snel.'

8
De levering

1

Denny was inmiddels tien dagen op het eiland en begon zijn geduld te verliezen. Hij en Rooker hadden Cable opgespoord en kenden zijn gewoontes; een monotone en eenvoudige taak. Ook Mercer hadden ze opgespoord en ze kenden haar gewoontes; eveneens een eenvoudige taak.

Intimidatie had gewerkt bij Oscar Stein in Boston, en misschien was dat ook wel hun enige mogelijke middel: directe confrontatie en dreigen met geweld. Net zoals voor Stein had gegolden, kon Cable ook niet echt naar de politie rennen. Als hij de manuscripten in bezit had, kon hij worden overgehaald een deal te sluiten. Als hij ze niet had, wist hij vrijwel zeker waar ze waren.

Cable verliet zijn winkel meestal rond zes uur 's avonds en ging dan naar huis. Maandag om 17.50 uur liep Denny de winkel in en deed net alsof hij even rondkeek. Gelukkig voor Cable was hij in de kelder bezig en wisten zijn medewerkers dat ze dat niet mochten vertellen.

Denny's geluk was echter op. Nadat hij maandenlang probleemloos vliegvelden, douane en controleposten was gepasseerd, met valse legitimatiebewijzen, paspoorten en vermommingen, en als het kon altijd contant betaalde voor kamers en huurauto's, vond hij zichzelf heel slim, zo niet onverslaanbaar. Maar zelfs de slimste misdadigers worden betrapt als ze niet meer op hun hoede zijn.

De FBI was al jaren bezig met het perfectioneren van hun gezichtsherkenningstechnologie, software die ze FacePrint noemden. Deze maakte gebruik van een algoritme voor het berekenen van de afstand tussen ogen, neus en oren van een persoon, stopte de uitkomst binnen een fractie van een seconde in een database met foto's die relevant waren voor een bepaald onderzoek. In de 'Gatsby File', zoals de FBI de zaak van de gestolen manuscripten noemde, was de database relatief klein. Er zaten een stuk of tien foto's in van de drie dieven bij de ingang van de Firestone Library, hoewel Jerry Steengarden en Mark Driscoll in de cel zaten. Er zaten ook een paar honderd foto's in van mannen van wie bekend was of vermoed werd dat ze actief waren in de wereld van de gestolen kunst, kunstobjecten en boeken.

Toen Denny de winkel binnenliep, maakte de camera in de audiocassette van *Lonesome Dove* een opname van zijn gezicht, net zoals de camera die dag al sinds het middaguur van iedere klant had gedaan. De foto werd naar de laptop gestuurd achter in de bestelbus aan de overkant van de straat en, nog belangrijker, naar het enorme forensische lab van de FBI in Quantico, Virginia. Er was een match, een technicus kreeg een seintje en een paar seconden nadat Denny de winkel binnen was gegaan, werd hij geïdentificeerd als de derde Gatsby-dief.

Twee waren al opgepakt. Trey, de vierde, lag nog steeds te rotten op de bodem van een meer in de Poconos, en zou nooit worden gevonden. Ahmed, de vijfde, verschool zich nog steeds ergens in Europa.

Een kwartier later verliet Denny de winkel, liep de hoek om en stapte in een Honda Accord uit 2011. De tweede bestelbus volgde hem op enige afstand, raakte hem kwijt, maar zag toen dat hij op de parkeerplaats stond van het Sea Breeze Motel, aan het strand, zo'n honderd meter van de Lighthouse Inn. De surveillance begon.

De Honda Accord was gehuurd van een autoverhuurbedrijf in Jacksonville dat adverteerde met 'huur een wrak' en het geen enkel probleem vond om contant geld te accepteren. De naam op het huurcontract was Wilbur Shifflet, en de manager bekende tegenover de FBI dat hij dacht dat het rijbewijs uit Maine vals leek. Shifflet had duizend dollar contant betaald voor de huur van twee weken en de verzekering geweigerd.

De FBI was verbijsterd over deze ontwikkeling, over deze ongelofelijke mazzel. Maar waarom zou een van de dieven acht maanden na de diefstal bij die boekhandel rondhangen? Hield hij Mercer ook in de gaten? Had hij een relatie met Cable? Er waren heel veel nieuwe vragen, waar ze zich later mee bezig moesten houden, maar op dit moment wees dit er sterk op dat Mercer gelijk had: ten minste één van de manuscripten was in de kelder.

Bij zonsondergang verliet Denny kamer 18 en kwam Rooker uit de kamer ernaast. Ze liepen naar de Surf, ongeveer honderd meter verderop, een populaire strandtent, waar ze broodjes met bier bestelden. Terwijl zij zaten te eten, liepen vier FBI-agenten het kantoor van de Sea Breeze binnen en overhandigden de manager een huiszoekingsbevel. In kamer 18 vonden ze een sporttas onder het bed. Hierin zaten een 9mm-pistool, zesduizend dollar contant geld en valse rijbewijzen uitgegeven door Tennessee en Wyoming. Maar niets onthulde de ware identiteit van Wilbur. In de kamer ernaast vonden de agenten niets van waarde.

Toen Denny en Rooker terugkwamen in de Sea Breeze werden ze gearresteerd en in volkomen stilzwijgen en in aparte auto's naar het FBI-kantoor in Jacksonville gebracht. Er werden foto's en vingerafdrukken van hen genomen. Beide sets foto's werden in de database gestopt en om tien uur 's avonds was de waarheid bekend. Toen Denny bij het leger ging, waren zijn vingerafdrukken genomen en nu wisten ze wie hij was: Dennis Allen Durban, drieëndertig, geboren in Sacramento. Rooker werd geïdentificeerd dankzij zijn strafblad: Bryan Bayer, negenendertig, geboren in Green Bay, Wisconsin. Beiden weigerden mee te werken en werden in een cel gezet. Lamar Bradshaw besloot hen een paar dagen met rust te laten, zodat ze over hun arrestatie konden nadenken.

Mercer was bij Elaine, Rick, en Graham in het safehouse. Ze speelden gin rummy om de tijd te doden. Ze waren op de hoogte gebracht van de arrestaties, maar kenden verder geen bijzonderheden. Bradshaw belde om 23.00 uur en praatte Elaine zo veel mogelijk bij. Alles gebeurde kennelijk heel snel. Er waren nog heel veel onbeantwoorde vragen. Morgen was de grote dag. Over Mercer zei Bradshaw: 'Zorg dat ze het eiland verlaat.'

2

Die dinsdag hielden ze de winkel zelfs nog beter in het oog, maar zagen niets ongewoons. Er hingen geen andere dieven rond en er werden geen verdachte pakketjes verzonden. Om 10.50 uur bracht een bestelbus van UPS zes dozen met boeken, maar vertrok met lege handen. Cable was zowel boven als beneden aan het werk, hielp klanten, stond zoals altijd op zijn favoriete plekje te lezen, vertrok natuurlijk om 12.15 uur om te lunchen en kwam een uur later terug.

Om 17.00 uur liepen Lamar Bradshaw en Derry Vanno de winkel in en vertelden Cable dat ze even met hem wilden praten. Zacht zei Bradshaw: 'FBI.' Ze liepen met Cable mee naar de eerste-drukkenkamer, waar hij de deur sloot. Hij vroeg hun zich te legitimeren en zij lieten hun badges zien. Vanno overhandigde hem een huiszoekingsbevel en zei: 'We zijn hier om de kelder te doorzoeken.'

Bruce, die nog steeds stond, vroeg: 'Oké, en waar zijn jullie naar op zoek?'

'Gestolen manuscripten, van de verzameling van F. Scott Fitzgerald, eigendom van de Princeton-bibliotheek,' zei Bradshaw.

Bruce lachte en zei zonder ook maar een seconde te aarzelen: 'U maakt een grapje zeker?'

'Zien we eruit alsof we een grapje maken?'

'Misschien wel. Hebt u er bezwaar tegen als ik dit even doorlees?' Hij zwaaide met het huiszoekingsbevel.

'Ga uw gang. En vanaf nu hebben we vijf agenten in de winkel, inclusief wijzelf.'

'Nou, doe alsof u thuis bent. Boven is koffie.'

'Dat weten we.'

Bruce ging aan zijn bureau zitten en las het huiszoekingsbevel door. Hij nam er alle tijd voor, sloeg de bladzijden om en slaagde erin onbezorgd te lijken. Toen hij klaar was, zei hij: 'Oké, dit is heel duidelijk.' Hij stond op, rekte zich uit en vroeg zich af wat hij nu moest doen. 'Dit is beperkt tot de kluis in de kelder, nietwaar?'

'Dat klopt,' zei Bradshaw.

'Daar zitten een heleboel waardevolle spullen in en, nou ja, van jullie is bekend dat jullie de boel behoorlijk overhoophalen tijdens een huiszoeking.'

'U kijkt te veel televisie,' zei Vanno. 'We weten wat we doen, en als u meewerkt zal niemand in de winkel weten dat we hier zijn.'

'Dat betwijfel ik.'

'Laten we gaan.'

Met het huiszoekingsbevel in de hand nam Bruce hen mee naar de achterkant van de winkel, waar drie andere agenten al stonden te wachten, allemaal in vrijetijdskleding. Bruce negeerde hen en deed de kelderdeur van het slot. Hij knipte het licht aan en zei: 'Wees voorzichtig.' In de kelder deed hij nog meer lampen aan, bleef staan bij de deur van de kluis en toetste de code in. Hij opende de kluis, knipte het licht aan en toen de vijf agenten binnen waren, wees hij naar de muren en zei: 'Dat zijn allemaal eerste drukken. Niets belangrijks, lijkt me.' Een agent haalde een kleine videocamera tevoorschijn en begon het interieur van de kluis te filmen.

'Maak de brandkast open,' zei Bradshaw, en Bruce gehoorzaamde. Toen hij de deur opentrok, wees hij naar de bovenste planken en zei: 'Deze zijn allemaal zeldzaam. Wilt u ze zien?'

'Misschien later,' zei Bradshaw. 'Laten we maar met die vier laden beginnen.' Hij wist precies wat hij wilde.

Bruce trok de eerste lade open. Daarin zaten twee cederhouten kistjes, precies zoals Mercer had verteld. Hij haalde er een uit, zette hem op de tafel en maakte de deksel open. 'Dit is het originele manuscript van *Darker Than Amber*, in 1966 uitgegeven door John D. MacDonald. Deze heb ik ongeveer tien jaar geleden gekocht en ik heb de factuur als bewijs.'

Bradshaw en Vanno bogen zich over het manuscript. 'Mogen we het aanraken?' vroeg Vanno. Beide mannen waren ervaren en wisten wat ze deden.

'Ga uw gang.'

Het manuscript was getypt en de bladzijden waren in goede conditie en bijna niet verbleekt. Ze bladerden erdoorheen en hadden er algauw geen belangstelling meer voor. 'Dat andere kistje?' vroeg Bradshaw.

Bruce haalde het tweede cederhouten kistje eruit, zette hem naast het eerste en maakte de deksel open. 'Dit is ook een manuscript van MacDonald, *The Lonely Silver Rain*, uitgegeven in 1985. Hier heb ik ook een factuur van.'

Ook dit was netjes en getypt, met aantekeningen in de marges. Bruce zei behulpzaam: 'MacDonald woonde op een boot met weinig elektriciteit. Hij gebruikte een oude Underwood-typmachine en was heel precies als het om zijn werk ging. Zijn manuscripten zijn ongelofelijk netjes.'

Dat vonden ze absoluut niet interessant, maar ze sloegen toch een paar bladzijden om.

Gewoon voor de lol vroeg Bruce: 'Ik weet het niet zeker, maar Fitzgerald schreef zijn originele manuscripten toch met de hand?' Hij kreeg geen antwoord.

Bradshaw draaide zich weer om naar de brandkast en zei: 'De tweede lade.'

Bruce trok de lade open terwijl de beide agenten dichterbij kwamen staan om beter te kunnen kijken. Deze was leeg. Dat gold ook voor de derde en de vierde lade. Bradshaw was verbijsterd en keek met een wilde blik naar Vanno die verbijsterd en ongelovig naar de lege laden keek.

Verbijsterd zei Bradshaw: 'Haal de brandkast leeg.'

Bruce zei: 'Geen probleem, maar het is wel duidelijk, in elk geval voor mij, dat iemand jullie verkeerde informatie heeft verstrekt. Ik handel niet in gestolen spullen en zou de Fitzgerald-manuscripten met geen vinger aanraken.'

Bradshaw negeerde hem en zei weer: 'Haal de brandkast leeg.'

Bruce legde de twee MacDonald-manuscripten weer in de bovenste lade. Daarna pakte hij de clamshell waar *The Catcher in the Rye* in zat. 'Willen jullie deze bekijken?'

'Ja,' antwoordde Bradshaw.

Voorzichtig maakte Bruce de clamshell open en haalde het boek eruit. Hij hield hem omhoog zodat ze hem konden zien, en er video-opnamen van konden maken, waarna hij het boek teruglegde. 'Jullie willen ze dus allemaal zien?'

'Inderdaad.'

'Dat is tijdverspilling. Dit zijn gepubliceerde romans, geen manuscripten.'

'Dat weten we.'

'Deze clamshells zijn op maat gemaakt voor elk boek en veel te klein voor een manuscript.'

Dat was wel duidelijk, maar tijd was geen probleem en ze moesten alles grondig doorzoeken. 'De volgende,' zei Bradshaw met een knikje naar de planken in de brandkast.

Systematisch pakte Bruce boek na boek van de planken, opende de clamshells, haalde de boeken eruit en zette ze opzij. Terwijl hij hiermee bezig was, schudden Bradshaw en

Vanno hun hoofd, keken elkaar aan, rolden met hun ogen en zagen er over het algemeen zo verbijsterd uit als misleide agenten er maar uit konden zien.

Toen alle achtenveertig boeken op de tafel lagen, was de brandkast leeg, op de twee MacDonald-manuscripten in de bovenste lade na. Bradshaw stapte dichter naar de brandkast, alsof hij op zoek was naar geheime vakken, maar het was wel duidelijk dat daar geen plaats voor was. Hij krabde aan zijn kaak en streek met zijn vingers door zijn dunner wordende haar.

Vanno vroeg: 'Wat zijn dat?' en hij wees naar de boekenplanken aan de muren.

Bruce zei: 'Dat zijn zeldzame eerste drukken, boeken die al heel lang geleden zijn uitgegeven. Dat is een verzameling die ik in de loop van twintig jaar heb samengesteld. Nogmaals, dat zijn romans, geen manuscripten. Ik neem aan dat jullie die ook willen zien.'

'Ach, waarom ook niet?' zei Vanno.

Bruce haalde een sleutel tevoorschijn en deed de boekenplanken van het slot. De agenten verspreidden zich, maakten de glazen deuren van de planken open en bekeken de rijen boeken, maar vonden niets wat zelfs maar op een omvangrijk manuscript leek. Bruce hield hen nauwlettend in de gaten, klaar om zich ermee te bemoeien als ze er een boek uit wilden halen. Maar ze waren voorzichtig, en heel professioneel, en een uur later was het doorzoeken van de kluis afgerond zonder iets te vinden. Ze hadden elke centimeter bekeken. Toen ze klaar waren, trok Bruce de deur dicht, maar deed hem niet op slot.

Bradshaw keek om zich heen in de kelder en zag de planken die vol stonden met oude boeken, tijdschriften, drukproeven en leesexemplaren. 'Mogen we even kijken?' vroeg hij in een laatste, wanhopige poging iets te vinden.

Bruce zei: 'Nou ja, volgens het huiszoekingsbevel is de huiszoeking beperkt tot de kluis, maar wat maakt het uit. Ga maar kijken. Jullie vinden toch niets.'

'Dus u geeft toestemming.'

'Natuurlijk, waarom niet? Laten we nog meer tijd verspillen.'

Ze verspreidden zich over de rommelkamer, keken en zochten een halfuur, als om het onvermijdelijke uit te stellen. Hun nederlaag toegeven was ondenkbaar, maar uiteindelijk gaven ze het op. Bruce liep achter hen aan naar boven en naar de voordeur. Bradshaw stak zijn hand uit en zei: 'Excuses voor het ongemak.'

Bruce schudde zijn hand en vroeg: 'En, laten jullie me nu met rust of verdenken jullie me nog steeds?'

Bradshaw haalde een visitekaartje uit zijn zak en gaf dat aan Bruce. 'Ik bel u morgen met een antwoord op die vraag.'

'Geweldig. Maar het lijkt me beter dat mijn advocaat u belt.'

'Prima.'

Toen ze weg waren, draaide Bruce zich om en zag dat twee medewerkers achter de toonbank naar hem keken. 'De DEA, de Drugs Enforcement Administration,' zei hij. 'Op zoek naar een methadonlab. Ga nu maar weer aan je werk.'

3

De oudste bar op het eiland was de Pirate's Saloon, drie straten ten oosten van de boekhandel. Bruce had daar die avond afgesproken met zijn advocaat Mike Wood. Ze bestelden cognac en gingen in een hoek zitten, waarna Bruce de huiszoeking beschreef. Mike was te ervaren om te vragen of Bruce inderdaad iets af wist van de gestolen manuscripten.

Bruce vroeg: 'Kun je uitzoeken of ik nog steeds een verdachte ben?'

'Misschien. Ik zal die man morgen bellen, maar ga er maar van uit dat het antwoord ja is.'

'Ik zou graag willen weten of ik de komende zes maanden

word gevolgd. Luister, Mike, ik ga volgende week naar het zuiden van Frankrijk om wat tijd met Noelle door te brengen. Als deze mannen me overal naartoe volgen, wil ik dat graag weten. Verdomme, dan geef ik hun de vluchtnummers en bel ze zodra ik thuis ben. Ik heb niets te verbergen.'

'Dat zal ik hem vertellen, maar op dit moment ga ik ervan uit dat ze elke stap die je zet volgen, al je telefoongesprekken afluisteren en elk mailtje en berichtje meelezen.'

Bruce deed alsof hij het niet kon geloven en zwaar gefrustreerd was, maar in werkelijkheid hield hij al twee maanden rekening met de mogelijkheid dat iemand, mogelijk de FBI of misschien iemand anders, hem schaduwde en afluisterde.

De volgende dag, woensdag, belde Mike Wood vier keer naar Lamar Bradshaws mobiele telefoon en werd steeds meteen doorgeschakeld naar de voicemail. Hij sprak berichtjes in, maar werd niet teruggebeld. Op donderdag belde Bradshaw hem terug en bevestigde dat meneer Cable nog steeds hun belangstelling had, maar niet langer doelwit van hun onderzoek was.

Mike vertelde Bradshaw dat zijn cliënt het land binnenkort zou verlaten, en gaf hem de vluchtnummers en de naam van het hotel in Nice waar hij een paar dagen met zijn vrouw zou verblijven. Bradshaw bedankte hem voor de informatie en zei dat de FBI geen belangstelling had voor Cable's buitenlandse reizen.

4

Op vrijdag werden Denny Durban en Bryan Bayer, alias Joe Rooker, naar Philadelphia gevlogen en vervolgens naar Trenton gereden waar ze nogmaals werden ingeboekt en in aparte cellen gezet.

Later brachten ze Denny naar een verhoorkamer, zetten hem aan een tafel, gaven hem een kop koffie en zeiden dat hij moest wachten. Mark Driscoll en zijn advocaat Gil Petrocelli werden door special agent McGregor via de gang voor de verhoorkamer naar een kamer met een eenzijdige spiegel gebracht. Daar konden ze naar Denny kijken die in zijn eentje met een verveelde blik in de kamer zat.

'We hebben je vriendje ingerekend,' zei McGregor tegen Mark. 'In Florida.'

'Dus?' zei Petrocelli.

'Dus nu hebben we jullie alle drie, de drie mannen die in de Firestone Library waren. Genoeg gezien?'

Driscoll zei: 'Ja.'

Ze liepen weg, naar een andere verhoorkamer, twee deuren verderop. Toen ze aan een kleine tafel zaten, zei McGregor: 'We weten niet wie er nog meer bij betrokken waren, maar er waren anderen. Iemand buiten de bibliotheek zorgde voor de afleiding toen jullie drieën binnen waren. Weer iemand anders hackte het beveiligingssysteem en de elektriciteitsvoorziening van de campus. Dat zijn vijf mensen in totaal, misschien meer, maar alleen u kunt ons dat vertellen. We hebben de manuscripten al bijna gevonden en hebben binnenkort dus een nieuwe lading beschuldigingen. We zijn bereid u een geweldige deal aan te bieden, meneer Driscoll. Als u alles vertelt, bent u straks een vrij man. Vertel ons alles en uw tenlastelegging wordt verscheurd. Dan komt u in het getuigenbeschermingsprogramma en brengen we u naar een leuke plek met nieuwe legitimatiebewijzen, een goede baan, wat u maar wilt. Wanneer er een proces plaatsvindt, moet u wel terugkomen om te getuigen, maar eerlijk gezegd denk ik niet dat dat zal gebeuren.'

Mark vond acht maanden in de gevangenis wel genoeg. Denny was het gevaarlijkst, maar nu hij onschadelijk was gemaakt was de grootste dreiging geweken. De kans op wraak was grotendeels verdwenen. Trey was niet gewelddadig en sowieso altijd op de vlucht, en als hij Treys echte naam vertelde, werd deze misschien algauw opgepakt. Ahmed was een sullige computernerd die al bang was voor zijn eigen schaduw; het idee dat hij wraak zou nemen leek te vergezocht. 'Geef me wat tijd,' zei Mark.

'We gaan het bespreken,' zei Petrocelli.

'Oké, vandaag is het vrijdag. U hebt het weekend om een besluit te nemen. Maandagochtend kom ik terug. Daarna is een deal uitgesloten.'

Op maandag accepteerde Mark de deal.

5

Op dinsdag 19 juli vloog Bruce Cable van Jacksonville naar Atlanta, stapte in een vliegtuig van Air France voor een rechtstreekse vlucht naar Parijs, waar hij twee uur wachtte op zijn aansluiting naar Nice. Daar arriveerde hij om acht uur 's ochtends en nam een taxi naar Hôtel La Pérouse, een stijlvol hotel aan zee dat hij en Noelle hadden ontdekt tijdens hun eerste gezamenlijke reis naar Frankrijk tien jaar geleden. Ze stond in de lobby op hem te wachten en zag er bijzonder Frans uit in een korte witte jurk en prachtige strooien hoed met een brede rand. Ze kusten en omhelsden elkaar alsof ze elkaar al jaren niet meer hadden gezien. Daarna liepen ze hand in hand naar het terras bij het zwembad, waar ze champagne dronken en elkaar weer kusten. Toen Bruce zei dat hij honger had, gingen ze naar hun kamer op de tweede verdieping en bestelden iets van de roomservice. Ze aten op het terras en genoten van de zon. Het strand onder hen strekte zich kilometers uit, en de Côte d'Azur erachter zinderde in de ochtendzon. Bruce had al maanden geen vrije dag meer genomen en was echt toe aan ontspanning. Nadat hij heel lang had geslapen, was zijn jetlag verdwenen en gingen ze naar het zwembad.

Zoals altijd vroeg hij hoe het met Jean-Luc was en Noelle zei dat het goed met hem ging. Hij liet hem groeten. Zij vroeg naar Mercer, waarop Bruce haar alles vertelde en zei dat hij betwijfelde of ze haar ooit weer zouden zien.

Aan het einde van de middag verlieten ze het hotel en wandelden in vijf minuten naar de Oude Stad, een eeuwenoud driehoekig stadsdeel en de belangrijkste attractie van de stad. Ze lieten zich meedrijven met de stroom toeristen, bekeken de drukke markten en de etalages van de boetiekjes in straten die te smal waren voor auto's en bestelden ijs en koffie op het terras van een van de vele cafés. Ze kuierden door stegen en verdwaalden een paar keer, maar nooit lang, want achter de volgende bocht was de zee altijd weer te zien. Ze liepen vaak hand in hand, nooit ver bij elkaar vandaan, en leken zich af en toe aan elkaar vast te klampen.

6

Op donderdag sliepen Bruce en Noelle uit en ontbeten op het terras. Een hele tijd later douchten ze, kleedden zich aan en gingen weer naar de Oude Stad. Ze dwaalden over de bloemenmarkten en bewonderden bijzondere variëteiten, waar zelfs Noelle er een heleboel niet van kende. Ze dronken een espresso op een ander terras en keken naar de rijen mensen rondom de barokke kathedraal op het Place Rossetti. Toen het bijna twaalf uur was liepen ze ten slotte naar de rand van de Oude Stad, naar een iets bredere straat waar een paar auto's doorheen reden. Ze stapten een antiekwinkel binnen, waar Noelle even met de eigenaar praatte. Een handwerksman nam hen mee naar achteren, naar een kleine werkplaats waar tafels en grote kasten stonden in verschillende stadia van reparatie. De man wees naar een houten krat en vertelde Noelle dat dit krat net was afgeleverd. Ze controleerde het verzendlabel dat in een van de hoeken was geniet en vroeg of de man het krat wilde openmaken. Hij pakte zijn accuschroevendraaier en maakte de tien lange schroeven los waarmee de deksel was vastgemaakt. Hij werkte langzaam, systematisch, zoals hij kennelijk al jaren werkte. Bruce keek aandachtig naar hem, maar Noelle leek meer belangstelling te hebben voor een van de oude tafels. Toen hij eindelijk klaar was, tilden hij en Bruce de deksel van het krat.

Noelle zei iets tegen de man, waarop deze verdween. Nadat Bruce het dikke pakschuim uit het krat had gehaald, konden ze Mercers schrijftafel zien. Onder het blad waren de voorkanten van drie laden te zien, maar die waren verwijderd om een verborgen ruimte te creëren. Heel voorzichtig wrikte Bruce de voorkant eraf met een klauwhamer. Er zaten vijf identieke cederhouten dozen in, allemaal op maat gemaakt volgens zijn specificaties door een meubelmaker op Camino Island.

Gatsby en vrienden.

7

De vergadering begon om 09.00 uur en leek in elk opzicht een marathonzitting te worden. De papieren op de lange tafel lagen door elkaar, alsof ze al uren aan het werk waren. Aan het hoofd van de tafel stond een groot scherm met ernaast een schaal donuts en twee potten koffie. Agent McGregor en drie andere FBI-agenten zaten aan één kant van de tafel. Carlton, de hulpofficier van justitie, zat tegenover hen, geflankeerd door zijn aanhang van ernstig kijkende jonge mannen in donker pak. Aan het andere hoofd zat Mark Driscoll met links van hem zijn trouwe advocaat Petrocelli.

Mark dacht al genietend aan het leven buiten de gevangenis, een leven van vrijheid in een nieuwe wereld. Hij was bereid te praten.

McGregor begon en zei: ‘Laten we beginnen met de bende. Er waren drie mannen binnen, klopt dat?’

‘Dat klopt. Ik, Jerry Steengarden en Denny Durban.’

‘En de anderen?’

‘Juist. Nou, buiten de bibliotheek was Tim Maldanado, die Trey wordt genoemd. Geen idee waar hij vandaan komt, want hij is het grootste deel van zijn leven al op de vlucht. Zijn moeder heet Iris Green en zij woont in Baxter Road in Muncie, Indiana. U kunt haar wel opzoeken, maar ik denk dat ze haar zoon al jaren niet heeft gezien. Trey is een jaar of twee geleden ontsnapt uit een federale gevangenis in Ohio.'

'Hoe komt het dat u weet waar zijn moeder woont?' vroeg McGregor.

'Dat maakte allemaal deel uit van het plan. We hebben heel veel nutteloze informatie in ons hoofd geprent zodat we onze mond hielden als een van ons werd opgepakt. Zo niet, dan konden de anderen wraak nemen, wat toen heel slim leek.'

'Wanneer hebt u Trey voor het laatst gezien?'

'Op 12 november vorig jaar, op de dag waarop Jerry en ik de hut verlieten en naar Rochester reden. We lieten hem daar achter met Denny. Ik heb geen idee waar hij kan zijn.'

Op het scherm verscheen een foto waarop Trey hen glimlachend aankeek. 'Dat is hem,' zei Mark.

'Wat was zijn rol?'

'Afleiding. Hij veroorzaakte die commotie met zijn rookbommen en vuurwerk. Hij belde 911 en zei dat er een man op studenten schoot. Ik heb zelf twee of drie keer gebeld, vanuit de bibliotheek.'

'Oké, daar komen we later op terug. Wie waren er nog meer bij betrokken?'

'We waren met z'n vijven. De vijfde man was Ahmed Mansour, een Amerikaan van Libanese afkomst die vanuit Buffalo werkte. Hij was er die nacht niet bij. Hij is een hacker, vervalser, computerexpert. Lange carrière bij de inlichtingendiensten, voordat hij werd ontslagen en de misdaad opzocht. Hij is een jaar of vijftig, gescheiden, woont samen met een vrouw op Washburn Street 662 in Buffalo. Voor zover ik weet, heeft hij geen strafblad.'

Ook al werden er beeld- en geluidsopnamen van Mark gemaakt, alle vier FBI-agenten en alle vijf ernstig kijkende jonge mannen van het kantoor van de officier van justitie schreven fanatiek mee, alsof hun aantekeningen belangrijk waren.

McGregor zei: 'Oké, als jullie maar met z'n vijven waren, wie is dit dan?' Bryan Bayers gezicht verscheen op het scherm.

'Nog nooit gezien.'

Petrocelli zei: 'Dat is de vent die me een paar weken geleden op die parkeerplaats in elkaar sloeg en me waarschuwde dat mijn cliënt zijn mond moest houden.'

McGregor zei: 'We hebben hem in Florida opgepakt, samen met Denny. Een beroepscrimineel die Bryan Bayer heet, maar Rooker wordt genoemd.'

'Ken hem niet,' zei Mark. 'Hij was geen lid van onze bende. Zal wel iemand zijn die Denny heeft ingehuurd om de manuscripten te zoeken.'

'We weten niet veel over hem en hij houdt zijn mond,' zei McGregor.

'Hij deed niet mee,' zei Mark.

'Ik wil het weer over het team hebben. Vertel ons eens wat meer over het plan. Hoe is alles begonnen?'

Mark glimlachte, ontspande zich, nam een grote slok koffie en begon met zijn verhaal.

8

Diep in de wijk Rive Gauche van Parijs, in het hart van het zesde arrondissement aan de rue St.-Sulpice, had monsieur Gaston Chappelle een leuke kleine boekwinkel die in achtentwintig jaar niet veel was veranderd. Dat soort winkels zijn in het centrum overal te vinden, en ze hebben allemaal een andere specialiteit. Monsieur Chappelles specialiteit was zeldzame Franse, Spaanse en Amerikaanse romans van negentiende- en twintigste-eeuwse auteurs. Twee deuren verder handelde een vriend alleen in oude landkaarten en atlassen. Om de hoek verkocht een ander oude afbeeldingen en brieven van historische personen. Over het algemeen liepen weinig mensen deze winkels in of uit; heel veel mensen bekeken de etalages, maar slechts weinig mensen kochten iets. Hun cliënten waren serieuze verzamelaars uit de hele wereld, geen toeristen die op zoek waren naar leesvoer.

Op maandag 25 juli deed Chappelle zijn winkel op slot en stapte in een wachtende taxi. Twintig minuten later stopte de taxi voor een kantoorgebouw aan avenue Montaigne in het achtste arrondissement en hij stapte uit. Voordat hij naar binnen ging, keek hij behoedzaam naar de straat achter zich, ook al verwachtte hij niets ongewoons te zien. Er was niets illegaals aan zijn missie, tenminste, niet volgens de Franse wet.

Hij praatte met de aardige receptioniste en wachtte terwijl zij naar boven belde. Hij kuierde door de lobby, bewonderde de kunst aan de muren en nam de omvang en het bereik van het advocatenkantoor in zich op. SCULLY & PERSHING stond er met bronzen letters, met kantoren in – hij telde ze – vierenveertig steden in elk belangrijk land en een paar minder belangrijke landen van de wereld. Hij had eerder een tijdje naar de website zitten kijken en wist dat Scully er trots op was dat er drieduizend advocaten werkten en dat het het grootste advocatenkantoor ter wereld was.

Zodra zijn bezoek was goedgekeurd, gaf de receptioniste hem toestemming om naar de tweede verdieping te gaan. Hij nam de trap en vond al snel het kantoor van Thomas Kendrick, een belangrijke partner die alleen was uitgekozen omdat hij aan Princeton zijn bachelordiploma had behaald. Verder had hij twee mastertitels behaald, de eerste bij Columbia en de tweede bij de Sorbonne. Kendrick was achtenveertig jaar oud en kwam oorspronkelijk uit Vermont, maar had nu een dubbele nationaliteit. Hij was getrouwd met een Française en had Parijs na zijn studie aan de Sorbonne nooit verlaten. Hij was gespecialiseerd in complexe internationale processen en had, in elk geval aan de telefoon, geaarzeld om een afspraak te maken met een eenvoudige boekwinkeleigenaar. Maar Chappelle was blijven aandringen.

Ze spraken Frans, en meteen na de nogal stijve beleefdheden vroeg Kendrick: 'En, wat kan ik voor u doen?'

Chapelle antwoordde: 'U hebt nauwe banden met Princeton University en bent zelfs lid geweest van de raad van toezicht. Ik neem aan dat u de voorzitter kent, dr. Carlisle?'

'Ja. Ik ben nog altijd betrokken bij mijn universiteit. Mag ik vragen waarom dit belangrijk is?'

'Het is heel belangrijk. Een vriend van me heeft een kennis die de man kent die de Fitzgerald-manuscripten in bezit heeft. Deze man zou ze willen teruggeven aan Princeton, maar natuurlijk wel tegen een prijs.'

Kendricks professionele, duizend-dollar-per-uur-façade verdween terwijl zijn mond openviel, zijn ogen uit hun kassen puilden en hij eruitzag alsof hij een stomp in zijn maag had gekregen.

Chappelle zei: 'Ik ben slechts de tussenpersoon, net zoals u. Wij hebben uw hulp nodig.'

Het laatste waar Kendrick behoefte aan had was nog een opdracht, vooral een waar hij geen cent voor betaald zou krijgen, maar die wel zijn kostbare tijd zou opslokken. Toch was het bijzonder aantrekkelijk, overweldigend bijna, om bij zo'n unieke transactie te worden betrokken. Als deze man de waarheid sprak dan zou hij, Kendrick, een cruciale rol spelen in de teruggave van iets wat zijn geliefde universiteit boven alles koesterde. Hij schraapte zijn keel en zei: 'De manuscripten zijn veilig en nog altijd bij elkaar, neem ik aan.'

'Inderdaad.'

Kendrick glimlachte terwijl er van alles door zijn hoofd ging. 'Waar zou de levering moeten plaatsvinden?'

'Hier, in Parijs. De levering zal zorgvuldig worden gepland en alle instructies moeten strikt worden opgevolgd. Het is wel duidelijk, meneer Kendrick, dat we te maken hebben met een crimineel die in het bezit is van objecten van onschatbare waarde en liever niet wordt opgepakt. Hij is heel slim en berekenend, en bij de kleinste vergissing, verwarring of teken van problemen zullen de manuscripten voor altijd verdwijnen. Dit is de enige kans die Princeton krijgt om de documenten terug te krijgen. De politie erbij halen zou een ernstige fout zijn.'

'Ik vraag me af of Princeton hier zonder de FBI iets mee wil doen. Maar dat weet ik natuurlijk niet zeker.'

'Dan wordt er geen deal gesloten. Punt uit. Dan zal Princeton ze nooit terugzien.'

Kendrick stond op en stopte zijn chique overhemd verder in zijn getailleerde lange broek. Hij liep naar een raam, zonder iets te zien, en vroeg: 'Wat is de prijs?'

'Een vermogen.'

'Uiteraard. Maar ik zal hun een idee moeten geven.'

'Vier miljoen per manuscript. Niet onderhandelbaar.'

Kendrick, die zich bezighield met rechtszaken waar miljarden in het geding waren, schrok niet van de hoogte van het losgeld. Ook Princeton zou hier niet van schrikken. Hij betwijfelde of zijn universiteit zoveel geld kon ophoesten, maar ze kregen vijfentwintig miljard dollar aan giften en hadden duizenden rijke alumni. Kendrick liep bij het raam vandaan en zei: 'Ik moet natuurlijk een paar telefoontjes plegen. Wanneer zullen we weer afspreken?'

Chappelle stond op en zei: 'Morgen. En ik waarschuw u nogmaals, meneer Kendrick, dat het een ramp zal zijn als de politie hier of in de VS erbij wordt gehaald.'

'Dat begrijp ik. Dank u wel voor uw bezoek, meneer Chappelle.' Daarna gaven ze elkaar een hand en namen afscheid.

De volgende ochtend om tien uur stopte een zwarte Mercedes in de rue de Vaugirard voor het Palais du Luxembourg. Thomas Kendrick, die achterin zat, stapte uit en begon te lopen. Hij liep via een gietijzeren hek de beroemde tuinen in en kuierde met een hele groep toeristen mee naar de achthoekige vijver waar honderden mensen, Parijzenaren en bezoekers, de ochtend doorbrachten: zittend en lezend en genietend van de zon. Kinderen speelden met hun speelgoedbootjes op het water. Jonge stelletjes zaten verspreid op de betonnen muren van het meer. Talloze hardlopers renden rond, pratend en lachend. Bij het standbeeld van Delacroix kreeg Kendrick gezelschap van Gaston Chappelle, zonder een begroeting, met een aktetas in de hand. Ze liepen over de brede paden bij het meer vandaan.

'Word ik geschaduwd?' vroeg Kendrick.

'Hier zijn inderdaad mensen. De man met de manuscripten heeft handlangers. Word ik geschaduwd?'

'Nee. Dat kan ik u verzekeren.'

'Goed. Ik neem aan dat uw gesprekken goed zijn verlopen.'

'Ik vertrek over twee uur naar de vs. Morgen heb ik een afspraak met de mensen van Princeton. Ze begrijpen de regels. Zoals u wel zult begrijpen, meneer Chappelle, willen ze een soort bewijs.'

Chappelle haalde al lopend een brochure uit zijn aktetas. 'Dit moet voldoende zijn,' zei hij.

Kendrick nam de brochure aan en vroeg: 'Mag ik vragen wat hierin zit?'

Chappelle zei met een valse grijns: 'De eerste bladzijde van hoofdstuk 3 van *The Great Gatsby*. Voor zover ik het kan bekijken, is die authentiek.'

Kendrick bleef abrupt staan en mompelde: 'Lieve help!'

9

Dr. Jeffrey Brown jogde zo ongeveer over de campus van Princeton en rende de trap op van Nassau Hall, het administratiegebouw. Brown was de directeur van de afdeling Manuscripten van de Firestone Library en kon zich zijn laatste bezoek aan het kantoor van de voorzitter van het bestuur amper herinneren. Bovendien wist hij zeker dat hij nooit eerder naar een bespreking was ontboden die 'urgent' was genoemd. Zo opwindend was zijn baan nog nooit geweest.

De secretaresse wachtte al op hem en bracht hem naar het chique kantoor van bestuursvoorzitter Carlisle die ook al stond te wachten. Brown werd snel voorgesteld aan de interne jurist van de universiteit, Richard Farley, en aan Thomas Kendrick. In elk geval voor Brown was de gespannen sfeer voelbaar.

Carlisle liet de vier mannen plaatsnemen aan een kleine vergadertafel en zei tegen Brown: 'Mijn excuses dat u zo snel moest komen opdraven, maar we hebben iets gekregen wat geverifieerd moet worden. Gisteren, in Parijs, heeft meneer Kendrick één vel papier gekregen waarvan wordt beweerd dat het de eerste bladzijde is van het derde hoofdstuk van het originele manuscript van F. Scott Fitzgeralds *The Great Gatsby*. Kijk maar.' Hij schoof een dossiermap over de tafel en sloeg hem open.

Brown hapte naar adem en keek naar de bladzijde, raakte voorzichtig de rechterbovenhoek aan en sloeg zijn handen voor zijn gezicht.

10

Twee uur later belegde voorzitter Carlisle een tweede bespreking aan dezelfde tafel. Brown was weggestuurd en in zijn stoel zat Elaine Shelby. Naast haar zat Jack Lance, haar cliënt en de CEO van de verzekeringsmaatschappij voor wie vijfentwintig miljoen dollar op het spel stond. Ze baalde nog steeds van haar briljante, maar mislukte poging om Bruce Cable erbij te lappen, maar ze had zich snel hersteld toen ze hoorde dat de manuscripten kennelijk werden aangeboden. Ze wist dat Cable niet op Camino Island was, maar had geen idee dat hij zich in Frankrijk bevond. De FBI was ervan op de hoogte dat hij naar Nice was gevlogen, maar had hem niet gevolgd en deze informatie niet doorgegeven aan Elaine. Thomas Kendrick en Richard Farley zaten tegenover Elaine en Lance. Bestuursvoorzitter Carlisle gaf haar de dossiermap en zei: 'Dit hebben we gisteren in Parijs gekregen. Het is een pagina van *Gatsby* en we hebben de authenticiteit inmiddels geverifieerd.'

Elaine opende de map en keek naar de bladzijde, net als Lance. Geen van beiden reageerde. Kendrick vertelde over de ontmoeting met Gaston Chappelle en wat de voorwaarden waren voor de deal.

Toen hij uitgesproken was, zei Carlisle: 'Onze prioriteit is natuurlijk het verkrijgen van de manuscripten. Het oppakken van de misdadiger zou leuk zijn, maar is op dit moment niet echt belangrijk.'

Elaine vroeg: 'Dus we halen de FBI er niet bij?'

Farley zei: 'Volgens de wet zijn we daartoe niet verplicht. Er is niets verkeerds aan een particuliere transactie, maar we willen uw mening graag horen. U kent hen veel beter dan wij.'

Elaine schoof de map een paar centimeter van zich af en dacht na over haar antwoord. Ze praatte heel langzaam, elk woord afgemeten. 'Ik heb twee dagen geleden met Lamar Bradshaw gesproken. De drie mannen die de manuscripten hebben gestolen zitten gevangen en een van hen heeft een deal gesloten. De twee handlangers zijn niet gevonden, maar de FBI heeft hun namen en is naar hen op zoek. De FBI is van mening dat de misdaad is opgelost. Ze zullen een dergelijke deal afkeuren, maar het wel begrijpen. Eerlijk gezegd zullen ze opgelucht zijn als de manuscripten worden teruggegeven.'

'Hebt u dit vaker gedaan?' vroeg Carlisle.

'Jazeker, verschillende keren. Het losgeld wordt in het geheim betaald, de goederen worden teruggegeven en iedereen is tevreden, vooral de eigenaar. De misdadiger ook, neem ik aan.'

Carlisle zei: 'Ik weet het niet, hoor. Wij hebben een goede relatie met de FBI. Ze zijn al vanaf het begin geweldig geweest. Het voelt gewoon niet goed om hen op dit moment buiten te sluiten.'

Elaine antwoordde: 'Maar zij hebben geen jurisdictie in

Frankrijk. Dat betekent dat ze gedwongen zijn de autoriteiten daar te informeren en dat wij de controle kwijt zijn. Dan zijn er heel veel mensen bij betrokken en kan het zomaar misgaan. Eén foutje, iets wat niemand kan voorspellen, en de manuscripten zijn verdwenen.'

Farley vroeg: 'Ervan uitgaande dat we ze terugkrijgen, hoe zal de FBI reageren als het voorbij is?'

Elaine glimlachte en zei: 'Ik ken Lamar Bradshaw vrij goed. Als de manuscripten weer veilig in uw bibliotheek liggen en de dieven in de gevangenis zitten, is hij een gelukkig man. Hij zal het onderzoek nog een paar maanden voortzetten of misschien begaat de crimineel een fout, maar over een poosje zullen hij en ik samen iets drinken in Washington en er hartelijk om lachen.'

Carlisle keek naar Farley en Kendrick, en zei ten slotte: 'Oké. Dan gaan we verder zonder hen. Nu de lastige vraag van het losgeld. Meneer Lance?'

De CEO schraapte zijn keel en zei: 'Nou, we zijn de klos voor vijfentwintig miljoen, maar alleen als ze volledig verloren zijn. Nu ziet het er totaal anders uit.'

'Inderdaad,' zei Carlisle glimlachend. 'Ervan uitgaande dat de crimineel ze alle vijf heeft, is het een eenvoudige rekensom. Hoeveel van de twintig wilt u ophoesten?'

Zonder enige aarzeling zei Lance: 'De helft. Meer niet.'

De helft was meer dan Carlisle had gehoopt, en omdat hij een wetenschapper was had hij geen enkel vertrouwen in onderhandelingen met een doorgewinterde CEO van een verzekeringsmaatschappij. Hij keek Farley aan en zei: 'Jij zorgt voor de andere helft.'

11

Aan de overkant van rue St.-Sulpice, en nog geen twaalf meter van de hoofdingang van de Librairie Gaston Chappelle, stond Hôtel Proust. Het was een oud, ongewoon gebouw van vier verdiepingen met kenmerkende kleine kamers en maar één lift die amper groot genoeg was voor een volwassene met bagage. Bruce gebruikte een vals Canadees paspoort en betaalde contant voor een kamer op de tweede verdieping. Hij zette een kleine camera voor het raam en richtte die op de voordeur van Gastons winkel. Daarna ging hij naar zijn kamer in Hôtel Delacroix in rue de Seine en bekeek de videobeelden op zijn iPhone. Noelle, in haar kamer in Hôtel Bonaparte, bekeek de beelden ook. Op haar bed lagen de vijf manuscripten, allemaal in een verschillende tas.

Om 11.00 uur verliet ze haar kamer met een boodschappentas en ging naar de lobby. Daar zei ze tegen de receptie dat de kamermeisjes niet naar haar kamer mochten gaan, omdat haar man daar lag te slapen. Ze verliet het hotel, stak de straat over en bleef staan voor de etalage van een dameskledingzaak. Bruce liep langs haar heen en nam zonder stil te staan de boodschappentas van haar over. Daarna ging ze terug naar haar hotelkamer om de overgebleven manuscripten te bewaken, maar ook om te kijken wat er in Gastons winkel gebeurde.

Bruce liep langs de fontein voor de klassieke kerk St. Sulpice en probeerde niet op te vallen tussen de andere toeristen. Hij doodde de tijd, terwijl hij zich schrap zette voor wat er straks zou gebeuren. De volgende paar uren zouden zijn leven een dramatische wending geven. Als hij in een val liep, zou hij in de boeien worden geslagen en jaren de gevangenis in gaan. Maar als dit lukte werd hij heel rijk en zou alleen Noelle dat weten. Hij liep een paar straten door, keerde met een boog terug en controleerde of hij werd gevolgd. Ten slotte was het tijd om een begin te maken met de levering.

Bruce liep de boekhandel binnen en zag dat Gaston over een oude atlas gebogen stond, net deed alsof hij bezig was, maar ondertussen de straat in de gaten hield. Er waren geen klanten en zijn medewerker had een vrije dag gekregen. Samen gingen ze naar zijn overvolle kantoor achterin. Daar haalde Bruce een cederhouten kistje tevoorschijn. Hij maakte het kistje en de archiefdoos erin open en zei: 'Het eerste manuscript, *This Side of Paradise*.' Gaston raakte de bovenste bladzijde heel voorzichtig aan en zei, in het Engels: 'Lijkt me prima.'

Bruce draaide zich om, opende en sloot de winkeldeur, keek links en rechts de smalle straat in en liep zo nonchalant mogelijk weg. Noelle keek naar de videobeelden van de camera in Hôtel Proust en zag niets ongewoons.

Met een prepaidtelefoon belde Gaston een nummer bij de Credit Suisse Bank in Genève en vertelde zijn contactpersoon dat de eerste levering was afgerond. Volgens de instructies van Bruce stond het totale losgeld vast bij een bank in Zürich. Na het telefoontje werd het eerste deel overgemaakt naar een nummerrekening bij de AGL Bank in Zürich, en meteen daarna overgemaakt naar een andere nummerrekening bij een bank in Luxemburg.

Bruce zat met een laptop in zijn hotelkamer en ontving een mailtje waarin de beide overboekingen werden bevestigd.

Voor Gastons winkel stopte een zwarte Mercedes. Thomas Kendrick stapte uit en ging de winkel binnen. Nog geen minuut later stond hij alweer buiten, met het manuscript. Hij reed meteen naar zijn kantoor, waar Jeffrey Brown zat te wachten, samen met een andere bibliothecaris van Princeton. Ze maakten het kistje en de doos open, en bewonderden de inhoud.

Geduld was noodzaak, maar het wachten was een kwelling. Bruce kleedde zich om en vertrok voor een lange wandeling. Op het terras van een café in de rue des Écoles in het Quartier Latin at hij met moeite een salade. Twee tafeltjes bij hem vandaan zat Noelle met een kop koffie. Ze negeerden elkaar tot hij vertrok, met een rugzak die zij op een stoel had gezet. Een paar minuten over één liep Bruce Gastons winkel weer binnen en zag tot zijn verbazing dat hij met een klant stond te kletsen. Bruce liep naar achteren en zette de rugzak op Gastons bureau. Nadat Gaston erin was geslaagd weg te glippen, maakten ze het tweede cederhouten kistje open en zagen Fitzgeralds handschrift. Bruce zei: '*The Beautiful and Damned*. Uitgegeven in 1922 en misschien zijn slechtste boek.'

'Ziet er prima uit,' zei Gaston.

'Bel maar,' zei Bruce en hij vertrok. Een kwartier later werden de overboekingen bevestigd. Niet lang daarna stopte dezelfde zwarte Mercedes op dezelfde plek, en haalde Thomas Kendrick manuscript nummer twee op bij Gaston.

Gatsby was het boek dat daarna was uitgegeven, maar dat bewaarde Bruce tot het laatst. Hij had nog steeds geluk, maar hij maakte zich zorgen over de laatste levering. Hij zag dat Noelle in de schaduw van een iep in de Jardin Luxembourg zat. Naast haar stond een bruine papieren zak met de naam van een bakkerij erop. Om het er overtuigend uit te laten zien, stak het uiteinde van een stokbrood boven de rand uit. Bruce brak het bovenste stuk eraf en stak het in zijn mond. Al kauwend liep hij naar Gastons winkel. Om 14.30 uur liep hij de boekhandel binnen, overhandigde de tas met de rest van het stokbrood en *Tender Is the Night* aan zijn vriend en vertrok weer.

Om de zaak wat ingewikkelder te maken, werd het derde deel overgemaakt naar een filiaal van Deutsche Bank in Zürich, en vervolgens naar een nummerrekening van een Londense bank. Nadat deze beide overboekingen waren bevestigd, was zijn vermogen toegenomen van zeven naar acht cijfers.

Kendrick verscheen weer om manuscript nummer drie op te halen. Dr. Jeffrey Brown zat in zijn kantoor en werd naarmate ze meer manuscripten binnenkregen steeds opgewondener.

Het vierde manuscript, *The Last Tycoon*, zat verstopt in een

Nike-sporttas die Noelle meenam naar een Poolse boekhandel aan boulevard St.-Germain. Terwijl zij even rondkeek, nam Bruce de tas mee en liep in vier minuten naar de Librairie Chappelle.

De Zwitserse bank zou om vijf uur sluiten. Om een paar minuten voor vier belde Gaston Thomas Kendrick met een vervelende mededeling: voor *Gatsby* wilde zijn kennis vooruit worden betaald. Kendrick bleef rustig, maar zei dat dat onacceptabel was. Ze hadden een afspraak en tot dan toe hadden beide partijen zich daaraan gehouden.

'Dat is waar,' zei Chappelle beleefd. 'Maar volgens mijn contactpersoon is de kans aanwezig dat uw kant na de laatste levering besluit de laatste overboeking niet uit te voeren.'

'En stel dat wij het laatste deel wel betalen en hij besluit het manuscript te houden?' antwoordde Kendrick.

'Dat risico zult u moeten nemen, lijkt me,' zei Gaston. 'Hij staat erop.'

Kendrick haalde diep adem en keek naar het van afschuw vertrokken gezicht van Brown. 'Ik bel u over een kwartier terug,' zei hij tegen Gaston.

Brown hing al aan de telefoon met Princeton, waar bestuursvoorzitter Carlisle zijn bureau de afgelopen vijf uur niet had verlaten. Maar eigenlijk was er niets te bespreken. Princeton had meer behoefte aan Gatsby dan de crimineel behoefte had aan nog eens vier miljoen. Ze zouden het risico nemen.

Kendrick belde Chappelle en gaf hem het nieuws door. Toen de laatste overboeking om 16.45 uur werd bevestigd, belde Chappelle Kendrick terug en vertelde dat hij het Gatsbymanuscript in bezit had en achter in een taxi zat die stond te wachten voor zijn kantoorgebouw aan avenue Montaigne.

Kendrick beende zijn kantoor uit met dr. Brown en zijn collega's op de hielen. Ze renden de brede trap af, langs de geschrokken receptioniste en naar buiten. Op hetzelfde moment stapte Gaston uit de taxi. Hij overhandigde Kendrick een dikke aktetas en vertelde dat *Gatsby* erin zat, met uitzondering van bladzijde 1 van hoofdstuk 3.

Bruce Cable stond nog geen vijftig meter verderop tegen een boom geleund en lachte hartelijk toen hij de uitwisseling zag.

Epiloog

Het had die nacht gesneeuwd en de campus lag onder een twintig centimeter dikke sneeuwlaag. Halverwege de ochtend maakten arbeiders met sneeuwploegen en scheppen de voetpaden en ingangen sneeuwvrij, zodat de colleges doorgang konden vinden. Studenten met zware laarzen en dikke jassen aan verspilden weinig tijd tussen de colleges door. Het vroor minstens tien graden en er waaide een ijskoude wind. Volgens het lesrooster dat hij op internet had gevonden moest ze in een lokaal in Quigley Hall zijn om een les creatief schrijven te geven. Hij vond het gebouw en het lokaal, en slaagde erin zich tot 10.45 uur te verstoppen en warm te blijven in een hal op de eerste verdieping. Later glipte hij de kou weer in en wachtte op een trottoir naast het gebouw, terwijl hij om geen argwaan te wekken deed alsof hij telefoneerde. Maar het was zo koud dat niemand op hem lette of zich voor hem interesseerde. Hij was dik ingepakt en leek gewoon op een student. Even later kwam ze door de hoofdingang naar buiten en liep bij hem vandaan in een groepje dat groter werd toen andere gebouwen voor lokaalwisselingen leegliepen. Hij volgde haar op een afstandje en zag dat ze in het gezelschap was van een jongeman met een rugzak. Ze sloegen af en toe een hoek om en leken naar de Strip te gaan, een rij winkels en cafés en bars vlak bij de campus van de Southern Illinois University. Ze staken een straat over, waar haar metgezel haar bij de elleboog pakte alsof hij haar wilde helpen. Ze liepen door, nog sneller zelfs, en hij liet hen gaan. Toen zij naar een koffiebar gingen, liep Bruce naar de bar ernaast. Hij stopte zijn handschoenen in zijn jaszak en bestelde een kop zwarte koffie. Hij wachtte een kwartier, lang genoeg om de kou te verdrijven, maar ging toen naar de koffiebar. Mercer en haar vriend zaten aan een tafeltje en hadden hun jas en sjaal over hun stoel gehangen. Ze hadden een lekkere koffie voor zich staan en waren in een gesprek verwikkeld. Bruce stond al naast de tafel toen ze hem zag. 'Hallo, Mercer,' zei hij, maar hij negeerde haar vriend. Ze schrok, was zelfs verbijsterd en leek naar adem te happen. Bruce keek haar vriend aan en zei: 'Neem me niet kwalijk, maar ik moet even met haar praten. Ik kom van ver.'

'Wat heeft dit te betekenen!' zei de man, klaar om een discussie aan te gaan. Maar Mercer raakte zijn hand even aan en zei: 'Het is wel goed, hoor. Geef ons maar gewoon een paar minuten.' Hij stond langzaam op, pakte zijn koffie en liep weg waarbij hij tegen Bruce op botste, die er echter niets over zei.

Bruce ging op de stoel van de vriend zitten en keek Mercer glimlachend aan. 'Leuke knul. Een van je studenten?'

Ze vermande zich en zei: 'Dit meen je niet! Daar heb jij toch niets mee te maken?'

'Nee, helemaal niets. Je ziet er geweldig uit, Mercer, maar je bent niet zongebruind.'

'Het is februari in het Midden-Westen, heel ver bij het strand vandaan. Wat wil je?'

'Het gaat uitstekend met me, bedankt dat je het vraagt. Hoe gaat het met jou?'

'Geweldig. Hoe heb je me gevonden?'

'Je verstopt je nu niet bepaald. Mort Gasper heeft geluncht met je agent, die het trieste verhaal vertelde dat Wally Starke de dag na kerst is overleden. Ze hadden dit voorjaar een invaller nodig, en nu ben jij hier. Bevalt het je hier?'

'Het gaat wel. Het is hier koud en het waait vaak.' Ze nam een slok koffie. Geen van beiden wendde de blik af.

'Hoe gaat het met je boek?' vroeg hij glimlachend.

'Goed. De helft is af en ik schrijf elke dag.'

'Zelda en Ernest?'

Ze glimlachte en leek geamuseerd. 'Nee, dat was een dom idee.'

'Behoorlijk dom, maar als ik het me goed herinner vond je het leuk. Waar gaat het over?'

Mercer haalde diep adem en keek om zich heen. Ze glimlachte tegen hem en zei: 'Het gaat over Tessa, haar leven aan het strand en haar kleindochter en haar affaire met een jongere man, allemaal leuk en fictief.'

'Porter?'

'Iemand die heel erg op hem lijkt.'

'Klinkt goed. Hebben ze het in New York al gezien?'

'Mijn agent heeft de eerste helft gelezen en is erg enthousiast. Volgens mij gaat het wel lukken. Ik kan het niet geloven, Bruce, maar ik vind het leuk je te zien. Nu ik over de schrik heen ben.'

'Ik vind het ook leuk om jou te zien, Mercer. Ik vroeg me af of dat ooit nog zou gebeuren.'

'Waarom gebeurt het nu?'

'Onafgedane zaken.'

Ze nam een slok en depte haar mond met een servet. 'Vertel eens, Bruce, wanneer begon je mij te verdenken?'

Hij keek naar haar koffie, een grote latte met te veel schuim en iets wat karamel leek erbovenop. 'Mag ik?' vroeg hij en hij stak zijn hand ernaar uit. Ze zei niets toen hij een slokje nam.

Hij zei: 'Het moment waarop je arriveerde. Ik was toen heel alert en hield iedere nieuweling in de gaten, en terecht. Jij had de perfecte dekmantel en het perfecte verhaal. Ik dacht dat het misschien waar kon zijn, maar ook dat het misschien een briljant plan was, door iemand in elkaar gezet. Wie had het bedacht, Mercer?'

'Dat zeg ik liever niet.'

'Uitstekend. Hoe intiemer we werden, hoe argwanender

ik werd. En in die tijd voelde ik gewoon dat de andere kant dichterbij kwam: te veel onbekende gezichten in de winkel en te veel zogenaamde toeristen die de winkel verkenden. Jij bevestigde mijn argwaan, dus kwam ik in actie.'

'Een perfecte ontsnapping, nietwaar?'

'Ja. Ik heb geluk gehad.'

'Gefeliciteerd.'

'Je bent een geweldige minnares, Mercer, maar een slechte spion.'

'Beide opmerkingen zal ik maar als een compliment opvatten.' Ze nam nog een slok en gaf hem het kopje. Toen hij het teruggaf vroeg ze: 'Wat zijn die onafgedane zaken?'

'Ik wil je vragen waarom je het hebt gedaan. Je hebt heel lang geprobeerd me af te wijzen.'

'Dat risico nemen alle misdadigers toch als ze besluiten in gestolen goederen te handelen?'

'Noem je mij een misdadiger?'

'Natuurlijk.'

'Nou, ik vind jou een achterbakse stomme trut.'

Ze lachte en zei: 'Oké, dan staan we quitte. Heb je nog meer scheldnamen voor me?'

Hij lachte ook en zei: 'Nee, nu even niet.'

Ze zei: 'Maar ik kan een heleboel namen voor jou bedenken, Bruce, maar meer positieve dan negatieve.'

'Bedankt, denk ik. Dus, terug naar de vraag: waarom heb je het gedaan?'

Ze haalde diep adem en keek weer om zich heen. Haar vriend zat in een hoek naar zijn telefoon te kijken. 'Om het geld. Ik was platzak, had schulden, was kwetsbaar. Om een heleboel redenen dus. Dit is iets waar ik altijd spijt van zal houden, Bruce. Het spijt me.'

Hij glimlachte en zei: 'Daarom ben ik hier dus, dat wilde ik horen.'

'Een verontschuldiging?'

'Ja, en ik accepteer het. Even goede vrienden.'

'Je bent vreselijk grootmoedig.'

'Dat kan ik me permitteren,' zei hij, waarop ze allebei grinnikten.

'Waarom heb jij het gedaan, Bruce? Ik bedoel, achteraf gezien is het de moeite waard geweest, maar op dat moment was het ontzettend riskant.'

'Het was niet gepland, geloof me. Ik had een paar zeldzame boeken gekocht op de zwarte markt. Dat is nu verleden tijd, maar ik bemoeide me gewoon met mijn eigen zaken toen ik een telefoontje kreeg. Van het een kwam het ander, en toen kwam de vaart erin. Ik zag een kans, besloot hem te grijpen en had ze in no-time in bezit. Maar ik tastte in het duister en wist niet hoe dichtbij de andere kant was, tot jij op het toneel verscheen. Zodra ik besefte dat ik een spion in huis had, moest ik iets doen. Jij hebt het laten gebeuren, Mercer.'

'Probeer je me te bedanken?'

'Ja. Ik ben je oprecht dankbaar.'

'Graag gedaan. Zoals we allebei weten, ben ik een slechte spion.'

Ze genoten allebei van hun gesprek, en namen nog een slokje. Ze zei: 'Weet je, Bruce, ik heb heel hard gelachen toen ik las dat de manuscripten terug waren op Princeton. Ik voelde me nogal dom, omdat ik me zo had laten gebruiken, maar ik zei ook: "Goed gedaan, Bruce!"'

'Het was een bijzonder avontuur, maar ik zal het nooit meer doen.'

'Dat betwijfel ik.'

'Ik zweer het. Luister, Mercer, ik wil dat je weer naar het eiland komt. Die plek betekent heel veel voor je: het strandhuis, het strand, de vrienden, de boekhandel, Noelle en ik. De deur staat altijd voor je open.'

'Als jij het zegt. Hoe gaat het met Andy? Ik denk vaak aan hem.'